SOPHIE KINSELLA

Shopaholic in New York

GOLDMANN
Lesen erleben

Buch

Rebecca Bloomwood, die Finanzexpertin mit dem chronisch überzogenen Konto, ist zu beneiden. Sie liebt ihren Job beim Frühstücksfernsehen, und auch ihr Privatleben ist perfekt, seit sie mit dem attraktiven und höchst erfolgreichen Luke Brandon von der gleichnamigen PR-Agentur zusammen ist. Doch der schöne Schein trügt: Rebecca steckt nach einigen Schnäppchenkäufen mal wieder in finanziellen Schwierigkeiten. Und eigentlich könnte es auch mit Luke besser laufen. Die gemeinsamen Stunden sind knapp bemessen, denn was für Rebecca das Shoppen ist, ist für Luke eben die Arbeit. Als ihr auch noch das Gerücht zu Ohren kommt, Luke wolle eine Filiale seines Unternehmens in New York etablieren, ist das Maß voll. Aber Luke bittet Becky, ihn nach Amerika zu begleiten. Er hat sogar schon vorgefühlt, und etliche Fernsehsender scheinen interessiert, ihr einen Job als TV-Finanzberaterin anzubieten. Während Becky in New York ganz in ihrem Element ist, hat Luke allerdings schon bald Schwierigkeiten, seine Pläne zu verwirklichen.

Auch ihre Beziehung gerät in eine schwere Krise, und plötzlich steht Rebeccas Leben völlig Kopf …

Weitere Informationen zu Sophie Kinsella
sowie zu lieferbaren Titeln der Autorin
finden Sie am Ende des Buches.

Sophie Kinsella

Shopaholic in New York

Roman

Aus dem Englischen
von Marieke Heimburger

GOLDMANN

Die englische Originalausgabe erschien 2001
unter dem Titel »Shopaholic Abroad« bei Black Swan, London

MIX
Papier aus verantwortungsvollen Quellen
FSC® C014496

Penguin Random House Verlagsgruppe FSC® N001967

1. Auflage
Taschenbuchausgabe September 2021
Deutsche Erstveröffentlichung März 2003

Umschlaggestaltung: FAVORITBÜRO, München
Umschlagmotiv: Frau: © Maryia Naidzionysheva/Shutterstock,
Wolken: © Binly/Shutterstock, NY Silhouette: © Antikwar/Shutterstock
MR · Herstellung: kw
Satz: Satz: Uhl+Massopust, Aalen
Druck und Bindung: GGP Media GmbH, Pößneck
Printed in Germany
ISBN: 978-3-442-49191-9
www.goldmann-verlag.de

Besuchen Sie den Goldmann Verlag im Netz

Für Gemma,
die schon immer wusste,
wie wichtig ein Denny-und-George-Tuch
für eine Frau ist.

Endwich Bank
ZWEIGSTELLE FULHAM
3 Fulham Road
London SW6 9JH

Miss Rebecca Bloomwood
Flat 2
4 Burney Rd.
London SW6 8FD

18. Juli 2000

Sehr geehrte Miss Bloomwood,

vielen Dank für Ihr Schreiben vom 15. Juli. Es freut mich zu hören, dass Sie nun seit fast fünf Jahren Kundin der Endwich Bank sind.

Leider bieten wir weder einen »Fünfjahresbonus« noch einen »Tabula rasa«-Schuldenerlass für Überziehungskunden an. Ich stimme Ihnen aber durchaus zu, dass es sich hierbei um gute Ideen handelt.

Ich bin bereit, Ihren Dispo-Rahmen um zusätzliche £ 500,– auf insgesamt £ 4.000,– zu erweitern, möchte Sie aber in naher Zukunft um ein Gespräch bitten, bei dem wir Ihren anhaltenden Überziehungsbedarf erörtern können.

Mit freundlichen Grüßen
Endwich Bank
Zweigstelle Fulham

Derek Smeath
Zweigstellenleiter

ENDWICH – WIR SIND FÜR SIE DA

Endwich Bank
ZWEIGSTELLE FULHAM
3 Fulham Road
London SW6 9JH

Miss Rebecca Bloomwood
Flat 2
4 Burney Rd.
London SW6 8FD

24. Juli 2000

Sehr geehrte Miss Bloomwood,

es freut mich, dass mein Schreiben vom 18. Juli Ihnen behilflich war.

Nichtsdestoweniger wäre ich Ihnen dankbar, wenn Sie mich in Ihrer Fernsehsendung nicht länger als »der süße Smeathie« und »der beste Bankmanager der Welt« bezeichnen würden.

Ich persönlich freue mich selbstverständlich über Ihre Worte. Meine Vorgesetzten jedoch sind etwas besorgt über das Bild, das auf diese Weise von der Endwich Bank in der Öffentlichkeit evoziert wird, und haben mich daher gebeten, Ihnen in dieser Angelegenheit zu schreiben.

Mit den besten Grüßen,
Endwich Bank
Zweigstelle Fulham

Derek Smeath
Zweigstellenleiter

ENDWICH – WIR SIND FÜR SIE DA

Endwich Bank
ZWEIGSTELLE FULHAM
3 Fulham Road
London SW6 9JH

Miss Rebecca Bloomwood
Flat 2
4 Burney Rd.
London SW6 8FD

21. August 2000

Sehr geehrte Miss Bloomwood,

vielen Dank für Ihr Schreiben vom 18. August.

Es tut mir leid, dass es Ihnen so schwer fällt, sich in das Korsett Ihres neuen Dispo-Rahmens zu zwängen. Ich verstehe durchaus, dass ein Sommerschlussverkauf bei Pied à Terre nicht jede Woche stattfindet, und ich kann Ihren Kreditrahmen gern um £ 63,50 erweitern, wenn das denn, wie Sie schreiben, »das einzige Problem« wäre.

Ich möchte Ihnen aber dennoch empfehlen, mich in der Zweigstelle aufzusuchen, damit wir Ihre finanzielle Situation ausführlich diskutieren können. Meine Assistentin Erica Parnell arrangiert gern einen Gesprächstermin für Sie.

Mit freundlichen Grüßen
Endwich Bank
Zweigstelle Fulham

Derek Smeath
Zweigstellenleiter

ENDWICH – WIR SIND FÜR SIE DA

EINS

Okay. Keine Panik. *Keine* Panik. Das ist alles nur eine Frage der Organisation, des Ruhebewahrens und Entscheidens, was genau ich mitnehmen muss. Und dann alles fein säuberlich in den Koffer packen. Ich meine, das kann doch so schwer nicht sein, oder?

Ich trete einen Schritt zurück von dem Chaos auf meinem Bett, schließe die Augen und hoffe, dass meine Klamotten sich wie von Zauberhand zu lauter ordentlich zusammengelegten Stapeln organisieren, wenn ich es mir nur innig genug wünsche. Wie in diesen Zeitschriftenartikeln übers Kofferpacken, in denen einem immer vorgemacht wird, wie man den ganzen Urlaub mit einem einzigen, billigen Sarong auskommt, den man in sechs verschiedene Outfits verwandeln kann. (Was übrigens die totale Bauernfängerei ist, wie ich finde. Gut, okay, der Sarong kostet vielleicht nur zehn Pfund, aber die Sachen, mit denen er kombiniert wird, kosten schließlich auch noch mehrere Hundert – und das soll man nicht merken?)

Aber als ich die Augen wieder aufmache, ist das Chaos immer noch da. Es scheint sogar größer geworden zu sein – als wären heimlich noch mehr Klamotten aus den Schubladen auf mein Bett gehüpft, während ich die Augen geschlossen hatte. Wo ich auch hinsehe, überall in meinem Zimmer sind riesengroße, chaotische Haufen… *Zeug*. Schuhe, Stiefel, T-Shirts, Zeitschriften… ein Geschenkkorb vom Body Shop, der im Angebot war… ein Italienisch-Schnellkurs mit Kassette, den ich jetzt *endlich* anfangen muss… so ein Gesichtssauna-Dings… Und auf meinem Frisiertisch thront stolz meine gestrige Errungenschaft von einem dieser Wohltätigkeitsbasare: eine Fechtmaske und ein Degen. Haben zusammen nur vierzig Pfund gekostet!

Ich nehme den Degen in die Hand und mache damit einen kleinen Ausfallschritt auf mein Spiegelbild zu. Das war wirklich ein unglaublicher Zufall, weil ich nämlich schon seit Jahren Fechten lernen will. Seit ich diesen Artikel darüber in der *Daily World* gelesen habe. Wussten Sie, dass Fechter von allen Sportlern die schönsten Beine haben? Und wenn man richtig gut ist, kann man als Stuntdouble beim Film landen und einen Haufen Geld verdienen! Ich habe mir deshalb fest vorgenommen, irgendwo in der Nähe Fechtunterricht zu nehmen und so schnell wie möglich richtig gut zu werden. Dürfte kein Problem sein für mich.

Und dann – jetzt kommen wir zum geheimen Teil meines Plans –, wenn ich erst mal mein goldenes Abzeichen oder was auch immer habe, werde ich an Catherine Zeta Jones schreiben. Die braucht doch bestimmt ein Stuntdouble, oder? Also, warum nicht mich? Ich glaube sogar, dass ihr eine Britin am *liebsten* wäre. Vielleicht ruft sie mich dann an und sagt mir, dass sie mich schon so oft im Fernsehen gesehen hat und mich schon immer mal kennenlernen wollte! O Gott, ja! Wäre das nicht klasse? Wir würden uns wahrscheinlich supergut verstehen und herausfinden, dass wir den gleichen Humor haben und alles. Und dann würde ich mal eben rüberfliegen, um sie auf ihrem Luxusanwesen zu besuchen, und bei der Gelegenheit auch Michael Douglas kennenlernen und mit ihrem Baby spielen. Wir werden so entspannt miteinander umgehen wie uralte Freunde, irgendeine Zeitschrift wird ein Feature über die besten Freunde weltbekannter Berühmtheiten machen und uns vorstellen, und vielleicht werde ich dann sogar gefragt, ob ich …

»Hi, Bex!« Die schöne Vorstellung von Michael, Catherine und mir ist wie ausgeknipst, und ich befinde ich mich wieder im Hier und Jetzt. Meine Mitbewohnerin Suze schlendert in ihrem uralten Schlafanzug mit Paisley-Muster in mein Zimmer. »Was machst du da?«, fragt sie neugierig.

»Nichts!«, sage ich und lege hastig den Degen zurück. »Ich … Du weißt schon. Trainiere.«

»Ah, ja«, sagt sie wenig überzeugt. »Und – kommst du weiter mit Packen?« Sie schlendert zum Kaminsims hinüber, nimmt einen Lippenstift, begutachtet seine Farbe und trägt ihn dann auf. Das macht Suze immer, wenn sie in meinem Zimmer ist – schlendert herum, nimmt Sachen in die Hand, begutachtet sie und legt sie wieder hin. Sie sagt, sie findet es so spannend bei mir, weil sie nie weiß, was sie dieses Mal finden wird, fast wie in einem Trödelladen. Ich glaube nicht, dass sie das böse meint.

»Ja, sicher«, sage ich. »Ich versuche mich gerade zu entscheiden, welchen Koffer ich nehmen soll.«

»Oooh«, sagt Suze und dreht sich mit halb pink geschminkten Lippen zu mir um. »Wie wär's mit dem kleinen cremefarbenen? Oder mit der roten Reisetasche?«

»Ich dachte eigentlich eher an diesen«, sage ich und zerre meinen neuen, giftgrünen Hartschalenkoffer unter dem Bett hervor. Den habe ich letztes Wochenende gekauft. Er ist ein Traum.

»Wow!« Suzes Augen weiten sich. »Bex! Der ist toll! Wo hast du den her?«

»Fenwicks«, sage ich mit einem breiten Grinsen. »Klasse, oder?«

»Das ist der coolste Koffer, den ich je gesehen habe!« Suze lässt die Hand bewundernd über seine Oberfläche gleiten. »Also – wie viele Koffer hast du jetzt insgesamt?« Sie sieht zu meinem Kleiderschrank, auf dem sich ein brauner Lederkoffer, ein Lack-Schrankkoffer und drei Kosmetikkoffer drängen.

»Ach, weißt du«, sage ich mit einem Achselzucken. »So viele man eben braucht.«

Ich glaube, ich habe in letzter Zeit ziemlich viele Koffer gekauft. Aber die Sache ist die, dass ich Ewigkeiten gar keinen Koffer hatte, sondern nur eine olle, zerschlissene Leinentasche. Und dann hatte ich vor ein paar Monaten mitten in Harrods eine Offenbarung – so ähnlich wie Paulus auf dem Weg nach Mandalay (War doch Mandalay, oder?): *Koffer!* Na ja, und seitdem habe ich so einiges nachgeholt.

Aber abgesehen davon weiß schließlich jedes Kind, dass gute Koffer eine echte Investition sind.

»Ich wollte mir gerade eine Tasse Tee machen«, sagt Suze. »Möchtest du auch eine?«

»Au, ja, danke!«

»Und ein KitKat?« Suze grinst.

»Unbedingt auch ein KitKat.«

Vor Kurzem hatten wir einen Freund von Suze zu Besuch, er hat auf dem Sofa geschlafen – und als er wieder abzischte, hat er uns diese Riesenkiste mit hundert KitKats dagelassen. Ich finde das wirklich ein prima Dankeschön, aber natürlich hat es zur Folge, dass wir den ganzen Tag nur KitKats essen. Aber wie Suze gestern Abend so treffend bemerkte: Je schneller wir sie aufessen, desto schneller sind sie weg. Es ist also gewissermaßen das Gesündeste, sich mit so vielen wie möglich vollzustopfen.

Suze verlässt mein Zimmer, und ich wende mich meinem Koffer zu. Gut. Konzentration. Packen. Kann doch nicht lange dauern. Ich brauche nur eine elementare, auf ein Minimum beschränkte Kollektion für ein Wochenende in Somerset. Ich habe sogar schon eine Liste gemacht, um mir die Auswahl zu erleichtern.

Jeans: zwei Stück. Kein Problem. Eine verwaschene und eine weniger verwaschene.

T-Shirts:

Ach, ich glaube doch besser drei Jeans. Ich muss *unbedingt* die neuen von Diesel mitnehmen, die sind so cool, wenn auch ein kleines bisschen eng. Die kann ich ja einfach ein paar Stunden abends anziehen oder so.

T-Shirts:

Ach, und die bestickten Fransenshorts von Oasis, die habe ich nämlich noch nie angehabt. Aber die zählen nicht wirklich als Jeans, weil das ja Shorts sind. Und außerdem nehmen Jeans kaum Platz weg, oder?

Okay, das wären dann wohl genug Jeans. Und ich kann ja jederzeit noch eine dazupacken, wenn es sein muss.

T-Shirts: diverse. Mal sehen. Ein einfaches weißes natürlich. Und ein graues. Ein schwarzes bauchfreies, ein schwarzes Unterhemd (Calvin Klein), noch ein schwarzes Unterhemd (Warehouse, sieht aber eigentlich besser aus), einmal pink ohne Ärmel, einmal pink mit Glitzer, einmal pink …

Mitten in meiner Umbettungsaktion zusammengelegter T-Shirts (vom Schrank in den Koffer) halte ich inne. Das ist doch doof. Woher soll ich denn im Vorhinein wissen, welche T-Shirts ich am Wochenende anziehen möchte? Der Witz an T-Shirts ist doch, dass man sich morgens eins aussucht, das zur aktuellen Stimmung passt – genauso wie Kristalle oder Aromatherapieöle. Stellen Sie sich vor, ich wache morgens auf, meine Stimmung verlangt nach meinem »Elvis is Groovy«-T-Shirt und ich habe es nicht dabei!

Wissen Sie was, ich glaube, ich nehme einfach alle mit. Ich meine, so ein paar T-Shirts nehmen ja nun wirklich kaum Platz weg, oder? Das merke ich doch gar nicht, dass ich die dabeihabe.

Ich stapel sie alle in meinen Koffer und lege noch ein paar Bustiers drauf.

Hervorragend. Das mit meiner Liste funktioniert echt prima. Also, was steht da als Nächstes?

Zehn Minuten später kommt Suze mit zwei Tassen Tee und drei KitKats zum Teilen wieder. (Wir sind uns einig, dass zwei einfach nicht reichen.)

»Da«, sagt sie – und sieht mich dann etwas genauer an. »Bex? Geht's dir gut?«

»Ja, ja«, sage ich mit hochrotem Kopf. »Ich versuche nur gerade, das Gilet etwas kleiner zu falten.«

Ich habe zwar schon eine Jeansjacke und eine Lederjacke eingepackt, aber wer will sich schon auf das englische Septemberwetter verlassen? Ich meine, im Moment ist es zwar heiß und die Sonne scheint, aber morgen könnte es schon wieder schneien. Und was, wenn Luke und ich eine richtig zünftige Wanderung machen wollen? Außerdem habe ich dieses tolle patagonische Gilet jetzt schon so lange und es noch kein einziges Mal angehabt. Ich versuche wieder, es schön klein zusammenzulegen, aber es rutscht mir aus der Hand und gleitet auf den Boden. Oh Gott, das hier erinnert mich erbarmungslos an das Zeltlager mit den Brownies und meine verzweifelten Versuche, den Schlafsack zurück in seinen Packsack zu stopfen.

»Wie lange bist du noch mal weg?«, fragt Suze.

»Drei Tage.« Ich gebe es auf, das Gilet auf die Größe einer Streichholzschachtel zusammenquetschen zu wollen, und es entfaltet sich prompt wieder zu seiner ursprünglichen Form. Mit einem gewissen Unbehagen lasse ich mich aufs Bett sinken und trinke einen Schluck Tee. Ich verstehe einfach nicht, wie andere Leute mit so wenig Gepäck auskommen. Ständig sieht man diese Geschäftsleute mit einem winzigen, schuhkartongroßen Koffer und selbstgefälligem Gesichtsausdruck Flugzeuge besteigen. Wie machen die das? Haben die magische Schrumpfklamotten? Gibt es irgendeinen raffinierten Trick, wie man seine Sachen so faltet, dass sie in eine Streichholzschachtel passen?

»Nimm doch auch noch deine Reisetasche«, schlägt Suze vor.

»Meinst du?« Etwas verunsichert betrachte ich meinen überquellenden Koffer. Hm. Vielleicht brauche ich doch nicht unbedingt drei Paar Stiefel. Und auch keine Pelzstola.

Dann fällt mir plötzlich ein, dass Suze fast jedes Wochenende wegfährt und immer nur eine kleine, knautschige Tasche mitnimmt. »Suze, wie packst *du* denn? Hast du irgendein System?«

»Weiß nicht«, erwidert sie unbestimmt. »Ich mache wahrscheinlich immer noch das, was man uns damals bei Miss Burton beigebracht hat. Man überlegt sich ein Outfit pro Anlass und hält sich daran.« Sie zählt an ihren Fingern ab: »Zum Beispiel: Hinreise, Abendessen, am Pool sitzen, Tennis spielen …« Sie sieht zu mir auf. »Ach, ja, und jedes Kleidungsstück muss mindestens dreimal getragen werden.«

Mann, Suze ist echt genial. Was die alles weiß. Ihre Eltern haben sie mit achtzehn auf Miss Burtons Academy geschickt, das ist so eine Schickimicki-Schule in London, wo man unter anderem lernt, wie man sich mit einem Bischof unterhält und wie man mit einem Minirock aus einem Sportwagen steigt. Suze kann auch aus Hühnerdraht einen Hasen basteln.

Ich schnappe mir ein Blatt Papier und entwerfe schnell einen Plan. Das ist doch viel besser. Viel besser, als planlos Klamotten in den Koffer zu schmeißen. Dank dieser Methode werde ich keine überflüssigen Klamotten mitnehmen, sondern nur das absolute Minimum.

Outfit 1: Am Pool sitzen (Sonne scheint)
Outfit 2: Am Pool sitzen (bewölkt)
Outfit 3: Am Pool sitzen (Hintern sieht morgens fett aus)
Outfit 4: Am Pool sitzen (eine andere hat den gleichen Badeanzug)
Outfit 5:

Im Flur klingelt das Telefon, aber ich sehe kaum auf. Ich höre Suze aufgeregt plappern –, und kurz darauf steht sie mit fröhlich gerötetem Gesicht wieder in meiner Tür

»Jetzt rate mal, was passiert ist!«, sagt sie. »Rate mal!«

»Was denn?«

»Bei Box Beautiful sind alle meine Rahmen ausverkauft! Sie haben gerade angerufen, um noch mehr zu bestellen!«

»Suze! Das ist ja Wahnsinn!«, begeistere ich mich.

»Ich weiß!« Sie rennt auf mich zu, wir fallen uns in die Arme und hopsen wild durch die Gegend, bis ihr auffällt, dass sie eine Zigarette in der Hand hat und kurz davor ist, meine Haare abzufackeln.

Wissen Sie, Suze hat nämlich erst vor ein paar Monaten damit angefangen, Rahmen zu basteln, und jetzt beliefert sie schon vier Läden in London damit, und die Rahmen sind der absolute Renner! Suze ist schon in allen möglichen Zeitschriften vorgestellt worden und alles. Was mich im Grunde gar nicht überrascht, denn ihre Rahmen sind einfach cool. Das neueste Modell ist violetter Tweed, und die Rahmen werden in glitzernden grauen Schachteln und in türkisfarbenem Seidenpapier geliefert (ich habe Suze übrigens dabei geholfen, die Farben auszusuchen). Sie verkauft so viele von den Rahmen, dass sie sie gar nicht mehr alle selbst produzieren kann. Sie schickt ihre Entwürfe an eine kleine Werkstatt in Kent und bekommt dann ein Paket mit fertigen Rahmen wieder.

»Und, bist du jetzt fertig? Weißt du, was du mitnehmen musst?«, fragt sie und zieht an ihrer Zigarette.

»Ja«, sage ich und wedele mit dem Blatt Papier vor ihrer Nase herum. »Ich habe alles ganz genau ausgearbeitet. Bis zum letzten Paar Socken.«

»Super!«

»Und ich muss nur *eine einzige* Sache einkaufen«, füge ich so unbefangen wie möglich hinzu. »Und das ist ein Paar lila Sandalen.«

»Lila Sandalen?«

»Hmmm.« Ich sehe sie unschuldig an. »Ja. Die brauche ich. Nichts Besonderes, weißt du, nur so ein kleines, billiges Paar, das ich zu verschiedenen Outfits anziehen kann...«

»Ah ja.« Suze runzelt die Stirn. »Bex... Hattest du nicht letzte Woche irgendetwas von einem Paar lila Sandalen erzählt? So richtig teure von LK Bennett?«

»Wirklich?« Ich merke, wie ich erröte. »Ich... Keine Ahnung. Vielleicht. Aber egal...«

»Bex.« Suze sieht mich ausgesprochen misstrauisch an. »Sag mir die Wahrheit. *Brauchst* du wirklich ein Paar lila Sandalen? Oder willst du sie einfach nur haben?«

»Nein!«, wehre ich mich. »Ich brauche sie! Wirklich! Guck doch mal.«

Ich hole meinen Plan heraus, entfalte ihn und zeige ihn Suze. Ich muss schon sagen, dass ich ganz schön stolz darauf bin. Auf dem Papier ist ein ziemlich kompliziertes Flussdiagramm mit tausend Kästchen und Pfeilen und roten Sternchen zu sehen.

»Wow!«, sagt Suze. »Wo hast du das denn gelernt?«

»An der Uni«, sage ich bescheiden. Ich habe mal ein Seminar für Betriebswirtschaft und Buchführung belegt, und ich finde es wirklich erstaunlich, wie oft man das gebrauchen kann.

»Was bedeutet dieser Kasten hier?« Sie tippt mit dem Zeigefinger auf das Diagramm.

»Das ist …« Ich kneife die Augen zusammen und versuche, mich zu erinnern. »Ich glaube, das ist, wenn wir in ein richtig schickes Restaurant gehen und ich mein Whistles-Kleid schon am Abend vorher anhatte.«

»Und der hier?«

»Das ist für den Fall, dass wir klettern gehen. Und der hier …« – ich zeige auf einen leeren Kasten – »… ist der Beweis dafür, dass ich ein Paar lila Sandalen brauche. Wenn ich keine lila Sandalen habe, ist nicht nur das Outfit hier nicht komplett, sondern auch das hier … und dann funktioniert der ganze Plan nicht. Und dann kann ich genauso gut zu Hause bleiben.«

Suze schweigt einen Moment, während sie mein Diagramm sorgfältig überprüft und ich mir nicht nur auf die Lippe beiße, sondern für alle Fälle auch noch die Finger hinterm Rücken kreuze.

Ich weiß, das hier mag Ihnen etwas ungewöhnlich vorkommen. Ich weiß, dass der Großteil der Bevölkerung nicht jede einzelne Anschaffung mit seiner Mitbewohnerin erörtern muss. In unserem Fall ist es aber so, dass ich Suze vor einiger Zeit die Erlaubnis gegeben habe, meine Ausgaben ein bisschen zu überwachen. Sie wissen schon. Ein Auge auf meine Einkaufstüten zu haben.

Nicht dass Sie das jetzt missverstehen. Ich habe kein Einkaufsproblem, ich bin kein *Shopaholic* oder so. Es ist nur so, dass ich vor ein paar Monaten ein … nun ja … ein klitzekleines Geldproblem hatte. Wirklich nichts Dramatisches, nur ein kurzzeitiges Tief. Ebbe in der Kasse – Sie kennen das ja. Und nach der Ebbe kommt die Flut, also gar kein Grund, sich aufzuregen. Aber Suze ist total ausgeflippt deswegen und hat gesagt, sie würde zu meinem eigenen Besten in Zukunft sämtliche Ausgaben überprüfen.

Und sie hat Wort gehalten. Sie ist sogar ziemlich streng. Manchmal habe ich richtig Angst, dass sie zu irgendetwas Nein sagen könnte.

»Ich verstehe«, sagt sie schließlich. »Dir bleibt eigentlich gar nichts anderes übrig, stimmt's?«

»Stimmt«, pflichte ich ihr erleichtert bei, nehme ihr den Plan ab, falte ihn zusammen und stecke ihn in die Tasche.

»Hey, Bex, ist der neu?«, fragt Suze auf einmal. Sie hat meinen Kleiderschrank aufgemacht und betrachtet den traumhaften neuen honigfarbenen Mantel, den ich neulich in die Wohnung geschmuggelt habe, als sie in der Badewanne lag. Ich zucke leicht zusammen.

Ich meine, selbstverständlich hatte ich vor, ihr von dieser Anschaffung zu berichten. Ich bin nur bisher nicht dazu gekommen.

Bitte nicht aufs Preisschild gucken, bete ich fieberhaft. Bitte nicht aufs Preisschild gucken.

»Ähm … ja«, sage ich. »Ja, der ist neu. Aber weißt du … ich brauche doch einen guten Mantel, für den Fall, dass ich für *Morning Coffee* mal Außenaufnahmen machen muss.«

»Ist das denn wahrscheinlich?«, fragt Suze verwirrt. »Ich meine, ich dachte, dein Job besteht darin, im Studio zu sitzen und die Leute in Finanzfragen zu beraten?«

»Na ja … Man weiß ja nie. Man sollte auf alle Eventualitäten vorbereitet sein.«

»Hm, wahrscheinlich hast du recht …« Suze klingt nicht überzeugt. »Und was ist mit dem Top hier?« Sie zieht an einem Bügel. »Das ist doch auch neu!«

»Das ist für *Morning Coffee*«, sage ich sofort.

»Und der Rock hier?«

»Auch.«

»Und die neue Hose?«

»Auch.«

»Bex.« Suze sieht mich aus zusammengekniffenen Augen an. »Wie viele Outfits hast du eigentlich für *Morning Coffee*?«

»Ach – du weißt schon«, winde ich mich. »Ich brauche immer was in Reserve. Ich meine, Suze, *Morning Coffee* ist mein Beruf. Mein Job. Meine *Karriere*.«

»Ja«, sagt Suze schließlich. »Ja, da hast du recht.« Dann streckt sie die Hand nach meinem neuen roten Seidenjackett aus. »Das ist aber schön.«

»Ich weiß«, strahle ich. »Habe ich für meine Sondersendung im Januar gekauft!«

»Du bekommst eine Sondersendung? Wow! Worüber denn?«

»Die Sendung heißt *Beckys fundamentale Finanzprinzi-*

pien«, sage ich und nehme meinen Lipgloss zur Hand. »Wird bestimmt klasse. Fünf Slots à zehn Minuten, nur ich!«

»Und – was *sind* deine fundamentalen Finanzprinzipien?«, erkundigt Suze sich interessiert.

»Ähm … also, im Moment habe ich noch keine«, sage ich und trage den Lipgloss auf. »Aber die werde ich ausarbeiten, wenn der Termin näher rückt.« Ich schließe den Stift und nehme meine Jacke. »Bis später.«

»Okay«, sagt Suze. »Aber nicht vergessen: Nur ein Paar Sandalen!«

»Alles klar. Versprochen!«

Ich finde es richtig süß von Suze, dass sie sich solche Sorgen um mich macht. Dabei ist das gar nicht nötig. Unter uns gesagt, sie hat noch nicht begriffen, dass ich ein ganz anderer Mensch geworden bin. Gut, okay, ich hatte vor ein paar Monaten eine leichte Finanzkrise. Offen gestanden hatte ich zeitweise Schulden in Höhe von … nun ja. Es war eine ganze Menge.

Aber dann habe ich den Job bei *Morning Coffee* bekommen, und seitdem hat sich alles grundlegend geändert. Ich habe mein Leben komplett umgestellt, richtig hart gearbeitet und alle meine Schulden abbezahlt. Ja, ich habe sie abbezahlt! Alle! Ich habe einen Scheck nach dem anderen ausgestellt und jede einzelne belastete Kreditkarte, jede Kundenkarte, jeden gekritzelten Schuldschein an Suze ausgeglichen. (Suze konnte es kaum glauben, als ich ihr den Scheck über mehrere Hundert Pfund überreichte. Zuerst wollte sie ihn gar nicht annehmen, aber dann hat sie es sich anders überlegt und das Geld in diesen absolut hinreißenden Schaffellmantel angelegt.)

Es war ein so umwerfendes, berauschendes Gefühl, all diese Schulden abzuzahlen, es ist einfach unbeschreiblich. Und obwohl das nun schon einige Monate her ist, macht mich der Gedanke daran immer noch ganz schwindlig. Es geht doch nichts über totale, uneingeschränkte Solvenz, oder?

Und jetzt sehen Sie mich an: Ich bin ein ganz anderer, neuer Mensch. Mit der alten Becky habe ich überhaupt nichts mehr tun. Ich bin geläutert. Ich habe nicht mal mein Konto überzogen!

ZWEI

Gut, okay. Ich habe mein Konto ein bisschen überzogen. Aber das kommt einzig und allein daher, dass ich in letzter Zeit sehr langfristig plane und denke und darum kräftig in meine Karriere investiert habe. Luke, mein Freund, ist Unternehmer. Er hat seine eigene PR-Firma und alles. Und Luke hat vor ein paar Wochen etwas zu mir gesagt, das mir wirklich eingeleuchtet hat: »Wer eine Million verdienen will, muss erst mal eine Million leihen.«

Ich glaube, dass ich über eine natürliche unternehmerische Ader verfüge. Im Ernst! Denn kaum hatte Luke das gesagt, empfand ich ein so tief gehendes Verständnis für seine Worte, dass ich sie den ganzen Tag laut vor mich hingemurmelt habe. Er hat ja so recht! Man kann doch nicht erwarten, Geld zu verdienen, wenn man es nicht vorher ausgibt!

Und aus genau diesem Grund habe ich in ein paar Outfits investiert, die ich in der Show tragen kann. Und in mehrere Friseurbesuche, einige Maniküren und kosmetische Gesichtsbehandlungen. Und in ein paar Massagen. Denn das weiß schließlich jedes Kind, dass die Leistung leidet, wenn man gestresst ist, oder?

Außerdem habe ich einen neuen Computer gekauft, der zwar zweitausend Pfund gekostet hat, aber absolut unentbehrlich ist. Und wissen Sie auch, warum? Tadaaaaa! Ich schreibe ein Selbsthilfebuch! Kurz nachdem ich den Job bei *Morning Coffee* bekommen hatte, habe ich diese supernetten Verleger kennengelernt, die mich zum Lunch einluden und sagten, für Leute mit Finanzproblemen sei ich einfach ein Geschenk des Himmels. Ist das nicht nett? Und tausend Pfund haben sie mir auch gleich gezahlt, ohne dass ich ein einziges Wort geschrieben hatte. Und wenn es erst mal fertig ist, bekomme ich noch viel mehr. Der Titel wird wahrscheinlich *Becky Bloomwoods Ratgeber Geld* lauten. Oder vielleicht *Becky Bloomwood: Der richtige Umgang mit Geld.*

Ich habe noch keine Zeit gehabt, mit dem Schreiben anzufangen, aber ich finde, das Wichtigste ist, erst einmal einen richtig guten Titel zu finden, weil dann alles andere von selbst kommt. Und es ist ja auch nicht so, als hätte ich noch gar nichts getan. Ich habe mir schon *seitenweise* Notizen gemacht, was ich beim Fototermin für das Autorenfoto tragen könnte.

Das heißt, im Grunde genommen ist es kein Wunder, dass ich mein Konto zurzeit ein klein wenig überzogen habe. Der Punkt ist doch, dass all das Geld irgendwo da draußen ist und für mich arbeitet. Ich kann von Glück reden, einen so verständnisvollen Bankmanager wie Derek Smeath zu haben. Das ist ein richtiger Schatz. Wir haben uns ziemlich lange nicht besonders gut verstanden, aber ich glaube, das war primär ein Kommunikationsproblem. Und jetzt versteht er mich. Er weiß, wer ich bin und was ich kann. Und ich bin natürlich auch viel vernünftiger geworden im Vergleich zu früher.

So habe ich zum Beispiel eine völlig neue Einkaufsphilosophie. Mein Motto ist jetzt: »Kauf nur das, was du brauchst.« Ich weiß, das klingt fast zu simpel – aber es funktioniert. Vor jeder einzelnen Ausgabe frage ich mich ganz bewusst: »*Brauche* ich das?« Und nur, wenn ich diese Frage ruhigen Gewissens mit »Ja« beantworten kann, kaufe ich es. Alles nur eine Frage der Selbstdisziplin.

Und darum bin ich jetzt bei LK Bennet auch unglaublich konzentriert und zielstrebig. Ich gehe hinein, ein Paar rote Stiefel mit hohen Absätzen fallen mir ins Auge – aber ich wende sofort den Blick ab und marschiere schnurstracks auf die Regale mit Sandalen zu. Und so kaufe ich jetzt immer ein: Ich bleibe nicht stehen, ich sehe mich nicht um, ich halte mich nicht mit Sachen auf, die ich nicht brauche. Nicht einmal mit den wahnsinnigen neuen paillettenbesetzten Pumps da drüben. Ich gehe ganz einfach direkt auf die Sandalen zu, die ich kaufen möchte, nehme ein Paar aus dem Regal und sage zur Verkäuferin:

»Ich hätte gerne diese hier in Größe 39, bitte.«

Ganz direkt und leidenschaftslos. Ich kaufe nur das, was ich brauche. Sonst nichts. Das ist der Schlüssel zu kontrolliertem Einkaufen. Die coolen, pinkfarbenen Stilettos da drüben *bemerke* ich nicht einmal, obwohl die wirklich hervorragend zu meinem neuen Cardigan von Jigsaw passen würden.

Und die Slingpumps mit den Glitzerabsätzen habe ich auch nicht gesehen.

Obwohl sie doch richtig schick sind, oder? Wie die wohl angezogen aussehen?

Oh Gott. Das ist wirklich hart.

Was *ist* das bloß für eine Sache mit Schuhen? Ich meine, ich stehe ja generell auf Klamotten, aber bei einem schönen Paar Schuhe schmelze ich dahin wie ein KitKat in der Sonne. Manchmal, wenn ich allein zu Hause bin, mache ich meinen Kleiderschrank auf und bewundere meine Schuhsammlung. Einmal habe ich sogar alle Schuhe nebeneinander auf mein Bett gestellt und fotografiert. Mag Ihnen verrückt vorkommen, aber ich habe mir gedacht, ich habe so viele Fotos von Leuten, die ich nicht wirklich mag, warum also soll ich nicht mal etwas fotografieren, was ich geradezu liebe?

»Hier, bitte schön.«

Gott sei Dank, die Verkäuferin ist wieder da! Und in dem Karton in ihrer Hand liegen meine lila Sandalen – mein Herz macht einen kleinen Sprung, als ich sie sehe. Oh, sind die schön. Diese zarten Riemen! Die winzige Brombeere neben dem Zeh! Das war Liebe auf den ersten Blick. Sie sind zwar etwas teuer – aber dass man bei Schuhen nicht knauserig sein soll, weiß jeder. Alles andere würde auf Kosten der Füße gehen.

Mit einem wohligen Schaudern lasse ich die Füße in die Sandalen gleiten – oh, mein Gott, sie sind einfach fantastisch! Meine Füße sehen auf einmal so elegant aus, meine Beine wirken länger... na gut, als ich ein paar Schritte mit ihnen gehe, wirken sie etwas unbequem, aber das kommt wahrscheinlich daher, dass der Fußboden hier so glatt ist.

»Ich nehme sie«, sage ich und strahle die Verkäuferin glücklich an.

Das ist nämlich die Belohnung für einen solch kontrollierten Einkauf. Wenn man tatsächlich etwas kauft, hat man das Gefühl, es *verdient* zu haben.

Wir gehen auf die Kasse zu, wobei ich tunlichst darauf achte, keinen Blick in die Ecke mit den Accessoires zu werfen. Und darum bemerke ich die violette Tasche mit den Gagatperlen auch so gut wie gar nicht. Gerade als ich mein Portemonnaie aus der Tasche holen will und mir gedanklich dazu gratuliere, so unbeirrbar zu sein, erzählt mir die Verkäuferin ganz arglos: »Wussten Sie, dass wir diese Sandalen auch in Apfelsine haben?«

Apfelsine?

»Ah … aha«, sage ich nach einer Weile.

Interessiert mich nicht. Ich habe das, was ich haben wollte – Schluss, aus, Punkt. Lila Sandalen. Nicht orange.

»Sind gerade ganz frisch reingekommen«, fährt sie fort und wühlt auf dem Boden herum. »Ich glaube, die werden sich noch besser verkaufen als die in Flieder.«

»Ach, ja?« Ich bemühe mich sehr, gleichgültig zu klingen. »Na ja, aber ich nehme einfach diese hier, glaube ich …«

»Hier sind sie!«, ruft sie. »Ich wusste doch, dass sie hier irgendwo waren …«

Und ich erstarre, als sie die exquisitesten Sandalen, die ich je gesehen habe, auf den Tresen stellt. Sie sind von einem blassen, cremigen Orange und haben die gleichen zarten Riemen wie mein lila Paar – aber statt der Brombeere ziert eine winzige Apfelsine den Zeh.

Es ist spontane Liebe. Ich kann schlicht nicht mehr wegsehen.

»Möchten Sie sie anprobieren?«, erkundigt sich die

Verkäuferin, und in meiner Magengrube tobt unstillbares, sehnsüchtiges Verlangen.

Sieh sie dir doch bloß an. Herrlich. Die schönsten Schuhe, die ich je gesehen habe. O Gott.

Aber ich brauche keine orangefarbenen Schuhe, oder? Ich brauche sie nicht.

Komm schon, Becky. Sag. Einfach. Nein.

»Also, eigentlich...« Ich schlucke und versuche, meine Stimme unter Kontrolle zu behalten. »Eigentlich...« Gott, ich bringe es kaum raus. »Ich nehme einfach nur die in Flieder heute«, würge ich schließlich hervor. »Danke.«

»Okay...« Sie tippt einen Code in die Kasse. »Das wären dann 89 Pfund. Wie möchten Sie zahlen?«

»Äh... Kundenkarte, bitte«, sage ich. Ich unterschreibe den Zettel, nehme meine Tasche und verlasse leicht betäubt den Laden.

Ich hab's geschafft! Ich hab's geschafft! Ich habe mich vollständig unter Kontrolle gehabt! Ich habe nur ein Paar Schuhe gebraucht – und ich habe auch nur eins gekauft. Rein in den Laden, raus aus dem Laden. Ganz nach Plan. Sehen Sie, was ich alles kann, wenn ich nur will? Das ist die neue Becky Bloomwood.

So, und weil ich so brav und tapfer gewesen bin, habe ich jetzt eine kleine Belohnung verdient. Ich steuere das nächste Café an und setze mich mit einem Cappuccino in die Sonne.

Ich will diese Apfelsinensandalen, schießt es mir durch den Kopf, als ich den ersten Schluck trinke.

Hör auf. Hör auf. Denk an... etwas anderes. Luke. Den

Kurzurlaub. Unseren allerersten gemeinsamen Urlaub. Ich kann es kaum abwarten!

Schon seit unserer ersten Verabredung wollte ich Luke vorschlagen, gemeinsam Urlaub zu machen, aber Luke hat immer so wahnsinnig viel zu tun. Da könnte man genauso gut den Premierminister fragen, ob er nicht mal eine Weile mit dem Regieren aufhören könnte. (Obwohl, das tut er doch jeden Sommer, oder nicht? Also warum kann Luke das dann nicht?)

Luke arbeitet so viel, dass er noch nicht mal Zeit hatte, meine Eltern kennenzulernen, und das ärgert mich schon ein bisschen. Vor ein paar Wochen haben sie ihn sonntags zum Mittagessen eingeladen, Mum hat Ewigkeiten in der Küche gestanden und gekocht – oder sagen wir, sie hat die bei Sainsburys gekauften, mit Aprikosen gefüllten Schweinelendchen gebraten und ein ganz exklusives Fertigdessert aus Schokoladenmeringe zusammengerührt. Und dann hat Luke in letzter Minute abgesagt, weil einer seiner Kunden schlechte Publicity in der Sonntagszeitung hatte und er zu einer Krisensitzung musste. Also musste ich allein zu meinen Eltern, und das war offen gestanden eine mehr als triste Angelegenheit. Mum war die Enttäuschung an der Nasenspitze anzusehen, und trotzdem hat sie immer wieder betont fröhlich gesagt: »Ach, was soll's, war ja nur eine lose Verabredung.« Aber das war es natürlich nicht. Am nächsten Tag hat Luke (oder Mel, seine Assistentin) ihr einen riesigen Blumenstrauß als Entschuldigung geschickt, aber das ist doch nicht das Gleiche, oder?

Das Schlimmste an der Sache war, dass unsere Nachbarn, Janice und Martin, nachmittags auf ein Glas

Sherry hereinschneiten, »um den berühmten Luke kennenzulernen«, wie sie sich ausdrückten – und als sie dahinterkamen, dass er gar nicht da war, hagelte es mitleidsvolle und leicht selbstgefällige Blicke, da ihr Sohn Tom nämlich nächste Woche seine geliebte Lucy heiratet. Und ich habe den schlimmen Verdacht, dass sie glauben, ich sei in ihn verliebt. (Bin ich aber nicht – ganz im Gegenteil. Aber wenn die Leute so etwas erst einmal glauben, ist es ein Ding der Unmöglichkeit, sie vom Gegenteil zu überzeugen. O Gott. Schrecklich.)

Als ich Luke zur Schnecke machen wollte, wies er mich nur darauf hin, dass ich seine Eltern schließlich auch noch nicht kennengelernt hätte. Aber das stimmt nicht ganz. Ich habe mich mal ganz kurz in einem Restaurant mit seinem Vater und seiner Stiefmutter unterhalten, auch wenn das nicht gerade einer meiner glanzvollsten Auftritte war. Und überhaupt, die beiden leben in Devon, und Lukes leibliche Mutter lebt in New York. Also nicht gerade um die Ecke, oder?

Wie dem auch sei, wir haben uns wieder vertragen – und wenigstens gibt er sich jetzt ein bisschen Mühe und nimmt sich dieses Wochenende frei für unseren Kurzurlaub. Das mit dem Wochenende war übrigens Mels Idee. Sie hat mir erzählt, dass Luke schon seit drei Jahren nicht mehr richtig im Urlaub war und er vielleicht ganz sacht an dieses Thema herangeführt werden müsse. Also habe ich aufgehört, von richtigen Urlaubsreisen zu reden, und stattdessen laut über Wochenendtrips nachgedacht – und das hat funktioniert! Auf einmal bat Luke mich, dieses Wochenende freizuhalten. Und er hat selbst das Hotel gebucht und alles. Ich freue mich *riesig*! Wir werden es uns so richtig gut gehen lassen und nichts tun außer entspannen und zur Abwechslung mal etwas Zeit miteinander verbringen. Herrlich.

Ich will die Apfelsinensandalen.

Hör auf. Hör auf, an sie zu denken.

Ich trinke noch einen Schluck Cappuccino, lehne mich zurück und zwinge mich dazu, dem lebhaften Treiben auf der Straße zuzusehen. Die Leute eilen von links nach rechts, haben Taschen in der Hand und plaudern. Ein Mädchen überquert die Straße – schöne Hose hat sie an, könnte von Nicole Farhi sein, und … O Gott.

Ein Herr mittleren Alters in dunklem Anzug kommt direkt auf mich zu. Ich erkenne ihn. Das ist Derek Smeath, mein Bankmanager.

Oh. Ich glaube, er hat mich auch gesehen.

Okay, keine Panik, schärfe ich mir ein. Es gibt gar keinen Grund zur Panik. Vor langer, langer Zeit hätte mich sein Anblick vielleicht in Panik versetzen können. Ich hätte mich hinter der Speisekarte versteckt oder wäre sogar weggelaufen. Aber das gehört der Vergangenheit an. Heute pflegen der süße Smeathie und ich eine von Ehrlichkeit und Herzlichkeit geprägte Beziehung.

Und doch rücke ich mit dem Stuhl ein klein wenig von meiner LK-Bennett-Tüte ab, als wenn sie nichts mit mir zu tun hätte.

»Tag, Mr Smeath!«, begrüße ich ihn fröhlich, als er näher kommt. »Wie geht es Ihnen?«

»Sehr gut«, sagt Derek Smeath und lächelt. »Und Ihnen?«

»Ach, mir geht es gut, danke. Möchten Sie … Möchten Sie einen Kaffee?«, frage ich mehr aus Höflichkeit, während ich gleichzeitig auf den leeren Stuhl mir gegenüber deute. Ich erwarte natürlich nicht, dass er die Einladung annimmt, aber zu meiner Überraschung setzt er sich und nimmt die Karte zur Hand.

Ist das nicht cool? Ich sitze mit meinem Bankmanager in einem Straßencafé bei einer Tasse Cappuccino zusammen! Wer weiß, vielleicht kann ich das bei *Morning Coffee* mal geschickt einflechten: »Ich persönlich bevorzuge ja eine zwanglose Atmosphäre zur Besprechung meiner Finanzlage«, könnte ich sagen und dabei warm in die Kamera lächeln. »Mein Bankmanager und ich zum Beispiel sitzen oft bei einer netten Tasse Cappuccino zusammen und erörtern meine aktuellen finanziellen Strategien …«

»Ich habe Ihnen übrigens gerade einen Brief geschrieben, Miss Bloomwood«, verrät Derek Smeath mir, als eine Kellnerin einen Espresso vor ihn stellt. Er klingt auf einmal ziemlich ernst, und bei mir schrillen natürlich sämtliche Alarmglocken. Oh Gott, was habe ich denn jetzt schon wieder gemacht? »Ihnen und allen anderen Kunden«, fügt er hinzu. »Um Ihnen mitzuteilen, dass ich gehe.«

»Was?« Meine Tasse landet scheppernd auf der Untertasse. »Was wollen Sie damit sagen? Sie gehen?«

»Ich höre auf bei der Endwich Bank. Ich habe beschlossen, in Frührente zu gehen.«

»Aber …«

Entsetzt starre ich ihn an. Derek Smeath kann nicht gehen! Er kann mich doch jetzt nicht hängen lassen, jetzt, wo alles so gut läuft! Ich meine, ich weiß, dass wir nicht immer einer Meinung waren, aber in letzter Zeit haben wir ein richtig gutes Verhältnis zueinander entwickelt. Er versteht mich. Er versteht meinen Überziehungsbedarf. Was soll ich denn bloß ohne ihn tun?

»Sind Sie nicht ein bisschen zu jung, um in Rente zu gehen?«, frage ich und kann meine Bestürzung kaum verbergen. »Glauben Sie nicht, dass Sie sich furchtbar langweilen werden?« Er lehnt sich zurück und trinkt einen Schluck Espresso.

»Ich will ja nicht vollständig aufhören zu arbeiten. Aber ich finde, das Leben hat mehr zu bieten als die Bankkonten anderer Leute. So faszinierend einige von ihnen auch sein mögen.«

»Ja … ähm. Ja, natürlich. Und ich freue mich natürlich für Sie, ehrlich.« Ich zucke verlegen mit den Schultern. »Aber ich … werde Sie vermissen.«

»Ob Sie's glauben oder nicht«, sagt er und lächelt dabei ein klein wenig, »ich werde Sie auch vermissen, Miss Bloomwood. Ihr Konto war mit Sicherheit eines der … interessantesten, mit denen ich zu tun hatte.«

Er sieht mich durchdringend an, und ich merke, wie ich leicht erröte. Warum muss er mich an die Vergangenheit erinnern? Das ist doch alles vorbei. Ich bin ein neuer Mensch. Man wird doch wohl ein Kapitel seines Lebens abschließen und ein ganz neues anfangen dürfen, oder?

»Sie kommen ja richtig groß raus im Fernsehen«, sagt er und trinkt noch einen Schluck Espresso.

»Ja, ist das nicht toll? Und die Bezahlung ist wirklich ausgesprochen gut«, füge ich spitz hinzu.

»Ihr Einkommen ist in der Tat deutlich gestiegen in den letzten Monaten.« Er stellt seine Tasse ab, und mir sinkt das Herz. »Nichtsdestoweniger …«

Ich hab's gewusst. Warum muss er *jedes Mal* mit einem »nichtsdestoweniger« kommen? Warum kann er sich nicht einfach für mich freuen?

»Nichtsdestoweniger«, wiederholt Derek Smeath, »sind auch Ihre Ausgaben gestiegen. Erheblich sogar. Kurz gesagt, Sie haben Ihr Konto zurzeit stärker überzogen als damals auf der Höhe Ihrer … nun, sagen wir, Ihrer Exzesse.«

Exzesse? Wie gemein.

»Sie müssen sich wirklich mehr bemühen, Ihren Disporahmen einzuhalten, Miss Bloomwood. Oder noch besser: Ihr Konto auszugleichen.«

»Ich weiß«, sage ich lahm. »Will ich ja auch.«

Da entdecke ich auf der anderen Straßenseite eine Frau mit einer LK-Bennett-Tüte in der Hand. Mit einer *großen* LK-Bennett-Tüte. Mit *zwei* Schuhkartons darin.

Wenn *sie* zwei Paar Schuhe kaufen darf, wieso darf *ich* das dann nicht auch? Wo steht geschrieben, dass man nur ein Paar Schuhe auf einmal kaufen darf? Das ist doch der Gipfel der Willkür!

»Wie sieht es denn sonst aus?«, erkundigt sich Mr Smeath. »Ihre Kundenkarten zum Beispiel? Sind die belastet?«

»Nein«, sage ich mit einem Anflug von Süffisanz. »Die habe ich alle schon vor Monaten ausgeglichen.«

»Und seitdem haben Sie kein Geld mehr ausgegeben?«

»Kaum. Nur für Kleinkram.«

Denn was sind schon 90 Pfund? In der kosmischen Gesamtheit betrachtet?

»Ich stelle Ihnen diese Fragen, Miss Bloomwood, weil

ich Sie warnen möchte. In der Endwich Bank finden einige Umstrukturierungen statt, und mein Nachfolger, John Gavin, geht möglicherweise nicht ganz so lax wie ich mit Konten wie Ihrem um. Ich bin mir nicht sicher, ob Sie überhaupt wissen, wie ausgesprochen nachsichtig ich Sie immer behandelt habe.«

»Ach ja?« Ich höre ihm gar nicht richtig zu.

Ich meine, wenn ich zum Beispiel rauchen würde, gäbe ich doch in null Komma nichts 90 Pfund für Zigaretten aus, ohne darüber nachzudenken, oder?

Ha! Und wenn man erst bedenkt, wie viel Geld ich schon dadurch gespart habe, dass ich *nicht* rauche! Das reicht doch locker, um ein kleines Paar Schuhe zu kaufen.

»Er ist ein fähiger Mann«, erzählt Derek Smeath. »Aber auch sehr … rigoros. Flexibilität gehört nicht zu seinen herausragenden Eigenschaften.«

»Okay«, sage ich und nicke abwesend.

»Ich würde Ihnen daher dringend empfehlen, Ihr Konto umgehend auszugleichen.« Er trinkt einen Schluck Kaffee. »Sagen Sie, haben Sie eigentlich inzwischen etwas in Sachen Privatrente unternommen?«

»Ähm … Ich habe mich mit dem unabhängigen Rentenberater getroffen, den Sie mir empfohlen hatten.«

»Und haben Sie auch schon welche von den Formularen ausgefüllt?«

Nur äußerst widerwillig wende ich meine Aufmerksamkeit wieder ihm zu.

»Im Moment bin ich noch damit beschäftigt, die verschiedenen Möglichkeiten abzuwägen«, sage ich und setze mein weises Finanzexpertinnen-Gesicht auf. »Es gibt ja nichts Schlimmeres, als unüberlegt eine falsche

Investition zu tätigen. Vor allem, wenn es um etwas so ungemein Wichtiges wie die private Altersvorsorge geht.«

»Ein wahres Wort«, sagt Derek Smeath. »Aber halten Sie sich nicht allzu lang mit Abwägen auf, ja? Ihr Geld legt sich nämlich nicht von selbst an.«

»Ich weiß«, sage ich und trinke einen Schluck Cappuccino.

Oh Gott, jetzt fühle ich mich wieder etwas unwohl. Vielleicht hat er recht. Vielleicht sollte ich lieber neunzig Pfund in eine Rentenkasse einzahlen, statt noch ein Paar Schuhe zu kaufen.

Aber andererseits – was nützt mir eine Einlage von neunzig Pfund in einer Rentenkasse? Ich meine, davon werde ich im Alter wohl kaum überleben können, oder? Neunzig mickerige Pfund. Und bis ich alt bin, ist die Welt wahrscheinlich sowieso schon längst in die Luft geflogen oder so.

Ein Paar Schuhe dagegen ist etwas Greifbares, etwas Handfestes …

Ach, lasst mich doch alle in Ruhe. Ich hole sie mir.

»Mr Smeath, ich muss jetzt leider weiter«, sage ich unvermittelt und stelle die Tasse ab. »Ich habe noch etwas zu … erledigen.«

Jetzt, wo ich mich dazu entschlossen habe, muss ich so schnell wie möglich zu dem Laden zurück. Ich schnappe mir die LK-Bennett-Tüte und lege fünf Pfund auf den Tisch. »War schön, Sie zu sehen. Und alles Gute für Ihr Dasein als Frührentner.«

»Ihnen auch alles Gute, Miss Bloomwood«, sagt Derek Smeath und lächelt mich an. »Und vergessen Sie nicht, was ich Ihnen gesagt habe: John Gavin wird Sie nicht mit der gleichen Nachsicht behandeln wie ich. Also … passen Sie auf, ja?«

»Mach ich!«

Und dann eile ich so schnell ich kann, doch ohne zu rennen, die Straße hinunter zu LK Bennett.

Gut, okay, streng genommen habe ich dieses Paar Apfelsinensandalen vielleicht doch nicht wirklich gebraucht. Es bestand nicht gerade die Notwendigkeit, sie zu kaufen. Aber während ich sie anprobierte, fiel mir auf, dass ich im Grunde nicht gegen meinen neuen Grundsatz verstoße. Denn seien wir ehrlich: Ich *werde* sie brauchen.

Irgendwann werde ich natürlich neue Schuhe brauchen, richtig? Jeder braucht Schuhe. Und es kann nur als umsichtig bezeichnet werden, wenn ich mir einen Vorrat von Schuhen anlege, die mir richtig gut gefallen. Es wäre doch dumm, so lange zu warten, bis mein letztes Paar total ausgelatscht ist, und dann mit Schrecken festzustellen, dass die Läden nichts hergeben, was mir gefällt! Es handelt sich also um einen Vernunftkauf. Mit diesem Kauf … sichere ich mich ab. Gegen unvorhersehbare Stilschwankungen auf dem Schuhmarkt.

Als ich mit meinen beiden neuen, glänzenden Einkaufstüten unterm Arm und einem seligen Lächeln auf dem Gesicht aus dem LK-Bennett-Laden komme, habe ich null Lust, nach Hause zu gehen. Darum beschließe ich, noch eben bei Gifts and Goodies um die Ecke reinzuspringen. Das ist einer der Läden, der Suzes Rahmen verkauft, und ich habe es mir zur Gewohnheit gemacht hineinzugehen, wenn ich in der Nähe bin, um zu sehen, ob vielleicht gerade jemand einen kauft.

Die Tür macht leise »Ping!«, als ich sie öffne. Die Verkäuferin sieht auf, und ich lächle sie an. Der Laden ist himmlisch. Es ist so schön warm hier, und es duftet so herrlich, und überall stehen so tolle Sachen herum wie zum Beispiel Weinregale aus Chrom und gläserne, gravierte Untersetzer. Ich schlendere an einem Regal mit in zartlila Leder eingebundenen Notizbüchern vorbei, sehe auf – und da sind sie! Drei mit violettem Tweed überzogene Bilderrahmen! Von Suze! Mein Herz klopft immer noch aufgeregt, wenn ich sie sehe.

Und – mein Gott! Jetzt überschlägt sich mein Herz fast! Vor den Rahmen steht eine Kundin und hat einen in der Hand! Eine Kundin hat einen von Suzes Rahmen in der Hand!!!

Um ganz ehrlich zu sein, ich habe noch nie gesehen, wie jemand einen von Suzes Rahmen *gekauft* hat. Ich meine, ich weiß, die Leute müssen verrückt nach ihnen sein und sie kaufen, schließlich sind sie ständig ausverkauft – aber ich habe noch nie jemanden in flagranti dabei ertappt. Mann, ist das aufregend!

Ich gehe ganz leise ein paar Schritte weiter, als die Kundin den Rahmen umdreht. Sie sieht den Preis, legt die Stirn in Falten – und mein Herz stolpert schon wieder.

»Das ist ja ein schöner Bilderrahmen«, sage ich zwanglos. »Wirklich ungewöhnlich.«

»Ja«, sagt sie und stellt ihn wieder ins Regal.

Nein!, denke ich bestürzt. Nimm den sofort wieder in die Hand!

»Es ist ja so schwer, heutzutage einen schönen Rahmen zu finden«, plaudere ich los. »Finden Sie nicht auch? Wenn man einen findet, sollte man wirklich sofort zuschlagen, bevor jemand anders ihn kauft.«

»Mag sein«, sagt die Kundin, nimmt einen Briefbeschwerer in die Hand und runzelt auch angesichts seines Preises die Stirn.

Jetzt geht sie weg. Was soll ich bloß tun?

»Also, ich glaube, ich kaufe einen«, spreche ich laut und deutlich vor mich hin und nehme einen Rahmen aus dem Regal. »Ist ein geniales Geschenk. Ganz egal, ob für einen Mann oder eine Frau, weil … Bilderrahmen kann schließlich jeder gebrauchen!«

Die Kundin beachtet mich gar nicht weiter. Aber egal, wenn sie erst sieht, dass *ich* einen kaufe, überlegt sie es sich vielleicht doch noch mal anders.

Ich eile zur Kasse. Die Dame hinter dem Tresen lächelt mich an. Ich glaube, ihr gehört der Laden, ich habe nämlich schon gesehen, wie sie Vorstellungsgespräche geführt und mit Lieferanten diskutiert hat. (Nicht dass ich so oft hier wäre – das ist reiner Zufall.)

»Da sind Sie ja mal wieder«, begrüßt sie mich. »Die Rahmen haben es Ihnen wirklich angetan, was?«

»Ja«, sage ich laut vernehmlich. »Ein *fantastisches* Preis-Leistungs-Verhältnis!« Aber die Kundin studiert gerade eine Glaskaraffe und hört überhaupt nicht zu.

»Wie viele haben Sie denn jetzt insgesamt davon gekauft? Bestimmt schon an die … zwanzig, oder?«

Was? Schlagartig wende ich meine Aufmerksamkeit wieder der Verkäuferin zu. Was hat sie gesagt?

»Oder sogar dreißig?«

Entsetzt starre ich sie an. Hat sie mich etwa beobachten lassen? Das ist doch nicht legal, oder?

»Dann haben Sie ja inzwischen eine ganz schöne Sammlung!«, fügt sie anerkennend hinzu, während sie den Rahmen in Seidenpapier wickelt.

Ich muss jetzt irgendetwas sagen, sonst kommt sie noch auf die Idee, dass ich die Einzige bin, die Suzes Rahmen kauft. Dass außer mir niemand … Ach, lächerlich! Ich bitte Sie: dreißig Rahmen! Ich habe vielleicht … vier Stück gekauft. Fünf, höchstens.

»Gar nicht!«, widerspreche ich hastig. »Sie müssen mich mit jemandem verwechseln. Und außerdem wollte ich ja nicht nur einen Rahmen kaufen!« Ich lache laut auf, um ihr zu signalisieren, wie absurd diese Annahme ist. »Ich wollte nämlich eigentlich auch welche von … diesen hier!« Ich greife auf gut Glück in einen auf dem Tresen stehenden Korb mit Holzbuchstaben und reiche ihr meine Beute. Sie lächelt und legt die Buchstaben in Reih und Glied auf ihren Seidenpapierstapel.

»P … T … R … R.«

Sie hält inne und betrachtet etwas ratlos das Ergebnis. »Wollten Sie vielleicht ›Peter‹ schreiben?«

Ach, Herrgott noch mal! Muss man denn immer einen *Grund* dafür haben, etwas zu kaufen?

»Ähm … ja«, sage ich. »Das ist … mein Patenkind. Er ist drei.«

»Ach, wie nett! Dann wollen wir mal sehen. Zwei Es dazu und ein R weg …«

Sie sieht mich so gütig an, als wenn ich total schwachsinnig wäre. Kann man ihr nicht verdenken, wenn ich noch nicht einmal in der Lage bin, »Peter« zu buchstabieren. Und wenn das noch dazu der Name meines Patenkindes ist.

»Das wären dann … 48 Pfund«, sagt sie, als ich mein Portemonnaie hervorkrame. »Übrigens, wenn Sie 50 Pfund ausgeben, bekommen Sie eine Duftkerze gratis.«

»Wirklich?« Interessiert sehe ich hoch. Eine Duftkerze wäre jetzt genau das Richtige für mich. Und wenn es sich bloß um zwei Pfund dreht …

»Ich könnte bestimmt noch irgendetwas finden …«, sage ich und sehe mich ziellos im Laden um.

»Sie könnten doch auch noch den Nachnamen Ihres Patenkindes in Holzbuchstaben kaufen«, schlägt die Verkäuferin vor. »Wie heißt er denn?«

»Äh, Wilson«, sage ich ohne nachzudenken.

»Wilson.« Und zu meinem Entsetzen fängt sie doch tatsächlich an, in dem Korb herumzuwühlen. »W … L … hier ist ein O …«

»Ach, wissen Sie«, unterbreche ich sie, »wissen Sie, ich glaube, das lasse ich besser. Weil … also, weil … seine Eltern lassen sich nämlich gerade scheiden und vielleicht heißt er dann gar nicht mehr so.«

»Wirklich?« Die Verkäuferin lässt die Buchstaben wieder in den Korb fallen und setzt eine mitleidige Miene auf. »Wie furchtbar. Also keine Trennung in aller Freundschaft?«

»Nein, gar nicht«, sage ich und sehe mich nach etwas anderem um, das ich kaufen könnte. »Ganz im Gegenteil. Seine … seine Mutter ist mit dem Gärtner durchgebrannt.«

»Tatsächlich?« Die Frau hinter der Kasse sieht mich aus großen Augen an, und auf einmal merke ich, dass ein in der Nähe stehendes Paar aufmerksam zuhört. »Sie ist mit dem *Gärtner* durchgebrannt?«

»Er war … na ja, er war ein ziemlicher Knüller«, improvisiere ich, während ich eine Schmuckschatulle in die Hand nehme und sehe, dass sie 75 Pfund kostet. »Sie konnte einfach nicht die Finger von ihm lassen. Und ihr Mann hat sie dann zusammen im Geräteschuppen überrascht. Aber wie dem auch sei …«

»Meine Güte!«, sagt die Verkäuferin. »Das ist ja unglaublich!«

»Aber es stimmt«, ertönt da ein Stimmchen vom anderen Ende des Ladens.

Was?

Ich schnelle herum – und die Frau, die sich Suzes Rahmen angesehen hatte, kommt direkt auf mich zu. »Ich nehme an, Sie sprechen von Jane und Tim?«, sagt sie. »Ein unglaublicher Skandal, was? Aber ich dachte, der kleine Junge hieß Toby?«

Ich glotze sie an und bekomme keinen Ton heraus.

»Vielleicht ist Peter ja sein Taufname«, sinniert die Verkäuferin und deutet auf mich. »Das ist seine Patentante.«

»Ach, *Sie* sind die Patentante!«, ruft die Kundin. »Ich habe ja schon *so viel* von Ihnen gehört!«

Das ist nicht wahr. Das *kann* nicht wahr sein.

»Na, dann können *Sie* mir vielleicht verraten …« Die Frau kommt näher und dämpft ihre Stimme vertraulich. »… ob Tim Maudes Angebot angenommen hat?«

Ich sehe mich in dem totenstillen Laden um. Alle warten auf meine Antwort.

»Ja, hat er«, sage ich vorsichtig. »Er hat es angenommen.«

»Und hat es funktioniert?«, fragt sie gespannt.

»Öm … nein. Er und Maude haben … also … sie haben sich gestritten.«

»Ach, ja?« Die Frau hält sich die Hand vor den Mund. »*Gestritten*? Worüber denn?«

»Ach, Sie wissen schon« – ich bin kurz davor, zu verzweifeln! –, »so über dieses und jenes … wer spülen soll … ach, wissen Sie, ich glaube, ich zahle bar!« Ich fummele in meinem Portemonnaie herum und knalle 50 Pfund auf den Tresen. »Stimmt so.«

»Und was ist mit Ihrer Duftkerze?«, fragt die Verkäuferin. »Es gibt Vanille, Sandelholz …«

»Vergessen Sie's«, sage ich und eile zur Tür.

»Halt!«, ruft die Kundin mir hinterher. »Warten Sie! Was ist aus Ivan geworden?«

»Der … ist nach Australien ausgewandert«, sage ich und knalle die Tür hinter mir zu.

Puh, das war knapp. Ich glaube, jetzt gehe ich doch besser nach Hause.

Ein paar Hundert Meter vor unserem Haus bleibe ich stehen und sortiere meine Einkaufstüten. Das heißt, ich stopfe sie alle so tief in eine LK-Bennett-Tüte, dass man sie nicht sehen kann. Nicht dass ich etwas zu verbergen hätte oder so. Es ist nur … Ich möchte lieber mit nur einer Einkaufstüte in der Hand nach Hause kommen.

Ich habe die leise Hoffnung, ganz unauffällig in mein Zimmer zu gelangen – ohne dass Suze mich sieht. Aber als ich die Wohnungstür aufmache, sitzt sie mitten im Flur auf dem Fußboden und packt ein Päckchen.

»Hi!«, begrüßt sie mich. »Hast du die Schuhe gekauft?«

»Ja«, antworte ich fröhlich. »Hat alles geklappt. Richtige Größe und alles.«

»Lass mal sehen!«

»Ich … ich packe sie eben schnell aus.« Ich bemühe mich sehr, ganz locker zu klingen, und bewege mich auf mein Zimmer zu. Aber ich weiß, dass es nichts nützt. Man sieht mir das schlechte Gewissen schon am schleichenden Gang an.

»Bex«, sagt Suze auf einmal. »Was hast du sonst noch in der Tüte? Das sind doch nicht nur ein Paar Schuhe.«

»Tüte?« Mit gespielter Überraschung drehe ich mich um. »Ach, *die* Tüte. Ähm … das sind nur … ein paar Kleinigkeiten. Du weißt schon … Krimskrams …«

Mir versagt vor lauter Schuldbewusstsein die Stimme, als Suze die Arme vor der Brust verschränkt und mich so finster sie kann ansieht.

»Zeigen.«

»Gut, hör zu«, beeile ich mich zu erklären. »Ich weiß, ich habe von *einem* Paar geredet. Aber bevor du jetzt sauer wirst, guck dir das mal an.« Ich hole den Karton aus der zweiten LK-Bennett-Tüte, nehme den Deckel ab und ziehe ganz langsam eine der Apfelsinensandalen heraus. »Jetzt … sieh sie dir an.«

»Oh, mein Gott«, haucht Suze und kann den Blick gar nicht mehr abwenden. »Die ist ja absolut … umwerfend.« Sie nimmt mir die Sandale ab und streicht ganz sanft über das weiche Leder – doch dann, auf einmal, ist dieser finstere Blick wieder da. »Aber *brauchst* du sie denn?«

»Ja!«, verteidige ich mich. »Es handelt sich um vorausschauendes Kaufen. Ich habe in die Zukunft investiert.«

»Investiert?«

»Ja. Und gewissermaßen *spare* ich sogar Geld – denn da ich diese jetzt habe, heißt das, dass ich nächstes Jahr kein Geld für Schuhe ausgeben muss. Gar keins!«

»Wirklich?«, fragt Suze misstrauisch. »Überhaupt keins?«

»Überhaupt gar keins! Wirklich, Suze, ich werde diese Schuhe Tag und Nacht tragen. Und ich muss mindestens ein Jahr lang keine neuen kaufen. Vielleicht sogar zwei!«

Suze schweigt, und ich beiße mir auf die Lippe. Jetzt sagt sie mir bestimmt gleich, ich soll sie zurückbringen. Aber dann betrachtet sie noch einmal die Sandale und berührt die winzige Apfelsine.

»Zieh mal an«, sagt sie plötzlich. »Ich will sie angezogen sehen.«

Mit einem Kitzeln im Bauch hole ich auch die andere Sandale aus dem Karton und ziehe beide an. Perfekt. Meine perfekten Apfelsinen-Sandaletten. Genau wie bei Aschenputtel.

»O Bex«, sagt Suze – und mehr muss sie auch nicht sagen. Ihr weicher Blick spricht Bände.

Ehrlich, manchmal wünsche ich mir, ich könnte Suze heiraten.

Nachdem ich einige Male auf und ab gegangen bin, seufzt Suze zufrieden auf und holt die Gifts-and-Goodies-Tüte aus der LK-Bennett-Tüte. »Und was hast du da gekauft?« Die Holzbuchstaben purzeln auf den Boden, und Suze legt sie auf dem Teppich in die richtige Reihenfolge.

»P-E-T-E-R. Wer ist Peter?«

»Weiß nicht«, weiche ich aus und nehme die Gifts-and-Goodies-Tüte an mich, ehe Suze ihren Rahmen darin entdeckt. (Einmal hat sie mich bei Fancy Free dabei erwischt, wie ich einen gekauft habe, wurde richtig sauer und hat gesagt, sie würde mir jederzeit einen ganz persönlichen Rahmen machen, wenn ich wollte.) »Kennst du jemanden, der Peter heißt?«

»Nein«, sagt Suze. »Glaube nicht… Aber wir könnten uns ja eine Katze anschaffen und sie Peter nennen!«

»Ja«, sage ich wenig überzeugt. »Vielleicht… Na ja, ich packe dann mal besser fertig für morgen.«

»Ach, da fällt mir was ein!« Plötzlich hat Suze einen Notizzettel in der Hand. »Luke hat angerufen.«

»Ja?« Ich versuche, meine kindische Freude zu verbergen. Ich freue mich immer so, wenn Luke anruft, weil er das nicht besonders oft tut. Ich meine, er ruft schon mal an, um sich mit mir zu verabreden und so – aber er ruft eigentlich nie an, um zu plaudern. Manchmal schickt er mir auch E-Mails, aber die zeichnen sich auch nicht gerade durch einen Plauderton aus, sondern eher… Nun, genau genommen, als ich die erste Mail von ihm bekam, war ich geradezu entsetzt. (Aber inzwischen freue ich mich irgendwie auf sie.)

»Er hat gesagt, dass er dich morgen um zwölf vom Studio abholt. Und der Mercedes musste in die Werkstatt, darum fahrt ihr mit dem MGF Cabrio.«

»Echt? Das ist ja cool!«

»Ja, nicht?« Suze strahlt mich an. »Finde ich auch. Ach ja, und er hat gesagt, du sollst nicht so viel Gepäck mitnehmen, weil der Kofferraum eher klein ist.«

Mein Lächeln erstirbt.

»Was hast du gesagt?«

»Nicht so viel Gepäck«, wiederholt Suze. »Du weißt schon, keine großen Koffer, höchstens eine kleine Tasche oder eine Reisetasche …«

»Ich weiß, was ›nicht so viel Gepäck‹ heißt!« Meine Stimme schrillt vor Bestürzung. »Aber … das geht nicht!«

»Natürlich geht das!«

»Suze, weißt du eigentlich, wie viel Zeug ich schon eingepackt habe?« Ich gehe zu meiner Zimmertür und öffne sie. »Ich meine, schau doch mal.«

Etwas verunsichert folgt Suze meinem Blick, bis wir beide mein Bett anstarren. Mein großer, giftgrüner Koffer ist voll. Neben ihm liegt ein weiterer Haufen Klamotten. Und mit Make-up und Accessoires hatte ich noch gar nicht angefangen.

»Es geht nicht, Suze«, jammere ich. »Was soll ich bloß tun?«

»Luke anrufen und es ihm sagen?«, schlägt Suze vor. »Ihn bitten, einen Wagen mit einem größeren Kofferraum zu mieten?«

Ich schweige und versuche, mir Lukes Gesicht vorzustellen, wenn ich ihn bitte, ein größeres Auto zu mieten, damit meine Klamotten alle hineinpassen.

»Der Punkt ist«, sage ich schließlich, »dass ich mir nicht ganz sicher bin, ob er dafür Verständnis hätte …«

Es klingelt an der Tür, und Suze steht auf.

»Das ist bestimmt Special Express. Die holen mein Päckchen ab«, sagt sie. »Hör mal, Bex, das klappt schon! Du musst nur … ein paar Sachen hier lassen.« Suze geht zur Wohnungstür und lässt mich mit dem Chaos auf meinem Bett allein.

Hier lassen? Aber was hier lassen? Es ist ja nicht so, als hätte ich massenweise Zeug eingepackt, das ich nicht brauche. Wenn ich jetzt irgendwelche Sachen hier lasse, funktioniert mein ganzer Plan nicht mehr.

Okay, komm. Eine Runde unorthodoxes Denken. Es *muss* eine Lösung geben.

Vielleicht könnte ich … heimlich einen Anhänger ans Auto hängen, wenn Luke gerade nicht guckt?

Oder vielleicht könnte ich alle meine Klamotten *anziehen* und sagen, dass ich friere …

Ach, es ist hoffnungslos. Was soll ich tun?

Gedankenverloren gehe ich aus meinem Zimmer in den Flur, wo Suze einem uniformierten Herrn gerade einen wattierten Umschlag überreicht.

»Vielen Dank«, sagt er. »Wenn Sie bitte hier unterschreiben würden … Schönen guten Tag!« Den wünscht er mir, und ich antworte mit einem Nicken, während ich entrückt lese, was auf seiner Plakette steht: *Egal was, egal wohin. Morgen Früh ist es da.*

»Hier ist Ihre Quittung«, sagt der Mann zu Suze und dreht sich um. Er ist schon halb zur Tür hinaus, als die Wörter von seiner Plakette sich plötzlich mit Sinn füllen.

Egal was.

Egal wohin.

Morgen Früh ist es …

»Halt, stopp!«, rufe ich in dem Moment, in dem er die Tür zuziehen will. »Könnten Sie noch einen kleinen Moment warten?«

Paradigm Self-help Books Ltd.
695 Soho Square
London W1 5AS

Miss Rebecca Bloomwood
Flat 2
4 Burney Rd.
London SW6 8FD

4. September 2000

Liebe Becky!

Vielen Dank für Ihre Nachricht auf meiner Mailbox. Ich freue mich sehr, dass Sie mit dem Buch so gut vorankommen!

Wie Sie sich zweifellos erinnern, haben Sie mir bei unserem Gespräch vor zwei Wochen versichert, dass mir der erste Entwurf in den nächsten Tagen zugehen wird. Ich bin davon überzeugt, dass er unterwegs ist – oder ist er möglicherweise auf dem Postweg verloren gegangen? Könnten Sie mir zur Sicherheit bitte noch einen Ausdruck schicken?

Was das Autorenfoto betrifft, so ist das Wichtigste, dass Sie etwas tragen, worin Sie sich wohl fühlen. Ein Top von Agnes B ist sicher geeignet, genau wie die beschriebenen Ohrringe.

Ich freue mich schon sehr auf Ihr Manuskript und möchte noch einmal betonen, wie stolz und glücklich wir sind, Sie als Autorin für uns gewonnen zu haben.

Mit den besten Grüßen
Paradigm Books Ltd.

Pippa Brady
Lektorin

Paradigm Books: Ihre Hilfe zur Selbsthilfe
JETZT ERSCHIENEN:
Überleben im Dschungel von Brig. Roger Flintwood

DREI

Um fünf vor zwölf am nächsten Tag sitze ich immer noch unter den grellen Scheinwerfern im Set von *Morning Coffee* und frage mich, wann ich endlich wegkann. Normalerweise bin ich um 11:40 Uhr fertig, aber heute hatten wir eine Frau mit übersinnlichen Fähigkeiten am Apparat, die behauptete, die Reinkarnation von Maria Stuart zu sein, und die hat unseren Zeitplan etwas durcheinandergebracht. Luke müsste jede Minute da sein, und ich muss mich noch umziehen …

»Becky?« Das ist Emma, die weibliche Hälfte des Moderatoren-Tandems von *Morning Coffee*. Sie sitzt mir gegenüber auf einem blauen Sofa. »Das hört sich nach einem handfesten Problem an, oder?«

»Den Eindruck habe ich auch.« Ich muss mich wieder auf die Sendung konzentrieren. Ich werfe einen Blick auf die Notizen vor mir und lächle dann wohlwollend in die Kamera. »Also, um es noch einmal kurz zusammenzufassen, Judy: Sie und Ihr Mann Bill haben Geld geerbt. Sie möchten einen Teil des Geldes in Aktien investieren – aber Ihr Mann ist dagegen.«

»Ich rede gegen eine Wand!«, echauffiert Judy sich. »Er behauptet, ich würde alles verlieren, schließlich sei es auch sein Geld, und wenn ich nichts Besseres zu tun hätte, als unser Geld zu verspielen, könnte ich …«

»Ja«, fällt Emma ihr so schonend wie möglich ins Wort. »Das hört sich wirklich nach einem massiven Problem an, Becky. Ehepartner, die sich nicht einigen können, was sie mit ihrem Geld machen sollen.«

»Ich verstehe ihn einfach nicht!«, ruft Judy. »Jetzt haben wir endlich mal die Chance, so richtig zu investieren! Das ist eine einmalige Gelegenheit! Wieso *kapiert* er das nicht?«

Sie verstummt, und im Studio herrscht erwartungsvolles Schweigen. Alle warten auf meine Antwort.

»Judy …«, sage ich und lege eine Denkpause ein, »darf ich Ihnen eine Frage stellen? Was hat Bill heute an?«

»Einen Anzug«, antwortet Judy überrascht. »Einen grauen Anzug. Fürs Büro.«

»Und was für eine Krawatte? Schlicht oder gemustert?«

»Schlicht«, kommt die prompte Antwort. »Er hat nur schlichte Krawatten.«

»Würde Bill jemals eine Krawatte mit … sagen wir, Comic-Aufdruck tragen?«

»Nie!«

»Verstehe.« Ich hebe die Augenbrauen. »Judy, würde ich zu weit gehen, wenn ich sage, dass Bill generell ein wenig abenteuerlustiger Mensch ist? Dass er nicht gerne Risiken eingeht?«

»Ja … also, nein«, sagt Judy. »Jetzt, wo Sie es sagen … da haben Sie wohl recht.«

»Ah!«, meldet sich Rory, die männliche Hälfte des Tandems, vom anderen Ende des Sofas zu Wort. Er sieht aus wie aus Stein gemeißelt und kann großartig mit Filmstars flirten. Aber mit zu viel Hirn ist er nicht gerade gesegnet. »Ich glaube, ich weiß, worauf Sie hinauswollen, Becky.«

»Ja, danke, Rory«, sagt Emma und verdreht die Augen. »Ich glaube, das wissen wir jetzt alle. Also, Becky, wenn Bill nicht besonders risikofreudig ist – würden Sie dann sagen, dass er recht hat, das Aktiengeschäft zu vermeiden?«

»Nein«, antworte ich. »Das würde ich ganz und gar nicht sagen. Denn Bill übersieht möglicherweise, dass es verschiedene Arten von Risiken gibt. Wenn man an der Börse spekuliert, ja, dann riskiert man, kurzfristig Geld zu verlieren. Aber wenn man das Geld einfach nur jahrelang auf der Bank hat, ist das Risiko, dass das Erbe im Zuge der Inflation an Wert verliert, noch viel größer.«

»Aha«, lautet Rorys weiser Kommentar. »Inflation.«

»In zwanzig Jahren ist das Geld vielleicht nur noch einen Bruchteil dessen wert, was es an der Börse an Ertrag gebracht hätte. Wenn Bill also zum Beispiel Mitte dreißig ist und langfristig investieren möchte, könnte ein ausgewogenes Aktien-Portfolio, das auf den ersten Blick riskant erscheint, in vielerlei Hinsicht die sicherere Investition sein.«

»Ahaaa!«, sagt Emma und sieht mich bewundernd an. »So kann man das natürlich auch sehen.«

»Erfolgreiches Investment ist oft nur eine Frage unorthodoxen Denkens«, sage ich und lächle bescheiden.

Ich *liebe* es, wenn ich eine kluge Antwort gegeben habe und alle von mir beeindruckt sind.

»Hilft Ihnen das weiter, Judy?«, fragt Emma.

»Ja«, sagt Judy. »Ja, vielen Dank! Ich habe alles aufgenommen, damit ich es Bill heute Abend vorspielen kann.«

»Na dann«, sage ich, »passen Sie aber auf, was für eine Krawatte er trägt.«

Alles lacht, und kurz darauf stimme auch ich in das Gelächter ein – obwohl ich das gar nicht als Witz gemeint hatte.

»So, und dann haben wir noch eine letzte, ganz schnelle Anruferin«, sagt Emma. »Enid aus Northhampton möchte wissen, ob sie genug Rücklagen hat, um schon in Rente zu gehen. Habe ich das richtig verstanden, Enid?«

»Ja, ganz genau«, ertönt Enids Stimme durch die Leitung. »Mein Mann Tony ist kürzlich in Rente gegangen, und ich hatte gerade eine Woche Urlaub, die ich zu Hause verbracht habe. Habe Tony bekocht und so. Und er … also wir … haben überlegt, ob ich nicht auch in Frührente gehen sollte. Aber ich bin mir nicht sicher, ob ich genügend Rücklagen habe, und darum dachte ich mir, rufe ich an.«

»Welche Art von finanzieller Absicherung haben Sie denn, Enid?«, frage ich.

»Also, da wäre dieser Rentenfonds, in den ich schon mein ganzes Leben lang einbezahle«, erzählt Enid etwas zögerlich. »Und dann habe ich noch zwei Sparverträge … und außerdem habe ich neulich etwas geerbt, und davon könnten wir die Hypothek abbezahlen …«

»Na, das klingt doch prima!«, freut Emma sich. »Sogar *ich* kann sehen, dass Sie sich keine Sorgen zu machen brauchen, Enid! Man kann Ihnen getrost einen angenehmen Ruhestand wünschen!«

»Ja«, sagt Enid. »Ja, dann. Das heißt – es gibt keinen Hinderungsgrund, jetzt noch nicht in Rente zu gehen. Wie Tony gesagt hat.« Enid verstummt, man kann lediglich ihren unsteten Atem durch die Leitung hören. Emma wirft mir einen kurzen Blick zu. Barry, der Produzent, schreit ihr wahrscheinlich über den kleinen Empfänger ins Ohr, dass dem Schweigen ein Ende bereitet werden muss.

»Na, dann alles Gute, Enid!«, strahlt sie die unsichtbare Anruferin an. »Becky, was das Thema der Altersvorsorge angeht …«

»Einen … einen Moment bitte«, sage ich und runzle die Stirn. »Enid – es gibt, soweit ich das sehe, keinen finanziellen Grund, noch nicht in Rente zu gehen. Aber … vielleicht gibt es einen anderen, weitaus wichtigeren Grund? Enid, *möchten* Sie überhaupt in Rente gehen?«

»Na ja.« Enids Stimme klingt unsicher. »Ich bin jetzt schon über fünfzig. Ich meine, das Leben geht weiter, oder? Und wie Tony schon sagte, wir könnten dann viel mehr Zeit miteinander verbringen.«

»Mögen Sie Ihren Job?«

Jetzt schweigt sie schon wieder.

»Ja. Sehr gerne. Wir sind ein gutes Team, da, wo ich arbeite. Natürlich bin ich eine der Ältesten. Aber das stört weiter keinen, und ich kann genauso herzlich lachen wie die anderen, wenn Witze gemacht werden …«

»Tja, tut mir leid, aber unsere Zeit ist wirklich zu Ende«, schaltet Emma sich ein, die offenbar wieder Order aus dem Knopf im Ohr bekommen hat. Sie lächelt in die Kamera. »Alles Gute für Ihren Ruhestand, Enid!«

»Halt!«, sage ich. »Enid, wenn Sie noch ein bisschen über Ihr Problem reden möchten, bleiben Sie einen Moment dran, ja?«

»Ja«, sagt Enid nach kurzer Bedenkzeit. »Ja, gerne.«

»Und wir kommen zum Wetter«, sagt Rory, der immer zu neuem Leben erwacht, wenn die Finanzgespräche vorbei sind. »Möchten Sie abschließend noch etwas loswerden, Becky?«

»Das Gleiche wie immer«, sage ich und lächle in die Kamera. »Was Sie heute für Ihr Geld tun …«

»… tut Ihr Geld morgen für Sie!«, vollenden Rory und Emma mein Motto. Nach der obligatorischen Sekundenstarre entspannen wir uns alle, und Zelda, die Produktionsassistentin, erscheint im Set.

»Sehr gut!«, lobt sie uns. »Ist klasse rübergekommen. Becky, diese Enid ist immer noch auf Leitung vier. Wenn du willst, wimmeln wir sie irgendwie ab …«

»Nein!«, entrüste ich mich. »Ich will wirklich gern mit ihr sprechen. Ich hatte nämlich den Eindruck, dass sie überhaupt noch nicht aufhören will zu arbeiten.«

»Wie du willst«, sagt Zelda und hakt irgendetwas auf ihrem Klemmbrett ab. »Ach, und Luke wartet am Empfang auf dich.«

»Jetzt schon?« Ich sehe auf die Uhr. »O Gott … Kannst du ihm sagen, dass ich gleich komme?«

Ich hatte wirklich nicht vor, so lange mit Enid zu telefonieren. Aber kaum waren wir sozusagen unter uns, rückte sie mit der wahren Geschichte heraus: Dass sie

Angst vor dem Ruhestand hat und nur ihr Mann will, dass sie zu Hause bleibt, damit sie für ihn kocht. Dass sie richtig aufgeht in ihrem Job und dass sie eigentlich einen Computerkurs machen wollte, ihr Mann aber meinte, das sei Geldverschwendung … Gegen Ende bin ich völlig außer mir. Ich habe Enid ziemlich deutlich meine Meinung gesagt, und als ich sie gerade frage, ob sie sich für eine emanzipierte Frau hält, klopft Zelda mir auf die Schulter und erinnert mich daran, wo ich bin.

Dann dauert es noch mal fünf Minuten, bis ich mich umschweifig bei Enid entschuldigt und ihr klargemacht habe, dass ich wegmuss. Dann entschuldigt sie sich bei mir – und dann verabschieden und bedanken wir uns beide noch mindestens zwanzigmal. Dann flitze ich in meine Garderobe und ziehe mich um: das *Morning-Coffee*-Outfit aus, das Hinreise-Outfit an.

Ich betrachte mich im Spiegel und bin zufrieden. Ich trage ein Pucci-eskes, buntes Oberteil, ausgefranste Jeans-Shorts, meine neuen Sandalen, eine Sonnenbrille von Gucci (gab's im Ausverkauf bei Harvey Nichols zum halben Preis!) – und mein über alles geliebtes, blassblaues Denny-and-George-Tuch.

Luke hat einen Narren gefressen an diesem Tuch. Wenn uns jemand fragt, wie wir uns kennengelernt haben, antwortet Luke immer: »Unsere Blicke trafen sich über einem Denny-and-George-Tuch.« Und das stimmt auch fast. Er hat mir einen Teil des Geldes geliehen, das ich brauchte, um das Tuch kaufen zu können, und er behauptet heute noch steif und fest, ich hätte ihm das Geld nie wiedergegeben, und darum würde das Tuch zum Teil ihm gehören. (Das stimmt natürlich überhaupt nicht. Ich habe ihm das Geld sofort zurückgegeben.)

Wie dem auch sei, ich trage das Tuch ziemlich häufig, wenn Luke und ich zusammen ausgehen. Und auch, wenn wir zu Hause bleiben. Wissen Sie was, ich verrate Ihnen ein kleines Geheimnis – manchmal trage ich das Tuch sogar, wenn wir …

Ach nein, lieber doch nicht. Das müssen Sie nun wirklich nicht wissen. Vergessen Sie's.

Als ich endlich in den Empfangsbereich rausche, sehe ich auf die Uhr und stelle fest, dass ich vierzig Minuten zu spät bin. Oh Gott. Und Luke sitzt in einem der knautschigen Sessel und sieht so groß und fantastisch aus. Er trägt das Polohemd, das ich ihm im Ausverkauf bei Ralph Lauren gekauft habe.

»Tut mir leid, Luke«, sage ich. »Ich habe nur noch …«

»Ich weiß«, sagt Luke, faltet die Zeitung zusammen und steht auf. »Du hast mit Enid gesprochen.« Er gibt mir einen Kuss und drückt meinen Arm. »Ich habe die letzten beiden Anrufe gesehen. Schön für dich.«

»Die hat vielleicht einen Mann, sage ich dir!«, erzähle ich auf unserem Weg durch die Schwingtüren nach draußen auf den Parkplatz. »Kein Wunder, dass sie weiterarbeiten will!«

»Kann ich mir vorstellen.«

»Er erwartet von ihr, dass sie ihm zuliebe zu Hause bleibt und ihm das Leben so angenehm wie möglich macht.« Ich schüttle indigniert den Kopf. »Mannomann, also, das würde ich ja nie tun! Nie! Zu Hause bleiben und dir immer brav Abendessen machen. Nie.«

Luke antwortet nicht, aber als ich ihn ansehe, entdecke ich dieses leichte Lächeln auf seinen Lippen.

»Oder … du weißt schon«, füge ich hastig hinzu, »wem auch immer das Abendessen machen.«

»Das freut mich«, sagt Luke. »Und es würde mich ganz besonders freuen, wenn du mir niemals eine marokkanische Couscous-Überraschung kochst.«

»Du weißt, was ich meine.« Ich erröte. »Du hattest versprochen, das nicht mehr zu erwähnen.«

Mein berühmt-berüchtigter marokkanischer Abend fand statt, kurz nachdem Luke und ich eine Beziehung begonnen hatten. Ich wollte Luke so gern zeigen, dass ich kochen kann, und ich hatte diese Sendung über marokkanische Küche gesehen, wo alles so einfach und doch beeindruckend aussah. Und außerdem hatten sie bei Debenhams ganz tolles marokkanisches Tafelgeschirr im Angebot, es hätte also ein perfekter Abend werden können.

Aber nein. Dieses matschige Couscous. So ein ekelhaftes Zeug hatte ich noch nie gesehen. Selbst nach dem von Suze initiierten Rettungsversuch, bei dem ich die Pampe zusammen mit etwas Mango-Chutney scharf angebraten habe. Und diese *Massen*! Aus allen Töpfen und Pfannen quoll weißer Brei …

Egal. So schlimm war's auch wieder nicht. Schließlich haben wir dann eine leckere Pizza kommen lassen.

Wir nähern uns Lukes Cabriolet, dessen Türen er schon von Weitem per Knopfdruck entriegelt.

»Du hast doch meine Nachricht erhalten, oder?«, fragt er. »Wegen des Gepäcks?«

»Ja, habe ich. Hier.«

Selbstzufrieden reiche ich ihm den schnuckeligsten kleinen Koffer der Welt, den ich in einem Kindergeschenkeladen in Guildford gekauft habe: mit roten Herzchen bedrucktes weißes Segeltuch. Ich benutze ihn als Kosmetikkoffer.

»Ist das alles?«, fragt Luke überrascht, und ich unterdrücke ein Kichern. Ha! Jetzt kann er mal sehen, wer von uns beiden mit weniger Gepäck auskommt!

Ich bin so *stolz* auf mich. In diesem kleinen Koffer befindet sich nicht mehr als mein Make-up und mein Shampoo – aber das braucht Luke ja nicht zu wissen, oder?

»Ja, das ist alles«, sage ich und ziehe die Augenbrauen ein wenig hoch. »Du hattest doch gesagt, so wenig Gepäck wie möglich.«

»Ja, schon«, sagt Luke. »Aber das hier …« Er deutet auf das Köfferchen. »Ich bin beeindruckt.«

Während er sich dem Kofferraum widmet, setze ich mich hinters Steuer und ziehe den Sitz so weit nach vorne, dass ich an die Pedale komme. Ich wollte schon immer mal Cabrio fahren!

Der Kofferraum wird zugeschlagen, und Luke erscheint mit fragender Miene an der Fahrertür.

»Fährst du?«

»Ja, einen Teil der Strecke, dachte ich mir«, sage ich unbekümmert. »Um dich ein bisschen zu entlasten. Du weißt doch, dass es gefährlich ist, zu lange Strecken am Stück zu fahren.«

»Und mit den Schuhen kannst du fahren?« Er betrachtet meine Apfelsinensandalen, und ich muss gestehen, dass die Absätze einen Tick zu hoch sind. Aber das kann ich ja wohl schlecht zugeben. »Die sind neu, oder?«, fragt er und sieht sie sich etwas genauer an.

Ich will gerade »Ja« sagen, als mir einfällt, dass ich bei unserem letzten Treffen auch neue Schuhe anhatte. Und das Mal davor auch. Wirklich komisch. Muss einer dieser unerklärlichen Zufälle sein.

»Nein!«, antworte ich also. »Die habe ich schon ewig. Das sind …« Ich räuspere mich. »Das sind meine Autofahrschuhe.«

»Deine Autofahrschuhe«, wiederholt Luke skeptisch.

»Ja!«, sage ich und lasse den Motor an, bevor Luke noch mehr sagt. Wow, das ist ein Wahnsinnswagen! Der Motor heult und das Getriebe kreischt, als ich den ersten Gang einlege.

»Becky …«

»Kein Problem!«, sage ich und kutschiere den Wagen ganz langsam quer über den Parkplatz auf die Straße. Ein herrlicher Augenblick! Ich hoffe, dass mich auch jemand sieht. Ich hoffe, Emma und Rory gucken gerade aus dem Fenster. Und dieser Typ vom Ton, der sich auf seinem Motorrad für so cool hält. Ha! Ein Cabrio hat er aber nicht, ätsch! Ich drücke ganz unabsichtlich absichtlich auf die Hupe, und als der Hall den ganzen Parkplatz erfüllt, drehen sich bestimmt drei Leute nach mir um. Ha! Seht mich an! Hahaha …

»Herzchen«, spricht Luke mich vom Beifahrersitz an. »Du verursachst einen Verkehrsstau.«

Ich sehe in den Rückspiegel – und tatsächlich, da schleichen drei Autos hinter mir her. Das ist doch lächerlich! *So* langsam fahre ich nun auch wieder nicht!

»Ein kleines bisschen schneller vielleicht?«, schlägt Luke vor. »Sagen wir, fünfzehn Kilometer pro Stunde?«

»Ich fahre schnell genug«, blaffe ich ihn an. »Ich gehöre halt nicht zu denen, die mit zehntausend Sachen losbrettern! Ich halte mich nämlich an das Tempolimit.«

Wir erreichen die Parkplatzausfahrt, ich lächle den Pförtner nonchalant an, dem die Überraschung ins Gesicht geschrieben steht, und dann fahre ich auf die Straße. Ich blinke nach links und schaue noch einmal kurz zurück, ob vielleicht noch jemand aus dem Gebäude gekommen ist und mir bewundernd zusieht. Und dann, als das Auto hinter mir anfängt zu hupen, fahre ich vorsichtig links ran.

»So«, sage ich. »Jetzt bist du dran.«

»Wie bitte?« Luke starrt mich an. »Jetzt schon?«

»Ich muss mir die Nägel feilen«, erkläre ich. »Und außerdem weiß ich genau, dass du findest, dass ich nicht Auto fahren kann. Ich habe keine Lust, mir stundenlang deine blöden Kommentare anzuhören.«

»Das stimmt doch gar nicht«, protestiert Luke lachend. »Wann habe ich gesagt, dass du nicht Auto fahren kannst?«

»Das brauchst du nicht zu sagen. Ich sehe doch förmlich die Gedankenblasen über deinem Kopf: ›Becky Bloomwood kann nicht Auto fahren.‹«

»Da musst du dich verlesen haben«, pariert Luke. »In der Blase steht nämlich: ›Becky Bloomwood kann mit ihren neuen orangefarbenen Schuhen nicht Auto fahren, weil die Absätze zu hoch und dünn sind.‹«

Er zieht die Augenbrauen hoch, und ich merke, wie mir die Röte ins Gesicht steigt.

»Das sind meine Autofahrschuhe«, brummle ich und rutsche auf den Beifahrersitz. »Die habe ich seit Jahren.«

Während ich meine Nagelfeile aus der Tasche hole, steigt Luke auf der Fahrerseite wieder ein, lehnt sich zu mir herüber und gibt mir einen Kuss.

»Aber trotzdem vielen Dank, dass du mich abgelöst hast«, sagt er. »Ich bin sicher, dass das den Grad meiner Erschöpfung auf der Autobahn deutlich reduziert.«

»Hervorragend!«, sage ich und mache mich an meinen Fingernägeln zu schaffen. »Die gesparte Energie wirst du auch brauchen, wenn wir morgen stundenlang wandern gehen.«

Luke schweigt, und nach einer Weile sehe ich zu ihm auf.

»Ja«, sagt Luke und lächelt jetzt nicht mehr. »Becky ... Da ist etwas, das wir besprechen müssen wegen morgen.« Er hält inne, und ich sehe ihn gespannt an, während auch mein Lächeln langsam erstirbt.

»Was denn?« Ich bemühe mich, nicht zu besorgt zu klingen.

Luke schweigt – dann atmet er schnaubend aus.

»Es ist so: Es bietet sich mir eine Geschäftsgelegenheit, die ich sehr gerne ... beim Schopfe packen möchte. Und dieses Wochenende sind ein paar Leute aus den Staaten hier, mit denen ich reden muss. Dringend.«

»Oh«, sage ich etwas verunsichert. »Na ja ... okay. Du kannst ja dein Telefon mitnehmen ...«

»Nicht telefonisch.« Er sieht mir direkt ins Gesicht. »Ich habe für morgen ein Meeting arrangiert.«

»Für morgen?«, wiederhole ich und muss fast lachen.

»Aber da kannst du doch gar nicht. Da sind wir doch im Hotel.«

»Ja, und die Leute, mit denen ich reden muss, auch«, klärt Luke mich auf. »Ich habe sie dorthin eingeladen.«

Völlig entgeistert starre ich ihn an.

»Du hast Geschäftspartner zu unserem Urlaub eingeladen?«

»Nur für das Meeting«, sagt Luke. »Ansonsten sind wir ganz unter uns.«

»Und wie lange dauert dieses Meeting?« Ich werde jetzt etwas lauter. »Sag bloß nicht, den ganzen Tag!«

Das glaube ich einfach nicht. Ich habe so lange darauf gewartet, war so aufgeregt und habe so geschickt gepackt …

»Becky, so schlimm wird es nicht werden …«

»Du hast mir *versprochen*, dass du dir freinimmst! Du hast gesagt, wir würden uns ein richtig romantisches Wochenende machen!«

»Wir werden uns ein richtig romantisches Wochenende machen.«

»Ja, klar, mit deinen Geschäftspartnern. Mit deinen fürchterlichen Verbindungen, die unermüdlich ackern wie … wie Maden!«

»Sie werden nicht unermüdlich ackern«, grinst Luke. »Becky …« Er will meine Hand nehmen, aber ich ziehe sie weg.

»Weißt du, Luke, mir ist ehrlich gesagt nicht ganz klar, warum ich überhaupt mitkommen soll, wenn du sowieso wieder nur arbeitest!« Mir ist ganz elend. »Dann kann ich genauso gut zu Hause bleiben. Genau«, sage ich und öffne die Autotür, »ich gehe jetzt zurück ins Studio, rufe mir ein Taxi und fahre nach Hause.«

Ich schlage die Autotür zu und gehe mit langen Schritten zurück in Richtung Studio. Meine Apfelsinensandalen klappern laut auf dem heißen Asphalt. Kurz bevor ich die Einfahrt erreiche, höre ich ihn so laut rufen, dass auch andere Leute sich nach ihm umdrehen:

»Becky! Warte!«

Ich bleibe stehen und drehe mich langsam um. Er steht aufrecht im Auto und tippt eine Nummer in sein Handy.

»Was machst du da?«, frage ich misstrauisch.

»Ich rufe meine fürchterliche Geschäftsverbindung an. Um abzusagen. Ich sage das Meeting ab.«

Ich verschränke die Arme vor der Brust und mustere ihn finster.

»Hallo?«, spricht Luke ins Telefon. »Zimmer 301, bitte. Michael Ellis. Danke. Dann muss ich eben nach Washington fliegen und mich da mit ihm treffen«, erklärt Luke mir unbewegt. »Oder ich warte, bis er und seine Partner das nächste Mal in England sind. Das könnte natürlich eine Weile dauern, so ausgebucht, wie die sind. Aber egal, es geht ja bloß ums Geschäft. Geht bloß um einen Deal. Nur leider um genau den Deal, den ich schon seit …«

»Ach, jetzt hör schon auf!«, fahre ich ihn an. »Hör auf. Dann halte doch dein blödes Meeting.«

»Sicher?« Luke legt die Hand über das Telefon. »Ganz sicher?«

»Ziemlich sicher.« Ich zucke mürrisch mit den Schultern. »Wenn es denn *so* wichtig ist …«

»Es ist so wichtig«, sagt Luke und sieht mir auf einmal sehr ernst in die Augen. »Glaub mir, sonst würde ich das nicht machen.«

Ich gehe langsam zurück zum Auto, und Luke steckt das Handy wieder ein.

»Danke Becky«, sagt er, als ich einsteige. »Danke.« Er streicht mir sanft über die Wange und startet den Wagen.

Als wir auf eine Kreuzung zufahren, blicke ich zu ihm hinüber. Sein Handy guckt ein Stück aus seiner Tasche.

»Hast du *wirklich* bei deiner Geschäftsverbindung angerufen?«

»Wolltest du *wirklich* nach Hause fahren?«, antwortet er, ohne den Kopf zu bewegen.

Das ist etwas, das mich an der Beziehung zu Luke richtig nervt: dass ich nie ungeschoren davonkomme.

Nach etwa einer Stunde Fahrt durch grüne englische Landschaft machen wir in einem Dorf Halt und essen in einem kleinen Pub zu Mittag. Dann brauchen wir noch einmal eineinhalb Stunden bis nach Somerset. Als wir Blakeley Hall erreichen, fühle ich mich schon wie ein ganz neuer Mensch. Es tut so gut, mal aus London herauszukommen – die herrliche Landluft hat mir bereits jetzt zu ganz neuer Energie und Frische verholfen. Ich steige aus dem Wagen, und schon nach ein paar Streckübungen fühle ich mich bedeutend fitter und straffer. Ich glaube, wenn ich jede Woche aufs Land fahren würde, würde ich locker drei Kilo abnehmen. Wenn nicht mehr.

»Möchtest du noch welche?«, fragt Luke und hält mir die fast leere Tüte Bonbons entgegen, an denen ich mich während der Fahrt gütlich getan habe. (Ich muss im Auto etwas essen, sonst wird mir schlecht.) »Und was ist mit den Zeitschriften hier?« Luke hält mit Mühe einen Stapel rutschiger Hochglanzmagazine hoch, die zu meinen Füßen gelegen haben.

»Ich lese hier doch keine Zeitschriften!«, sage ich überrascht. »Wir sind hier auf dem Land!«

Also wirklich. Weiß Luke denn überhaupt nicht über das Landleben Bescheid?

Während Luke die Taschen aus dem Kofferraum holt, schlendere ich zu einem Zaun und lasse den Blick über ein Feld mit so braungelbem Zeugs schweifen. Ich glaube ja, dass ich eine natürliche Affinität zu Feld und Flur habe. Auch in mir steckt eine fürsorgliche Erdmutter, die langsam und ohne dass ich es bemerkt hätte, erwacht ist. Kürzlich habe ich mich zum Beispiel dabei ertappt, wie ich einen Fair-Isle-Pulli von French Connection gekauft habe. Und ich habe angefangen zu gärtnern! Oder sagen wir, ich habe ein paar süße kleine Keramikblumentöpfe von The Pier gekauft, auf denen »Basilikum« und »Koriander« und so etwas draufsteht – und ich habe mir fest vorgenommen, ein paar von diesen Kräuterpflanzen im Supermarkt zu kaufen und eine ganze Reihe davon auf die Fensterbank zu stellen. (Die kosten schließlich nur 50 Pence, wenn also welche eingehen, kaufe ich einfach neue.)

»Fertig?«, fragt Luke.

»Ja, klar!« Ich stakse zu ihm zurück und fluche ein wenig über den Schlamm.

Der Kies knirscht unter unseren Schritten, als wir auf das Hotel zugehen – und ich muss sagen, ich bin beeindruckt. Es handelt sich um ein riesengroßes, altmodisches Landhaus mit wunderschönen Gärten, und laut Broschüre stehen moderne Skulpturen in den Gärten herum, und ein eigenes Kino gibt es auch! Luke ist schon öfter hier gewesen, es ist sein Lieblingshotel. Und diverse Celebritys steigen hier auch ab und zu mal ab. Madonna zum Beispiel. (Oder war es Sporty Spice? Na ja, irgendjemand aus dem Dunstkreis.) Aber das läuft immer ziemlich diskret ab, da die Promis im separaten Remise-Teil untergebracht werden und das Personal sehr verschwiegen ist.

Ich sehe mich natürlich trotzdem für alle Fälle aufmerksam um, als wir auf die Rezeption zugehen. In der Lobby befinden sich viele ganz schön cool aussehende Leute mit trendigen Brillen und in Jeans, und da ist ein blondes Mädchen, das so aussieht, als wenn es berühmt sein könnte, und da drüben steht …

Oh, mein Gott. Ich bin vor Aufregung wie gelähmt. Das ist er doch, oder? Das ist Elton John! Elton John höchstpersönlich! Da drüben, nur ein paar Meter …

Dann dreht er sich um – und es ist nur irgendein pummeliger, bebrillter Kerl im Anorak. Mist. Aber es war *fast* Elton John.

Inzwischen haben wir die Rezeption erreicht, und der Concierge in einem trendigen Nehru-Jackett lächelt uns an. »Schönen guten Tag, Mr Brandon«, sagt er. »Miss Bloomwood.« Er nickt mir zu. »Herzlich willkommen auf Blakeley Hall.«

Der wusste, wie wir heißen! Wir mussten ihm gar nicht erst unseren Namen sagen! Kein Wunder, dass die Celebritys so gern hierher kommen.

»Ich habe Sie für Zimmer 9 vorgesehen«, sagt er, als Luke sich daranmacht, ein Formular auszufüllen. »Mit Blick auf den Rosengarten.«

»Sehr schön«, sagt Luke. »Becky, welche Zeitung möchtest du morgen früh lesen?«

»Die *Financial Times*«, flöte ich.

»Natürlich«, sagt Luke und schreibt. »Also, eine *FT* – und für mich die *Daily World*.«

Ich sehe ihn argwöhnisch an, aber sein Gesicht ist völlig ausdruckslos.

»Möchten Sie Tee zum Frühstück?« Der Concierge tippt etwas in den Computer. »Oder lieber Kaffee?«

»Kaffee, bitte«, sagt Luke. »Für uns beide, glaube ich.« Er sieht mich fragend an, und ich nicke.

»Wir haben uns erlaubt, in Ihrem Zimmer eine Flasche Champagner für Sie bereitzustellen«, sagt der Concierge. »Und der Zimmerservice ist rund um die Uhr für Sie da.«

Ich muss schon sagen, ich bin schwer beeindruckt. Das ist wirklich erste Klasse hier. Erst wissen sie ohne Vorwarnung, wie wir heißen, dann schenken sie uns eine Flasche Champagner – und mein Paket von Special Express haben sie auch noch nicht erwähnt. Die Diskretion hier ist wirklich vorbildlich. Die Leute wissen aus Erfahrung, dass ein Mann nicht unbedingt über jedes einzelne Päckchen Bescheid wissen muss, das seine Freundin geliefert bekommt, und darum warten sie, bis Luke außer Hörweite ist, um mir davon zu berichten. Das nenne ich Service! Und genau deswegen lohnt es sich, in einem guten Hotel abzusteigen.

»Wenn es irgendetwas gibt, das Sie brauchen, Miss

Bloomwood«, sagt der Concierge mit bedeutungsschwangerem Blick, »lassen Sie es mich wissen.«

Sehen Sie? Verschlüsselte Nachrichten und alles.

»Mach ich, ganz bestimmt«, sage ich und schenke ihm ein wissendes Lächeln. »Gleich.« Ich werfe einen bedeutsamen Blick in Richtung Luke, und der Concierge sieht mich so verständnislos an, als hätte er keine Ahnung, worum es geht. Mann, die Leute hier sind echt gut!

Dann ist Luke endlich fertig mit dem Formular und schiebt es zurück über den Tresen. Der Concierge reicht ihm einen großen, altmodischen Schlüssel und will einen Pagen herbeirufen.

»Ich glaube nicht, dass wir Hilfe brauchen.« Luke lächelt und hebt mein schnuckeliges Köfferchen hoch. »Ich bin nicht gerade überladen.«

»Geh doch schon mal hoch«, sage ich. »Ich muss nur eben … was arrangieren. Für morgen.« Ich lächle Luke an, und kurz darauf setzt er sich zu meiner Erleichterung in Bewegung.

Kaum ist er außer Hörweite, lehne ich mich über den Rezeptionstresen.

»Geben Sie es mir jetzt«, flüster ich dem Concierge zu, der sich bereits abgewandt hatte und in einer Schublade wühlt. Er sieht überrascht zu mir auf.

»Wie bitte, Miss Bloomwood?«

»Ist schon okay«, erkläre ich. »Sie können es mir jetzt geben. Luke ist weg.«

Der Concierge wirkt besorgt.

»Was genau …«

»Sie können mir mein Paket geben.« Und dann flüstre

ich wieder: »Und vielen Dank, dass Sie es nicht verraten haben.«

»Ihr … Paket?«

»Ja, von Special Express.«

»Von Special Express?«

Eine böse Ahnung steigt in mir auf.

»Das Paket mit meinen Kleidern drin. Das Paket, das Sie die ganze Zeit nicht erwähnt haben! Das Paket …«

Doch der Ausdruck auf seinem Gesicht lässt mich verstummen. Er hat keine Ahnung, wovon ich rede, oder? Okay. Keine Panik. Irgendjemand hier wird schon wissen, wo es ist.

»Es müsste ein Paket für mich abgegeben worden sein«, erkläre ich. »Ungefähr so groß … Es hätte heute Morgen kommen sollen.«

Der Concierge schüttelt den Kopf.

»Tut mir leid, Miss Bloomwood. Wir haben kein Paket für Sie.«

Ich fühle mich auf einmal so … leer.

»Aber … Es *muss* ein Paket für mich hier sein. Ich habe es gestern per Special Express hierher schicken lassen. Nach Blakeley Hall.«

Der Concierge runzelt die Stirn.

»Charlotte?«, ruft er in das Hinterzimmer. »Ist hier ein Paket für Rebecca Bloomwood abgegeben worden?«

»Nein«, sagt Charlotte und erscheint in der Rezeption. »Wann hätte es denn hier sein sollen?«

»Heute Morgen!« Es fällt mir schwer, meine Aufregung zu verbergen. »›Egal was, egal wohin. Morgen Früh ist es da.‹! Es muss also hier angekommen sein.«

»Tut mir leid«, sagt Charlotte, »aber hier ist nichts angekommen. Ist es sehr wichtig?«

»Rebecca?«, ertönt eine Stimme von der Treppe. Ich drehe mich um und sehe, wie Luke mich fragend ansieht. »Irgendwas nicht in Ordnung?«

O Gott.

»Nein!«, sage ich betont fröhlich. »Alles in Ordnung! Wieso auch nicht?« Ich wende mich schnell von der Rezeption ab und eile, bevor Charlotte oder der Concierge noch etwas sagen können, auf die Treppe zu.

»Wirklich?«, sagt Luke lächelnd, als ich neben ihm stehe.

»Ja, natürlich!«, sage ich in etwas höherer Tonlage als sonst. »Alles in allerbester Ordnung!«

Das kann nicht wahr sein. Ich habe nichts zum Anziehen.

Ich bin mit Luke im Urlaub, in einem richtig schicken Hotel – und habe nichts zum Anziehen. Was mache ich denn jetzt?

Ihm die Wahrheit sagen? Ausgeschlossen. Ich kann ihm doch nicht sagen, dass mein schnuckeliges Köfferchen nur die Spitze des Gepäckbergs war. Nicht nachdem ich so mit meinem Minimalgepäck angegeben habe. Gut, dann muss ich eben … improvisieren. Wir biegen um eine Ecke und laufen noch einen eleganten Flur entlang. Ich könnte zum Beispiel *seine* Sachen anziehen, wie Annie Hall, oder … oder die Vorhänge abnehmen und mir Nadel und Faden bringen lassen … und bei der Gelegenheit nähen lernen …

»Alles klar?«, fragt Luke, und ich lächle etwas schwach.

Ganz ruhig bleiben, sage ich mir. Ganz ruhig bleiben. Das Paket kommt bestimmt spätestens morgen früh an, ich muss also nur diese eine Nacht überstehen. Und immerhin habe ich wenigstens mein Make-up dabei …

»Da sind wir«, sagt Luke, bleibt vor einer Tür stehen und schließt sie auf. »Was sagst du?«

Wow! Ich vergesse für einen Moment meine Sorgen und sehe mich in dem großen, vornehmen Zimmer um. Jetzt verstehe ich, warum Luke das Hotel so gerne mag. Es ist umwerfend. Es sieht genauso aus wie seine Wohnung: ein immens großes weißes Bett mit riesiger Daunendecke in Waffelmuster, eine hochmoderne Stereoanlage und zwei Wildledersofas.

»Guck dir mal das Badezimmer an«, sagt Luke. Ich gehe hinter ihm her und – das Bad ist der Wahnsinn. Ein gigantischer, in den Boden versenkter Mosaik-Whirlpool, darüber die größte Dusche, die ich je gesehen habe, und ein ganzes Regal voller Aromtherapiefläschchen.

Vielleicht könnte ich einfach das ganze Wochenende in der Badewanne verbringen.

»Gut«, sagt er und geht zurück ins Zimmer. »Ich weiß ja nicht, was du jetzt machen willst …« Er geht zu seinem Koffer und öffnet ihn – und ich sehe unzählige Hemden, alle von seiner Haushälterin gebügelt. »Aber ich finde, wir sollten erst einmal auspacken …«

»Auspacken! Gute Idee!«, stimme ich begeistert zu. Ich geselle mich zu meinem kleinen Koffer und fummle am Verschluss herum, ohne ihn wirklich öffnen zu wollen. »Oder …«, sage ich, als käme mir dieser Gedanke gerade erst jetzt, »wir könnten doch auch runter an die Bar gehen und etwas trinken. Und später auspacken!«

Genial. Wir gehen runter und betrinken uns, und morgen früh tue ich dann einfach so, als wenn ich ganz verkatert und verschlafen wäre, und bleibe im Bett, bis mein Paket kommt! Gott sei Dank. Ich hatte ja wirklich schon befürchtet, dass …

»Auch eine gute Idee«, sagt Luke. »Ich ziehe mich nur eben um.« Er langt in seinen Koffer und holt eine Hose und ein knitterfreies blaues Hemd heraus.

»Umziehen?«, frage ich nach der ersten Schrecksekunde. »Herrscht hier denn eine … eine strenge Kleiderordnung?«

»Ach, nein, streng würde ich nicht sagen«, meint Luke. »Aber man sollte nicht unbedingt in … na ja, in so etwas auftauchen.« Er grinst mich an und zeigt auf meine Fransenshorts.

»Natürlich nicht!«, sage ich und lache, als wäre diese Vorstellung absolut lächerlich. »Gut. Ja. Dann. Mal sehen, was ich anziehe …«

Ich wende mich wieder meinem Kinderkoffer zu, lasse die Schlösser aufschnappen, klappe ihn auf und betrachte meinen Waschbeutel.

Und nun? Luke knöpft sich das Hemd auf. In aller Seelenruhe greift er nach dem blauen. In einer Minute wird er mich fragen: »Bist du fertig?«

Die Situation verlangt nach einem radikalen Aktionsplan.

»Luke – ich habe es mir anders überlegt«, sage ich und klappe den Koffer wieder zu. »Ich habe doch keine Lust, runter in die Bar zu gehen.« Luke sieht überrascht zu mir auf, und ich schenke ihm das verführerischste Lächeln, das ich auf Lager habe. »Wollen wir nicht lieber hier bleiben und den Zimmerservice etwas bringen lassen und …« – ich gehe ein paar Schritte auf ihn zu und löse den Knoten an meinem Wickeloberteil – »… und uns einfach treiben lassen?«

Luke sieht mich entgeistert an. Er hört auf, sich das blaue Hemd zuzuknöpfen.

»Zieh das wieder aus«, sage ich mit heiserer Stimme. »Ist doch Quatsch, sich anzuziehen, wenn wir uns sowieso nur wieder ausziehen wollen.«

Ganz langsam breitet sich ein Lächeln auf Lukes Gesicht aus, und seine Augen fangen an zu strahlen.

»Recht hast du«, sagt er, und während er auf mich zukommt, knöpft er das Hemd auf und lässt es zu Boden fallen. »Wo hatte ich nur meine Gedanken?«

Gott sei Dank!, denke ich erleichtert, als er anfängt, mein Wickeltop zu ent-wickeln. Perfekt. Das ist genau das, was ich …

Aaaah. Hmmmm.

Was soll ich sagen? Absolut perfekt.

VIER

Um halb neun am nächsten Morgen liege ich immer noch im Bett. Ich will nicht aufstehen. Ich will in diesem herrlichen, gemütlichen Bett bleiben und mich weiter unter die warme Decke kuscheln.

»Willst du den ganzen Tag im Bett bleiben?«, fragt Luke und sieht lächelnd zu mir herunter. Ich verkrieche mich unter die Kissen und tue, als hätte ich ihn nicht gehört. Ich will nicht aufstehen. Es ist so schön gemütlich und warm und sorgenfrei hier.

Und außerdem – klitzekleines Malheur – habe ich immer noch nichts zum Anziehen.

Ich habe schon dreimal heimlich die Rezeption angerufen und gefragt, ob mein Special-Express-Paket endlich angekommen ist. (Einmal, als Luke unter der Dusche stand, einmal, als ich unter der Dusche stand – stellen Sie sich vor, im Badezimmer hängt ein Telefon! – und einmal ganz schnell, als ich Luke unter dem Vorwand auf den Flur geschickt hatte, ich hätte eine Katze maunzen hören.)

Aber es ist immer noch nicht da. Ich habe absolut nichts anzuziehen. Nada.

Bisher war das nicht weiter tragisch, weil ich mich die ganze Zeit im Bett herumgelümmelt habe. Aber ich kann beim besten Willen nicht noch ein Croissant essen, und Kaffee kriege ich auch keinen mehr runter, und noch mal duschen würde auch auffallen – und Luke ist schon wieder halb angezogen.

O Gott. Es wird mir nichts anderes übrig bleiben, als die Sachen von gestern wieder anzuziehen. Ich weiß, ich werde mich bis auf die Knochen blamieren, aber was soll ich machen? Ich erzähle einfach, dass ich furchtbar an den Sachen hänge. Oder vielleicht fällt es Luke auch gar nicht auf, wenn ich dasselbe noch einmal anziehe. Ich meine, Männern fällt doch sowieso *nie* auf, was Frauen …

Moment.

Moooo-ment. Wo *sind* die Sachen von gestern überhaupt? Ich bin mir hundertprozentig sicher, dass ich sie da drüben auf dem Boden …

»Luke?«, frage ich so locker wie möglich. »Hast du die Sachen gesehen, die ich gestern anhatte?«

»Ach, ja«, sagt er und sieht von seinem Koffer auf. »Die habe ich zusammen mit meinen Sachen in die Wäscherei gegeben.«

Mir stockt der Atem.

Das Einzige, was ich auf dieser Welt zum Anziehen habe, ist *in der Wäscherei*?

»Und wann … wann kriege ich sie wieder?«, stammle ich schließlich.

»Morgen früh.« Luke sieht mich an. »Tut mir leid, ich hätte es dir sagen sollen. Aber ist doch kein Problem, oder? Ich meine, ich glaube nicht, dass du dir um deine Sachen Sorgen machen musst. Die Wäscherei hier ist wirklich ausgezeichnet.«

»Ach was, nein!« Meine Stimme wird immer schriller. »Ich mache mir gar keine Sorgen!«

»Gut«, sagt er und lächelt.

»Gut«, sage ich und lächle zurück.

Oh Gott. Was mache ich bloß?

»Übrigens, im Kleiderschrank ist noch massenhaft Platz«, sagt Luke. »Soll ich welche von deinen Sachen aufhängen?« Er streckt die Hand nach meinem Köfferchen aus, und ich schreie panisch: »Neeeeiiiiin!« Luke sieht mich verwundert an. »Es muss nichts aufgehängt werden. Das meiste ist quasi knitterfrei.«

Oh Gott, oh Gott! Jetzt zieht er sich die Schuhe an. *Was mache ich bloß?*

Okay, Becky, komm schon, feuere ich mich an. Klamotten. Etwas zum Anziehen. Ganz egal, was.

Einen von Lukes Anzügen?

Nein. Das fände er bestimmt etwas *zu* ausgeflippt. Und überhaupt, seine Anzüge kosten alle mindestens tausend Pfund das Stück, das heißt, ich darf nicht mal die Ärmel hochkrempeln.

Den Hotelbademantel? So tun, als ob Bademäntel und Waffelmusterpantoffeln der letzte Schrei seien? Ach nein, ich kann doch nicht in einem Morgenmantel herumlaufen, als wenn ich im Kurhotel wäre! Ich mache mich ja zum Gespött der Leute.

Komm schon, komm, in einem Hotel *muss* es doch Klamotten geben. Wie wär's mit ... einer Zimmermädchen-Uniform? Das klingt doch schon viel besser. Von denen muss es doch irgendwo eine ganze Reihe geben, oder? Hübsche kleine Kleidchen mit dazu passenden Häubchen. Ich könnte Luke erzählen, das sei das Allerneueste von Prada – und einfach hoffen, dass niemand mich bittet, sein Zimmer aufzuräumen ...

»Ach, übrigens«, sagt Luke und greift in seinen Koffer. »Das hast du neulich bei mir vergessen.«

Und ehe ich michs versehe, wirft er mir etwas zu. Es ist weich, es ist Stoff… Ich könnte weinen vor Erleichterung, als ich es auffange. Etwas zum Anziehen! Ein Calvin-Klein-T-Shirt, um genau zu sein. Übergröße. Ich habe mich noch nie so gefreut, ein schlichtes, verwaschenes, graues T-Shirt zu sehen!

»Danke!« Ich muss mich zwingen, bis zehn zu zählen, bevor ich so unbefangen wie möglich sage: »Ach, weißt du was – ich glaube, das ziehe ich heute an.«

»Das?« Luke sieht mich verwundert an. »Ich dachte, das wäre ein Nachthemd.«

»Ist es auch! Es ist ein Nachthemd… ähnliches… Kleid.« In Windeseile schlüpfe ich hinein – und Gott sei Dank, es reicht mir bis zur Mitte der Oberschenkel! Könnte ohne Weiteres ein Kleid sein. Und – ha! In meinem Waschbeutel habe ich ein schwarzes, elastisches Haarband, das ich möglicherweise zu einem Gürtel umfunktionieren könnte…

»Sehr hübsch.« Ich kann Lukes Kommentar nicht genau einschätzen und konzentriere mich lieber auf meinen neuen Gürtel. »Ein *bisschen* kurz vielleicht…«

»Das ist ein Minikleid«, kläre ich ihn auf und stelle mich vor den Spiegel. Oh Gott. Das ist wirklich ganz schön kurz. Aber jetzt ist es zu spät. Ich ziehe meine Apfelsinensandalen an, schüttle mein Haar nach hinten und jeden Gedanken an die tollen Outfits, die ich für heute Vormittag geplant hatte, ab.

»Hier«, sagt Luke. Er hat mein Denny-and-George-Tuch in der Hand und legt es mir um den Hals. »Denny-

and-George-Tuch, keine Unterhosen… So gefällst du mir am besten.«

»Natürlich ziehe ich noch eine Unterhose an!«, entrüste ich mich.

Und das stimmt auch. Sobald Luke das Zimmer verlassen hat, werde ich mir eine seiner Boxershorts unter den Nagel reißen.

»Jetzt erzähl doch mal, worum es bei diesem Deal geht«, versuche ich, das Thema zu wechseln. »Spannend?«

»Der Deal ist… ziemlich groß.« Luke hält zwei Seidenkrawatten hoch. »Welche bringt mir Glück?«

»Die rote«, sage ich nach kurzem Nachdenken. Ich beobachte ihn dabei, wie er sich schnell und effizient die Krawatte bindet. »Jetzt sag schon! Ein neuer großer Kunde?«

Aber Luke lächelt nur und schüttelt den Kopf.

»Nat West? Nein, ich weiß: Lloyds Bank!«

»Sagen wir mal… es geht um etwas, das mir sehr wichtig ist«, verrät Luke schließlich. »Um etwas, das ich mir schon immer gewünscht habe. Und du? Was machst du heute?«, fragt er mit einer völlig veränderten Stimme. »Kommst du allein zurecht?«

Jetzt ist *er* ja wohl derjenige, der das Thema wechselt. Ich weiß wirklich nicht, warum er immer so verdammt geheimnisvoll tut, wenn es um seine Arbeit geht. Ich meine, vertraut er mir etwa nicht?

»Hast du gehört, dass der Pool heute Vormittag geschlossen ist?«, fragt er.

»Ja«, sage ich und hole mein Rouge aus dem Köfferchen. »Aber das macht nichts. Ich werde mir die Zeit schon vertreiben.«

Luke schweigt und sieht mich zweifelnd an. Dann fragt er:

»Soll ich dir ein Taxi bestellen? Dann könntest du einkaufen gehen. Bath ist ganz in der Nähe …«

»Nein«, wehre ich ab. »Ich will nicht einkaufen gehen!«

Und das stimmt auch. Als Suze dahinterkam, wie viel die Apfelsinensandalen gekostet haben, hat sie sich fürchterliche Vorwürfe gemacht, dass sie nicht streng genug mit mir sei, und mir das Versprechen abgenötigt, dieses Wochenende in absoluter Einkaufs-Askese zu fristen. Ich musste drei Finger heben und schwören – bei meinen Apfelsinensandalen. Und ich werde alles tun, um dieses Versprechen zu halten.

Ich meine, sie hat ja recht. Wenn sie eine ganze Woche lang ohne Läden und Geschäfte auskommt, sollte ich das doch wohl achtundvierzig Stunden durchhalten können.

»Ich werde lauter nette Sachen machen, die man nur auf dem Land machen kann«, sage ich und klappe mein Rouge-Döschen zu.

»Wie zum Beispiel …«

»Wie zum Beispiel die Landschaft betrachten … oder vielleicht einen Bauernhof besuchen und beim Melken zugucken oder so …«

»Ah ja.« Lukes Mund umspielt ein kleines Lächeln.

»Was?«, hake ich argwöhnisch nach. »Was soll das heißen?«

»Du spazierst also einfach auf irgendeinen Bauernhof und fragst, ob du die Kühe melken darfst, ja?«

»Ich habe nicht gesagt, dass *ich* melken werde«, entgegne ich würdevoll. »Ich habe gesagt, dass ich dabei *zugucken* werde. Und überhaupt, vielleicht lasse ich das mit dem Bauernhof auch und sehe mir ein paar der hiesigen Sehenswürdigkeiten an.« Ich schnappe mir den Stapel Touristenbroschüren von der Frisierkommode. »Zum Beispiel … diese Traktor-Ausstellung hier. Oder … das Kloster St. Winifred mit seinem berühmten Bevington-Triptychon.«

»Ein Kloster«, wiederholt Luke nach kurzer Pause.

»Ja, ein Kloster!« Ich sehe ihn indigniert an. »Warum sollte ich denn nicht ein Kloster besuchen? Ich bin nämlich eigentlich ein spiritueller Mensch.«

»Das bezweifle ich auch gar nicht, mein Schatz«, sagt Luke und sieht mich fragend an. »Aber vielleicht möchtest du dann doch noch etwas mehr als nur ein T-Shirt anziehen, bevor du gehst …«

»Das ist ein Kleid!«, kläre ich ihn entrüstet auf und ziehe mir den Saum des T-Shirts über den Hintern. »Und abgesehen davon, hat Spiritualität überhaupt nichts mit Kleidung zu tun. ›Schaut die Lilien auf dem Feld.‹« Befriedigt sehe ich ihn an.

»Wenn du meinst.« Luke grinst. »Na, dann viel Spaß.« Er gibt mir einen Kuss. »Und es tut mir wirklich leid, das hier.«

»Jaja«, sage ich und knuffe ihn gegen die Brust. »Aber sieh zu, dass dieser mysteriöse Deal sich wenigstens richtig lohnt.«

Ich erwarte eigentlich, dass Luke daraufhin lachen oder zumindest lächeln würde – aber er nickt nur kurz, schnappt sich seinen Koffer und verlässt das Zimmer. Mann, nimmt der das Geschäft manchmal ernst.

Aber ich habe auch gar nichts dagegen, den Vormittag für mich zu haben, weil ich nämlich schon immer mal ein Kloster von innen sehen wollte. Ich meine, gut, ich schaffe es nicht gerade jeden Sonntag in die Kirche – aber ich habe wirklich eine spirituelle Ader. Für mich ist es ganz klar, dass wir Sterblichen nicht allein sind, dass irgendwo da draußen eine größere Macht am Werk sein muss – und darum lese ich auch immer mein Horoskop in der *Daily World*. Und ich liebe die Choralgesänge im Yoga-Unterricht und die vielen Kerzen und den Duft nach Weihrauch. Und Audrey Hepburn in *Die Geschichte einer Nonne*.

Und um ganz ehrlich zu sein: Ein Teil von mir hat sich schon immer angezogen gefühlt von der Schlichtheit des Lebens im Kloster. Keine Sorgen, keine Entscheidungen, nicht arbeiten müssen. Immer nur nett singen und den ganzen Tag durch die Gänge latschen. Das wäre doch klasse, oder?

Nachdem ich mich geschminkt und ein bisschen *Trisha* geguckt habe, gehe ich runter an die Rezeption und erkundige mich einmal mehr vergeblich nach meinem Paket (die zeige ich an, ich schwör's!). Dann fahre ich mit einem Taxi zu dem Kloster. Und während wir so über die Landstraßen schaukeln, bewundere ich die herrliche Landschaft und grüble plötzlich darüber nach, was es wohl mit Lukes Deal auf sich haben könnte. »Etwas, das er sich schon immer gewünscht hat«? Was könnte das denn sein? Ein neuer Kunde? Ein neues Büro? Oder will er vielleicht expandieren?

Ich mache ein Gesicht wie eine überzüchtete Dogge, während ich versuche, mich daran zu erinnern, ob ich nicht doch neulich etwas mitbekommen habe, das mir als Anhaltspunkt dienen könnte. Und dann auf einmal erinnere ich mich an ein Telefongespräch vor ein paar Wochen. Da hat Luke über eine Werbeagentur gesprochen, und ich habe mich schon damals darüber gewundert.

Werbung. Vielleicht ist es das. Vielleicht hat er sich insgeheim immer schon gewünscht, mal Anzeigenchef oder so zu sein.

Ja natürlich! Jetzt, wo ich drüber nachdenke, liegt es ganz klar auf der Hand! Darum geht es bei diesem Deal. Luke will die Geschäftsfelder seiner PR-Firma erweitern und Werbung machen. Fernsehwerbung!

Und ich werde darin mitspielen! Ja!

Dieser Gedanke ist so aufregend, dass ich um ein Haar meinen Kaugummi verschlucke. Fernsehwerbung! Mit mir! *Cool.* Vielleicht darf ich bei einer Bacardi-Reklame mitmachen, wo alle auf einem Boot rumhängen, lachen, Wasserski fahren und sich prächtig amüsieren. Ja, ich weiß, normalerweise werden für diese Filmchen nur richtige Models genommen – aber ich könnte doch irgendwo im Hintergrund mitspielen, oder? Oder ich könnte das Boot steuern. Mann, das wird richtig toll. Wir fliegen nach Barbados oder so, in die Hitze, in die Sonne, in das sorgenfreie Jetset-Leben, wo der Bacardi in Strömen und gratis fließt, und wir werden in einem genialen Hotel wohnen … Vorher muss ich mir natürlich einen neuen Bikini kaufen … oder vielleicht zwei … und ein Paar neue Flip-Flops …

»St. Winifred«, sagt der Taxifahrer und holt mich damit jäh zurück in die Realität. Ich bin nicht auf Barbados. Ich bin in der südenglischen Pampa in Somerset.

Wir halten vor einem alten, honigfarbenen Gebäude, und ich spähe neugierig aus dem Wagenfenster. Das ist also ein Kloster. Sieht gar nicht so besonders aus – wie eine Schule oder ein großes Landhaus. Gerade, als ich mir überlege, ob ich überhaupt aussteigen soll, erstarre ich: Eine Nonne. Eine echte, leibhaftige Nonne. In schwarzem Talar, mit Schleier und allem! Eine echte Nonne in ihrem natürlichen Lebensraum. Und sie verhält sich ganz natürlich. Sie hat das Taxi nicht einmal *angesehen*. Das ist ja wie auf Safari!

Ich steige aus und zahle. Dann marschiere ich mit einem faszinierten Kribbeln im Bauch auf die schwere Eingangstür zu. Direkt vor mir öffnet eine ältere Dame die Tür. Da sie so aussieht, als würde sie sich hier auskennen, folge ich ihr kurzerhand durch einen langen Flur zur Kapelle. Als wir diese betreten, ergreift mich ein wahnsinniges, heiliges, fast schon euphorisches Gefühl. Ich weiß nicht, ob das von dem wunderbaren Duft kommt oder von der Orgelmusik, aber ich bin definitiv berührt.

»Danke, Schwester«, sagt die ältere Dame zu der Nonne. Und dann geht sie weiter, auf den Altar zu – aber ich bleibe wie angewurzelt stehen.

Schwester. Wow.

Schwester Rebecca.

In einem wunderschönen, wallenden, schwarzen Habit. Mit himmlisch klarem Nonnenteint.

Schwester Rebecca von der Heiligen …

»Sie sehen ein wenig verloren aus, meine Liebe«,

spricht eine Nonne mich von hinten an, und ich fahre zusammen. »Sie möchten bestimmt das Bevington-Triptychon sehen?«

»Oh«, sage ich. »Äh … ja. Genau.«

»Da oben.« Sie zeigt nach oben, und ich gehe etwas zögerlich in Richtung Altar und hoffe, dass sich mir gleich offenbaren wird, was dieses Bevington-Triptychon überhaupt ist. Eine Statue vielleicht? Oder … oder vielleicht ein Wandteppich?

Doch als ich mich hinter die ältere Dame stelle und ihrem Blick folge, merke ich, dass sie eine ganze Wand voller Glasmalereien betrachtet. Und ich muss gestehen, sie sind beeindruckend. Ich meine, allein die riesige blaue in der Mitte. Fantastisch!

»Das Bevington-Triptychon«, sagt die ältere Dame. »So etwas gibt es auf der Welt nur einmal.«

»Wow«, hauche ich ehrfürchtig. »Es ist wunderschön.«

Und das ist es wirklich. Und das beweist mal wieder, dass echte Kunst sich klar abhebt vom Rest. Echte Genialität springt einem einfach sofort ins Auge. Und ich bin noch nicht einmal eine Kunstkennerin!

»Herrliche Farben«, murmele ich.

»Dieser Detailreichtum«, sagt die Frau und faltet die Hände. »Einfach unvergleichlich.«

»Unvergleichlich«, stimme ich zu.

Gerade als ich auf den Regenbogen hinweisen will, den ich wirklich ganz besonders nett finde, fällt mir auf, dass die ältere Dame und ich gar nicht dasselbe Ding betrachten. Sie schaut nämlich ein bemaltes Holzteil an, das mir bisher nicht aufgefallen war.

So unauffällig wie möglich ändere ich die Blickrichtung – und bin entsetzlich enttäuscht. *Das* ist das Bevington-Triptychon? Aber das ist ja nicht einmal besonders hübsch!

»Dieser viktorianische Müll dagegen«, fährt die Dame unvermittelt fort, »ist geradezu kriminell! Dieser Regenbogen! Da wird einem ja schlecht!« Sie deutet auf mein großes blaues Fenster, und ich schlucke.

»Allerdings«, sage ich. »Schrecklich, nicht? Absolut … Wissen Sie was, ich sehe mich noch ein bisschen hier um …«

Und bevor sie noch etwas sagen kann, mache ich mich aus dem Staub. Ich schleiche mich an den Bänken entlang zurück in Richtung Tür und frage mich, was ich als Nächstes tun könnte, als ich in der Ecke eine kleine Nebenkapelle entdecke.

Raum der Stille, steht auf einem kleinen Schild an der Tür. *Hier können Sie in aller Ruhe beten und mehr über den katholischen Glauben erfahren.*

Vorsichtig stecke ich meinen Kopf in die Nebenkapelle und sehe eine stickende Nonne, die auf einem Stuhl sitzt. Sie lächelt mich an, woraufhin ich nervös zurücklächle und langsam hineingehe.

Ich setze mich auf eine Bank aus dunklem Holz und hoffe, dass sie nicht zu sehr knarrt. Dann bin ich eine ganze Weile so ergriffen, dass es mir die Sprache verschlägt. Das hier ist einfach unschlagbar. Eine so tolle Atmosphäre, diese Stille … Ich fühle mich jetzt schon unglaublich gereinigt und erleuchtet. Dann lächle ich die Nonne noch einmal schüchtern an, sie lässt ihren Stickrahmen sinken und sieht mich an, als erwarte sie, dass ich jetzt etwas sage.

»Die Kerzen hier gefallen mir wirklich sehr gut«, sage ich ganz leise und ehrerbietig. »Sind die von Habitat?«

»Nein«, sagt die Nonne und sieht etwas verwirrt aus. »Ich glaube nicht.«

»Aha.«

Ich unterdrücke ein winziges Gähnen – diese Landluft macht entsetzlich müde –, und als ich mir die Hand vor den Mund halte, fällt mir auf, dass einer meiner Fingernägel abgebrochen ist. Ich öffne also ganz leise den Reißverschluss an meiner Tasche, hole meine Nagelfeile heraus und fange an zu retten, was zu retten ist. Die Nonne sieht auf, ich lächle sie reuig an und zeige auf meinen Fingernagel (schweigend natürlich, schließlich will ich die Stille nicht stören). Dann, als ich fertig bin, hole ich meinen schnell trocknenden Nagellack heraus und vollende die Reparaturarbeit.

Die Nonne beobachtet mich die ganze Zeit einigermaßen verdutzt, und als ich so gut wie fertig bin, sagt sie: »Sind Sie katholisch, meine Liebe?«

»Nein.«

»Wollten Sie über irgendetwas Bestimmtes reden?«

»Öm … eigentlich nicht.« Ich streichle das Holz der Bank, auf der ich sitze, und lächle sie freundlich an. »Eine richtig hübsche Schnitzerei. Sind die Möbel hier alle so schön?«

»Das hier ist die Kapelle«, sagt die Nonne und sieht mich irgendwie merkwürdig an.

»Ja, ja, ich weiß. Aber heutzutage haben ziemlich viele Leute solche Kirchenbänke in ihren Wohnungen. Die sind richtig in. Ich habe gerade erst einen Artikel in *Harpers* gelesen …«

»Mein liebes Kind ...« Die Nonne hebt eine Hand, um mich zu unterbrechen. »Mein Kind, dies ist ein Ort der Stille. Der Meditation.«

»Weiß ich doch!«, sage ich überrascht. »Darum bin ich ja hier. Wegen der Stille.«

»Gut«, sagt die Nonne, und dann schweigen wir.

Von irgendwoher höre ich eine Glocke läuten, und kurz darauf bemerke ich, dass die Nonne leise vor sich hin murmelt. Was sie wohl sagt? Sie erinnert mich irgendwie an meine Oma, die hat auch immer vor sich hin gemurmelt, wenn sie etwas gestrickt hat. Vielleicht hat sie sich verstickt.

»Das sieht wirklich toll aus, was Sie da nähen«, sage ich. »Was wird das?« Die Nonne zuckt kaum merklich zusammen und lässt den Stickrahmen sinken.

»Mein liebes Kind ...«, sagt sie und schnappt nach Luft. Dann schenkt sie mir aber doch ein warmes Lächeln. »Mein liebes Kind, wussten Sie eigentlich, dass unser Kloster für seine Lavendelfelder berühmt ist? Hätten Sie vielleicht Lust, sie sich anzusehen?«

»Nein, danke, ist schon in Ordnung.« Ich strahle sie an. »Ich fühl mich ganz wohl hier mit Ihnen.« Das Lächeln der Nonne droht nachzulassen.

»Und was ist mit der Krypta? Würde Sie die interessieren?«

»Eigentlich nicht. Machen Sie sich um mich keine Sorgen. Ich langweile mich nicht! Ich finde es herrlich hier. So ... still. Genau wie in *Meine Lieder – meine Träume*.«

Die Nonne glotzt mich an, als hätte ich chinesisch geredet. Aber natürlich! Wahrscheinlich ist sie schon so lange im Kloster, dass sie nicht weiß, was *Meine Lieder – meine Träume* ist!

»Also, da war mal dieser Film ...«, fange ich an zu erklären. Dann fällt mir ein, dass sie vielleicht auch gar nicht weiß, was ein Film ist. »Ein Film, das sind bewegte Bilder, wissen Sie«, erläutere ich behutsam. »Und die kann man auf einer Leinwand ansehen. Und da war diese Nonne, Maria hieß die ...«

»Wir haben auch einen Laden«, unterbricht mich die Nonne jäh. »Einen Laden. Wie wär's damit?«

Ein Laden! Dieses Wort versetzt mich einen Augenblick in helle Aufregung, und ich will fragen, was man da kaufen kann. Aber dann erinnere ich mich an das Versprechen, das ich Suze gegeben habe.

»Das geht nicht«, bedauere ich. »Ich habe meiner Mitbewohnerin versprochen, heute nicht einkaufen zu gehen.«

»Ihrer Mitbewohnerin?«, wundert sich die Nonne. »Was hat die denn damit zu tun?«

»Na ja, sie macht sich halt Sorgen, weil ich immer so viel Geld ausgebe ...«

»Und Ihre Mitbewohnerin diktiert Ihnen, was Sie zu tun und zu lassen haben?«

»Nein, aber ich habe ihr vor einiger Zeit ein ziemlich ernstes Versprechen gegeben. Ich habe ... praktisch ein Gelübde abgelegt ...«

»Aber wie soll sie denn je davon erfahren? Wenn Sie es ihr nicht erzählen ...?«

Ich sehe sie ziemlich überrascht an.

»Aber ich hätte ein wirklich schlechtes Gewissen, wenn ich mein Versprechen brechen würde! Nein, ich bleibe einfach noch ein bisschen hier bei Ihnen, wenn es Ihnen nichts ausmacht.« Ich nehme eine kleine Marienfigur in die Hand. »Die ist aber hübsch. Wo haben Sie die her?«

Die Nonne fixiert mich aus zusammengekniffenen Augen.

»Ich finde, Sie sollten das mit dem Laden nicht als Einkaufen betrachten«, sagt sie schließlich. »Sondern als Spende.« Sie lehnt sich nach vorne. »Sie spenden Geld – und wir bedanken uns dafür mit einer Kleinigkeit aus unserem Laden. Das kann man doch nicht Einkaufen nennen. Das ist doch vielmehr … ein Akt der Nächstenliebe.«

Ich verfalle in etwas längeres Schweigen und denke über das Gesagte nach. Wissen Sie, ich habe eigentlich schon immer mehr spenden und Gutes tun wollen – vielleicht ist das jetzt *die* Gelegenheit.

»Das heißt … das wäre so etwas wie … eine gute Tat?«, vergewissere ich mich.

»Ganz genau. Und Jesus Christus und alle seine Engel werden Sie dafür segnen.« Und dann packt sie mich ziemlich energisch am Arm. »Kommen Sie, sehen Sie sich einfach ein wenig um. Ich zeige Ihnen auch, wo es langgeht …«

Wir verlassen die Nebenkapelle, die Nonne schließt die Tür hinter uns und nimmt das *Raum der Stille*-Schild ab.

»Kommen Sie nicht wieder her?«, frage ich.

»Heute nicht, nein«, sagt sie und sieht mich etwas merkwürdig an. »Ich glaube, ich lasse es für heute gut sein.«

Wissen Sie, es stimmt schon, was man sagt: Die Tugend ist sich selbst ihr Lohn. Als ich am späten Nachmittag ins Hotel zurückkehre, laufe ich fast über vor Glückseligkeit. Ich habe so viel Gutes getan! Ich habe in dem Laden bestimmt 50 Pfund gespendet, wenn nicht sogar mehr! Also, ich will ja nicht angeben oder so, aber mir liegt der Altruismus im Blut. Denn als ich erst mal angefangen hatte zu spenden, konnte ich gar nicht mehr damit aufhören! Mit jedem Pfund, das ich spendete, steigerte sich mein Hochgefühl. Und auch wenn es völlig nebensächlich ist, aber: Ich habe als Dankeschön dafür ein paar richtig nette Sachen bekommen. Massenweise Lavendelhonig, Lavendelöl, Lavendeltee – schmeckt bestimmt köstlich! – und ein Lavendelkissen, damit ich besser schlafe.

Das Komische daran ist, dass Lavendel mich vorher nie sonderlich interessiert hat. Ich dachte, das wäre bloß irgend so eine Pflanze, die die Leute im Garten haben. Aber die junge Nonne in dem Laden hatte recht: Lavendel hat so belebende und lebensverbessernde Eigenschaften, dass sich eigentlich jeder mit Lavendel umgeben sollte. Dazu kommt, dass der Lavendel von St. Winifred aus kontrolliert biologischem Anbau stammt, wie sie mir erklärte – das heißt, er ist anderen Lavendelsorten qualitativ haushoch überlegen, und die Produkte sind viel preiswerter als die im konkurrierenden Versandhandel. Sie war auch diejenige, die mich davon überzeugt hat, das Lavendelkissen zu kaufen und mich in eine Mailingliste einzutragen. Für eine Nonne war sie ganz schön hartnäckig.

Als wir vor Blakeley Hall halten, bietet der Taxifahrer an, beim Hereintragen meiner Errungenschaften behilflich zu sein, weil die Kiste mit dem Lavendelhonig doch ziemlich schwer ist. An der Rezeption drücke ich ihm ein stattliches Trinkgeld in die Hand und beginne gerade davon zu träumen, mir jetzt gleich ein Bad einzulassen und mein neues Lavendel-Badeöl auszuprobieren … als die Eingangstür auffliegt und eine junge blonde Frau mit einer Louis-Vuitton-Tasche und langen, braunen Beinen ins Hotel stolziert.

Ungläubig starre ich sie an. Es ist Alicia Billington. Oder Alicia Biest-Langbein, wie ich sie nenne. Was macht *die* denn hier?

Alicia ist Kontakterin bei Brandon Communications – Lukes PR-Firma –, und wir haben uns noch nie besonders gut verstanden. Unter uns gesagt: Ich finde, sie ist eine dumme Kuh, und ich hätte gar nichts dagegen, wenn Luke sie feuern würde. Vor ein paar Monaten ist sie fast gefeuert worden – und das hatte sie irgendwie mir zu verdanken. (Damals war ich Finanzjournalistin und ich hatte einen Artikel geschrieben … ach, nein, das führt jetzt zu weit.) Aber letztendlich hat sie nur einen scharfen Verweis bekommen, und seitdem hat sie sich mächtig am Riemen gerissen.

Woher ich das weiß? Na ja, ich plaudere hin und wieder mit Lukes Assistentin Mel – ein absolutes Goldstück. Sie hält mich immer auf dem Laufenden mit dem Bürotratsch. Und Mel hat mir neulich erst erzählt, dass sie den Eindruck hat, Alicia hätte sich verändert. Nicht, dass sie *netter* geworden wäre, nein. Aber sie würde härter arbeiten. Sie nervt Journalisten so lange, bis die in ihren Artikeln bestimmte Kunden erwähnen, und ist oft noch spät am Abend im Büro und sitzt am Computer. Erst vor ein paar Tagen hat sie Mel um eine vollständige Liste aller Firmenkunden gebeten, komplett mit Namen der Kontaktperson, um sich mit jedem einzelnen vertraut machen zu können. Mel hat auch gesagt, dass Alicia anscheinend daran arbeitet, befördert zu werden, und ich fürchte, da hat sie recht. Das Dumme mit Luke ist nämlich, dass er eine etwas eingeschränkte Sichtweise hat. Er sieht nur, wie viel und wie hart jemand arbeitet und zu welchen Ergebnissen das führt – nicht aber, ob dieser Jemand eine blöde Kuh ist oder nicht. Ich schätze daher, dass sie ihre Beförderung bekommen und noch unerträglicher werden wird.

Als ich sie hereinkommen sehe, will ich einerseits wegrennen, andererseits aber wissen, was sie hier macht. Und noch bevor ich mich entscheiden kann, was ich mehr will, hat sie mich entdeckt und zieht kaum merklich eine Augenbraue hoch. Und in dem Augenblick fällt mir mit Grausen ein, wie ich aussehe in meinem abgeschmackten, alten grauen T-Shirt, das ehrlich gesagt überhaupt nicht wie ein Kleid aussieht, mit zerzausten Haaren und hochrotem Gesicht vom vielen Lavendelhonig-Schleppen. Und sie steckt in einem makellosen weißen Kostüm.

»Rebecca!«, ruft sie und hält sich pseudobestürzt die Hand vor den Mund. »Sie dürfen gar nicht wissen, dass ich hier bin! Tun Sie bitte einfach so, als hätten Sie mich nicht gesehen, ja?«

»Was ... was soll das denn heißen?« Ich versuche, nicht ganz so beunruhigt zu klingen, wie ich bin. »Was machen Sie denn hier?«

»Ich schau nur eben schnell rein, um mich den neuen

Partnern vorzustellen«, sagt Alicia. »Und meine Eltern wohnen doch nur zehn Kilometer von hier entfernt, wussten Sie das nicht? Da hat sich das förmlich angeboten.«

»Ah ja«, sage ich. »Nein, das wusste ich nicht.«

»Aber Luke hat uns allen *strikte* Anweisungen gegeben, Sie nicht zu belästigen«, sagt Alicia. »Schließlich sind Sie im Urlaub!«

Sie sagt das auf eine Weise, dass ich mich vor ihr wie ein Kind fühle.

»Ach, das macht doch nichts«, erwidere ich tapfer. »Wenn es um etwas so … Wichtiges wie das hier geht. Luke und ich haben gerade darüber geredet. Beim Frühstück.«

Ja, gut, das mit dem Frühstück habe ich nur hinterhergeschoben, um sie daran zu erinnern, dass Luke und ich ein Paar sind. Ich *weiß*, dass das kindisch ist. Aber immer, wenn ich mit Alicia spreche, habe ich das Gefühl, dass wir heimliche Konkurrentinnen sind und dass sie gewinnt, wenn ich mich nicht wehre.

»Ach ja?«, sagt Alicia. »Wie süß.« Sie kneift die Augen ein wenig zusammen. »Und – was halten Sie von dem ganzen Projekt? Sie müssen doch eine Meinung dazu haben?«

»Ich finde das toll«, sage ich nach einer kurzen Pause. »Wirklich toll.«

»Es macht Ihnen gar nichts aus?« Sie durchbohrt mich förmlich mit ihrem Blick.

»Also … eigentlich nicht.« Ich zucke mit den Schultern. »Ich meine, gut, wir wollten Urlaub machen, aber wenn es denn sooo wichtig ist …«

»Ich meine doch nicht das Meeting«, sagt Alicia und lacht. »Ich meine den ganzen Deal. Die Sache mit New York.«

Ich mache den Mund auf, um ihr zu antworten – und schließe ihn unverrichteter Dinge wieder. Was für eine Sache mit New York?

Wie ein Bussard, der eine Schwäche wittert, beugt sie sich mit einem winzigen, gemeinen Lächeln auf den Lippen vor. »Aber das *wissen* Sie doch sicher, Rebecca, dass Luke nach New York zieht, oder?«

Ich bin wie gelähmt vor Schreck. Luke zieht nach New York. Deswegen ist er so aufgeregt. Er zieht nach New York … Aber warum hat er mir das nicht erzählt?

Mein Gesicht glüht, und in der Brust scheint mir alles anzuschwellen. Luke zieht nach New York und hat mir noch keine Silbe davon gesagt.

»Rebecca?«

Ich reiße den Kopf hoch und zwinge mir ein Lächeln ab. Alicia darf nicht merken, dass mir das völlig neu ist. Sie darf es nicht merken!

»Natürlich weiß ich das«, krächze ich. Dann räuspere ich mich und sage: »Ich weiß über alles Bescheid. Aber ich … ich spreche nicht so gerne zwischen Tür und Angel über geschäftliche Dinge. Ich finde, eine gewisse Diskretion kann nicht schaden. Meinen Sie nicht auch?«

»Oh, selbstverständlich«, antwortet sie – aber so, wie sie mich ansieht, glaube ich nicht, dass sie das überzeugt hat. »Und … haben Sie vor, auch rüberzugehen?«

Ich sehe sie mit bebenden Lippen an und bin nicht in der Lage, ihr zu antworten. Mein Gesicht wird rot und röter – und dann, Gott sei Dank, höre ich hinter mir eine Stimme:

»Rebecca Bloomwood. Paket für Miss Rebecca Bloomwood.«

Ich drehe mich blitzartig um und … ich kann es kaum glauben. Ein Mann in Uniform geht mit meinem riesigen, reichlich mitgenommen aussehenden und von mir schon längst abgeschriebenen Paket in der Hand auf die Rezeption zu. Meine Sachen! Endlich! Meine sorgfältig zusammengestellten Outfits! Heute Abend kann ich anziehen, was ich will!

Aber irgendwie … ist mir das jetzt egal. Ich will mich einfach nur irgendwo hinsetzen, allein sein und nachdenken.

»Das bin ich«, sage ich und schaffe es sogar zu lächeln. »Ich bin Rebecca Bloomwood.«

»Ah, prima!«, sagt der Mann. »Das ist ja schön einfach. Wenn Sie bitte hier unterschreiben würden …«

»Na ja, ich will Sie nicht weiter aufhalten!«, sagt Alicia, die amüsiert mein Paket beäugt. »Einen schönen Urlaub noch.«

»Danke«, sage ich. »Werden wir haben.« Ich klammere mich an mein Paket und verlasse leicht betäubt die Lobby.

Endwich Bank
ZWEIGSTELLE FULHAM
3 Fulham Road
London SW6 9JH

Miss Rebecca Bloomwood
Flat 2
4 Burney Rd.
London SW6 8FD

8. September 2000

Sehr geehrte Miss Bloomwood,

vielen Dank für Ihr Schreiben vom 4. September, das Sie an den »süßen Smeathie« adressiert hatten und in dem Sie ihn bitten, eine Ausweitung Ihres Überziehungsrahmens durchzudrücken, »bevor der neue Typ anfängt«.

Ich bin der neue Typ.

Ich bin zurzeit damit beschäftigt, sämtliche Akten unserer Kunden zu überprüfen, und werde mich zu gegebener Zeit bezüglich Ihres Anliegens mit Ihnen in Verbindung setzen.

Mit freundlichen Grüßen
Endwich Bank
Zweigstelle Fulham

John Gavin
Leiter Kreditabteilung

ENDWICH – WIR SIND FÜR SIE DA

FÜNF

Am nächsten Tag fahren wir wieder zurück nach London – und Luke hat immer noch kein Wort über den Deal, New York oder sonst etwas verloren. Und ich weiß, dass ich ihn einfach direkt darauf ansprechen sollte. Ich weiß, dass ich ganz lässig »Was habe ich da über New York gehört, Luke?« sagen und dann abwarten sollte, wie er reagiert. Aber irgendwie … bringe ich das nicht über mich.

Ich meine, erstens hat er deutlich genug gemacht, dass er über diesen Deal nicht reden möchte. Und wenn ich jetzt was von New York sage, denkt er womöglich, ich hätte hinter seinem Rücken versucht, etwas herauszufinden. Und zweitens kann Alicia sich auch getäuscht haben – oder vielleicht hat sie sich das Ganze auch nur ausgedacht. (Das würde ich ihr ohne Weiteres zutrauen. Als ich noch als Finanzjournalistin gearbeitet habe, hat sie mich auf dem Weg zu einer Pressekonferenz mal in einen völlig falschen Raum geschickt – und ich bin mir sicher, dass das Absicht war!) Das heißt, solange ich mir nicht hundertprozentig sicher bin, über zuverlässige Informationen zu verfügen, ist es einfach besser, nichts zu sagen.

Das rede ich mir zumindest ein. Aber wenn ich ganz ehrlich bin, will ich deshalb nichts sagen, weil ich den

Gedanken nicht ertragen kann, dass Luke mich gütig ansehen und sagen wird: »Rebecca, es war eine richtig schöne Zeit mit dir, aber …«

Und darum sage ich nichts und lächle viel – obwohl ich mich hundeelend fühle und heulen könnte. Als wir bei mir ankommen, würde ich mich ihm am liebsten an den Hals schmeißen und »Gehst du wirklich nach New York, Luke?« jammern.

Aber stattdessen gebe ich ihm einen Kuss und sage leichthin: »Samstag ist gebongt, oder?«

Und da verrät er mir, dass er morgen nach Zürich fliegt, wo er in den nächsten Tagen diverse Meetings mit diversen Finanzfuzzis hat. Das ist natürlich ausgesprochen wichtig, und ich habe auch vollstes Verständnis dafür. Aber am Samstag ist Toms und Lucys Hochzeit – und das ist noch viel wichtiger. Er *muss* mitkommen.

»Ich bin rechtzeitig wieder da«, sagt er. »Versprochen.« Er drückt meine Hand, ich steige aus, und er sagt, er muss weiter. Und schon ist er weg.

Niedergeschlagen schließe ich die Wohnungstür auf, und zwei Sekunden später kommt Suze aus ihrem Zimmer und schleift einen prall gefüllten schwarzen Abfallsack hinter sich her.

»Hi!«, sagt sie. »Da bist du ja wieder.«

»Ja!«, antworte ich und bemühe mich, fröhlich zu klingen. »Da bin ich wieder!«

Suze schleppt den schwarzen Müllsack aus der Wohnung, die Treppe hinunter und auf die Straße. Dann kommt sie wieder heraufgehopst.

»Und, wie war's?«, fragt sie ganz außer Puste, als sie die Wohnungstür hinter sich schließt.

»Nett«, sage ich und gehe in mein Zimmer. »Es war richtig … nett.«

»Nett?« Suze kneift die Augen zusammen und kommt hinter mir her. »Mehr nicht? Nur nett?«

»Es war … schön.«

»*Schön*? Bex, was ist los? Habt ihr kein absolut supergeiles Wochenende gehabt?«

Eigentlich wollte ich Suze ja überhaupt nichts von New York erzählen, weil ich im Grunde nichts sicher weiß. Und außerdem habe ich neulich in einer Zeitschrift gelesen, dass Paare ihre Probleme untereinander klären und keine Außenstehenden mit hineinziehen sollten. Aber als ich Suzes warmherziges, liebes Gesicht sehe, kann ich nicht anders und platze einfach damit heraus.

»Luke zieht nach New York.«

»Echt?«, sagt Suze, ohne den Ernst der Lage zu erfassen. »Das ist ja super! Mann, New York ist soooo toll! Ich war vor drei Jahren mal da, und …«

»Suze, er zieht nach New York – aber er hat mir noch nichts davon gesagt.«

»Oh.« Suze ist sichtlich verwirrt. »Ach so.«

»Und ich will nicht davon anfangen, weil ich nämlich eigentlich von nichts was weiß, aber ich verstehe einfach nicht, warum er mir nichts davon gesagt hat! Will er … sich einfach aus dem Staub machen?« Ich werde vor Kummer immer lauter. »Bekomme ich eines schönen Tages eine Postkarte vom Empire State Building, auf der steht: ›Hi, ich lebe jetzt übrigens in New York, alles Liebe, Luke‹?«

»Nein!«, sagt Suze prompt. »Natürlich nicht! Das würde er nie tun.«

»Ach, nein?«

»Nein. Ganz bestimmt nicht.« Suze verschränkt die Arme vor der Brust und denkt nach. Dann sieht sie mich an. »Bist du dir wirklich hundertprozentig sicher, dass er es dir nicht erzählt hat? Auch nicht, als du vielleicht gedöst oder vor dich hin geträumt hast oder sonst wie nicht bei der Sache warst?«

Erwartungsvoll sieht sie mich an, und ich denke angestrengt nach und überlege, ob sie recht haben könnte. Vielleicht hat er es mir im Auto erzählt und ich habe bloß nicht zugehört. Oder gestern Abend, als ich die Frau mit der Lulu-Guinness-Handtasche in der Bar beäugt habe ... Aber dann schüttle ich den Kopf.

»Nein. Ich bin mir sicher, dass es mir aufgefallen wäre, wenn er etwas von New York gesagt hätte.« Ich sacke zu einem Häufchen Elend auf meinem Bett zusammen. »Er erzählt es mir nicht, weil er mich loswerden will.«

»So ein Quatsch!«, meint Suze. »Also wirklich, Bex, Männer erzählen einem doch nie etwas. So sind sie nun mal.« Sie stakst vorsichtig über einen Haufen CDs und setzt sich im Schneidersitz neben mich auf das Bett. »Mein Bruder hat uns auch nichts erzählt, als er wegen Drogen eingebuchtet wurde. Das haben wir aus der Zeitung erfahren! Und mein Vater hat mal eine ganze Insel gekauft, ohne meiner Mutter etwas davon zu erzählen.«

»Wirklich?«

»Ja klar! Und dann hat er es selbst völlig vergessen. Bis er aus heiterem Himmel diesen Brief bekam, in dem stand, er möchte doch bitte kommen, um das Schwein im Fass zu rollen.«

»Um *was*?«

»Ach, das ist so ein uralter Brauch«, winkt Suze ab. »Mein Vater muss als Erster das Schwein rollen, weil ihm die Insel gehört.« Ihr Gesicht hellt sich auf. »Hey, weißt du was, er ist immer auf der Suche nach Leuten, die ihm das abnehmen können! Hast du vielleicht Lust, das dieses Jahr zu machen? Man muss so einen komischen Hut aufsetzen und ein gälisches Gedicht auswendig lernen, aber das ist gar nicht so schwer …«

»Suze …«

»Vielleicht nicht«, räumt Suze hastig ein. »Tut mir leid.« Sie lehnt sich gegen mein Kopfkissen und kaut nachdenklich auf einem Fingernagel herum. Dann sieht sie auf einmal wieder auf. »Moment mal. Wenn Luke dir nicht von New York erzählt hat – wer denn dann?«

»Alicia«, brumme ich. »Sie ist voll im Bilde.«

»Alicia?« Suze glotzt mich an. »Alicia Biest-Langbein? Ach, du meine Güte. Das hat die sich doch bestimmt nur ausgedacht. Also wirklich, Bex, du wirst doch wohl nicht auf *die* hören?«

Suze klingt so überzeugt, dass mein Herz einen kleinen Sprung macht vor Freude. Natürlich. Das ist es. Und hatte ich nicht schon selbst diesen Verdacht geäußert? Hatte ich Ihnen nicht schon erzählt, was für ein Mensch Alicia ist?

Das einzige Problem ist … Ich kann nicht sicher sein, dass Suze in dieser Angelegenheit ganz unvoreingenommen ist. Suze und Alicia haben nämlich eine gemeinsame Geschichte. Sie haben beide gleichzeitig angefangen, bei Brandon Communications zu arbeiten – Suze ist nach drei Wochen gefeuert worden, und

Alicia macht seitdem Karriere. Nicht dass Suze wirklich gerne im PR-Bereich arbeiten wollte, aber trotzdem.

»Ich weiß nicht«, zweifle ich. »Meinst du, Alicia würde so etwas tun?«

»Ja, natürlich!«, sagt Suze. »Die versucht doch nur, dir einen reinzuwürgen! Jetzt komm schon, Bex! Wem vertraust du mehr? Alicia oder Luke?«

»Luke«, sage ich nach kurzem Schweigen. »Luke natürlich.«

»Na also!«

»Du hast recht.« Ich fühle mich schon deutlich besser. »Du hast absolut recht. Luke ist derjenige, dem ich vertrauen sollte. Egal, was geklatscht und getratscht wird.«

»Ganz genau.«

Suze reicht mir einen Stapel Briefe. »Hier ist deine Post. Und wer für dich angerufen hat.«

»Uuuh, danke!« Ich schnappe mir den Stapel und hoffe auf gute Neuigkeiten. Denn man weiß ja nie, was alles passiert ist, während man weg war. Vielleicht enthält einer dieser Umschläge einen Brief von einem verschollenen, alten Freund oder ein tolles Jobangebot oder die Nachricht, dass ich eine Weltreise gewonnen habe!

Nichts dergleichen. Bloß eine doofe Rechnung nach der anderen. Ich gehe den Stapel gelangweilt durch und lasse ihn komplett und ohne auch nur einen Umschlag zu öffnen auf den Boden plumpsen.

So ist das jedes Mal. Immer wenn ich wegfahre, glaube ich, dass bergeweise aufregende Post auf mich wartet, wenn ich wiederkomme: Päckchen, Telegramme, Briefe faszinierenden Inhalts – und ich bin jedes Mal enttäuscht. Ich finde ja, irgendjemand sollte mal ein Unternehmen namens holidaypost.com gründen, das einem gegen entsprechende Bezahlung ganz viele aufregende Briefe schreibt, damit man wenigstens *etwas* hat, auf das man sich freuen kann, wenn man wieder nach Hause kommt.

Ich wende mich den Telefonnotizen zu. Suze ist ausgesprochen gewissenhaft, was das angeht:

Deine Mutter:	Was ziehst du zu Toms und Lucys Hochzeit an?
Deine Mutter:	Auf keinen Fall Violett, das beißt sich mit ihrem Hut.
Deine Mutter:	Weiß Luke, dass er im Cut kommen soll?
Deine Mutter:	Luke kommt doch bestimmt, oder?
David Barrow:	Bittet um Rückruf.
Deine Mutter:	–

Moment. David Barrow? Wer ist das denn?

»Hey, Suze!«, schreie ich. »Hat dieser David Barrow gesagt, wer er ist?«

»Nein«, sagt Suze vom Flur aus. »Er hat nur darum gebeten, dass du ihn zurückrufst.«

»Aha.« Ich werfe noch einen Blick auf den Zettel. »Wie hat er sich angehört?«

Suze kräuselt die Nase.

»Ach, weißt du … Sehr gepflegt. Sehr … reich.«

Ich bin richtig aufgeregt, als ich seine Nummer wähle.

David Barrow. Kommt mir irgendwie bekannt vor. Vielleicht ist er ja Filmproduzent!

»David Barrow«, meldet er sich – und Suze hat recht, er klingt sehr gepflegt.

»Guten Tag, Rebecca Bloomwood hier. Ich sollte Sie zurückrufen?«

»Ah, Miss Bloomwood. Ich bin zuständig für die Sonderkundenbetreuung bei La Rosa.«

»Oh.« Ich verziehe erstaunt das Gesicht. La Rosa. Was zum Himmel ist …

Ach, ja. Das ist diese trendige Boutique in Hampstead. Aber da war ich doch nur ungefähr einmal, und das ist schon Ewigkeiten her. Wieso ruft der mich also an?

»Als Erstes möchte ich Ihnen sagen, was für eine Ehre es für uns ist, eine Fernsehpersönlichkeit Ihres Formats zu unseren Kundinnen zählen zu dürfen.«

»Oh! Ach, das ist aber nett – danke!« Ich strahle den Telefonhörer an. »Die Freude ist ganz auf meiner Seite.«

Das ist ja verschärft. Ich weiß genau, warum er anruft. Sie wollen mir ein paar Stücke aus ihrem Sortiment schenken! Oder vielleicht … ja! Sie wollen, dass ich eine neue Linie für sie designe! Ja! Ich werde Modedesignerin. Und die Klamotten bekommen das Label »Collection Becky Bloomwood«. Schlichte, stilvolle, tragbare Mode, vielleicht ein oder zwei Abendkleider …

»Es handelt sich nur um eine höfliche Nachfrage«, unterbricht David Barrow meine Gedanken. »Ich möchte sicherstellen, dass Sie mit unserem Service zufrieden sind und Sie fragen, ob wir Ihnen sonst mit irgendetwas behilflich sein können.«

»Also – danke!«, sage ich. »Ich bin sehr zufrieden, danke. Ich meine, ich bin wohl nicht gerade das, was man eine Stammkundin nennen könnte, aber …«

»Außerdem muss ich Sie darauf aufmerksam machen, dass Ihre La-Rosa-Kundenkarte geringfügig belastet ist«, spricht David Barrow weiter, als hätte ich gar nichts gesagt. »Und wenn dieser Betrag nicht binnen einer Woche ausgeglichen wird, sehen wir uns gezwungen, geeignete Maßnahmen zu ergreifen.«

Ich starre das Telefon an. Mein Lächeln erstirbt. Von wegen Höflichkeitsanruf! Er will gar nicht, dass ich eine eigene Kollektion entwerfe! Er will Geld!

Ich bin außer mir. Das ist doch bestimmt verboten, dass Leute ohne Vorwarnung bei einem zu Hause anrufen und Geld fordern, oder? Ich meine, *natürlich* werde ich die Rechnung ausgleichen. Nur weil ich nicht im gleichen Moment, in dem die Rechnung durch den Briefschlitz fällt, auch schon den Scheck losschicke …

»Es sind nunmehr drei Monate vergangen, seit wir Ihnen die erste Rechnung geschickt haben«, informiert David Barrow mich. »Und unsere Geschäftspolitik sieht vor, dass sämtliche nicht ausgeglichenen Rechnungen nach drei Monaten an einen …«

»Ja, ja«, unterbreche ich ihn kühl. »Mein … Steuerberater geht zurzeit alle meine Rechnungen durch. Ich werde mal mit ihm reden.«

»Es freut mich sehr, das zu hören. Und selbstverständlich würden wir uns freuen, Sie bald wieder bei La Rosa begrüßen zu dürfen!«

»Ja, ja«, brumme ich. »Vielleicht.«

Ich lege in dem Moment auf, als Suze mit einem weiteren schwarzen Müllsack beladen an der Tür vorbeigeht. »Suze, was *machst* du da eigentlich?«

»Ich miste aus!«, sagt sie. »Das ist genial. So reinigend. Müsstest du auch mal ausprobieren. Und – wer war dieser David Barrow?«

»Ach, bloß wegen 'ner blöden Rechnung, die ich nicht bezahlt habe. Also weißt du! Und deswegen ruft der mich zu Hause an!«

»Ups, da fällt mir was ein. Warte mal …«

Sie verschwindet kurz und taucht dann mit einem Stapel Briefe wieder auf.

»Die habe ich unter meinem Bett gefunden, als ich aufgeräumt habe, und diese hier haben auf meinem Frisiertisch gelegen … Ich glaube, die hast du da vergessen.« Sie verzieht das Gesicht. »Das sind, glaube ich, auch Rechnungen.«

»Danke«, sage ich und pfeffere die Briefe auf mein Bett.

»Vielleicht …«, sagt Suze zögerlich, »vielleicht solltest du ein paar davon bezahlen? Du weißt schon. So eine oder zwei.«

»Aber ich habe sie doch bezahlt!« Jetzt bin ich perplex. »Im Juni! Weißt du das nicht mehr?«

»Ach ja!«, sagt Suze. »Ja, stimmt, richtig.« Sie beißt sich auf die Lippe. »Aber der Punkt ist doch, Bex …«

»Was?«

»Na ja … das ist schon eine ganze Weile her, oder? Vielleicht hast du seitdem neue Schulden gemacht.«

»Seit *Juni*?«, lache ich. »Aber das ist doch gerade mal fünf Minuten her! Wirklich Suze, du brauchst dir keine Sorgen zu machen. Ich meine… nehmen wir zum Beispiel diese hier.« Ich fische auf gut Glück einen Umschlag aus dem Stapel. »Also. Was habe ich in letzter Zeit bei Marks & Spencer gekauft? Nichts!«

»Ach, so«, sagt Suze deutlich erleichtert. »Das heißt, diese Rechnung beläuft sich auf… Null. Stimmt's?«

»Stimmt!«, sage ich und reiße den Umschlag auf. »Null! Oder vielleicht zehn Pfund. Du weißt schon, kann sein, dass ich mir mal eben eine Unterhose gekauft habe…«

Ich ziehe die Kontoübersicht aus dem Umschlag und lasse den Blick nach unten rechts wandern. Es verschlägt mir die Sprache.

»Und, wie viel?«, fragt Suze bestürzt.

»Das ist… das kann nicht sein«, sage ich und versuche, das Blatt wieder in den Umschlag zu stopfen. »Das kann überhaupt nicht sein. Ich werde denen einen Brief schreiben…«

»Zeig mal.« Suze schnappt sich die Rechnung und macht immer größere Augen. »365 Pfund? Bex…«

»Das kann nicht stimmen«, sage ich, aber so überzeugt klinge ich wohl nicht mehr. Auf einmal fällt mir die Lederhose ein, die ich im Ausverkauf in Marble Arch erstanden habe. Und der Morgenmantel. Und dann hatte ich da diese Phase, in der ich jeden Tag bei Marks & Spencer Sushi gegessen habe.

Suze starrt mich einige Minuten an. Auf ihrem Gesicht zeigen sich Sorgenfalten.

»Bex – glaubst du, dass die anderen Rechnungen genauso hoch sind wie die?«

Ohne einen Ton zu sagen, nehme ich mir den Umschlag von Selfridges und reiße ihn auf. Im selben Augenblick fällt mir der Entsafter aus Chrom ein, den ich *unbedingt* haben musste … Ich habe ihn noch kein einziges Mal benutzt. Und das Kleid mit Pelzbesatz am Saum. Wo ist das eigentlich?

»Wie viel?«

»Genug«, antworte ich und schiebe die Rechnung wieder in den Umschlag, bevor Suze sehen kann, dass sie sich auf über 400 Pfund beläuft.

Ich wende mich ab und versuche, ruhig zu bleiben. Aber ich bin entsetzt und auch ein bisschen sauer. Das kann doch alles gar nicht stimmen. Ich meine, ich habe meine Schulden doch alle bezahlt. *Ich habe alle Schulden bezahlt.* Was habe ich denn davon, alle Kreditkartenschulden bezahlt zu haben, wenn die Karten fröhlich wieder neue Schulden anhäufen? Was habe ich davon? Da kann ich mich doch gleich aufhängen.

»Jetzt mach dir mal keine Sorgen, Bex«, sagt Suze. »Das kommt schon alles in Ordnung. Ich löse einfach deinen Mietscheck für diesen Monat nicht ein.«

»Nein!«, rufe ich. »Sei nicht albern. Du warst sowieso schon viel zu gut zu mir. Ich will dir kein Geld schulden. Dann will ich lieber Marks & Spencer was schulden.« Suze sieht wirklich *sehr* besorgt aus. »Suze, mach dir keine Gedanken! Das hier kann ich doch mit links noch ein bisschen aufschieben.« Ich schlage mit dem Handrücken auf die Rechnung. »Und die Bank frage ich einfach, ob ich ein bisschen mehr überziehen darf. Genau genommen, habe ich gerade erst um einen größeren Dispo gebeten – also kann ich auch gleich um ein bisschen mehr bitten. Ich rufe jetzt gleich an.«

»Wann, jetzt?«

»Warum denn nicht?«

Ich schnappe mir das Telefon und einen alten Kontoauszug und wähle flugs die Nummer der Endwich Bank.

»Ist alles überhaupt kein Problem«, versichere ich Suze. »Wirst schon sehen. Ein kleiner Telefonanruf, und fertig.«

»Ihr Anruf wird an das zentrale Endwich Callcenter weitergeleitet«, verrät mir eine blecherne Stimme. »Bitte merken Sie sich die folgende Nummer: 0800...«

»Was ist los?«, fragt Suze.

»Ich werde an irgendeine Zentrale oder so weitergeleitet«, sage ich, als mir die ersten Töne der *Vier Jahreszeiten* entgegendudeln. »Da sind die Leute bestimmt wahnsinnig schnell und effizient. Toll, was? Dass man das alles per Telefon erledigen kann.«

»Herzlich willkommen bei der Endwich Bank!«, begrüßt mich eine neue Stimme. »Bitte geben Sie Ihre Kontonummer ein.«

Meine Kontonummer? Weiß ich nicht auswendig. Mist...

Ach doch. Auf meinem Kontoauszug!

»Danke!«, sagt eine Stimme, als ich fertig bin. »Und jetzt geben Sie bitte Ihre persönliche Identifikationsnummer ein.«

Was?

Persönliche Identifikationsnummer? Ich wusste gar nicht, dass ich eine persönliche Identifikationsnummer habe! Also echt! Das haben die mir nie gesagt...

Oder... doch, ich glaube, da war mal was.

Oh Gott. Wie war die doch gleich? Irgendetwas mit 73? Oder war's mit 37?

»Bitte geben Sie Ihre persönliche Identifikationsnummer ein«, wiederholt die Stimme freundlich.

»Aber ich *weiß* meine blöde persönliche Identifikationsnummer nicht!«, sage ich. »Schnell, Suze, wenn du ich wärst, was würdest du dir als persönliche Identifikationsnummer wählen?«

»Oh!«, sagt Suze. »Tja ... also ... ich glaube, ich würde ... wie wär's mit 1234?«

»Bitte geben Sie Ihre persönliche Identifikationsnummer ein«, sagt die Stimme noch einmal.

Gott, was für ein Stress!

»Versuch's doch mit der Nummer von meinem Fahrradschloss!«, schlägt Suze vor. »435.«

»Suze – ich brauche *meine* Nummer, nicht deine.«

»Vielleicht hast du dir die ja ausgesucht. Wer weiß!«

»Bitten geben Sie ...«

»Ja, ja, schon gut!«, schreie ich und gebe 435 ein.

»Das Passwort ist ungültig«, meldet die Stimme.

»Ich wusste doch, dass es nicht funktioniert!«

»Hätte doch sein können«, verteidigt Suze sich.

»Die muss doch vierstellig sein«, sage ich, als mir plötzlich etwas einfällt. »Ich musste da anrufen und meine Nummer registrieren lassen ... und ja! Ja! Ich hatte gerade erst die Karen-Millen-Schuhe gekauft und habe auf das Preisschild geguckt ... und das war die Nummer, die ich genommen habe!«

»Wie viel haben sie gekostet?«, fragt Suze aufgeregt.

»Eigentlich ... 120 Pfund ... aber sie waren runtergesetzt auf ... 84,99!«

»Na, dann tipp das ein! 8499!«

Fieberhaft tippe ich 8499 ein – und höre zu meinem größten Erstaunen, wie die Stimme sagt: »Vielen Dank! Sie sprechen nun mit der Endwich Bank Corporation. Endwich – Wir sind für Sie da. Wenn Sie eine Schuldenberatung wünschen, drücken Sie bitte die 1. Wenn Sie mit der Rückzahlung Ihrer Hypothek im Rückstand sind, drücken Sie bitte die 2. Wenn es um Kontoüberziehung und Kontoführungsgebühren geht, drücken Sie bitte die 3. Wenn Sie ...«

»Okay! Jetzt haben sie mich durchgeschaltet.« Ich atme tief aus und komme mir ein bisschen vor wie James Bond, der den Code geknackt hat, mit dem er jetzt die Welt rettet. »Und jetzt? Schuldenberatung oder Kontoüberziehung und Kontoführungsgebühren?«

»Kontoüberziehung und Kontoführungsgebühren«, sagt Suze kenntnisreich.

»Okay.« Ich drücke die 3, und schon eine Sekunde später werde ich von einer fröhlichen Singsang-Stimme begrüßt.

»Guten Tag! Herzlich willkommen beim Endwich Bank Callcenter. Mein Name ist Dawna. Was kann ich für Sie tun, Miss Bloomwood?«

»Oh, hallo!«, sage ich verdutzt. »Sind Sie echt?«

»Ja!« Dawna lacht. »Ich bin echt. Was kann ich für Sie tun?«

»Ähm ... ja. Also. Ich wollte fragen, ob mein Dispo-Kredit wohl ein bisschen ausgeweitet werden könnte. Um ein paar Hundert Pfund, wenn das ginge. Oder ruhig auch etwas mehr, wenn Sie so viel haben ...«

»Verstehe«, sagt Dawna ausgesucht freundlich. »Geht

es um eine spezielle Anschaffung oder Ausgabe, oder handelt es sich eher um einen allgemeinen Bedarf?«

Sie klingt so lieb und nett, dass ich mich immer mehr entspanne.

»Also, die Sache ist die: Ich habe in letzter Zeit so einiges in meine berufliche Zukunft investieren müssen, und jetzt flattert eine Rechnung nach der anderen ins Haus und … ich weiß gar nicht, wovon ich die bezahlen soll.«

»Ah ja«, sagt Dawna liebenswürdig.

»Ich meine, nicht dass ich in finanziellen Schwierigkeiten stecken würde, nein. Ich bin nur … vorübergehend knapp bei Kasse.«

»Vorübergehend knapp bei Kasse«, wiederholt sie, und ich höre sie etwas in ihren Computer tippen.

»Wahrscheinlich hat sich nur wieder ein bisschen was angestaut. Aber der Punkt ist, dass ich alles abbezahlt hatte. Und ich dachte, jetzt könnte ich mich wieder entspannen.«

»Ah ja.«

»Sie verstehen das also?« Erleichtert strahle ich Suze an, die als Antwort ihren Daumen hochstreckt. Na, also, funktioniert doch. Ein kurzer Anruf, das ist alles, genau wie in der Werbung. Keine bösen Briefe, keine verfänglichen Fragen …

»Ich verstehe das vollkommen«, sagt Dawna. »Das passiert ja jedem von uns mal.«

»Das heißt – ich bekomme einen größeren Kredit?«, freue ich mich.

»Nun ja, ich bin leider nicht ermächtigt, Ihren Disporahmen um mehr als 50 Pfund zu erweitern«, erklärt

Dawna. »Für alles, was darüber hinausgeht, müssten Sie sich mit dem Leiter der Kreditabteilung Ihrer Zweigstelle in Verbindung setzen. Das ist … einen Moment bitte … Fulham … ein Mister John Gavin.«

Fassungslos starre ich den Telefonhörer an.

»Aber dem habe ich bereits geschrieben!«

»Na, dann ist doch alles in Ordnung, oder? Kann ich sonst noch etwas für Sie tun?«

»Nein«, sage ich. »Nein, ich glaube nicht. Danke.«

Ich lege auf und bin untröstlich.

»Blöde Bank. Blödes Callcenter.«

»Geben Sie dir das Geld?«, fragt Suze.

»Weiß ich nicht. Kommt ganz auf diesen John Gavin an.« Ich sehe auf und direkt in Suzes besorgtes Gesicht. »Aber der sagt bestimmt ja«, füge ich schnell hinzu. »Er muss nur eben meine Unterlagen überprüfen. Wird schon schiefgehen!«

»Wenn du jetzt einfach eine Weile überhaupt nichts ausgeben würdest, dann würdest du doch ganz schnell wieder ins Plus kommen, oder?«, fragt sie hoffnungsvoll. »Ich meine, du verdienst doch einen Haufen Kohle beim Fernsehen, oder?«

»Ja«, sage ich nach kurzem Schweigen, da ich ihr nicht gerne sagen möchte, dass von meiner Gage nach Abzug von Miete, Taxi, auswärtig essen und Klamotten für die Show im Grunde gar nicht so viel übrig bleibt.

»Und außerdem hast du ja auch noch dein Buch …«

»Mein Buch?«

Ich sehe sie verständnislos an. Dann, auf einmal, fällt es mir wieder ein. Ja, natürlich! Mein Selbsthilfebuch!

Daran wollte ich doch schon seit Wochen weiterarbeiten!

Puh, Glück gehabt. Das Buch wird mir aus der Patsche helfen. Ich muss es nur so schnell wie möglich fertig schreiben und einen ordentlichen Scheck dafür kassieren – dann kann ich alle meine Rechnungen bezahlen und bin wieder restlos glücklich. Ha! Ich brauche keinen blöden Dispokredit! Ich fange sofort mit meinem Buch an! Noch heute Abend!

Wissen Sie was, ich freue mich richtig darauf, endlich an meinem Buch zu arbeiten. Mir schwirren so viele wichtige Themen im Kopf herum, die ich unbedingt zur Sprache bringen möchte. Armut und Reichtum zum Beispiel. Komparative Religion. Philosophie vielleicht auch. Ja, ich weiß, der Verlag hat lediglich um ein simples Selbsthilfebuch gebeten, aber ich sehe keinen Grund, weshalb ich nicht auch einige der etwas breiter angelegten Fragen ansprechen sollte.

Und wenn sich das Buch richtig gut verkauft, werde ich vielleicht sogar Vorträge halten. Mann, das wäre spitze! Ich könnte so eine Art Lifestyle-Guru werden und überall auf der Welt auftreten – die Leute würden Schlange stehen und mich zu allen möglichen Themen um Rat fragen …

»Und, wie läuft's?«, fragt Suze, die in ein Handtuch gewickelt in meiner Zimmertür erscheint. Ich zucke schuldbewusst zusammen. Ich sitze jetzt nämlich schon eine ganze Weile vor dem Computer. Aber ich habe ihn noch nicht mal eingeschaltet.

»Ich denke nach«, sage ich, lange ganz schnell an

die Rückseite des Computers und schalte ihn an. »Du weißt schon, um mich zu sammeln. Und meine Gedanken. Und um die kreativen Energien in ein kohärentes Muster fließen zu lassen.«

»Wow«, sagt Suze und sieht mich ehrfürchtig an. »Hört sich toll an. Ist das schwer?«

»Nein, eigentlich nicht«, sage ich nach kurzem Nachdenken. »Es ist sogar ziemlich einfach.«

Der Computer meldet sich mit einem Feuerwerk an Geräuschen und Farben zu Wort, und wir sehen ihn beide völlig fasziniert an.

»Wow!«, sagt Suze schon wieder. »Hast du das gemacht?«

»Ähm … ja.« Und es stimmt doch auch. Ich meine, ich habe den Computer eingeschaltet.

»Mann, du bist so schlau, Bex«, haucht Suze. »Was glaubst du, wann du damit fertig bist?«

»Ach, ziemlich bald«, sage ich frisch-fröhlich. »Wenn ich erst mal richtig angefangen habe …«

»Ja, dann lasse ich dich wohl besser wieder in Ruhe«, sagt Suze. »Ich wollte mir bloß für heute Abend ein Kleid leihen.«

»Aha«, merke ich interessiert auf. »Wo gehst du hin?«

»Auf Venetias Party. Willst du mitkommen? Au, ja, los, komm mit! Alle anderen kommen auch!«

Einen Moment lang bin ich wirklich versucht. Ich bin Venetia schon ein paarmal begegnet, und ich weiß, dass die Partys, die sie im Haus ihrer Eltern in Kensington gibt, richtig klasse sind.

»Nein«, sage ich. »Besser nicht. Ich habe zu tun.«

»Schade.« Suze sieht enttäuscht aus. »Aber ein Kleid darf ich mir doch trotzdem leihen, oder?«

»Natürlich.« Ich denke angestrengt nach, was ihr stehen würde. »Zieh doch mein neues Tocca-Kleid an. Dazu deine roten Schuhe und meine Stola von English Eccentrics.«

»Super!« Suze geht auf meinen Kleiderschrank zu. »Danke, Bex. Ach, ja ... kannst du mir eine Unterhose leihen?«, fragt sie ganz unbekümmert. »Und eine Strumpfhose und Make-up?«

Ich drehe mich zu ihr um und sehe sie forschend an.

»Suze – als du ausgemistet hast, hast du da überhaupt *irgendetwas* behalten?«

»Natürlich!«, verteidigt sie sich. »Ein paar Sachen.« Sie stellt sich meinem Blick. »Gut, okay, vielleicht bin ich ein bisschen zu weit gegangen.«

»Hast du überhaupt noch irgendwelche Unterwäsche?«

»Ähm ... nein. Aber weißt du was, mir geht's richtig gut, und ich habe so eine positive Einstellung zum Leben – da macht das gar nichts! Das ist Feng-Shui. Solltest du auch mal probieren.«

Ich beobachte Suze dabei, wie sie Kleid und Unterwäsche an sich nimmt und meinen Schminkbeutel durchwühlt. Dann lässt sie mich allein, und ich strecke meine Arme vor und lockere meine Finger. Gut. Dann mal los. Mein Buch.

Ich öffne eine Datei, schreibe »Erstes Kapitel« und betrachte stolz meine ersten Worte. Erstes Kapitel! Ist das nicht cool? Ich habe angefangen! Ich habe endlich wirklich richtig angefangen! Jetzt brauche ich nur noch einen eindrücklichen, bemerkenswerten Eröffnungssatz.

Ich sitze eine Weile ganz still und starre auf den leeren Bildschirm. Dann tippe ich rasend schnell

Geld ist das

Ich halte inne und trinke einen Schluck Cola Light. Ist ja klar, dass ich an dem perfekten Satz ein bisschen feilen muss. Der schießt einem nicht einfach so in den Kopf.

Geld ist das aller…

Mann, ich würde viel lieber ein Buch über Klamotten schreiben. Oder über Make-up. *Becky Bloomwoods Leitfaden Lippenstifte.*

Tu ich aber nicht. Also, los. Konzentration.

Geld ist etwas, das

Also, mein Stuhl ist ja wirklich unglaublich unbequem. Das kann doch nicht gesund sein, stundenlang auf so einem ollen Ding herumzusitzen. Da kriege ich doch in null Komma nichts einen Bandscheibenvorfall oder so was. Nein, wirklich, wenn ich eine ernsthafte Autorin werden möchte, sollte ich in einen dieser ergonomisch geformten und höhenverstellbaren Drehstühle investieren.

Geld ist sehr

Vielleicht gibt es solche Stühle ja im Internet zu kaufen. Vielleicht sollte ich mal eben kurz gucken. Wo der Computer doch sowieso schon an ist.

Es wäre im Grunde sogar ganz schön verantwortungslos von mir, wenn ich das nicht täte. Ich meine, man soll ja mit seinem Körper kein Schindluder treiben, oder? »Mens sana in gesund sana« oder so.

Ich schnappe mir die Maus, klicke auf Internet und suche nach »Bürostühlen«. Schwupps, bekomme ich eine ganze Liste von Online-Bürobedarfshops. Ich schreibe mir fröhlich ein paar davon auf, und auf einmal lande ich auf dieser absolut geilen Website, die ich noch nie vorher gesehen habe, und auf der es alles, aber auch alles gibt, was man für sein Büro braucht. Nicht nur langweilige weiße Umschläge, sondern richtig fantasievollen Kram. Zum Beispiel schicke Aktenschränke aus Chrom oder smarte Federhalter oder total individuelle Namensschilder für die Bürotür.

Ich sehe mir sämtliche Fotos an und bin wie gelähmt. Ich meine, ich weiß, dass ich zurzeit kein Geld ausgeben soll – aber das hier ist was anderes. Das hier ist eine Investition in meine berufliche Zukunft. Und das hier ist schließlich mein Büro, oder? Und ein Büro sollte vernünftig eingerichtet sein. Es *muss* vernünftig eingerichtet sein. Mein Gott, wie kurzsichtig ich war. Wie wollte ich denn ein Buch schreiben, ohne entsprechend eingerichtet zu sein? Ohne die passende Ausrüstung zu haben? Das ist doch, als wollte man den Everest ohne Zelt besteigen!

Das Angebot ist so umfangreich, dass ich wie benommen bin und mich nicht entscheiden kann. Aber es gibt da ein paar essenzielle Dinge, die ich unbedingt haben muss.

Und schon klicke ich auf einen ergonomisch geformten Drehstuhl mit lila Bezug (passend zu meinem iMac) und ein Diktaphon, das den diktierten Text in schriftlichen auf den Computer überträgt. Und dann klicke ich auch noch auf einen richtig tollen Dokumentenhalter in Form einer Stahlklemme, eine Zehnerpackung laminierte Präsentationsmappen – kann ich bestimmt mal gebrauchen – und einen Mini-Papierschredder. Der ist absolut unabdingbar, da ich natürlich nicht will, dass irgendjemand meine ersten Entwürfe liest. Ich spiele mit dem Gedanken, mir auch intelligente Modulmöbel für den Empfangsbereich anzuschaffen – das Einzige, was mich zögern lässt, ist die Tatsache, dass es in meinem Zimmer nicht wirklich einen Empfangsbereich gibt –, als Suze wieder hereinkommt.

»Hi! Wie läuft's?«

Ich zucke schuldbewusst zusammen, klicke hastig auf SENDEN, ohne den Endbetrag überprüft zu haben, logge mich aus – und schon erscheinen auf dem Bildschirm die Worte »Erstes Kapitel«.

»Mann, du gibst dir ja wirklich Mühe.« Suze schüttelt den Kopf. »Mach doch mal eine Pause. Wie viel hast du schon?«

»Ach … schon ganz schön viel.«

»Darf ich's lesen?« Und zu meinem Entsetzen kommt sie auf mich zu.

»Nein!«, rufe ich. »Ich meine – das sind meine ersten Gehversuche als Autorin. Ich möchte noch nicht, dass jemand das sieht.« Ich schließe das Dokument und stehe auf. »Du siehst toll aus, Suze! Fantastisch!«

»Danke!« Sie strahlt mich an, und als sie in meinem Kleid um die eigene Achse wirbelt, klingelt es an der Tür. »Ah! Das ist bestimmt Fenny.«

Fenella ist eine von Suzes durchgeknallten, stinkreichen Cousinen aus Schottland. Na gut, ich will mal nicht so unfair sein: Sie ist nicht mehr ganz so durchgeknallt. Früher war sie genauso eigenartig wie ihr Bruder Tarquin und hat die ganze Zeit nichts anderes gemacht als zu reiten und Fische zu schießen oder was auch immer. Aber jetzt ist sie vor Kurzem nach London gezogen, arbeitet in einer Kunstgalerie und geht stattdessen auf Partys. Suze macht die Tür auf, und sofort vernehme ich nicht nur Fenellas quietschige Stimme, sondern eine ganze Horde schnatternder Mädels. Fenny kann keine drei Schritte ohne einen Pulk kreischender Menschen um sich machen. Sie ist so eine Art Schickeria-Regengott.

»Hi!«, sagt sie und platzt in mein Zimmer. Sie hat einen richtig hübschen, rosafarbenen Samtrock von Whistles an (ich habe übrigens den gleichen), aber sie hat ihn mit einem unmöglichen, braunen Rollkragenpulli mit Lurex kombiniert. »Hi, Becky! Kommst du mit?«

»Nein, heute nicht«, sage ich. »Ich habe zu tun.«

»Schade.« Fenella macht genauso ein enttäuschtes Gesicht wie Suze vorher. Doch dann hellt sich ihre Miene auf. »Kann ich dann deine Jimmy Choos leihen? Wir haben doch dieselbe Schuhgröße, oder?«

»Okay«, sage ich. »Sind im Kleiderschrank.« Ich zögere und bemühe mich um Taktgefühl. »Möchtest du dir auch ein Oberteil leihen? Ich habe nämlich sogar genau das, das zu deinem Rock gehört. Rosa Kaschmir mit kleinen Perlen. Wirklich schön.«

»Das hast du?«, sagt Fenny. »Au, ja! Das hier habe ich angezogen, ohne weiter drüber nachzudenken.« Und als sie es auszieht, kommt eine Blonde in einem schwarzen Etuikleid herein und strahlt mich an.

»Hi, äh … Milla.« Mir fällt der Name gerade noch ein. »Wie geht's?«

»Gut«, sagt sie und sieht mich hoffnungsvoll an. »Fenny hat gesagt, ich könnte deine Stola von English Eccentrics leihen.«

»Die habe ich schon Suze geliehen«, bedauere ich. »Aber wie wär's denn mit … einem lila Umhang mit Pailletten?«

»Au ja, bitte! Und Binky fragt, ob du noch diesen schwarzen Wickelrock hast?«

»Ja«, sage ich nachdenklich. »Aber ich glaube, ich habe da einen anderen Rock, der ihr noch viel besser stehen würde …«

Es vergeht etwa eine halbe Stunde, bis alle sich geliehen haben, was sie wollen. Danach verlässt die ganze Horde endlich wieder mein Zimmer und versichert lautstark, dass ich morgen früh alles wiederbekomme. Und dann kommt Suze herein und sieht einfach umwerfend aus mit ihrer Hochfrisur und den vereinzelt heraushängenden blonden Locken.

»Bex, bist du wirklich ganz sicher, dass du nicht mitwillst? Tarquin kommt auch, und ich weiß, dass er sich freuen würde, dich zu sehen.«

»Aha.« Ich habe Mühe, kein allzu entsetztes Gesicht zu machen. »Er ist also in London?«

»Nur für ein paar Tage.« Suze sieht mich etwas traurig an. »Also, wenn Luke nicht wäre, Bex … Ich glaube, Tarkie mag dich immer noch.«

»Ach, so ein Quatsch«, beeile ich mich zu widersprechen. »Das ist doch Ewigkeiten her. Ewigkeiten!«

Mein erstes und letztes Rendezvous mit Tarquin ist eine der Begebenheiten, an die ich mich am liebsten nie, nie wieder erinnern möchte.

»Schade.« Suze zuckt mit den Schultern. »Also, bis später dann. Und übertreib's nicht mit dem Arbeiten!«

»Nein, nein«, sage ich und schicke einen Stoßseufzer hinterher. »Oder sagen wir, ich werde es versuchen.«

Ich warte, bis die Wohnungstür ins Schloss gefallen ist und ich die wartenden Taxis davonbrausen höre. Dann trinke ich einen Schluck Cola Light und wende mich wieder meinem ersten Kapitel zu.

Erstes Kapitel

Geld ist sehr

Ach, jetzt bin ich gar nicht mehr in der Stimmung für das hier. Suze hatte doch recht. Ich muss mal Pause machen. Ich meine, wenn ich hier stundenlang vor der Kiste sitze, werde ich ja ganz rammdösig und kann nicht mehr kreativ sein. Und ich habe einen guten Anfang gemacht.

Ich stehe auf und strecke mich, dann gehe ich ins

Wohnzimmer und nehme mir die *Tatler*. In einer Minute kommt *EastEnders*, dann wahrscheinlich *Changing Rooms* oder so, oder vielleicht die Doku-Serie über Tierärzte. Das sehe ich mir eben an, und dann arbeite ich weiter. Ich meine, ich habe schließlich noch den ganzen Abend vor mir! Ich muss mich zügeln.

Gedankenverloren schlage ich die Zeitschrift auf und überfliege das Inhaltsverzeichnis – und schon habe ich etwas Interessantes gefunden: Ein kleines Bild von Luke. Mit der Bildunterschrift *Alles über Brandon, S. 74!* Wieso hat Luke mir nicht erzählt, dass er im *Tatler* sein würde?

Das Bild ist sein neuestes offizielles Foto, und ich habe ihm höchstpersönlich bei der Kleiderauswahl dafür geholfen (blaues Hemd, dunkelblaue Fendi-Krawatte). Er blickt sehr ernst und geschäftsmäßig in die Kamera – aber wenn man etwas genauer hinsieht, umspielt ein winziges Lächeln seine Augen. Ich betrachte dieses mir so vertraute Gesicht und werde überschwemmt von einer Woge der Zuneigung. Suze hat recht. Ich sollte ihm vertrauen. Ich meine, was weiß Alicia Biest-Höschen denn schon?

Ich schlage Seite 74 auf und finde einen Artikel über Großbritanniens »Köpfe und Macher«. Ich lasse den Blick über die Seite gleiten … und stelle unwillkürlich fest, dass einige der Köpfe und Macher mit ihren besseren Hälften abgebildet sind. Vielleicht ist ja auch ein Bild von mir drin, zusammen mit Luke! Es kann ja ohne Weiteres jemand ein Foto von uns gemacht haben, auf einer Party oder so. Wenn ich drüber nachdenke, fällt mir ein, dass wir bei der Einführung einer neuen Zeitschrift mal für den *Evening Standard* abgelichtet wurden. Das Bild wurde allerdings nie abgedruckt.

Aaaah! Da ist er ja! Nummer 34! Und nur er. Dasselbe offizielle Foto wie vorne, auf dem von mir weit und breit nichts zu sehen ist. Ich empfinde trotzdem so etwas wie Stolz, als ich ihn sehe (sein Bild ist viel größer als die meisten anderen, ha!) und die Bildunterschrift lese: *Brandons Skrupellosigkeit auf dem Weg zum Erfolg hat einige seiner Konkurrenten auf die Plätze verwiesen.* Und dann kommt der Artikel: »Luke Brandon, der dynamische Gründer und Inhaber von Brandon Communications, einer der blabla blabla …«

Ich lese den Rest quer und verspüre schon so etwas wie Vorfreude, als ich das Kästchen mit der Überschrift »Das Wichtigste in Kürze« erreiche. Jetzt komme nämlich ich! »Zurzeit liiert mit der Fernsehgröße Rebecca Bloomwood.« Oder vielleicht »Lebensgefährte der allseits bekannten Finanzexpertin Rebecca Bloomwood«. Oder sonst …

Luke James Brandon
Alter: 34
Studium: Cambridge
Status: Single

Single?

Luke hat denen gesagt, er sei *Single*?

Wut und Verbitterung steigen in mir hoch, als ich Lukes selbstbewussten, arroganten Blick betrachte. Und auf einmal habe ich genug. Ich habe genug davon, ständig in Unsicherheit gestürzt zu werden, zu glauben, ich sei paranoid, und herumzurätseln, was wohl gespielt wird. Mit zitternden Fingern nehme ich den Telefonhörer ab und wähle Lukes Nummer.

»Ja«, sage ich, nachdem seine Stimme auf dem Anrufbeantworter verstummt ist. »Ja, schön. Wenn du Single bist, Luke, dann bin ich auch Single, okay? Und wenn du nach New York ziehst, dann ziehe ich eben … in die Äußere Mongolei. Und wenn du …«

Plötzlich fällt mir nichts mehr ein. Mist, wo es doch gerade so gut lief.

»… wenn du zu feige bist, mir solche Sachen selbst zu sagen, dann wäre es vielleicht das Beste, wenn wir …«

Jetzt wird es richtig schwierig. Ich kämpfe mit mir. Ich hätte mir vorher aufschreiben sollen, was ich sagen will.

»… wenn wir einfach einen Schlussstrich ziehen. Aber vielleicht hast du das ja schon längst getan«, beende ich meine Tirade unter stoßweisem Atmen.

»Becky?« Auf einmal habe ich Lukes tiefe Stimme im Ohr und zucke verängstigt zusammen.

»Ja?«, sage ich so würdevoll wie möglich.

»Was redest du denn da für einen Quatsch aufs Band?«, fragt er ruhig.

»Das ist kein Quatsch!«, empöre ich mich. »Das ist die Wahrheit!«

»›Wenn du Single bist, bin ich auch Single‹? Was soll das sein? Der Text von einem neuen Popsong?«

»Ich habe von dir geredet! Und davon, dass du der ganzen Welt erzählt hast, du seist Single!«

»Was habe ich?« Luke klingt amüsiert. »Wann soll denn das gewesen sein?«

»Steht im *Tatler*!«, kläre ich ihn wutschnaubend auf. »Diesen Monat!« Ich reiße die Zeitschrift an mich und schlage sie auf.

»›Großbritanniens Köpfe und Macher.‹ Nummer 34, Luke Brandon.«

»Ach, du liebes bisschen«, sagt Luke. »Das meinst du.«

»Ja, das meine ich!«, fahre ich ihn an. »Genau das! Und da steht, dass du Single bist. Was meinst du wohl, wie ich mich gefühlt habe, als ich gelesen habe, dass du dich als Single ausgibst?«

»Werde ich zitiert?«

»Äh… nein«, sage ich nach kurzem Zögern. »Nein, du wirst nicht direkt zitiert. Aber die haben dich doch bestimmt angerufen und gefragt…«

»Sie *haben* mich angerufen und gefragt«, sagt er. »Und ich habe gesagt, kein Kommentar.«

»Oh.« Das bringt mich vorübergehend zum Schweigen. Ich versuche, klar zu denken. Okay, dann hat er vielleicht nicht gesagt, dass er Single ist – aber ich bin mir noch nicht schlüssig, wie ich »kein Kommentar« finden soll. Das sagt man doch normalerweise, wenn irgendetwas total schiefläuft, oder?

»Und warum hast du ›kein Kommentar‹ gesagt?«, frage ich schließlich. »Warum hast du nicht gesagt, dass du mit mir zusammen bist?«

»Liebling«, sagt Luke und klingt ein wenig müde. »Denk doch mal nach. Willst du wirklich, dass sich die Medien auf unser Privatleben stürzen?«

»Natürlich nicht.« Ich verknote meine Hände. »Natürlich nicht. Aber du…« Ich breche ab.

»Was?«

»Du hast es den Medien gesagt, als du mit Sacha zusammen warst«, piepse ich.

Sacha ist Lukes Exfreundin.

Das glaube ich nicht, dass ich das gerade gesagt habe.

Luke seufzt.

»Becky, *Sacha* hat den Medien von uns erzählt. Sie hätte auch zugelassen, dass die *Hello!* uns in der Badewanne fotografiert, wenn die interessiert gewesen wären. So ist sie nun mal.«

»Ach«, sage ich und wickle mir die Telefonschnur um den Finger.

»Mich interessiert so etwas nicht. Meine Kunden können machen, was sie wollen, aber ich persönlich kann mir kaum etwas Schlimmeres vorstellen. Darum ›kein Kommentar‹.« Er schweigt kurz. »Aber du hast recht. Ich hätte drüber nachdenken sollen. Ich hätte dich warnen sollen. Tut mir leid.«

»Schon gut«, sage ich verlegen. »Ich hätte wohl nicht so voreilige Schlüsse ziehen sollen.«

»Alles wieder in Ordnung?« Lukes Stimme hat einen warmen, neckenden Unterton. »Wieder alles gut?«

»Was ist mit New York?«, frage ich und hasse mich dafür. »Ist das auch eine falsche Information?«

Es folgt ein langes, fürchterliches Schweigen.

»Was hast du über New York gehört?«, fragt Luke schließlich – und zu meinem Entsetzen klingt er ganz geschäftsmäßig und kühl.

Oh Gott. Warum habe ich nicht meine Klappe gehalten?

»Ach, nichts weiter«, stottere ich. »Ich … ich weiß nicht. Ich habe nur …«

Ich verstumme, und wir schweigen uns eine halbe Ewigkeit an. Mein Herz klopft wie verrückt, und ich presse mir den Hörer so fest ans Ohr, dass es wehtut.

»Becky, es gibt da ein paar Sachen, die ich mit dir besprechen muss«, sagt Luke endlich. »Aber nicht jetzt.«

»Okay«, sage ich angsterfüllt. »Was denn für ... Sachen?«

»Nicht jetzt. Wir reden drüber, wenn ich wieder da bin, ja? Am Samstag. Auf der Hochzeit.«

»Okay«, sage ich noch einmal betont fröhlich, damit er nicht merkt, wie elend mir ist. »Gut! Ja, dann ... sehen wir uns am Samstag, dann ...«

Aber da hat Luke schon aufgelegt.

IHR GUTES GELD

Ein nützlicher Ratgeber
in alltäglichen Finanzfragen

von Rebecca Bloomwood

Copyright: Rebecca Bloomwood
Achtung: Vervielfältigung des gesamten oder
von Teilen des Manuskriptes nur mit ausdrücklicher
Genehmigung der Autorin

Erste Auflage (UK)

(Erster Entwurf)

TEIL EINS

Erstes Kapitel

Geld ist sehr

Endwich Bank
ZWEIGSTELLE FULHAM
3 Fulham Road
London SW6 9JH

Miss Rebecca Bloomwood
Flat 2
4 Burney Rd.
London SW6 8FD

11. September 2000

Sehr geehrte Miss Bloomwood!

Ich beziehe mich auf mein Schreiben vom 8. September und kann Ihnen mitteilen, dass ich Ihre Unterlagen inzwischen sehr gründlich studiert habe. Ihr derzeitiger Dispositionskreditrahmen ist unverhältnismäßig großzügig und kann von unserem Haus im Grunde nicht verantwortet werden. Aus den Unterlagen erschließt sich für mich weder eine plausible Begründung für diese exzessive Anhäufung von Schulden, noch ist aus ihnen zu ersehen, dass Sie ernsthafte Anstrengungen unternommen hätten, Ihr Debet bei uns zu reduzieren. Ich tendiere dazu, diesen Zustand als skandalös zu bezeichnen.

Sehr geehrte Miss Bloomwood, ganz gleich, welchen Sonderstatus Sie in der Vergangenheit in unserem Hause genossen haben – diese Zeiten sind vorbei. Ich werde Ihren Kreditrahmen selbstredend nicht Ihrem Wunsch entsprechend erweitern. Ich muss Sie vielmehr dringendst bitten, einen Gesprächstermin mit mir zu vereinbaren, damit wir Ihre Lage erörtern können.

Mit freundlichen Grüßen
Endwich Bank
Zweigstelle Fulham

John Gavin
Leiter Kreditabteilung

ENDWICH – WIR SIND FÜR SIE DA

SECHS

Als ich am Samstagvormittag um zehn bei meinen Eltern vorfahre, herrscht auf der Straße schon richtige Feststimmung. Sämtliche Bäume sind mit Ballons geschmückt, in unserer Einfahrt steht ein Auto hinter dem anderen, und im Nachbargarten bläht sich ein Festzelt im Wind. Ich steige aus, schnappe mir meine Tasche – und dann verharre ich für kurze Zeit und sehe unverwandt das Nachbarhaus an. Wirklich merkwürdig. Tom Webster heiratet. Kann ich mir gar nicht vorstellen. Ehrlich gesagt – und das klingt wahrscheinlich etwas gemein – kann ich mir gar nicht vorstellen, dass es jemanden gibt, der Tom Webster heiraten *möchte*. Zugegeben, er hat sich ganz schön gemacht in letzter Zeit. Er hat neue Klamotten und eine neue Frisur. Aber seine Hände sind noch genauso riesig und feucht wie eh und je – und wie Brad Pitt sieht er immer noch nicht aus.

Aber das ist wohl genau der Punkt, wo die Liebe ins Spiel kommt, denke ich, als ich die Autotür zuwerfe. Man liebt jemanden trotz seiner Schwächen. Lucy macht es offenbar nichts aus, dass Tom feuchte Hände hat – und ihm macht es offenbar nichts aus, dass sie so platte, langweilige Haare hat. So was nennt man wohl romantisch.

Als ich so neben meinem Auto stehe und das Haus

der Websters betrachte, erscheint ein Mädchen in Jeans und mit einem Blumenkranz im Haar in der Haustür. Sie sieht mich auf sonderbare, fast schon aggressive Weise an – und verschwindet dann wieder im Haus. Wahrscheinlich eine von Lucys Brautjungfern. War ihr vielleicht unangenehm, dass ich sie in Jeans gesehen habe.

Lucy ist wahrscheinlich auch da drüben, fällt mir ein – und ich wende mich instinktiv ab. Ich weiß, ich weiß, sie ist die Braut, aber ehrlich gesagt bin ich nicht wahnsinnig scharf darauf, sie wieder zu sehen. Wir sind uns vielleicht zweimal begegnet und haben uns nicht besonders gut verstanden. Was wahrscheinlich daran lag, dass sie dachte, ich sei in Tom verliebt. O Gott. Na ja, wenn Luke erst mal da ist, werde ich endlich allen zeigen, dass sie sich gründlich getäuscht haben.

Beim Gedanken an Luke erfasst mich ein nervöses Prickeln, und ich muss tief einatmen, um mich zu beruhigen. Ich bin fest entschlossen, das Pferd dieses Mal nicht beim Schwanz aufzuzäumen. Ich werde ganz ruhig und besonnen bleiben und mir anhören, was Luke mir zu sagen hat. Und wenn er mir sagt, dass er nach New York zieht, dann … zieht er eben nach New York.

Egal. Darüber sollte ich jetzt noch nicht nachdenken. Ich marschiere auf unsere Haustür zu und schließe auf. Meine Eltern sind in der Küche: Mein Vater hat schon seine Weste an und trinkt Kaffee, während meine Mutter mit Lockenwicklern im Haar und einem Nylonumhang auf den Schultern eine Runde Sandwiches schmiert.

»Ich finde das einfach nicht richtig«, sagt sie in dem Moment, als ich die Küche betrete. »Es ist nicht richtig.

Die regieren schließlich unser Land. Sieh sie dir doch mal an! Unmöglich! Geschmacklose Jacketts, fürchterliche Krawatten …«

»Glaubst du wirklich, die Regierungsfähigkeit wird davon beeinflusst, was man anhat?«

»Hi, Mum«, sage ich und lasse meine Tasche auf den Boden plumpsen. »Hi, Dad.«

»Es geht ums Prinzip!«, sagt Mum. »Wenn die sich keine Mühe geben, sich ordentlich anzuziehen, geben sie sich wahrscheinlich auch keine Mühe, der Wirtschaft auf die Beine zu helfen!«

»Das kannst du nun wirklich nicht vergleichen!«

»Natürlich kann ich das vergleichen! Becky, du meinst doch auch, dass Gordon Brown sich ein bisschen besser anziehen sollte, oder? Ständig diese fürchterlichen Straßenanzüge.«

»Weiß nicht«, weiche ich aus. »Vielleicht.«

»Siehst du? Becky findet das auch. So, und jetzt lass dich anschauen, Liebes.« Sie legt das Messer hin und betrachtet mich eingehend. Mir wird unter ihrem Blick angenehm warm, da ich weiß, dass ich gut aussehe. Ich trage ein Kleid und einen Blazer in Knallpink, einen Hut mit Federn von Philip Treacy und wunderschöne schwarze Satinschuhe mit jeweils einem Schmetterling aus hauchdünner Gaze darauf. »Ach, Becky«, sagt meine Mutter schließlich. »Du siehst zauberhaft aus. Du wirst der Braut die Schau stehlen.« Sie nimmt mir den Hut vom Kopf und betrachtet ihn. »Der ist ja was ganz Besonderes! Wie viel hat der gekostet?«

»Äm … weiß ich nicht mehr«, lüge ich. »So an die … fünfzig Pfund?«

Das stimmt natürlich nicht. Er hat mehr so an die … Ach, egal, er war jedenfalls ziemlich teuer. Aber sein Geld wert.

»Und wo ist Luke?«, sagt Mum, als sie mir den Hut wieder aufsetzt. »Parkt er das Auto?«

»Ja, genau, wo ist Luke?« Mein Vater sieht auf und lacht schelmisch. »Wir haben uns so darauf gefreut, deinen Freund jetzt endlich kennenzulernen.«

»Luke kommt später nach.« Ich zucke leicht zusammen, als ich die Enttäuschung auf ihren Gesichtern sehe.

»Er kommt später?«, fragt Mum schließlich. »Warum das denn?«

»Er kommt heute Morgen erst aus Zürich wieder«, erkläre ich. »Er hat da geschäftlich zu tun gehabt. Aber er wird rechtzeitig hier sein, versprochen.«

»Er weiß doch, dass die Trauung um zwölf ist, oder?«, fragt Mum besorgt nach. »Und du hast ihm erklärt, wo die Kirche ist?«

»Ja!«, sage ich. »Keine Panik, er wird schon rechtzeitig hier sein.«

Mir ist bewusst, dass ich etwas schnippisch klinge, aber ich kann nichts dagegen tun. Um ehrlich zu sein, bin ich selbst etwas unruhig, weil Luke noch nicht da ist. Er wollte mich anrufen, sobald er gelandet ist – und er hätte vor einer halben Stunde landen sollen. Ich habe noch nichts gehört.

Aber egal. Er hat versprochen zu kommen.

»Kann ich irgendwas helfen?«, versuche ich das Thema zu wechseln.

»Ach, sei doch so lieb und bring die hier nach oben«, sagt Mum und schneidet die Sandwiches energisch in

Dreiecke. »Ich muss noch die Kissen von den Gartenmöbeln wegräumen.«

»Wer ist denn oben?«, frage ich, als ich den Teller an mich nehme.

»Maureen. Sie ist extra hergekommen, um Janice die Haare zu machen«, sagt Mum. »Um Lucy nicht im Weg zu sein. Du weißt schon.«

»Habt ihr sie schon gesehen? Hat sie ein schönes Kleid?«

»Ich habe es noch nicht gesehen«, sagt Mum und spricht dann mit gedämpfter Stimme weiter: »Aber es soll *dreitausend Pfund* gekostet haben. *Ohne* den Schleier!«

»Wow«, sage ich beeindruckt. Und eine Sekunde lang bin ich ein winziges bisschen neidisch. Ich kann mir zwar nichts Schlimmeres vorstellen, als Tom Webster zu heiraten – aber trotzdem. Ein Kleid für dreitausend Pfund. Und eine Party … und haufenweise Geschenke … Ich meine, Leute, die heiraten, sahnen richtig ab, oder?

Kaum bin ich oben, höre ich auch schon den Föhn aus Mums und Dads Schlafzimmer. Als ich hineingehe, sehe ich Janice im Morgenmantel auf dem Hocker aus dem Ankleidezimmer sitzen. In der einen Hand hält sie ein Glas Sherry, in der anderen ein Taschentuch, mit dem sie sich immer wieder die Augen trockentupft. Maureen, die nun schon seit Jahren Mums und Janice' Haare macht, fuchtelt professionell mit einem Föhn herum. Und dann sitzt da noch eine mir unbekannte Frau mit mahagonifarbenem Teint, blond gefärbten Locken und einem violetten Seidenkostüm auf der Bank am Fenster und raucht.

»Hallo, Janice«, sage ich, gehe auf sie zu und drücke sie. »Wie fühlst du dich?«

»Gut, Becky, danke«, schnüffelt sie. »Ein bisschen wacklig in den Knien. Du weißt schon. Kaum zu glauben, dass Tom jetzt heiratet!«

»Ich weiß«, sage ich. »Mir kommt es auch wie vorgestern vor, dass wir Kinder waren und zusammen Rad gefahren sind!«

»Hier, trink noch einen Sherry, Janice.« Maureen schenkt ihr noch etwas von der dunkelbraunen Flüssigkeit ein. »Das entspannt.«

»Ach, Becky«, sagt Janice und drückt meine Hand. »Für dich ist das sicher auch ein schwieriger Tag.«

Ich habe es gewusst. Sie glaubt immer noch, dass ich in Tom verliebt bin. Warum glauben eigentlich alle Mütter, ihre Söhne seien unwiderstehlich?

»Eigentlich nicht!«, widerspreche ich ihr so fröhlich wie möglich. »Ich freue mich für Tom. Und für Lucy natürlich ...«

»Becky?« Die Frau am Fenster wendet sich mir zu und sieht mich misstrauisch an. »Das ist Becky?«

Keine Spur von Freundlichkeit. Oh Gott, jetzt sag nicht, die glaubt *auch*, ich sei in Tom verschossen.

»Äh ... ja.« Ich lächle sie an. »Ich bin Rebecca Bloomwood. Dann sind Sie wohl Lucys Mutter?«

»Ja«, sagt die Frau und starrt mich immer noch an. »Ich bin Angela Harrison. Die Mutter der Braut«, fügt sie hinzu und betont das Wort »Braut«, als könnte ich kein Englisch oder so.

»Ist bestimmt wahnsinnig aufregend für Sie«, mutmaße ich höflich, »dass Ihre Tochter heiratet.«

»Ja, natürlich. Und Tom liegt Lucy zu Füßen«, fügt sie aggressiv hinzu. »Er liegt ihr *zu Füßen*. Guckt andere Frauen nicht einmal *an*.« Sie bedenkt mich mit einem ziemlich harten Blick, und ich lächle unsicher zurück.

Also, mal im Ernst, was soll ich denn machen? Mich bei Toms Anblick übergeben? Ihm sagen, dass er der hässlichste Kerl ist, den ich kenne? Dann würden doch alle nur sagen, ich sei eifersüchtig. Oder dass ich vor der Realität fliehe.

»Ist … Luke auch da, Becky?«, fragt Janice mich mit einem hoffnungsvollen Lächeln. Und plötzlich – ist das nicht bizarr? – ist es mucksmäuschenstill, und alle warten auf meine Antwort.

»Nein, noch nicht«, sage ich. »Er ist vermutlich aufgehalten worden. Leider.«

Wieder herrscht Stille, aber ich bekomme durchaus mit, wie viel sagende Blicke gewechselt werden.

»Aufgehalten«, wiederholt Angela mit einem Unterton, der mir nicht sonderlich gefällt. »Aufgehalten. Na, so eine Überraschung aber auch.«

Was meint sie denn jetzt damit?

»Er kommt direkt aus Zürich«, erkläre ich. »Ich vermute, dass sein Flug Verspätung hat oder so.« Ich sehe zu Janice, die zu meiner Überraschung errötet.

»Zürich«, sagt sie und nickt ein wenig zu heftig. »Verstehe. Natürlich. Zürich.« Und dann sieht sie mich verlegen, ja, geradezu mitleidig an.

Was ist denn mit ihr los?

»Wir reden doch von Luke Brandon, oder?«, fragt Angela und zieht an ihrer Zigarette. »Dem berühmten Unternehmer.«

»Äh – ja«, sage ich verdutzt. »Ich meine, ich *kenne* gar keine anderen Lukes.«

»Und das ist Ihr Freund?«

»Ja.«

Betretenes Schweigen. Sogar Maureen guckt mich so merkwürdig an. Und dann fällt mein Blick auf die Ausgabe des *Tatler*, die neben Janice' Hocker auf dem Boden liegt. O Gott.

»Der Artikel in der *Tatler* stimmt übrigens nicht«, kläre ich sie schnell auf. »Luke hat nicht gesagt, dass er Single ist. Er hat ›kein Kommentar‹ gesagt.«

»Artikel?«, stellt Janice sich dumm. »Ich weiß gar nicht, wovon du redest, Becky.«

»Ich ... ich lese gar keine Zeitschriften«, behauptet Maureen, bekommt eine knallrote Birne und sieht schnell weg.

»Wir freuen uns nur darauf, ihn kennenzulernen«, sagt Angela und bläst Rauch in die Luft. »Stimmt's nicht, Janice?«

Völlig verwirrt sehe ich sie an – dann wende ich mich Janice zu, die meinem Blick ausweicht, und Maureen, die so tut, als wenn sie etwas in ihrem Kosmetikkoffer suchen würde.

Moment mal.

Die glauben doch wohl nicht ...

»Janice.« Ich versuche, mit fester Stimme zu sprechen. »Du weißt, dass Luke kommt. Er hat dir doch sogar auf die Einladung geantwortet!«

»Ja, natürlich, Becky!«, sagt Janice und blickt zu Boden. »Und – wie Angela schon gesagt hat, wir freuen uns alle darauf, ihn kennenzulernen.«

Oh, mein Gott. Sie glaubt mir nicht.

Ich merke, wie mir vor Demütigung die Röte ins Gesicht steigt. Was glaubt sie denn? Dass ich mir nur *ausgedacht* habe, dass ich mit Luke zusammen bin?

»Na ja, dann guten Appetit«, sage ich und stelle endlich den Teller mit den Sandwiches ab. Ich hoffe, ich klinge nicht so aufgewühlt, wie ich mich fühle. »Ich… guck mal eben, ob Mum mich braucht.«

Meine Mutter ist auf dem oberen Treppenabsatz damit beschäftigt, die Auflagen der Gartenmöbel in durchsichtige Plastiktüten zu packen, aus denen sie dann mit Hilfe des Staubsaugers sämtliche Luft heraussaugt.

»Ich habe dir übrigens auch ein paar von diesen Tüten bestellt«, ruft sie mir, um den Staubsauger zu übertönen, zu. »Bei Country Ways. Und Truthahnfolie, eine Kasserolle, eine Pochierpfanne für die Mikrowelle…«

»Ich brauche keine Truthahnfolie!«, brülle ich.

»Die ist ja auch gar nicht für dich«, sagt Mum und schaltet den Staubsauger aus. »Die hatten so ein tolles Freundschaftswerbungsangebot. Für eine Freundschaftswerbung bekommt man ein ganzes Set Tontöpfe. Also habe ich dich geworben. Ein toller Katalog übrigens. Kannst ihn dir gerne mal ausleihen und drin rumstöbern.«

»Mum…«

»Herrliche Bettwäsche. Du könntest doch bestimmt mal neue…«

»Mum, jetzt hör mir doch mal zu!«, sage ich erregt. »Hör zu. Du glaubst mir doch, dass ich mit Luke zusammen bin, oder?«

Es dauert mir einen Tick zu lange, bis die Antwort kommt.

»Aber natürlich«, sagt sie.

Entsetzt starre ich sie an.

»Nein, tust du nicht. Ihr glaubt alle, dass ich mir das nur ausgedacht habe!«

»Nein!«, widerspricht meine Mutter bestimmt. Sie legt den Staubsauger weg und sieht mir direkt in die Augen. »Becky, du hast uns erzählt, dass du mit Luke Brandon befreundet bist – und was Dad und mich angeht, reicht uns das völlig.«

Mum sieht mich weiter an, dann seufzt sie und ergreift noch ein Gartenmöbelpolster. »Ach Becky, Liebes. Du darfst nicht vergessen, dass du uns allen mal erzählt hast, dich würde jemand belästigen. Und das haben wir dir auch geglaubt. Und dann stellte sich heraus, dass … na ja, dass das nicht ganz stimmte. Oder?«

Mir wird ganz kalt vor Bestürzung. Gut, vielleicht habe ich mal vorgegeben, belästigt worden zu sein. Hätte ich nicht tun sollen. Aber mal im Ernst, nur, weil man eine kleine Geschichte erfunden hat, muss man doch nicht gleich als Totalspinner abgestempelt werden, oder?

»Und dazu kommt natürlich, dass wir ihn … also Luke … dass wir ihn noch nie wirklich *gesehen* haben.« Mum stopft weiter Kissen in Plastiktüten. »Also, nicht mit eigenen Augen und in Fleisch und Blut und so. Und dann dieser Artikel, in dem stand, dass er Single ist …«

»Er hat nicht gesagt, dass er Single ist!« Meine Stimme wird immer schriller vor Frust. »Er hat gesagt ›kein Kommentar‹! Mum, haben Janice und Martin dir gesagt, dass sie mir nicht glauben?«

»Nein.« Mum hebt trotzig das Kinn. »Das würden sie niemals wagen.«

»Aber hinter unserem Rücken sagen sie es?«

Wir sehen uns unverwandt an, und auf einmal erkenne ich die extreme Anspannung hinter Mums fröhlicher Fassade. Mit einem Schlag wird mir bewusst, wie sehr sie gehofft haben muss, dass ich zusammen mit Luke in seinem schicken Wagen vorfahre. Sie wünscht sich nichts sehnlicher, als Janice zu beweisen, dass sie sich getäuscht hat und ich keine Lügnerin bin. Und was passiert? Ich bin wieder mal allein hier aufgetaucht …

»Er kommt schon noch«, versuche ich uns beide zu beruhigen. »Er muss jede Minute hier sein.«

»Ja, natürlich!«, sagt Mum betont fröhlich. »Und sobald er da ist, müssen die anderen alles zurücknehmen, was sie gesagt haben!«

Es klingelt an der Haustür, und wir glotzen uns beide angespannt an.

»Ich mach schon auf«, sage ich so lässig wie möglich.

»Ja, gerne«, sagt Mum mit einem Schimmer der Hoffnung in den Augen.

Ich eile so schnell es geht ohne zu rennen die Treppe hinunter, reiße unbekümmert die Tür auf und … es ist nicht Luke.

Es ist ein über und über mit Blumen beladener Mann. Blumen in Körben, ein Blumenstrauß, diverse flache Schachteln.

»Hochzeitsblumen«, sagt er. »Wohin möchten Sie sie haben?«

»Oh«, sage ich, bemüht, mir meine Enttäuschung nicht anmerken zu lassen. »Ähm, falsche Hausnummer, tut mir leid. Die sind für unsere Nachbarn, Nummer 41.«

»Tatsächlich?« Der Mann runzelt die Stirn. »Das muss ich mal eben auf meiner Liste überprüfen … Würden Sie die mal eben halten, bitte?«

Er drückt mir den Brautstrauß in die Hand und durchwühlt seine Taschen.

»Wirklich«, sage ich. »Glauben Sie mir, die sind für unsere Nachbarn. Warten Sie, ich hole eben meine …«

Ich drehe mich mit Lucys Brautstrauß in beiden Händen (er ist ziemlich schwer) um, und zu meinem Entsetzen erreicht Angela Harrison im selben Moment den Fuß der Treppe. Sie starrt mich mit einem Blick an, dass ich einen Moment lang glaube, sie bringt mich gleich um.

»Was machen Sie da?«, herrscht sie mich an. »Geben Sie her!« Sie reißt mir den Strauß aus der Hand und stellt sich dann so dicht vor mich, dass ich ihre Ginfahne riechen kann. »Und jetzt hören Sie mir mal gut zu, mein Fräulein«, zischt sie. »Mich können Sie mit ihrem falschen Lächeln nicht blenden. Ich weiß, was Sie vorhaben. Und ich rate Ihnen: Vergessen Sie es! Ich werde nicht zulassen, dass die Hochzeit meiner Tochter von irgendeiner eifersüchtigen Geistesgestörten ruiniert wird!«

»Ich bin nicht geistesgestört!«, widerspreche ich wütend. »Und ich werde auch nichts ruinieren, und eifersüchtig bin ich schon gar nicht! Ich will nichts von Tom! Ich *habe* einen Freund!«

»Ach ja«, sagt sie und verschränkt die Arme. »Der berühmte Freund. Ist er schon da?«

»Nein, ist er nicht«, sage ich und zucke zusammen, als ich ihren Gesichtsausdruck sehe. »Aber er ... er hat gerade angerufen.«

»Er hat gerade angerufen«, wiederholt Angela spöttisch. »Um zu sagen, dass er es leider doch nicht mehr schafft?«

Warum glauben die alle nicht, dass Luke kommt?

»Um zu sagen, dass er in einer halben Stunde hier ist«, höre ich mich trotzig sagen.

»Schön«, sagt Angela Harrison und lächelt mich fies an. »Na, dann – werden wir ihn ja bald sehen, nicht?«

So ein Mist.

Um zwölf Uhr ist Luke immer noch nicht da. Ich stehe völlig neben mir. Das ist ein Albtraum. Wo *ist* er denn bloß? Ich hänge bis zur letzten Sekunde vor der Kirche herum, wähle immer wieder verzweifelt seine Nummer und hoffe so sehr, ihn die Straße entlangrennen zu sehen. Aber die Brautjungfern sind schon da, jetzt kommt noch ein Rolls-Royce – und von Luke keine Spur. Die Wagentür öffnet sich, und als ich einen Zipfel Brautkleid erhasche, ziehe ich mich ganz schnell in die Kirche zurück, damit niemand auf die Idee kommt, ich würde draußen warten, um den Einzug der Braut zu stören.

Ich schleiche mich im Schutz der Orgelmusik hinein. Angela Harrison wirft mir finstere Blicke zu, und auf der Brautseite der Kirche wird mächtig gezischelt und getuschelt. Ich setze mich ziemlich weit nach hinten und bemühe mich, beherrscht und ruhig zu bleiben – aber mir ist sehr wohl bewusst, dass Lucys Gefolge mich verstohlen beobachtet. Was zum Teufel hat sie denen eigentlich erzählt?

Am liebsten würde ich einfach aufstehen und rausgehen. Ich wollte sowieso nie zu dieser dämlichen Hochzeit kommen. Ich bin nur hier, weil ich Janice und Martin nicht kränken wollte. Aber jetzt ist es zu spät, der Organist spielt die Einzugsmelodie, und Lucy taucht in der Tür auf. Eins muss ich ihr lassen: Sie trägt das umwerfendste Kleid, das ich je gesehen habe. Sehnsuchtsvoll blicke ich ihr nach und versuche *nicht*, mir vorzustellen, wie ich in so einem Kleid aussehen würde.

Die Musik verstummt, und der Pfarrer fängt an zu reden. Die Gäste auf Lucys Seite sehen immer noch ab und zu böse zu mir herüber – aber ich rücke nur meinen Hut zurecht, hebe das Kinn und ignoriere sie.

»… um diesen Mann und diese Frau in den heiligen Stand der Ehe …«, rezitiert der Pfarrer.

Die Brautjungfern haben richtig schöne Schuhe an, fällt mir auf. Wo die wohl her sind?

Die Kleider dagegen … eine Schande.

»Sollte einer der Anwesenden berechtigte Einwände gegen diese eheliche Verbindung haben, so möge er jetzt sprechen oder für immer schweigen.«

Das ist der Augenblick, den ich am meisten liebe. Da setzen sich alle förmlich auf ihre Hände, als hätten sie Angst, aus Versehen für einen Van Gogh zu bieten. Neugierig wie ich bin, sehe ich mich in der Kirche um, ob jemand etwas sagen will. Zu meinem Entsetzen hat Angela Harrison sich auf ihrem Sitz umgedreht und wirft mir wieder böse Blicke zu. Was hat die denn bloß?

Jetzt drehen sich noch mehr Köpfe auf der Brautseite

nach mir um – selbst eine Frau mit großem blauen Hut in der ersten Reihe!

»Was ist?«, zische ich sie sauer an. »*Was?*«

»Wie?« Der Pfarrer legt die Hand hinter das Ohr. »Hat jemand etwas gesagt?«

»Ja!«, sagt die Frau mit dem blauen Hut und zeigt auf mich. »Die da!«

Was?

O Gott. Nein. Bitte, nein. Jetzt dreht sich die ganze Kirche nach mir um. Das darf doch nicht wahr sein! Das glaube ich einfach nicht! Jetzt glotzt sogar Tom mich an und schüttelt mitleidig den Kopf.

»Ich habe nicht … ich habe nicht …«, stammle ich. »Ich meinte nur …«

»Würden Sie bitte aufstehen?«, fordert der Pfarrer mich auf. »Ich bin etwas schwerhörig, wenn Sie also etwas zu sagen haben …«

»Wirklich, ich …«

»Nun stehen Sie schon auf!«, fährt mich meine Sitznachbarin an und rammt mir den Gottesdienstplan in die Seite.

Wie in Zeitlupe stehe ich auf. Zweihundert Augenpaare sind auf mich gerichtet wie Laserkanonen. Ich weiß nicht, wo ich hingucken soll. Zu Tom und Lucy geht nicht, und zu Mum und Dad geht auch nicht. So etwas Peinliches ist mir im Leben noch nicht passiert.

»Ich habe nichts zu sagen! Wirklich! Ich habe nur …« In meiner Not halte ich mein Handy hoch. »Mein Handy. Es war mein Handy. Ich dachte, es hätte … Tut mir leid. Bitte, machen Sie einfach weiter.«

Mit zitternden Knien lasse ich mich wieder auf die

Bank sinken. In der Kirche herrscht Schweigen. Nach und nach dreht sich die Gemeinde wieder nach vorne, und die gespannte Atmosphäre lässt nach. Der Pfarrer räuspert sich und fängt an, die Trauformel zu sprechen.

Der Rest des Gottesdienstes rauscht reichlich verschwommen an mir vorüber. Als alles überstanden ist, schreiten Tom und Lucy hinaus, wobei sie mich geflissentlich übersehen. Vor der Kirche versammelt sich die Gästeschar um sie herum, schmeißt mit Konfetti und macht Fotos. Ich stehle mich unbemerkt davon und eile wie von Sinnen die Straße hinauf zum Haus der Websters. Denn jetzt muss Luke ja da sein. Er *muss*. Er hat sich bestimmt verspätet und beschlossen, nicht mehr zur Kirche zu kommen, sondern direkt zum Empfang zu gehen. Klar wie Kloßbrühe, wenn man erst darüber nachdenkt. Das war das Vernünftigste, was er tun konnte. Würde doch jeder machen.

Ich stürze durch Websters Haus, in dem es vor Catering-Leuten und Kellnerinnen nur so wimmelt, und steuere auf direktem Wege das Festzelt an. Der Gedanke daran, Luke jetzt zu sehen und ihm von der peinlichen Situation in der Kirche zu erzählen, ihn lachen zu hören, zaubert ein Lächeln auf mein Gesicht …

Aber das Zelt ist leer. Absolut leer.

Völlig verdattert stehe ich da – doch nach einigen Sekunden fasse ich mich wieder, verlasse schnell das Zelt und mache mich auf den Weg zu meinem Elternhaus. Vielleicht ist Luke ja dahin gegangen, fällt mir plötzlich ein. Vielleicht hat er sich in der Zeit geirrt oder vielleicht musste er sich noch umziehen. Oder vielleicht …

Aber da ist er auch nicht. Nicht in der Küche, nicht

oben. Und als ich seine Handynummer wähle, lande ich sofort in seiner Mailbox.

Ich schleppe mich in mein altes Zimmer und lasse mich auf das Bett sinken. Ich versuche, all die schlimmen Gedanken abzuwehren, die sich in meine Gehirnwindungen einschleichen wollen.

Er kommt, sage ich mir immer wieder. Er ist nur … noch unterwegs.

Durchs Fenster sehe ich, wie Tom und Lucy und die Gäste langsam den Nachbargarten bevölkern. Sekt reichende Kellnerinnen, Cutaways und Hüte bestimmen das Bild. Sieht alles richtig vergnügt aus. Ich weiß, dass ich da unten sein und mitfeiern sollte – aber ich packe das einfach nicht. Nicht ohne Luke. Nicht ganz allein.

Doch nachdem ich eine Weile auf meinem Bett gesessen habe, fällt mir ein, dass meine Abwesenheit nur Öl in ihr Intrigenfeuer gießen würde. Sie würden glauben, dass ich den Anblick des glücklichen Paares nicht ertragen kann und mir irgendwo die Pulsadern aufschneide. Sie würden ihren Verdacht nur bestätigt sehen. Ich *muss* da runter. Ich *muss* mich zeigen. Und wenn es nur für eine halbe Stunde ist.

Ich zwinge mich aufzustehen, atme tief durch und ziehe meinen Lippenstift nach. Dann gehe ich aus dem Haus und rüber zu den Websters. Ich schlüpfe unauffällig durch einen Seiteneingang in das Festzelt, dann bleibe ich erst einmal stehen und sehe mich um. Es herrscht ein reges Kommen und Gehen und ein so großes Hallo, dass mich niemand bemerkt. In der Nähe des Eingangs stehen die Gratulanten bei Tom, Lucy und den jeweiligen Eltern an, aber ich werde den Teufel tun und mich da einreihen! Ich setze mich stattdessen an einen freien Tisch und bekomme schon nach kurzer Zeit von einer der Kellnerinnen ein Glas Sekt serviert.

Ich sitze eine ganze Weile einfach nur da, nippe an meinem Drink, beobachte die Leute und entspanne mich ein wenig. Dann raschelt es. Mein Blick geht nach oben – und das Herz rutscht mir in die Hose. Direkt vor mir steht, in ihrem wunderschönen Brautkleid, Lucy, und neben ihr eine ziemlich große Brautjungfer in einem ihr wenig schmeichelnden Grün. (Was doch ziemlich viel über Lucy aussagt, wie ich finde.)

»Hallo Rebecca«, flötet Lucy – und ich weiß genau, dass sie sich insgeheim selbst dazu gratuliert, gegenüber der bekloppten Schnalle, die fast ihre Hochzeit ruiniert hätte, so viel Höflichkeit an den Tag zu legen.

»Hi«, sage ich. »Lucy, es tut mir aufrichtig leid, was da während des Gottesdienstes passiert ist. Ich wollte wirklich nicht…«

»Macht doch nichts«, winkt Lucy ab und lächelt mich verkrampft an. »Jetzt sind Tom und ich ja verheiratet. Das ist die Hauptsache.« Sie wirft einen hochzufriedenen Blick auf den Ring an ihrer Hand.

»Stimmt!«, sage ich. »Herzlichen Glückwunsch. Fahrt ihr jetzt in die…«

»Wir haben uns nur gerade gefragt«, unterbricht sie mich zuckersüß, »ob Luke wohl schon da ist?«

Das darf doch nicht wahr sein!

»Ach«, sage ich, um Zeit zu gewinnen. »Na ja…«

»Ich meine nur – Mummy hat gesagt, du hättest ihr erzählt, er wäre in einer halben Stunde hier. Und jetzt ist er immer noch nicht da! Bisschen komisch, oder?« Sie zieht ganz unschuldig die Augenbrauen hoch, und ihre Brautjungfer kann sich ein schnaubendes Lachen nicht verkneifen. Über Lucys Schulter hinweg sehe ich ein paar Meter entfernt Angela Harrison neben Tom stehen. Wie ein Luchs beobachtet sie uns. Die Häme steht ihr ins Gesicht geschrieben. Das hier muss ihnen ja wirklich wahnsinnigen Spaß machen.

»Schließlich ist das doch schon … gut zwei Stunden her«, sagt Lucy. »Mindestens! Wenn er also immer noch nicht hier ist, ist das doch ein winziges bisschen seltsam.« Sie sieht mich pseudo-besorgt an. »Vielleicht hat er ja einen Unfall gehabt. Oder er ist aufgehalten worden in … Zürich. Oder wo war er doch gleich?«

Ich sehe in ihr selbstgefälliges, spöttisches Gesicht und begreife zum ersten Mal, was »Gewaltfantasien« sind.

»Er ist hier«, höre ich mich sagen.

Erstauntes Schweigen. Lucy und ihre Brautjungfer sehen sich an, während ich einen großen Schluck Sekt trinke.

»Er ist *hier*?«, fragt Lucy schließlich. »Du meinst … hier, auf der Hochzeit?«

»Ja, natürlich! Er ist … er ist schon eine ganze Weile hier.«

»Aber wo denn? Wo ist er?«

»Ja, also … gerade war er noch hier …« Ich deute auf den leeren Stuhl neben mir. »Hast du ihn denn nicht gesehen?«

»Nein!« Lucys Augen weiten sich. »Und wo ist er jetzt?« Hektisch sieht sie sich im Zelt um.

»Da drüben«, sage ich und zeige mitten in die Menge. »Er hat einen Cut an …«

»Und? Was noch?«

»Und er … hat ein Sektglas in der Hand …«

Gott sei Dank sehen Männer auf Hochzeiten alle gleich aus!

»Welcher denn?«, fragt Lucy ungeduldig.

»Der Dunkle da«, sage ich und trinke noch einen Schluck Sekt. »Guck doch mal, er winkt mir.« Ich hebe die Hand und winke zurück. »Hi, Luke!«

»*Wo?*«, kreischt Lucy, die ihn in der Menschenmenge einfach nicht ausmachen kann. »Siehst du ihn, Kate?«

»Nein«, sagt die Brautjungfer verzweifelt. »Wie sieht er denn aus?«

»Er ist … ach, jetzt ist er verschwunden«, sage ich. »Er holt mir bestimmt was zu trinken oder so.«

Lucy wendet sich mit zusammengekniffenen Augen wieder mir zu.

»Und – wieso war er nicht in der Kirche?«

»Er wollte die Trauung nicht stören«, sage ich nach kurzer Pause und zwinge mich zu einem natürlichen Lächeln. »So – jetzt will ich dich aber nicht weiter mit Beschlag belegen. Du hast ja auch noch ein paar andere Gäste.«

»Ja«, sagt Lucy nach kurzer Sprachlosigkeit. »Ja, sicher.«

Sie sieht mich noch einmal argwöhnisch an und raschelt dann zu ihrer Mutter. Sofort rottet sich ein kleines Grüppchen um sie zusammen, das aufgeregt tuschelt und aus dem mir immer wieder Blicke zugeworfen werden. Eine der Brautjungfern stürmt zu einer anderen Gruppe von Gästen, die auch auf einmal ständig zu mir sehen. Und dann rennt eine zu einer *dritten*

Gruppe. Die Sache hat Ähnlichkeit mit dem Ausbruch eines Buschfeuers.

Kurze Zeit später kommt Janice mit rotem Kopf zu mir. Sie hat tränenfeuchte Augen und ihr Blumenhut mächtig Schlagseite.

»Becky!«, ruft sie. »Becky, wir haben gerade gehört, dass Luke hier ist!«

O nein! Das darf doch nicht – O Gott. Die ätzendste Braut der Welt mit einer Notlüge zum Schweigen zu bringen war eine Sache. Aber Janice kann ich auf keinen Fall erzählen, dass Luke hier ist. Das kann ich einfach nicht. Darum trinke ich schnell noch einen Schluck Sekt und wedele vage mit meinem Glas herum – eine Geste, die alles Mögliche bedeuten kann.

»Ach Becky …« Janice klatscht in die Hände. »Becky, ich fühle mich so … Haben deine Eltern ihn schon begrüßt? Deine Mutter wird überglücklich sein!«

Ach du *Scheiße.*

Jetzt wird mir plötzlich etwas übel. Meine Eltern. An die hatte ich gar nicht mehr gedacht.

»Janice, ich muss mal eben … mir die Nase pudern«, sage ich und springe auf. »Man sieht sich.«

»Und Luke!«

»Und Luke, natürlich!«, sage ich und lache schrill.

Jeglichen Blickkontakt vermeidend, haste ich zu den im Garten aufgestellten Klohäuschen, schließe mich in einem ein, setze mich und schütte den letzten warmen Rest Sekt hinunter. Also gut, nur keine Panik. Ich muss jetzt nur … einen kühlen Kopf bewahren und die verschiedenen Möglichkeit durchgehen.

Erstens: Ich könnte allen sagen, dass Luke nicht hier ist und eingestehen, dass ich einen Fehler gemacht habe.

Nicht gerade die schlaueste Variante. Man würde mich mit Sektgläsern steinigen, und ich könnte mich in Oxshott nie wieder blicken lassen.

Zweitens: Ich könnte Mum und Dad unter sechs Augen sagen, dass Luke nicht hier ist.

Aber wie würde sie das enttäuschen! Sie würden sich in Grund und Boden schämen, den Tag nicht genießen können, und ich wäre daran schuld.

Drittens: Den Bluff durchziehen. Und Mum und Dad heute Abend, wenn alles vorbei ist, die Wahrheit sagen. Ja. Das könnte funktionieren. Das muss funktionieren. Eine Stunde lang kann ich die Leute bestimmt davon überzeugen, dass Luke hier ist – und dann sage ich einfach, er hat Migräne bekommen und ist nach Hause gefahren, um sich hinzulegen.

Genau. Das mache ich. Also los.

Und was soll ich Ihnen sagen? Es ist viel einfacher, als ich dachte! Es dauert nicht lange, bis alle glauben, Luke sei irgendwo hier. Toms Oma hat mir sogar schon verraten, dass sie ihn entdeckt hat und dass er ein sehr gut aussehender junger Mann ist und ob ich dann wohl die Nächste sei …? Ich habe unzähligen Leuten erzählt, dass er vor einer Minute noch hier war, ich habe am Büfett zwei Teller mit Essen gefüllt – einen für mich, einen für Luke (den habe ich ins Blumenbeet entsorgt) – und ich habe mir sogar die Cut-Jacke von irgendjemandem geliehen und sie über den Stuhl neben mir gehängt, als wäre sie Lukes. Und das Beste an der Sache ist, dass niemand beweisen kann, dass er *nicht* hier ist! Bei dem regen Treiben mit den vielen Leuten ist es schier unmöglich, den Überblick darüber zu behalten, wer da ist und wer nicht. Mann, auf die Idee hätte ich schon viel früher kommen sollen!

»Bitte aufstellen zum Gruppenfoto!«, verkündet Lucy und rauscht auf mich zu. »Alle aufstellen bitte. Wo ist Luke?«

»Der redet gerade mit irgendeinem Typen über Hauspreise«, gebe ich prompt zur Antwort. »Ich habe ihn zuletzt drüben bei den Getränken gesehen.«

»Na, dann stell ihn mir jetzt aber auch endlich mal vor«, sagt Lucy. »Ich habe ihn ja immer noch nicht kennengelernt.«

»Okay!«, sage ich und lächle sie fröhlich an. »Sobald ich ihn gefunden habe!« Ich trinke einen Schluck Sekt, blicke auf – und sehe Mum in ihrem limettengrünen Outfit auf mich zukommen.

O Gott. Bis jetzt habe ich es souverän geschafft, ihr und Dad vollkommen aus dem Weg zu gehen – und zwar indem ich stets die Flucht ergriffen habe, wenn sie sich mir näherten. Ich weiß, das ist nicht besonders nett von mir – aber ich weiß auch, dass ich es nicht fertigbringe, Mum anzulügen. Ich schlüpfe also schnellstens aus dem Zelt und steuere den Gartenschuppen an, wobei ich der Assistentin des Fotografen ausweichen muss, die gerade alle Kinder um sich versammelt. Ich setze mich hinter einen Baum, trinke meinen Sekt aus und starre blicklos in den blauen Nachmittagshimmel.

Und dort bleibe ich erst einmal ein Weilchen sitzen.

Stunden, glaube ich. Bis meine Beine wehtun und der Wind etwas zu kühl wird. Ich rapple mich also wieder auf, schlendere zurück und schlüpfe unauffällig ins Zelt. Viel länger werde ich jetzt nicht mehr bleiben. Ich werde mir nur noch ein Stück vom Hochzeitskuchen und ein Glas Sekt genehmigen, und dann …

»Da ist sie!«, ertönt eine Stimme hinter mir.

Ich erstarre. Dann drehe ich mich langsam um. Mich packt das blanke Entsetzen: Die gesamte Hochzeitsgesellschaft hat sich in fein säuberlichen Reihen in der Mitte des Festzeltes aufgestellt, und der Fotograf fummelt an seinem Stativ herum.

»Becky, wo ist Luke?«, fragt Lucy bissig. »Wir möchten gerne alle Gäste auf dem Foto haben.«

Mist. *Mist.*

»Ähmmm …« Ich schlucke und versuche, ganz locker zu bleiben. »Im Haus vielleicht?«

»Nein«, sagt Kate, die Brautjungfer. »Da habe ich gerade nachgesehen.«

»Ja, dann wird er wohl … im Garten sein.«

»Aber du warst doch gerade im Garten«, sagt Lucy und kneift die Augen zusammen. »Hast du ihn denn nicht gesehen?«

»Ähm … Ich bin mir nicht sicher.« Ich sehe mich hektisch im Zelt um und würde am liebsten so tun, als würde ich ihn wieder mal irgendwo ganz weit hinten entdecken. Aber ohne das rege Treiben der anderen Gäste ist das nicht so einfach. Warum können die denn nicht einfach wieder alle durcheinander laufen?

»Irgendwo muss er doch sein!«, ruft eine Frau beschwingt. »Wer hat ihn denn zuletzt gesehen?«

Totenstille. Zweihundert Menschen glotzen mich an. Ich begegne Mums besorgtem Blick und weiche ihm ganz schnell wieder aus.

»Ach …« Ich räuspere mich. »Jetzt fällt es mir wieder ein! Er hatte mir gesagt, dass er Kopfschmerzen hätte. Vielleicht ist er …«

»Wer hat ihn denn *überhaupt* gesehen?«, schneidet Lucy mir das Wort ab. Sie sieht sich unter den versammelten Gästen um. »Wer von euch kann von sich behaupten, Luke Brandon in Fleisch und Blut gesehen zu haben? Wer?«

»Ich!«, krächzt ein wackeliges Stimmchen von hinten. »Ein so gut aussehender junger Mann …«

»Außer Toms Oma«, sagt Lucy und verdreht die Augen. »Also?«

Schon wieder Schweigen.

»Ich habe seine Cut-Jacke gesehen«, wagt Janice sich schüchtern hervor. »Aber nicht … nicht ihn selbst«, flüstert sie.

»Ich hab's gewusst. Ich hab's gewusst!«, triumphiert Lucy lautstark. »Er ist nämlich nie hier gewesen, stimmt's?«

»Natürlich war er hier!« Ich bemühe mich sehr, überzeugend zu klingen. »Ich vermute, er ist nur eben …«

»Du bist überhaupt nicht mit Luke Brandon zusammen, stimmt's?« Ihre Stimme peitscht durch das Zelt. »Das hast du dir doch alles bloß ausgedacht! Das gibt es alles doch bloß in deiner armseligen kleinen Fantasiewelt!«

»Das ist nicht wahr!« Entsetzt muss ich feststellen, dass meine Stimme völlig belegt ist und mir Tränen in die Augen schießen. »Das ist nicht wahr! Luke und ich sind zusammen!«

Aber als ich die vielen auf mich gerichteten Gesichter sehe – einige von ihnen feindselig, andere erstaunt, wieder andere amüsiert –, bin ich mir dessen gar nicht mehr so sicher. Ich meine, wenn wir zusammen wären, wäre er ja wohl hier, oder? Er wäre hier, bei mir.

»Ich glaube …«, sage ich mit zitternder Stimme, »ich glaube, ich sehe mal eben nach, ob er …«

Und ohne noch irgendjemanden direkt anzusehen, gehe ich rückwärts aus dem Zelt.

»Die ist doch nicht ganz dicht!«, höre ich Lucy sagen. »Also, wirklich, Tom, die ist ja gemeingefährlich!«

»*Sie* sind gemeingefährlich, junges Fräulein!«, höre ich Mum mit bebender Stimme parieren. »Janice, ich begreife nicht, wie du es zulassen kannst, dass deine Schwiegertochter sich so ungehobelt und taktlos aufführt! Becky ist seit so vielen Jahren gut mit euch befreundet. Und auch mit dir, Tom, der du da herumstehst, als wenn das alles gar nichts mit dir zu tun hätte. Und das ist der Dank dafür. So behandelt man doch keine Freunde. Komm, Graham. Wir gehen.«

Kurz darauf sehe ich Mum mit ihrem limettengrünen Hut auf dem Kopf und Dad im Schlepptau aus dem Zelt stelzen. Sie gehen schnurstracks auf unsere Einfahrt zu, und ich weiß genau, dass sie sich mit einer beruhigenden Tasse Tee in unsere Küche setzen werden.

Aber ich gehe ihnen nicht nach. Ich will jetzt niemanden sehen. Niemanden. Ich will allein sein.

Ich verziehe mich an das andere Ende des Gartens. Als ich weit genug weg bin, lasse ich mich aufs Gras sinken, vergrabe mein Gesicht in den Händen – und spüre zum ersten Mal heute, wie mir die Tränen über die Wangen laufen.

Es hätte so ein schöner Tag werden sollen. Es hätte so eine heitere, lustige Feier werden sollen. Zu sehen, wie Tom heiratet. Luke meinen Eltern und allen unseren Freunden vorzustellen. Die ganze Nacht mit ihm zu tanzen… und stattdessen war alles eine einzige Katastrophe für alle Beteiligten. Für Mum, Dad, Janice, Martin… sogar Lucy und Tom tun mir leid. Ich meine, sie hätten sicher auch gerne auf die ganze Unruhe an ihrem Hochzeitstag verzichtet, oder?

Bewegungslos sitze ich da und starre zu Boden. Aus dem Festzelt höre ich eine Band spielen und wie Lucy jemanden herumkommandiert. Ein paar Kinder spielen im Garten Ball. Ab und zu landet er in meiner Nähe, aber ich rühre mich nicht. Ich wünschte, ich könnte für immer hier sitzen bleiben und müsste niemanden von denen jemals wieder sehen.

Und dann höre ich, wie jemand ganz sanft meinen Namen ruft.

Zuerst glaube ich ja, dass Lucy recht hat und ich mir einbilde, Stimmen zu hören. Aber als ich aufsehe, macht mein Herz einen riesigen Sprung, und ich habe plötzlich einen dicken Kloß im Hals. Das glaube ich nicht.

Luke.

Luke kommt über den Rasen auf mich zu. Ich glaube, ich träume. Er trägt einen Cut und hält zwei Gläser Sekt in der Hand. Er hat noch nie so gut ausgesehen.

»Es tut mir leid«, sagt er, als er vor mir steht. »Es tut mir so unendlich leid. Vier Stunden Verspätung sind … na ja, unverzeihlich, würde ich sagen.« Er schüttelt den Kopf.

Benommen sehe ich zu ihm auf. Ich hatte wirklich schon fast geglaubt, dass Lucy recht hatte und Luke nur in meiner Fantasiewelt existierte.

»Wurdest du … aufgehalten?«, frage ich schließlich.

»Einer der Passagiere hatte einen Herzinfarkt. Das Flugzeug wurde umgeleitet …« Er runzelt die Stirn. »Aber ich habe doch eine Nachricht auf deiner Mailbox hinterlassen, sobald ich konnte. Hast du die nicht bekommen?«

Oh, mein Gott. Mein Handy. Wie konnte ich das nur vergessen? Ich sehe schnell nach und … klar, die Nachrichtenanzeige blinkt fröhlich vor sich hin.

»Nein, habe ich nicht«, sage ich und starre das Display an. »Habe ich nicht. Ich dachte …«

Ich verstumme und schüttle den Kopf. Ich weiß auch nicht mehr, was ich dachte. Habe ich wirklich geglaubt, dass Luke absichtlich nicht kommen würde?

»Alles in Ordnung?« Luke setzt sich neben mich und reicht mir ein Glas. Er streicht mir mit einem Finger über das Gesicht, und ich zucke zusammen.

»Nein«, sage ich und reibe mir über die Wange. »Da du schon fragst, nein, es ist nicht alles in Ordnung. Du hast versprochen, dass du hier sein würdest. Du hast es *versprochen*, Luke.«

»Ich bin doch hier.«

»Du weißt genau, was ich meine.« Unglücklich schlinge ich die Arme um meine Knie. »Ich wollte, dass du zur Trauung hier bist, und nicht erst, wenn alles fast vorbei ist. Ich wollte, dass dich alle kennenlernen, dass man uns zusammen sieht …« Meine Stimme droht zu versagen. »Und es war alles so … furchtbar! Alle glauben, dass ich hinter dem Bräutigam her bin …«

»Hinter dem Bräutigam?« Luke sieht mich ungläubig an. »Du meinst diese bleichgesichtige Nullität namens Tom?«

»Ja, genau den.« Ich muss unwillkürlich ein bisschen kichern, als ich Lukes Gesicht sehe. »Du hast ihn also schon kennengelernt?«

»Ja, eben gerade. Und seine ausgesprochen unentzückende Frau. Das ist vielleicht ein Paar.« Er trinkt einen Schluck Sekt und lehnt sich nach hinten auf seine Ellbogen. »Ach, übrigens: Sie sah ziemlich verblüfft aus, mich zu sehen. Geradezu … geplättet, könnte man sagen. Und die meisten anderen Gäste auch.«

Er sieht mich fragend an. »Gibt es da etwas, das ich wissen sollte?«

»Ähm …« Ich räuspere mich. »Ähm … eigentlich nicht. Nichts Wichtiges.«

»Dachte ich mir schon«, sagt Luke. »Und die Brautjungfer, die ›Oh, mein Gott, es gibt ihn wirklich!‹ geschrien hat, als ich reinkam, die ist wahrscheinlich …«

»Verrückt«, sage ich, ohne den Kopf zu bewegen.

»Okay.« Luke nickt. »Ich wollte nur sichergehen.«

Er nimmt meine Hand, und ich lasse es geschehen. Dann sitzen wir eine Weile schweigend da. Über unseren Köpfen kreist ein Vogel, und vom Festzelt höre ich die Band »Lady in Red« spielen.

»Becky, es tut mir leid, dass ich zu spät war.« Er

klingt auf einmal sehr ernst. »Aber ich konnte wirklich nichts tun.«

»Ich weiß.« Ich atme laut aus. »Ich weiß. Du konntest nichts dafür. So etwas passiert halt mal.«

Dann schweigen wir noch mal eine Weile.

»Guter Sekt«, sagt Luke schließlich und trinkt einen Schluck.

»Ja«, sage ich. »Er schmeckt … gut. Er ist gut und … trocken …« Ich breche ab und reibe mir, um meine Nervosität zu überspielen, übers Gesicht.

Ein Teil von mir möchte so lange wie möglich hier sitzen bleiben und Small Talk machen. Aber ein anderer Teil denkt, warum sollen wir es noch länger aufschieben? Es gibt doch nur diese eine Sache, die mich wirklich interessiert. Mein Magen zieht sich zusammen, aber ich schaffe es trotzdem, tief einzuatmen und Luke anzusehen.

»Und? Wie ist es gelaufen in Zürich? Was macht der … neue Deal?« Ich bemühe mich, ruhig und beherrscht zu bleiben, aber ich merke, wie meine Lippen beben und sich meine Hände verknoten.

»Becky …«, sagt Luke. Er sieht in sein Glas, stellt es dann aber ab und blickt mich direkt an. »Ich muss dir etwas sagen. Ich ziehe nach New York.«

Mir wird ganz kalt und schwer. Das wäre dann also die Krönung dieses Katastrophentages. Luke verlässt mich. Er macht Schluss. Es ist aus.

»Aha«, würge ich hervor und zucke lässig mit den Schultern. »Verstehe. Ja, dann – okay.«

»Und ich hoffe wirklich *sehr* …«, Luke nimmt meine beiden Hände und drückt sie ganz fest, »… dass du mitkommst.«

REGAL AIRLINES
Zentrale
Preston House
354 Kingsway
London WC2 4TH

Miss Rebecca Bloomwood
Flat 2
4 Burney Road
London SW6 8FD

18. September 2000

Sehr geehrte Miss Bloomwood,

vielen Dank für Ihr Schreiben vom 15. September.

Es freut mich sehr, dass Sie es kaum abwarten können, mit unserer Airline zu fliegen und dass Sie uns bereits wärmstens allen Ihren Freunden empfohlen haben. Ich stimme Ihnen durchaus zu, dass Mundpropaganda für ein Unternehmen wie unseres von unschätzbarem Marketing-Wert ist.

Dies bedeutet allerdings nicht, dass wir Ihnen »zum Dank«, wie Sie vorschlagen, Konzessionen bezüglich des Gepäcks machen können. Regal Airlines sieht sich außer Stande, Ihnen mehr als die üblichen 20 kg Höchstgewicht einzuräumen. Sollte Ihr Gepäck mehr wiegen, müssen Sie mit zusätzlichen Gebühren rechnen. Ich füge zu Ihrer Information eines unserer Faltblätter bei.

Ich wünsche Ihnen einen angenehmen Flug.

Regal Airlines

Mary Stevens
Kundendienstleiterin

PGNI First Bank Visa

7 Camel Square
Liverpool L1 5NP

Miss Rebecca Bloomwood
Flat 2
4 Burney Road
London SW6 8FD

19. September 2000

FREUEN SIE SICH!

Ihr Kreditrahmen beträgt jetzt £ 10000,–!

Sehr geehrte Miss Bloomwood,

Wir freuen uns, Ihnen mitteilen zu können, dass Ihr Kreditrahmen erweitert worden ist. Ihr neuer Kreditrahmen i. H. v. £ 10000,- steht Ihnen ab sofort zur Verfügung und wird auf Ihrer nächsten Kontoübersicht ausgewiesen sein.

Dieser neue Kreditrahmen eröffnet Ihnen ganz neue Möglichkeiten. Sie könnten eine Urlaubsreise davon bezahlen oder ein Auto – oder den Saldo anderer Kreditkarten begleichen!

Wir sind uns sehr wohl bewusst, dass nicht alle unsere Kunden das Angebot eines höheren Kreditrahmens in Anspruch nehmen möchten. Wenn Sie also nicht wünschen, dass Ihr Kreditrahmen erweitert wird, rufen Sie bitte einen unserer Mitarbeiter in der Abteilung für Kundenzufriedenheit an oder schicken Sie den angehängten Coupon an uns zurück.

Mit freundlichen Grüßen
PGNI First Bank Visa

Michael Hunt
Leiter Kundenbetreuung

Name: REBECCA BLOOMWOOD

Konto-Nr.: 0003 4572 0990 2765

Ich möchte / möchte nicht, dass mein Kreditrahmen auf £10 000,- erweitert wird.

Unzutreffendes bitte streichen

SIEBEN

New York! Ich ziehe nach New York! *New York!*

Jetzt ist alles anders. Jetzt ist alles so logisch. *Darum* hat Luke so geheimnisvoll getan. Wir haben uns auf der Hochzeit noch lange richtig toll unterhalten, Luke hat mir alles erklärt, und auf einmal wurde alles ganz klar. Er wird in Zusammenarbeit mit irgendeinem Typen aus der Werbebranche mit Sitz in Washington ein Brandon-Communications-Büro in New York eröffnen. Und er wird es leiten. Er hat gesagt, er wollte mich schon die ganze Zeit fragen, ob ich mitkomme – aber er wusste, dass ich meinen Job beim Fernsehen nicht aufgeben würde, nur um ihn zu begleiten. Und darum – und jetzt kommt das Beste überhaupt! – hat er schon mit einigen Fernsehleuten gesprochen, und er geht davon aus, dass ich als Finanzexpertin beim amerikanischen Fernsehen unterkommen kann! Er meint sogar, dass man sich um mich reißen wird, weil die Amerikaner total auf den britischen Akzent stehen. Angeblich hat einer der Produzenten mir praktisch schon eine Stelle angeboten, nachdem Luke ihm eine Videoaufnahme von mir gezeigt hat. Ist das nicht klasse?

Und er hatte deswegen bisher noch nichts gesagt, weil er mir keine falschen Hoffnungen machen wollte, solange noch nicht Konkretes feststand. Aber jetzt sieht es so aus, als wenn alle Investoren mitspielen. Sie sind von dem Unterfangen überzeugt, und der Deal soll so schnell wie möglich abgeschlossen werden. Er hat schon jetzt, bevor er überhaupt richtig losgelegt hat, eine Menge potenzieller Kunden in den USA, sagt Luke.

Und wissen Sie was? In drei Tagen fliegen wir rüber! Juhuuuu! Luke hat diverse Meetings mit seinen Investoren – und ich mit Leuten vom Fernsehen! Und ein bisschen Sight-seeing werde ich auch machen. Mann, ist das aufregend! In zweiundsiebzig Stunden bin ich da. Im Big Apple. In der Stadt, die niemals schläft. In …

»Becky?«

Mist. Das holt mich zurück auf den Boden der Tatsachen – oder vielmehr auf das Sofa im Set von *Morning Coffee*, wo ich wieder mal die Expertin am Zuschauertelefon bin. Ich setze ein strahlendes Lächeln auf und konzentriere mich auf Jane aus Lincoln, die ein Haus kaufen möchte, aber nicht weiß, was für eine Hypothek sie dafür aufnehmen soll.

Herrgott noch mal. Wie oft soll ich den Unterschied zwischen gewöhnlichen Tilgungshypotheken und an Lebensversicherungen gekoppelten Hypotheken denn noch erklären? Der Job hier kann wirklich richtig interessant sein, wenn man den Leuten zuhört, wie sie von ihren Problemen erzählen und man versucht, ihnen zu helfen. Aber manchmal ist er auch genauso langweilig wie seinerzeit der Job bei *Successful Saving*. Ich meine, Hypotheken. *Schon* wieder? Am liebsten würde ich Jane aus Lincoln anschreien: »Haben Sie denn letzte Woche nicht zugehört?«

»Also Jane«, sage ich und unterdrücke ein Gähnen. »Hypotheken sind ein sehr kniffliges Thema.«

Während ich rede, schweifen meine Gedanken wieder ab nach New York. Stellen Sie sich das vor! Ein Appartment in Manhattan. Eine coole Eigentumswohnung an der Upper East Side. Oder vielleicht in Greenwich Village. Au, ja! Das wird *so klasse*!

Ehrlich gesagt, habe ich schon seit Ewigkeiten nicht mehr gedacht, dass Luke und ich mal zusammenziehen könnten. Ich glaube, wenn wir in London blieben, würden wir das auch nicht tun. Ich meine, das ist ja ein ziemlich großer Schritt, nicht? Aber der Punkt ist doch, dass das etwas ganz anderes ist. Und wie Luke so schön sagte: Das ist eine einmalige Chance für uns beide. Es ist ein neuer Anfang. Gelbe Taxis und Wolkenkratzer, Woody Allen und *Frühstück bei Tiffany's*.

Und was total verrückt ist: Obwohl ich noch nie in New York war, verspüre ich jetzt schon eine richtige Affinität zu der Stadt. Also, zum Beispiel liebe ich Sushi – und das wurde doch in New York erfunden, oder? Und *Friends* gucke ich auch immer, es sei denn, ich gehe abends mal weg. Und *Cheers*. (Obwohl … das spielt in Boston, oder? Ach, egal, ist doch fast das Gleiche.)

»Mit anderen Worten, Jane, ganz egal, was Sie kaufen«, erkläre ich verträumt, »ob es jetzt ein Duplex an der Fifth Avenue ist … oder eine Altbauwohnung im East Village … Sie müssen zusehen, dass Sie das Potenzial Ihres Geldes maximieren und so viel wie möglich für Ihre Dollars bekommen. Das heißt …«

Ich halte inne, als mir bewusst wird, dass Emma und Rory mich etwas merkwürdig ansehen.

»Becky, Jane möchte eine Doppelhaushälfte in Skegness kaufen«, sagt Emma.

»Und da zahlt man doch in Pfund«, sagt Rory und sieht sich um Unterstützung heischend um. »Oder?«

»Ja, natürlich«, beeile ich mich zu sagen. »Das waren ja bloß Beispiele. Vom Prinzip her ist es egal, ob man nun in London, New York oder Skegness etwas kauft …«

»Und mit diesem kleinen Blick über den britischen Tellerrand müssen wir uns für heute von Ihnen verabschieden«, verkündet Emma. »Wir hoffen, dass wir Ihnen helfen konnten, Jane, und bedanken uns wieder einmal bei unserer Finanzexpertin Becky Bloomwood. Haben Sie noch Zeit für ein paar letzte Worte, Becky?«

»Die gleichen wie immer«, sage ich und lächle warm in die Kamera. »Was Sie heute für Ihr Geld tun …«

»Tut Ihr Geld morgen für Sie!«, sprechen Emma und Rory pflichtbewusst im Chor.

»Und damit wären wir auch schon am Ende unserer Sendung«, sagt Emma. »Seien Sie morgen wieder mit dabei, wenn wir drei Lehrerinnen aus Teddington ein völlig neues Aussehen verpassen …«

»… mit dem Mann sprechen, der mit fünfundsechzig zum Zirkus ging …«, sagt Rory.

»… und Sie bei unserem Ratespiel 5000 Pfund gewinnen können! Bis morgen!«

Wir erstarren für einige Sekunden – und sobald die Erkennungsmelodie aus den Lautsprechern plärrt, rühren wir uns.

»Na, Becky – fliegen Sie nach New York, oder wie?«, erkundigt Rory sich.

»Ja«, strahle ich ihn an. »Für zwei Wochen!«

»Schön!«, sagt Emmy. »Wie kommt das?«

»Ach, ich weiß auch nicht…« Ich zucke beiläufig mit den Schultern. »War nur so eine spontane Idee.«

Dem Team von *Morning Coffee* erzähle ich noch nicht, dass ich nach New York ziehe. Das hat Luke mir geraten. Für alle Fälle.

»Becky, wenn du noch ein paar Minuten Zeit hast, würde ich gern etwas mit dir besprechen.« Zelda, die Produktionsassistentin, taucht mit einem Haufen Papier in der Hand im Set auf. »Dein neuer Vertrag ist so weit fertig, dass du ihn unterschreiben kannst, aber ich muss ihn noch eben mit dir durchgehen. Wir haben eine neue Integritätsklausel reingesetzt, die das Image des Senders schützen soll.« Sie senkt die Stimme und raunt: »Wegen der Geschichte mit Professor Jamie.«

»Oh ja«, sage ich und setze eine mitfühlende Miene auf. Professor Jamie ist der Erziehungsexperte bei *Morning Coffee*. Das heißt, er *war* der Erziehungsexperte, bis die *Daily World* letzten Monat im Rahmen ihrer Serie »Schein oder Sein? Das ist hier die Frage!« aufgedeckt hat, dass er gar kein Professor ist. Es stellte sich sogar heraus, dass er abgesehen von dem Diplom, das er bei der »University of Oxbridge« gekauft hat, nicht mal einen Universitätsabschluss hat. Sämtliche Sensationsblätter haben sich auf die Story gestürzt und immer wieder Fotos von ihm abgedruckt, auf denen er mit der Narrenkappe zu sehen ist, die er letztes Jahr beim Telethon aufhatte. Es hat mir entsetzlich leidgetan für ihn, weil er nämlich wirklich gute Ratschläge gegeben hat.

Und es hat mich auch ganz schön überrascht, dass

die *Daily World* so gemein war. Ich habe ja selbst mal für die *Daily World* geschrieben und dachte eigentlich, für eine Boulevardzeitung sei sie recht gemäßigt.

»Dauert keine fünf Minuten«, sagt Zelda. »Wir können in mein Büro gehen …«

»Ähm …« Ich zögere. Denn eigentlich möchte ich im Moment doch gar nichts unterschreiben. Ich habe schließlich vor, den Job zu wechseln. »Ich bin gerade ein bisschen in Eile.« Und das stimmt, ich muss nämlich spätestens um zwölf bei Luke im Büro sein und dann anfangen, meine Sachen für New York zu packen. (Ha! Haha!) »Hat das nicht Zeit, bis ich wieder da bin?«

»Okay«, sagt Zelda. »Kein Problem.« Sie schiebt den Vertrag wieder in den braunen Umschlag und lächelt mich an. »Viel Spaß in New York. Da kann man übrigens herrlich einkaufen!«

»Einkaufen?«, sage ich, als wäre ich auf den Gedanken noch gar nicht gekommen. »Hm, könnte ich vielleicht machen.«

»Ja natürlich!«, stimmt Emma zu. »New York ohne Shopping – das geht doch gar nicht! Obwohl Becky uns wahrscheinlich raten würde, das Geld lieber auf ein Sparkonto einzuzahlen.«

Sie schüttelt sich vor Lachen, und Zelda lässt sich anstecken. Ich fühle mich nicht ganz wohl in meiner Haut. Irgendwie glauben die Leute von *Morning Coffee* alle, ich wäre wahnsinnig gut organisiert, was Geld angeht – und ich habe sie ganz unwillkürlich in diesem Glauben bestärkt. Na ja, macht auch nichts.

»Ein Sparkonto ist natürlich eine gute Idee …«, höre ich mich sagen. »Aber wie ich auch immer sage: Ein bisschen Shopping in Ehren kann niemand verwehren – solange man sich an sein Budget hält.«

»So machen Sie das?«, fragt Emma interessiert. »Sie teilen sich ein festes Budget zu?«

»Ja natürlich«, behaupte ich. »Anders geht das gar nicht.«

Und das stimmt. Ich meine, selbstverständlich werde ich mir für New York ein Shopping-Budget zuteilen. Ich werde mir realistische Grenzen setzen und mich daran halten. Ist doch ganz einfach.

Obwohl … ich glaube, ich werde die Grenzen doch einigermaßen weit und flexibel setzen. Es muss immer etwas Spielraum für Notfälle oder einmalige Gelegenheiten bleiben.

»Das nenne ich vorbildlich!« Emma schüttelt den Kopf. »Aber gut, darum sind Sie ja auch die Finanzexpertin und nicht ich!« Sie sieht auf, als sich der Sandwichmann mit einem Tablett nähert. »Aaah, super, ich bin kurz davor zu verhungern! Ich nehme … Bacon und Avocado.«

»Ich nehme Tunfisch und Mais«, sagt Zelda. »Und du, Becky?«

»Pastrami auf Roggenbrot«, sage ich lässig. »Und ohne Mayo.«

»Ich glaube nicht, dass er das hat.« Zelda runzelt die Stirn. »Es gibt Schinkensalat …«

»Dann eben einen Bagel. Mit Frischkäse und Lox. Und ein Sodawasser.«

»Du meinst Mineralwasser?«, sagt Zelda.

»Was ist Lox?«, fragt Emma verwirrt, aber ich tue so, als hätte ich sie nicht gehört. Ich weiß nämlich selber nicht, was Lox ist – aber in New York isst man das, also muss es doch lecker sein, oder?

»Ganz egal, was das ist«, sagt der Sandwichmann, »ich hab's nicht. Sie können Käse und Tomate haben und eine Tüte Hula Hoops.«

»Na gut«, stimme ich widerwillig zu und krame nach meinem Portemonnaie. Dabei fällt mir doch glatt der Stapel Post aus der Handtasche, den ich heute Morgen beim Verlassen der Wohnung aufgehoben habe. Mist. Ich sammle die Briefe ganz schnell wieder auf, damit sie niemand sieht, und stopfe sie in meine Conran-Shop-Tüte. Aber der blöde Rory hat gute Augen.

»Hey Becky«, lacht er. »Habe ich da eben eine letzte Mahnung gesehen?«

»Nein!«, gebe ich sofort zurück. »Natürlich nicht. Das ist eine … Geburtstagskarte. Eine von diesen Scherzgeburtstagskarten. Für meinen Steuerberater. So, und jetzt muss ich aber wirklich los. Ciao!«

Gut, das war nicht ganz die Wahrheit. Es war wirklich eine letzte Mahnung. Ehrlich gesagt, habe ich in den letzten Tagen ziemlich viele von der Sorte bekommen, und ich habe selbstverständlich fest vor, alle angemahnten Rechnungen zu begleichen, wenn ich das Geld habe. Aber darüber kann ich mich jetzt gerade wirklich nicht aufregen. Ich meine, in meinem Leben passieren gerade wichtigere Dinge, als dass ich mich mit irgendwelchen bescheuerten letzten Mahnungen abgeben könnte. In ein paar Monaten lebe ich auf der anderen Seite des Atlantiks! Ich werde ein amerikanischer Fernsehstar!

Luke hat gesagt, in den USA werde ich wahrscheinlich doppelt so viel verdienen wie hier. Wenn nicht mehr! Das heißt, so ein paar lächerliche Rechnungen fallen im Grunde überhaupt nicht ins Gewicht. Die paar Pfund werden mir nun wirklich nicht den Schlaf rauben, wenn ich im amerikanischen Showbiz erst mal ein Begriff bin und in einem Penthouse an der Park Avenue wohne.

Dann wird dieses Ekel von John Gavin vielleicht Augen machen! Der wird völlig fertig sein. Stellen Sie sich doch bloß mal sein Gesicht vor, wenn ich in sein Büro marschiere und ihm erzähle, dass ich die neue Anchorwoman bei CNN werde und sechsmal so viel verdiene wie er. Dann wird er schon sehen, was er davon hat, so gemein zu sein. Heute Morgen bin ich endlich dazu gekommen, seinen letzten Brief zu öffnen, und den fand ich doch reichlich unverschämt. Ich meine, »exzessive Anhäufung von Schulden« – was soll das denn? Und »Sonderstatus«? Derek Smeath wäre mir gegenüber niemals so grob gewesen. Nie.

Luke ist noch in einer Besprechung, als ich komme, aber das macht nichts, weil ich nämlich nichts dagegen habe, ein bisschen herumzuhängen. Ich bin total gerne bei Brandon Communications – ich komme manchmal sogar nur wegen der tollen Atmosphäre her! Es ist echt klasse hier – überall heller Holzfußboden, Halogenspots und trendige Sofas, und überall laufen wahnsinnig beschäftigte und dynamische Leute herum. Die bleiben alle immer bis ziemlich spät abends, obwohl sie das nicht müssen. Und so um sieben macht immer irgendjemand eine Flasche Wein auf und lässt sie herumgehen.

Ich habe ein Geschenk für Lukes Assistentin Mel dabei, die hatte gestern Geburtstag. Ich bin selbst ganz begeistert davon, muss ich sagen: Zwei hinreißend schöne Kissen vom Conran Shop. Und als ich ihr die Conran-Tüte reiche, höre ich sie nach Luft schnappen.

»Oh Becky! Das war doch nicht nötig!«

»Finde ich schon!« Ich strahle sie an und pflanze mich auf ihren Schreibtisch, während sie auspackt. »Und – was gibt's Neues?«

Es geht doch nichts über ein ausführliches, informatives Gespräch unter Frauen. Mel packt die Tüte weg, holt eine Schachtel Toffees hervor und bringt mich auf den neuesten Stand. Sie erzählt mir alles über ein völlig missglücktes Date mit einem schrecklichen Kerl, mit dem ihre Mutter sie verkuppeln möchte, und ich erzähle ihr alles über Toms Hochzeit. Und dann spricht sie etwas leiser weiter und weiht mich in den Bürotratsch ein.

Sie erzählt mir von den beiden Rezeptionistinnen, die kein Wort mehr miteinander geredet haben, seit sie im gleichen Next-Blazer zur Arbeit gekommen sind und sich die eine wie die andere geweigert hat, ihren auszuziehen. Und von der Schraube aus der Buchhaltung, die gerade aus ihrem Mutterschaftsurlaub wieder da ist, sich jeden Morgen übergibt, aber angeblich nicht schon wieder schwanger ist.

»Aber jetzt kommt der Knüller!«, sagt Mel und reicht mir die Toffees. »Ich glaube, Alicia hat eine Affäre mit einem Kollegen!«

»Nein!« Ich sehe sie total baff an. »Wirklich? Mit wem?«

»Mit Ben Bridges.«

Ich verziehe das Gesicht und versuche, den Namen irgendwo einzuordnen.

»Der Neue, der vorher bei Coupland Foster Bright war.«

»Der?« Ich glotze sie an. »Im Ernst?«

Ich muss sagen, das überrascht mich. Er ist echt süß, aber ein bisschen klein und etwas zu ehrgeizig und fast schon ein Schlitzohr. Ich hätte nicht gedacht, dass das Alicias Typ ist.

»Die beiden hängen ständig zusammen und flüstern. Und neulich hat Alicia gesagt, sie geht zum Zahnarzt – aber dann war ich bei Ratchetts, und wen sehe ich? Alicia und Ben beim heimlichen Mittagessen …«

Sie verstummt, als Luke in der Tür auftaucht und einen Herrn in lila Hemd aus seinem Büro führt.

»Mel, wären Sie so freundlich, für Mr Mallory ein Taxi zu rufen, bitte?«

»Selbstverständlich, Mr Brandon.« Jetzt hört Mel sich wieder ganz nach effizienter Sekretärin an. Sie greift zum Telefon, wir grinsen einander an, dann gehe ich in Lukes Büro.

Mann, sein Büro ist so etwas von schick! Ich vergesse einfach immer wieder, wie toll er ist. Er hat einen riesigen Schreibtisch aus Ahornholz, der von einem preisgekrönten dänischen Designer entworfen wurde, und auf den Regalen im Alkoven dahinter stehen massenweise PR-Preise, die er im Laufe der Jahre gewonnen hat.

»Hier«, sagt er und drückt mir einen Stapel Papier in die Hand. Obenauf liegt ein Brief von »Howski & Forlano, Anwälte für Einwanderungsangelegenheiten«, und als ich im Betreff die Worte »Ihr Umzug in die Vereinigten Staaten« lese, werde ich vor Aufregung ganz hibbelig.

»Das ist alles gar nicht wahr, oder?« Ich gehe zu Lukes bis auf den Boden reichenden Bürofenstern und blicke auf das emsige Treiben auf der Straße hinunter. »Gehen wir wirklich nach New York?«

»Die Flüge sind schon gebucht«, sagt Luke und grinst mich an.

»Du weißt, was ich meine.«

»Ich weiß ganz genau, was du meinst«, bestätigt er und schlingt die Arme um mich. »Und ich finde das sehr aufregend.«

Wir stehen eine Weile einfach nur so da und sehen auf Londons Straßen. Ich kann es kaum glauben, dass ich all das hier wirklich zurücklassen will, um in einem fremden Land zu leben. Natürlich ist das aufregend und toll – aber es macht mir auch ein bisschen Angst.

»Glaubst du wirklich, dass ich dort Arbeit finde?« Diese Frage habe ich ihm in der letzten Woche jedes Mal gestellt, wenn wir uns gesehen haben. »Ganz ehrlich?«

»Natürlich.« Er klingt so unerschütterlich sicher, dass ich mich wieder entspannt in seine Arme schmiege. »Man wird dich lieben. Gar keine Frage.« Er küsst mich und drückt mich fest an sich. Dann lässt er los, geht zu seinem Schreibtisch und schlägt einen mit NEW YORK beschrifteten Ordner auf. Kein Wunder, dass der so dick ist. Luke hat mir vor ein paar Tagen erzählt, dass er schon seit drei Jahren versucht, in New York Fuß zu fassen. Drei Jahre!

»Ich kann es kaum glauben, dass du schon so lange

an diesem Projekt gearbeitet und mir nie davon erzählt hast«, sage ich, während er etwas auf einen Post-it-Zettel kritzelt.

»Hm«, macht Luke. Meine Finger schließen sich etwas fester um den Papierstapel, und ich atme tief durch. Es gibt da etwas, das ich schon seit einiger Zeit loswerden möchte – und ich finde, jetzt wäre eine Gelegenheit.

»Luke, was hättest du gemacht, wenn ich nicht nach New York gewollt hätte?«

Das leise Brummen des Computers unterstreicht das folgende Schweigen.

»Ich wusste, dass du wollen würdest«, sagt Luke schließlich. »New York ist der nächste logische Schritt für dich.«

»Aber ... was, wenn ich nicht gewollt hätte?« Ich beiße mir auf die Lippe. »Wärst du trotzdem gegangen?« Luke seufzt.

»Becky – du möchtest doch nach New York, oder?«

»Ja! Das weißt du doch!«

»Also, und was soll dann diese Wenn-dann-hätte-würde-Fragerei? Ich meine: Du willst nach New York, ich will nach New York ... ist doch perfekt.« Er lächelt mich an und legt den Stift hin. »Wie geht es deinen Eltern damit?«

»Ach ... ganz gut«, sage ich zögernd. »Sie gewöhnen sich langsam dran.«

Und das stimmt auch so halbwegs. Sie waren allerdings ziemlich geschockt, als ich es ihnen erzählt habe. Im Nachhinein hätte ich es ihnen vielleicht etwas schonender beibringen sollen. Ich hätte ihnen zum Beispiel Luke vorstellen können, *bevor* ich das mit New York erzählt habe. Es war nämlich so, dass ich ins Haus gestürmt bin, wo die beiden – immer noch in ihrer Festkleidung – mit einer Tasse Tee vor dem Fernseher saßen, die Glotze ausgeschaltet, und freudig verkündet habe: »Mum, Dad – Luke und ich ziehen nach New York!«

Woraufhin meine Mutter meinen Vater einfach nur unendlich traurig angesehen und gesagt hat: »O Graham. Jetzt ist sie völlig übergeschnappt.«

Hinterher hat sie zwar gesagt, dass sie das nicht so gemeint habe – aber da bin ich mir nicht so sicher.

Und dann haben sie endlich Luke kennengelernt, und er hat ihnen von seinen Plänen erzählt und ihnen erklärt, welche Möglichkeiten ich beim amerikanischen Fernsehen hätte, und ich konnte dabei zusehen, wie meiner Mutter langsam das Lächeln erstarb. Es war, als wenn ihr Gesicht immer kleiner werden und sich verschließen würde. Als sie in die Küche ging, um noch mehr Tee zu machen, bin ich hinter ihr hergegangen, und da wurde mir bewusst, wie sehr sie das mitnahm. Aber sie wollte es partout nicht zeigen. Sie machte einfach nur mit leicht zitternden Händen den Tee, holte ein paar Kekse aus einer Dose – und dann drehte sie sich mit einem strahlenden Lächeln zu mir um und sagte: »Ich habe schon immer gedacht, dass du richtig gut nach New York passen würdest, Becky. New York ist die richtige Stadt für dich.«

Ich glotzte sie an, da mir mit einem Mal klar wurde, worum es hier eigentlich ging. Ich hatte vor, Tausende von Kilometern weit weg zu ziehen, weg von zu Hause, von meinen Eltern, von … meinem ganzen Leben eigentlich. Bis auf Luke.

»Aber ihr … ihr kommt mich doch oft besuchen, ja?« Meine Stimme bebte verdächtig.

»Aber natürlich, Becky! Sooft wir können!«

Sie drückte mir die Hand und sah in eine andere Richtung. Dann gingen wir wieder ins Wohnzimmer und redeten im Grunde nicht mehr darüber.

Aber am nächsten Morgen, als wir zum Frühstück herunterkamen, sprachen Mum und Dad von einer Anzeige in der *Sunday Times*, in der Ferienhäuser in Florida angeboten wurden – eine Investition, über die sie angeblich schon lange nachgedacht hatten. Als wir uns am Nachmittag von ihnen verabschiedeten, stritten sie sich gerade leidenschaftlich darüber, ob nun Disney-World in Florida oder Disneyland in Kalifornien besser sei – dabei weiß ich ganz genau, dass keiner von beiden jemals auch nur einen Fuß in einen dieser Parks gesetzt hat.

»Ich muss weitermachen, Becky«, unterbricht Luke mich in meinen Gedanken. Er nimmt den Telefonhörer und wählt eine Nummer. »Wir sehen uns heute Abend, okay?«

»Okay«, sage ich, bleibe aber vor dem Fenster stehen. Mir fällt noch etwas ein, und ich drehe mich zu ihm um: »Hey, hast du schon das Neueste über Alicia gehört?«

»Was denn?« Luke sieht den Hörer fragend an und legt dann auf.

»Mel meint, dass sie eine Affäre hat. Mit Ben Bridges! Was sagst du dazu?«

»Nichts«, sagt Luke und fängt an, etwas in seinen Computer zu tippen. »Gar nichts.«

»Aber du musst doch eine Meinung dazu haben!« Ich

pflanze mich auf seinen Schreibtisch und sehe ihn erwartungsvoll an.

»Mein Zuckerschnäuzchen«, sagt Luke unendlich geduldig. »Ich muss jetzt wirklich weitermachen.«

»*Interessiert* dich das denn gar nicht?«

»Nein. Nicht, solange sie ihren Job macht.«

»Luke. Der Job ist doch nicht alles im Leben«, sage ich leicht vorwurfsvoll. Aber Luke hört schon gar nicht mehr zu. Er hat diesen entrückten Blick drauf, der ein todsicheres Zeichen dafür ist, dass er sich auf etwas konzentriert. Auf etwas anderes.

»Na ja«, sage ich und verdrehe die Augen. »Bis später dann.«

Als ich aus Lukes Büro komme, sitzt Mel nicht an ihrem Schreibtisch. Dafür steht Alicia in ihrem schicken schwarzen Kostüm direkt daneben und sieht sich irgendwelche Unterlagen an. Ihre Wangen sind einen Tick röter als sonst, und ich frage mich mit einem unterdrückten Kichern, ob sie gerade ein Schäferstündchen mit Ben hinter sich hat.

»Guten Tag, Alicia«, sage ich höflich. »Wie geht es Ihnen?«

Alicia fährt zusammen und sammelt in Windeseile die Unterlagen zusammen, die sie gerade studiert hat. Dann sieht sie mich mit einem Gesichtsausdruck an, als hätte sie mich noch nie in ihrem Leben gesehen.

»Becky«, sagt sie langsam. »Das gibt es doch gar nicht. Die Finanzexpertin höchstpersönlich. Der Geldguru!«

Warum klingt eigentlich alles, was Alicia sagt, so, als würde sie irgendein blödes Spielchen spielen?

»Ja«, sage ich. »Ich bin's. Wo ist Mel?«

Ich nähere mich ihrem Schreibtisch in dem sicheren Gefühl, irgendetwas auf ihm liegen gelassen zu haben. Ich weiß nur nicht mehr, was. Ein Tuch? Einen Regenschirm?

»Sie ist Mittag essen gegangen«, sagt Alicia. »Mel hat mir das Geschenk gezeigt, das sie von Ihnen bekommen hat. Sehr geschmackvoll.«

»Danke«, sage ich knapp.

»Tja.« Sie ringt sich ein schwaches Lächeln ab. »Ich habe gehört, dass Sie gewissermaßen als Anhang mit Luke nach New York fahren. Muss ja toll sein, einen reichen Freund zu haben.«

Diese Kuh! Vor Luke würde sie das nie sagen!

»Ich fahre nicht als Lukes Anhang nach New York«, gebe ich ganz manierlich zurück. »Ich habe einige Termine mit Fernsehproduzenten. Meine Reise hat mit seiner eigentlich gar nichts zu tun.«

»Aber ...«, Alicia runzelt nachdenklich die Stirn, »Sie fliegen doch auf Firmenkosten, oder?«

»Nein. Ich bezahle meinen Flug selbst!«

»Schon gut, schon gut.« Alicia hebt entschuldigend die Hände. »Na, dann wünsche ich Ihnen eine schöne Zeit in New York.« Sie nimmt ein paar Ordner an sich und legt sie in ihren Koffer. »Ich muss weiter. Ciao.«

»Man sieht sich«, sage ich und sehe ihr auf ihrem Weg zu den Aufzügen hinterher.

Ich bleibe noch ein paar Sekunden an Mels Schreibtisch stehen und grüble darüber nach, was ich wohl hier abgelegt haben könnte. Es will mir partout nicht einfallen. Na ja, dann kann es nicht weiter wichtig sein.

Als ich nach Hause komme, sitzt Suze im Flur und telefoniert. Ihr Gesicht ist ganz rot und glänzt und ihre Stimme zittert, sodass ich sofort das Allerschlimmste befürchte. Ich sehe sie ängstlich fragend an, und sie nickt wie wild zurück, während sie immer wieder »Ja« und »Verstehe« und »Wann wäre das?« in den Hörer sagt.

Ich lasse mich auf einen Stuhl sinken. Mir ist ganz schlecht vor Sorge. Wovon redet sie denn bloß? Von einer Beerdigung? Von einer Gehirnoperation? Oh Gott. Das war ja klar. Kaum entschließe ich mich fortzugehen, passiert etwas richtig Schlimmes.

»Rate mal, was passiert ist!«, fordert sie mich zitternd auf, als sie auflegt. Ich springe hoch.

»Suze, kein Problem, ich gehe nicht nach New York!«, sage ich und nehme einem Impuls folgend ihre Hände in meine. »Ich bleibe hier und stehe das mit dir durch, ganz egal, was es ist. Ist jemand … gestorben?«

»Nein«, sagt Suze benommen. Ich schlucke.

»Bist du krank?«

»Nein. Nein, Bex, es ist nichts Schlimmes passiert. Im Gegenteil. Ich … ich kann es noch gar nicht richtig glauben.«

»Was denn? Suze, was ist los?«

»Hadleys hat mir meine eigene Wohn-Accessoire-Serie angeboten. Du weißt schon, Hadleys, das Kaufhaus?« Sie schüttelt noch immer fassungslos den Kopf. »Die wollen, dass ich ihnen eine ganze Kollektion entwerfe! Bilderrahmen, Vasen, Briefpapier … alles, was ich will!«

»Oh, mein Gott!« Ich schlage mir die Hand vor den Mund. »Das ist ja der *Wahnsinn*!«

»Dieser Typ hat einfach ohne Vorwarnung hier angerufen und gesagt, dass seine Scouts den Verkauf meiner Rahmen beobachtet haben. Und so wie es aussieht, ist das absolut einzigartig.«

»Oh Suze!«

»Ich wusste gar nicht, dass die *so* gut laufen.« Suze steht der Schock noch immer ins Gesicht geschrieben. »Dieser Typ hat gesagt, das sei ein einmaliges Phänomen! Und jeder in der Branche würde davon reden. Anscheinend verkaufen sich die Rahmen nur in dem Laden, der etwas außerhalb liegt, nicht so gut. In Finchley oder so.«

»Ja, kann sein«, murmle ich. »Da war ich glaube ich noch nie.«

»Aber er hat gesagt, das muss eine Art Aussetzer sein, weil der Absatz in den anderen Läden in Fulham, Notting Hill und Chelsea nämlich reißend ist.« Sie lächelt mich verlegen an. »Bei Gifts and Goodies hier um die Ecke bin ich wohl der unerreichte Bestseller!«

»Das wundert mich überhaupt nicht«, sage ich. »Deine Rahmen sind mit Abstand das Beste, was der Laden zu bieten hat. Mit Abstand.« Ich nehme Suze in den Arm. »Ach, Suze, ich bin so stolz auf dich. Ich habe es ja schon immer gewusst, dass du mal ganz groß rauskommen wirst.«

»Na ja, aber das habe ich doch nur dir zu verdanken. Ich meine, wenn du nicht gewesen wärst, hätte ich doch nie damit angefangen, Rahmen zu basteln …« Auf einmal sieht Suze so aus, als würde sie gleich weinen. »Ach, Bex – du wirst mir so fehlen.«

»Ich weiß.« Ich beiße mir auf die Lippe. »Du mir auch.«

Dann schweigen wir beide eine Weile, und ich glaube wirklich, dass ich gleich in Tränen ausbrechen werde. Aber dann atme ich einmal tief durch und sehe sie an. »Tja, da ist wohl nichts zu machen. Du musst eine Dependance in New York eröffnen.«

»Au ja!« Da strahlt Suze schon wieder. »Das ist eine geniale Idee! Das mache ich!«

»Natürlich machst du das. Und in null Komma nichts hast du überall auf der Welt Dependancen.« Ich nehme sie in den Arm. »Was meinst du – wollen wir heute Abend irgendwo feiern gehen?«

»Ach, ich würde so gerne, Bex«, sagt Suze. »Aber ich kann nicht. Ich fahre nach Schottland. Das heißt …«, sie sieht auf die Uhr und reißt die Augen auf, »… Oh Gott, ich wusste gar nicht, dass es schon so spät ist! Tarquin muss jede Minute hier sein.«

»Tarquin kommt hierher?«, frage ich entsetzt. »Jetzt?«

Ich habe es bisher irgendwie geschafft, Suzes Cousin Tarquin seit unserem absolut desaströsen gemeinsamen Abend aus dem Weg zu gehen. Allein beim Gedanken daran wird mir ganz mulmig. Im Grunde lief das Date ja gut (also, wenn man bedenkt, dass ich nicht in ihn verliebt war und überhaupt nichts mit ihm gemeinsam habe) – bis Tarquin mich dabei ertappte, wie ich sein Scheckbuch durchblätterte. Zumindest glaube ich, dass er mich dabei ertappt hat. Ich bin mir nicht hundertprozentig sicher, was er gesehen hat, und ehrlich gesagt bin ich auch nicht sonderlich scharf darauf, das zu wissen.

»Ich fahre mit ihm zu meiner Tante zu dieser fürchterlichen Familienfeier«, sagt Suze. »Da sind an die neunzig Horrorgestalten versammelt.«

In dem Moment, in dem sie in ihrem Zimmer verschwindet, klingelt es an der Tür, und sie ruft: »Machst du bitte auf, Bex? Das ist er bestimmt.«

O Gott. O *Gott*. Darauf bin ich absolut nicht eingestellt.

Ich beschließe, ihm unverbindlich freundlich zu begegnen, reiße die Wohnungstür auf und sage fröhlich:

»Tarquin!«

»Becky«, sagt er und glotzt mich an, als wäre ich der verlorene Schatz des Tutanchamun.

Oh Gott, er sieht ja immer noch so merkwürdig knochig aus. Und seine Klamotten sind so unmöglich wie eh und je: Tweedweste über einem seltsamen, handgestrickten Pullover, dazu eine alte Taschenuhr. Also, tut mir leid, aber der fünfzehntreichste Mann Englands (oder auf welchem Platz auch immer er inzwischen gelandet ist) wird sich doch wohl eine schöne neue Timex leisten können?

»Komm rein«, begrüße ich ihn übertrieben heiter, während ich gleichzeitig eine ausladende Geste mache wie ein italienischer Restaurantbesitzer.

»Gern«, sagt Tarquin und folgt mir ins Wohnzimmer. Wir schweigen betreten, während ich darauf warte, dass er sich setzt. Ich werde geradezu ungeduldig, als er unschlüssig mitten im Raum stehen bleibt – bis mir auf einmal einfällt, dass er darauf wartet, dass *ich* mich setze. Blitzartig lasse ich mich aufs Sofa fallen.

»Möchtest du einen Titchy?«, frage ich höflich.

»Bisschen früh«, sagt Tarquin und lacht nervös.

(»Titchy« ist Tarquinisch und heißt »Drink«. Nur zu

Ihrer Information. Und Hosen heißen bei ihm »Hogs« und … Sie verstehen?)

Dann verfallen wir wieder in betretenes Schweigen. Ich kann nichts dagegen machen, ständig muss ich an unser katastrophales Rendezvous denken – daran, wie er mich küssen wollte und ich mich jäh abgewandt habe … O Gott. Wie gern würde ich das vergessen!

»Ich … ich habe gehört, du ziehst nach New York«, sagt Tarquin und glotzt zu Boden. »Stimmt das?«

»Ja«, antworte ich und kann es mir nicht verkneifen zu lächeln. »Ja, das habe ich vor.«

»Ich war mal in New York«, erzählt Tarquin. »War nicht ganz das Richtige für mich.«

»Nein«, sage ich verständnisvoll. »Nein, das kann ich mir vorstellen. Ist ein bisschen anders als Schottland, was? Viel … hektischer.«

»Allerdings!«, ruft er, als hätte ich etwas unglaublich Kluges gesagt. »Genau das. Zu hektisch. Und die Leute da sind ziemlich eigenartig. Geradezu verrückt, meiner Meinung nach.«

Im Vergleich zu wem, würde ich am liebsten parieren. Die nennen Wasser zumindest nicht »Ho« und singen auch nicht in aller Öffentlichkeit Wagner.

Aber das wäre nicht nett. Darum sage ich gar nichts, und er sagt auch nichts – und als die Tür aufgeht, sehen wir beide erleichtert auf.

»Hi!«, sagt Suze. »Tarkie, da bist du ja! Ich muss noch eben das Auto holen, das musste ich nämlich neulich nachts ein paar Straßen weiter parken. Ich hupe, wenn ich vor dem Haus stehe, okay? Und dann düsen wir los.«

»Okay«, sagt Tarquin und nickt. »Ich bleibe so lange noch hier bei Becky.«

»Ja, klar!«, sage ich und versuche, überzeugend zu lächeln.

Suze verschwindet, ich rutsche verlegen auf dem Sofa herum, und Tarquin streckt die Beine aus und starrt auf seine Füße. Mann, das ist ja unerträglich. Sein schierer Anblick quält mich mehr und mehr – und plötzlich weiß ich, dass ich jetzt etwas sagen *muss*, denn sonst verschwinde ich nach New York und die Chance ist vertan.

»Tarquin«, sage ich und atme geräuschvoll aus. »Es gibt da etwas, das ich … das ich dir wirklich gern sagen möchte. Etwas, das ich dir schon seit einiger Zeit sagen möchte.«

»Ja?« Er reißt den Kopf hoch. »Was … was denn?« Er sieht mich so gespannt an, dass ich ganz nervös werde. Aber jetzt habe ich angefangen, jetzt ziehe ich es auch durch. Ich muss ihm die Wahrheit sagen. Ich streiche mir eine Haarsträhne aus dem Gesicht und atme tief durch.

»Der Pullover«, sage ich. »Der passt wirklich *überhaupt nicht* zu deiner Weste.«

»Oh«, sagt Tarquin sichtbar überrascht. »Echt?«

»Ja!« Ich bin so erleichtert, dass ich das endlich mal losgeworden bin. »Ehrlich gesagt … er ist potthässlich.«

»Soll ich ihn ausziehen?«

»Ja. Und die Weste am besten auch gleich.«

Wie ein gehorsamer kleiner Junge pellt er sich aus der Weste und dem Pullover – und es ist kaum zu glauben, wie viel besser er in einem schlichten blauen Hemd aussieht! Fast schon … normal. Und plötzlich habe ich eine Idee.

»Warte mal hier.«

Ich renne in mein Zimmer und zerre eine Einkaufstüte von meinem Stuhl. Ich habe Luke nämlich vor ein paar Tagen einen Pullover zu seinem Geburtstag gekauft, aber dann habe ich gesehen, dass er genau den schon hat, und darum wollte ich diesen hier zurückbringen.

»Hier!«, sage ich, als ich wieder im Wohnzimmer bin. »Zieh den mal an. Der ist von Paul Smith.«

Tarquin zieht sich den schlichten schwarzen Pullover über den Kopf, zieht ihn glatt und – ist ein neuer Mensch! Auf einmal sieht er richtig gut aus.

»Deine Haare«, bemerke ich dann kritisch. »Wir müssen was mit deinen Haaren machen.«

Zehn Minuten später habe ich seine Haare nass gemacht, geföhnt und mit etwas Gel nach hinten gebändigt. Und … ich weiß nicht, was ich sagen soll. Eine Metamorphose.

»Tarquin, du siehst klasse aus!«, sage ich – und das meine ich auch so. Er ist zwar immer noch diese insgesamt knochige Erscheinung, aber auf einmal sieht er nicht mehr so … dämlich aus. Er sieht richtig … interessant aus.

»Wirklich?« Tarquin blickt an sich herunter. Er wirkt völlig verstört – na gut, vielleicht habe ich ihn etwas hart angepackt und überrumpelt. Aber eines Tages wird er mir dankbar sein.

Dann ertönt draußen ein Hupen, das uns beide zusammenfahren lässt.

»Na, dann – viel Spaß«, sage ich und klinge dabei wohl wie seine Mutter. »Und morgen Abend machst du dir einfach wieder die Haare nass und fährst mit den Fingern hindurch, das müsste reichen.«

»Okay«, sagt Tarquin, als hätte ich ihm gerade eine ellenlange mathematische Formel zum Auswendiglernen aufgegeben. »Ich werd's versuchen. Und der Pulli? Soll ich dir den per Post zurückschicken?«

»Nein, nein, danke!«, lehne ich entsetzt ab. »Den darfst du behalten. Und *anziehen*. Ist ein Geschenk.«

»Danke«, sagt Tarquin. »Das ist … sehr lieb von dir, Becky.« Er kommt auf mich zu und gibt mir ein Küsschen auf die Wange. Ich tätschle ihm verlegen die Hand. Als er zur Tür hinausgeht, wünsche ich ihm von Herzen, dass er Glück hat und bei dieser Party ein nettes Mädchen findet. Er hat es wirklich verdient.

Ich höre Suzes Auto wegfahren, schlendere in die Küche, um mir eine Tasse Tee zu machen, und überlege, was ich mit dem Rest des Nachmittages anfangen könnte. Eigentlich hatte ich ja vor, an meinem Selbsthilfebuch weiterzuarbeiten. Ich könnte mich allerdings auch intensiv auf meine bevorstehende Reise vorbereiten, indem ich *Manhattan* gucke (den hat Suze gestern Abend aufgenommen). Ich will ja schließlich nicht völlig unbedarft durch New York irren.

Und an dem Buch kann ich auch weiterarbeiten, wenn ich aus New York zurück bin. Genau.

Ich bin gerade dabei, den Videorecorder anzuschmeißen, als das Telefon klingelt.

»Oh, Guten Tag«, höre ich die Stimme einer jungen

Frau. »Ich hoffe, ich störe Sie nicht. Spreche ich zufällig mit Becky Bloomwood?«

»Ja«, sage ich und angle mir die Fernbedienung.

»Hier ist Ihr … ähm, Reisebüro«, sagt die Frau und räuspert sich. »Wir wollten nur noch einmal bestätigt haben, in welchem Hotel Sie in New York wohnen.«

»Ähm … im Four Seasons.«

»Zusammen mit einem Mr … Luke Brandon?«

»Richtig.«

»Wie viele Übernachtungen?«

»Ähm … dreizehn? Vierzehn? Ich bin mir nicht sicher.« Meine Aufmerksamkeit gilt der Mattscheibe – habe ich jetzt schon zu weit zurückgespult? Das kann doch nicht sein, dass es diese Reklame für Walkers Chips immer noch gibt!

»Haben Sie ein Zimmer oder eine Suite reserviert?«

»Eine Suite, glaube ich.«

»Und wie viel kostet die pro Nacht?«

»Ach, wissen Sie … das weiß ich nicht«, sage ich. »Aber ich könnte es herausfinden …«

»Nein, nein, schon gut, danke«, lehnt die Frau freundlich ab. »Na, dann will ich Sie nicht weiter stören. Eine angenehme Reise.«

»Danke!«, sage ich in dem Moment, als ich den Anfang des Films gefunden habe. »Werden wir haben.«

Ich lege auf und gehe stirnrunzelnd zum Sofa. Also, das Reisebüro müsste doch eigentlich wissen, wie viel die Suite kostet, oder? Ich meine – das ist doch deren Job, oder?

Ich setze mich, trinke einen Schluck Tee und warte, dass der Film anfängt. Jetzt, wo ich drüber nachdenke, finde ich, dass das ein reichlich merkwürdiger Anruf war. Wozu ruft die denn an und fragt die absoluten Basics ab? Ist die vielleicht neu? Oder musste sie alles noch mal überprüfen? Oder …

Doch dann ertönt Gershwins *Rhapsody in Blue,* und auf dem Bildschirm erscheinen Bilder von Manhattan, sodass in meinem Kopf nichts anderes mehr Platz hat als: New York! Ergriffen starre ich auf den Fernseher und empfinde schon wieder dieses aufgeregte Kribbeln im Bauch. Da fahre ich hin! In drei Tagen bin ich da! Ich kann es kaum noch erwarten!

Endwich Bank
ZWEIGSTELLE FULHAM
3 Fulham Road
London SW6 9JH

Miss Rebecca Bloomwood
Flat 2
4 Burney Rd.
London SW6 8FD

21. September 2000

Sehr geehrte Miss Bloomwood!

Vielen Dank für Ihr Schreiben vom 19. September.

Sie haben sich nicht das Bein gebrochen. Bitte nehmen Sie nunmehr umgehend Kontakt zu meinem Büro auf, um einen Gesprächstermin zu vereinbaren, bei dem die anhaltende Überziehung Ihres Kontos erörtert werden kann.

Für dieses Schreiben haben wir Ihnen £ 20,00 berechnet.

Mit freundlichen Grüßen
Endwich Bank
Zweigstelle Fulham

John Gavin
Leiter Kreditabteilung

ENDWICH – WIR SIND FÜR SIE DA

REGAL AIRLINES

Zentrale
Preston House
354 Kingsway
London WC2 4TH

Miss Rebecca Bloomwood
Flat 2
4 Burney Road
London SW6 8FD

22. September 2000

Sehr geehrte Miss Bloomwood,

vielen Dank für Ihr Schreiben vom 18. September. Ich bedauere sehr, dass unsere Gepäckbestimmungen Ihnen schlaflose Nächte und Angstattacken beschert haben.

Ich glaube Ihnen gern, dass Sie bedeutend weniger wiegen als ein – wie Sie sich ausdrücken – »fetter Geschäftsmann aus Antwerpen, der sich den ganzen Tag mit Donuts vollstopft«. Leider ist Regal Airlines dennoch nicht in der Lage, das Limit für Ihr Gepäck über die üblichen 20 kg hinaus zu erweitern.

Sie dürfen selbstverständlich gern eine Unterschriftenaktion starten und sich an Cherie Blair wenden. An unseren Gepäckbestimmungen wird das allerdings nichts ändern.

Nochmals einen angenehmen Flug.

Regal Airlines

Mary Stevens
Kundendienstleiterin

ACHT

Okay, alles klar. Hier gehöre ich her. Amerika ist meine Bestimmung.

Wir sind zwar erst seit gestern Abend hier, aber ich bin schon hoffnungslos in New York verliebt. Also, erstens ist unser Hotel einfach spitze – nur Kalkstein und Marmor und unglaublich hohe Decken. Unser Zimmer mit Blick auf den Central Park ist enorm groß, hat ein paneeliertes Ankleidezimmer und eine Wahnsinnsbadewanne, die innerhalb von fünf Sekunden voll ist. Alles ist so riesig, so luxuriös, und irgendwie ... *größer*. Gestern Abend zum Beispiel, nachdem wir angekommen waren, schlug Luke einen Schlummertrunk in der Hotelbar vor – ich sage Ihnen, ich habe noch nie in meinem Leben einen so großen Martini serviert bekommen. Der war so groß, dass ich ihn kaum austrinken konnte. (Ich habe es dann aber doch noch geschafft. Und dann habe ich noch einen getrunken, weil es unhöflich gewesen wäre abzulehnen.)

Und alle sind so durchgängig nett! Das Hotelpersonal lächelt jedes Mal, wenn es einen sieht – und wenn man »Danke« sagt, antworten sie »Gern geschehen«! Das würden sie in England niemals machen. Da würden sie höchstens grunzen. Ich bin auch völlig hingerissen davon, dass Lukes Mutter Elinor, die ja in New York lebt, mir schon einen wunderschönen Blumenstrauß zusammen mit einer Einladung zum Lunch hat schicken lassen. Und von den Fernsehleuten, mit denen ich mich am Mittwoch treffen werde, ist auch ein Blumenstrauß gekommen. Und dann ist da noch ein Korb voller Obst von jemandem, dessen Namen ich noch nie gehört habe, der mich aber »unbedingt« kennenlernen möchte!

Und wann hat Zelda von *Morning Coffee* mir zuletzt einen Obstkorb geschickt? Sehen Sie!

Ich trinke einen Schluck Kaffee und lächle Luke selig an. Wir sitzen im Restaurant beim Frühstück, und er muss gleich zu seinem ersten Meeting. Ich weiß noch nicht, was ich heute mache. Die nächsten zwei Tage habe ich keine Bewerbungsgespräche, es steht mir also völlig offen, ob ich in ein paar Museen gehe, einen Spaziergang durch den Central Park mache … oder … mir den einen oder anderen Laden … angucke …

»Noch etwas Kaffee?«, ertönt eine Stimme neben meinem Ohr – und als ich aufsehe, steht da ein lächelnder Kellner mit einer Kaffeekanne in der Hand. Verstehen Sie jetzt, was ich meine? Seit wir uns gesetzt haben, wurde uns schon hundertdreiundsiebzigmal Kaffee nachgeschenkt, und als ich um einen Orangensaft bat, haben sie mir ein riesiges, mit gezuckerter Orangenschale verziertes Glas gebracht. Und dann diese himmlischen Pfannkuchen, die ich gerade weggeputzt habe … Ich meine, Pfannkuchen zum Frühstück! Das ist doch genial, oder?

»Na – und du gehst jetzt bestimmt zum Fitnesstraining?«, sagt Luke, als er den *Daily Telegraph* zusammenfaltet. Er liest jeden Tag alle Zeitungen. Die amerikanischen und die britischen. Das passt mir gut, weil ich auf die Weise weiter regelmäßig mein Horoskop in der *Daily World* lesen kann.

»Zum Fitnesstraining?«, frage ich erstaunt.

»Ich dachte, das hattest du dir für New York vorgenommen«, sagt er und nimmt sich die *FT*. »Jeden Morgen Sport treiben.«

Gerade, als ich »So ein Quatsch!« sagen will, fällt mir ein, dass ich im Eifer des Gefechtes gestern Abend eine Äußerung in dieser Richtung gemacht haben könnte. Nach dem zweiten Martini.

Aber gut – warum nicht. Ich kann ja ruhig zum Fitnesstraining gehen. Es würde mir sogar sehr *gut* tun, mich mal etwas zu bewegen. Und danach könnte ich dann … Sightseeing machen. Mir ein paar berühmte Gebäude ansehen oder so.

Ich bin mir ziemlich sicher, irgendwo gelesen zu haben, dass das Bloomingdale-Gebäude architektonisch hochinteressant ist.

»Und was machst du dann?«

»Weiß ich nicht.« Ich beobachte den Kellner dabei, wie er auf dem Nebentisch einen Teller French Toast abstellt. Mann, sieht das lecker aus. Warum gibt es so was nicht in Europa? »Mir New York anschauen, wahrscheinlich.«

»Ich habe mich an der Rezeption erkundigt. Es gibt einen Stadtrundgang mit Führer, der um elf Uhr hier im Hotel losgeht. Der Concierge hat ihn in den höchsten Tönen empfohlen.«

»Aha«, sage ich und trinke einen Schluck Kaffee. »Na ja, das könnte ich natürlich machen …«

»Es sei denn, du wolltest irgendwelche Einkäufe hinter dich bringen?«, fügt Luke hinzu, während er nach der *Times* greift. Ungläubig starre ich ihn an. Einkäufe bringt man doch nicht hinter sich! Man bringt *andere Sachen* hinter sich.

Wobei mir einfällt … Vielleicht sollte ich diesen Stadtrundgang mitmachen, dann hätte ich Sightseeing hinter mir.

»Das mit dem Stadtrundgang hört sich gut an«, sage ich. »Auf die Weise lerne ich meine neue Heimatstadt gleich richtig kennen.« Ich lasse den Blick durch den Speisesaal schweifen und sehe die vielen schicken Geschäftsleute und eleganten Damen und die genauso diskret wie eifrig arbeitenden Kellner. »Mann, jetzt stell dir doch mal vor, in ein paar Wochen wohnen wir hier! Dann sind wir richtige New Yorker!«

»Becky«, sagt Luke. Er lässt die Zeitung sinken und sieht auf einmal sehr ernst aus. »Es gibt da etwas, was ich dir sagen wollte. Aber irgendwie war alles so hektisch, dass ich nicht dazu gekommen bin – aber ich glaube, dass es ziemlich wichtig ist.«

»Aha«, sage ich. »Und was wäre das?«

»In eine andere Stadt zu ziehen ist ein sehr bedeutender Schritt. Vor allem, wenn die Stadt so extrem ist wie New York. Ich bin schon oft hier gewesen, und selbst ich fühle mich manchmal immer noch ziemlich erschlagen.«

»Aha. Und was willst du damit sagen?«

»Ich will damit sagen, dass du die Sache langsam angehen solltest. Und dass du nicht erwarten solltest, sofort hundertprozentig hierher zu passen. Der Druck und das Tempo in dieser Stadt sind einfach kein Vergleich zu dem, was wir aus London kennen.«

Ich sehe ihn beklommen an.

»Und du glaubst nicht, dass ich bei dem Tempo mithalten kann?«

»Das habe ich nicht gesagt. Ich meine nur, dass du die Stadt langsam kennenlernen solltest. Versuch, ein Gefühl für sie zu entwickeln, und horche in dich hinein, ob du dir wirklich vorstellen könntest, hier zu leben. Vielleicht hasst du New York ja! Vielleicht wird dir klar, dass du auf gar keinen Fall hierher ziehen möchtest. Das hoffe ich natürlich nicht – aber ich möchte vermeiden, dass du voreilige Entschlüsse fasst.«

»Aha«, sage ich langsam. »Verstehe.«

»Also, schau einfach, wie der Tag heute verläuft – und dann reden wir heute Abend weiter, okay?«

»Okay«, sage ich und trinke nachdenklich meinen Kaffee aus.

Ich werde Luke schon zeigen, dass ich hierher passe. Ich werde ihm zeigen, dass ich eine echte New Yorkerin sein kann. Ich werde zum Fitnesstraining gehen, irgendwelches gesundes Algenzeugs trinken und dann vielleicht … jemanden erschießen?

Möglicherweise reicht es, wenn ich einfach nur zum Training gehe.

Ich freue mich schon richtig drauf, weil ich letztes Jahr im Ausverkauf dieses abgefahrene DKNY-Sportoutfit gekauft und jetzt zum ersten Mal die Gelegenheit habe, es anzuziehen! Eigentlich wollte ich mich in London bei einem Fitnessstudio anmelden – ich war sogar schon bei Holmes Place in Fulham und habe ein Anmeldeformular geholt. Aber dann habe ich diesen interessanten Artikel gelesen, in dem stand, dass man durch nervöses Herumzappeln spielend abnehmen kann. Einfach, indem man ein bisschen mit den Fingern zuckt und so! Na, da dachte ich mir, versuch es doch lieber damit, und habe das gesparte Geld für ein Kleid ausgegeben.

Nicht, dass ich ein Sportmuffel wäre oder so. Ganz im Gegenteil. Ich liebe Sport. Und wenn ich erst mal in New York wohne, werde ich natürlich jeden Tag ins Fitnessstudio gehen. Das ist hier ja quasi ein ungeschriebenes Gesetz. Ein kleines Workout wäre also genau das Richtige, um mich zu akklimatisieren.

Als ich das hoteleigene Fitnesscenter betrete, erhasche ich in einem der vielen Spiegel einen Blick auf mich – und bin ganz schön beeindruckt. Man sagt doch immer, die Leute in New York seien so wahnsinnig dünn und fit, oder? Also, ich finde, dass ich deutlich fitter aussehe als so manche andere Gestalt hier. Ich meine, sehen Sie sich doch nur mal den Typen in dem grauen T-Shirt da drüben an, den mit der Halbglatze! Der sieht ja aus, als wenn er noch nie im Leben ein Fitnessstudio von innen gesehen hätte!

»Guten Morgen«, begrüßt mich eine dunkle Stimme. Ich blicke auf und sehe einen ziemlich muskulösen Typen in einem trendigen schwarzen Lycra-Dress auf mich zukommen. »Ich bin Tony. Wie geht es Ihnen?«

»Gut, danke.« Und dann stretche ich ganz lässig meine Kniesehne. (Also, ich glaube zumindest, dass das meine Kniesehne ist. Die in meinem Bein.) »Wollte nur ein kleines Workout machen.«

Gelassen stretche ich jetzt das andere Bein, falte die Hände und strecke die Arme vor der Brust aus. Auf der anderen Seite des Raumes sehe ich mich im Spiegel – und ich komme nicht umhin zu sagen, dass ich wirklich verdammt cool aussehe.

»Treiben Sie regelmäßig Sport?«, fragt Tony.

»Nicht im Fitnessstudio«, sage ich, während ich mich nach unten beuge, um mit den Fingern meine Zehen zu berühren. Auf halber Höhe überlege ich es mir jedoch anders und entscheide mich für die Knie. »Aber ich laufe ziemlich viel.«

»Super!«, sagt Tony. »Auf einem Laufband oder querfeldein?«

»Eigentlich hauptsächlich durch Geschäfte.«

»Okay …«, sagt er vorsichtig.

»Und ich trage auch ziemlich häufig schwere Sachen«, erkläre ich. »Einkaufstüten und so.«

»Aha«, sagt Tony und sieht nicht gerade überzeugt aus. »Na ja … Möchten Sie, dass ich Ihnen zeige, wie die Geräte funktionieren?«

»Danke, sehr nett von Ihnen«, entgegne ich. »Aber ich komme schon allein klar.«

Ich habe doch keine Lust, mir stundenlang von ihm erklären zu lassen, was welches Gerät kann und wie viele Einstellungen es hat! Ich meine, ich bin ja schließlich nicht blöd. Ich nehme mir ein Handtuch vom Stapel, lege es mir um den Hals über die Schultern und steuere ein Laufband an. Das dürfte einfach sein. Ich stelle mich drauf und betrachte die Knöpfe vor mir. Auf einem Display blinkt das Wort »Dauer« und nach kurzem Überlegen gebe ich »40 Minuten« ein. Das müsste okay sein.

Ich meine, so lange dauert ein Spaziergang doch normalerweise, oder? Dann blinkt das Wort »Programm« auf, und nachdem ich mir sämtliche Möglichkeiten angesehen habe, entscheide ich mich für »Everest«. Das hört sich doch viel interessanter an als »Bergwanderung«. Dann blinkt »Stufe«. Hmm. Stufe. Ich sehe mich Rat suchend um, kann Tony aber nirgends entdecken.

Der Typ mit der Halbglatze steigt auf das Laufband neben mir, und ich lehne mich zu ihm hinüber.

»Entschuldigen Sie bitte«, spreche ich ihn höflich an. »Wissen Sie, welche Stufe ich nehmen sollte?«

»Kommt drauf an«, sagt der Typ. »Wie fit sind Sie denn?«

»Na ja«, sage ich und lächle bescheiden. »Wissen Sie …«

»Ich mache Stufe 5, falls Ihnen das irgendwie weiterhilft«, sagt der Typ und tippt seine Daten in den Laufcomputer ein.

»Okay«, sage ich. »Danke!«

Also, wenn der Stufe 5 nimmt, kann ich ja wohl mindestens Stufe 7 nehmen. Ich meine, mal im Ernst, gucken Sie ihn sich doch mal an – und dann gucken Sie mich an.

Ich gebe also »7« in meinen Laufcomputer ein und drücke dann auf START. Das Laufband fängt an zu laufen, und ich laufe mit. Ach, das ist ja richtig angenehm! Ich sollte wirklich viel öfter ins Fitnessstudio gehen. Oder sogar Mitglied werden.

Das beweist mal wieder, dass man auch ohne regelmäßigen Sport eine ganz natürliche, grundlegende Fitness beibehalten kann. Das hier strengt mich nämlich nicht die Bohne an. Es ist mir sogar viel zu lasch. Ich hätte doch noch eine Stufe …

Moment! Das Band richtet sich auf. Und es läuft schneller. Ich muss rennen, um nicht herunterzufallen.

Aber okay. Darum geht es schließlich, oder? Ein bisschen gemütlich joggen. Oder auch rennen. Und dabei keuchen. Aber das heißt ja nur, dass mein Herz noch funktioniert. Ist also nur gut so. Solange es nicht noch …

Jetzt richtet sich das Band noch mehr auf. Oh Gott. Und es wird schneller. Und schneller.

Das packe ich nicht. Mein Gesicht ist rot. Meine Brust tut mir weh. Ich schnappe verzweifelt nach Luft und klammere mich an die seitlichen Stangen an dem Gerät. Ich kann nicht so schnell rennen. Ich muss das etwas langsamer stellen.

Fieberhaft drücke ich auf den Tasten herum, aber das Band läuft weiter in dieser wahnwitzigen Geschwindigkeit – und auf einmal wird es noch einen Tick schneller. Oh nein. Bitte. Nein.

»Dauer: 38.00«, steht jetzt auf dem Display vor mir. *Noch 38 Minuten?*

Ich werfe einen Blick zu meiner Rechten, wo der Typ mit der Halbglatze fröhlich vor sich hin sprintet, als wenn er einen Berg hinunterrennen würde. Ich will ihm etwas sagen, aber ich kriege den Mund nicht auf. Ich kann nichts machen, außer meine Beine so schnell wie möglich weiter zu bewegen.

Auf einmal sieht der Typ in meine Richtung – und macht schlagartig ein ganz komisches Gesicht.

»Miss? Geht's Ihnen gut?«

In Windeseile drückt er auf einen Knopf, woraufhin

sein Band zum Stehen kommt, dann springt er herunter und drückt an meinem Gerät auf einen Knopf.

Das Laufband wird langsamer und kommt ziemlich abrupt zum Stillstand. Ich breche an einer der Seitenstangen zusammen und ringe nach Atem.

»Hier, trinken Sie etwas Wasser«, sagt der Mann und reicht mir einen Becher.

»D-danke«, sage ich und taumle immer noch keuchend vom Laufband. Meine Lunge fühlt sich an, als würde sie gleich explodieren, und als ich mich wieder mal in einem der Spiegel sehe, ist mein Gesicht tomatenrot.

»Vielleicht sollten Sie es für heute dabei belassen«, schlägt der Mann besorgt vor.

»Ja«, sage ich. »Ja, ich glaube auch.« Ich trinke einen Schluck Wasser und versuche, wieder normal zu atmen. »Ich glaube, das liegt daran, dass ich die amerikanischen Geräte nicht gewöhnt bin.«

»Kann schon sein«, nickt der Mann. »Die können ganz schön heikel sein. Obwohl« – und damit tätschelt er gut gelaunt mein Laufband – »das hier aus Deutschland stammt.«

»Aha«, sage ich nach einer Weile. »Ja. Gut, wie dem auch sei. Vielen Dank für Ihre Hilfe.«

»Kein Problem«, sagt der Typ, und als er sich wieder auf sein Laufband schwingt, sehe ich, dass er lächelt.

Mann, war das peinlich. Als ich mich geduscht und umgezogen auf den Weg ins Foyer mache, um mich dort mit der Stadtrundganggruppe zu treffen, bin ich immer noch ganz schlapp. Vielleicht hat Luke doch recht. Vielleicht ist das rasante Tempo hier in New York nichts für mich. Vielleicht ist es keine so gute Idee, mit ihm hierher zu ziehen.

Einige Touris haben sich bereits versammelt – die meisten sind älter als ich – und lauschen einem eifrigen jungen Mann, der etwas über die Freiheitsstatue erzählt.

»Hallo!«, unterbricht er seinen Vortrag, als ich mich nähere. »Möchten Sie auch an dem Stadtrundgang teilnehmen?«

»Ja, bitte.«

»Ihr Name?«

»Rebecca Bloomwood«, sage ich und erröte leicht, als sich die anderen nach mir umdrehen. »Ich habe schon bezahlt.«

»Na, dann, herzlich willkommen, Rebecca!« Der Mann hakt etwas auf seiner Liste ab. »Ich bin Christoph. Haben Sie bequeme Schuhe an?« Er wirft einen Blick auf meine Stiefel (knalllila, Barockabsätze, Ausverkauf bei Bertie letztes Jahr), und sein strahlendes Lächeln erstirbt. »Sie sind sich darüber im Klaren, dass die Tour drei Stunden dauert, ja? Und dass wir zu Fuß gehen?«

»Ja, natürlich«, erwidere ich überrascht. »Darum habe ich ja die Stiefel an.«

»Aha«, sagt Christoph nach einer Pause. »Na – okay.« Er sieht sich um. »Ich glaube, wir sind vollzählig. Dann kann es ja losgehen!«

Er geht uns voran aus dem Hotel auf die Straße. Alle anderen folgen ihm strammen Schrittes, während ich wie ein Hans-guck-in-die-Luft langsam hinterherschlendere. Es ist ein herrlicher Tag, die Luft ist frisch und klar, und die Sonne lässt Bürgersteige und Gebäude leuchten, dass einem die Augen wehtun. Ehrfürchtig sehe ich mich um. Diese Stadt ist wirklich unglaublich. Ich meine, natürlich wusste ich, dass es hier vor Wolkenkratzern nur so wimmelt. Aber es wird einem dann doch erst bewusst, wie … ja, wie *riesig* sie tatsächlich sind, wenn man direkt vor ihnen steht. Ich lege den Kopf in den Nacken, um die obersten Stockwerke gegen den blauen Himmel zu sehen, bis mir der Nacken wehtut und mir etwas schwindelig wird. Dann lasse ich den Blick Etage für Etage zu den unteren Stockwerken wandern, bis er die Schaufenster erreicht. Und da bleibt er an zwei Wörtern hängen: »Prada« und »Schuhe«.

Oooh.

Prada Schuhe. Direkt vor meiner Nase.

Da muss ich mal eben einen Blick riskieren.

Die anderen marschieren weiter, doch ich stelle mich vor das Schaufenster und sehe mir ein Paar dunkelbraune Pumps an. Sind die toll! Wie viel die wohl kosten? Wer weiß, vielleicht ist Prada hier viel billiger als bei uns. Vielleicht sollte ich eben schnell reingehen und …

»Rebecca?«

Ich zucke zusammen und drehe mich um. Meine Stadtrundganggruppe ist etwa zwanzig Meter weiter stehen geblieben und glotzt mich an.

»Sorry«, sage ich und reiße mich nur ungern von diesem Schaufenster los. »Komme schon.«

»Später ist noch genug Zeit zum Einkaufen«, informiert Christoph mich fröhlich.

»Ich weiß«, sage ich und lache ganz entspannt. »Tut mir leid.«

»Schon okay.«

Er hat natürlich recht. Später ist noch genug Zeit zum Einkaufen. Mehr als genug.

Gut. Dann konzentriere ich mich jetzt auf unsere Tour.

»Also, Rebecca«, spricht Christoph mich gut gelaunt an, als ich wieder zur Gruppe aufschließe. »Ich habe den anderen gerade erzählt, dass wir uns auf der East 57th Street in Richtung Fifth Avenue bewegen, die wohl berühmteste Straße in New York City!«

»Super!«, sage ich. »Hört sich toll an!«

»Die Fifth Avenue teilt die Stadt in die ›East Side‹ und die ›West Side‹«, fährt Christoph fort. »Wer sich für Geschichte interessiert, will sicher gern wissen …«

Ich nicke intelligent und bemühe mich, interessiert auszusehen. Aber während wir die Straße hinunterlaufen, dreht sich mein Kopf unaufhaltsam von links nach rechts und von rechts nach links – als würde ich bei einem Tennismatch zusehen. Christian Dior, Hermès, Chanel … Diese Straße ist einfach unglaublich. Wenn wir doch nur ein bisschen langsamer laufen würden, dann könnte man mal richtig gucken – aber dieser Christoph marschiert voran wie ein Wanderführer, und der Rest der Gruppe folgt ihm, ohne auch nur einen Blick auf die tollen Sachen um sie herum zu werfen. Haben die keine Augen im Kopf?

»… und von dort werden wir zwei Wahrzeichen von New York sehen: das Rockefeller Center, das vielen von Ihnen wahrscheinlich im Zusammenhang mit Schlittschuhlaufen ein Begriff ist …«

Wir umrunden eine Straßenecke – und mir bleibt fast das Herz stehen: Tiffanys! Da, direkt vor mir! Tiffanys! Da muss ich unbedingt ins Fenster gucken. Das ist doch schließlich die Quintessenz New Yorks, oder? Kleine türkisfarbene Schachteln, weißes Band und diese herrlichen silbernen Sachen … Ich bleibe vor dem Schaufenster stehen und werfe sehnsüchtige Blicke auf die Auslage. Wow. Die Halskette ist ja der Hit. Und die Uhr erst! Wie viel so etwas wohl …

»Stehen bleiben, bitte!«, ruft Christoph. Ich blicke auf – und die Tourgruppe ist mir schon wieder kilometerweit voraus. Wieso rennen die denn so? »Alles in Ordnung, Rebecca?«, fragt er gezwungen fröhlich. »Sie müssen wirklich ein bisschen mehr darauf achten, bei der Gruppe zu bleiben. Wir haben noch viel vor uns.«

»Tut mir leid«, sage ich und trippele auf die Gruppe zu. »Hab nur schnell bei Tiffanys ins Fenster geguckt.« Ich grinse die Frau neben mir an und erwarte, dass sie zurücklächelt. Aber sie glotzt mich nur blöde an und zieht sich ihre Kapuze etwas enger um den Kopf.

»Wie ich bereits erwähnte«, nimmt Christoph seinen Vortrag wieder auf, als wir weitergehen, »ermöglicht es die gitternetzartige Anlage der Straßen in Manhattan, dass …«

Wieder versuche ich, mich zu konzentrieren. Aber es geht nicht. Ich kann nicht zuhören. Kommen Sie! Das hier ist die Fifth Avenue! So weit das Auge reicht, ein irrer Laden neben dem anderen. Da drüben ist Gucci – und da ist der größte Gap, den ich je gesehen habe … und da drüben, das Schaufenster, ist das nicht umwerfend? Und jetzt laufen wir einfach an Armani Exchange vorbei, und keiner bleibt auch nur eine Sekunde stehen …

Ja, spinnen die denn total? Was sind das denn für Banausen?

Wir gehen weiter, und ich versuche, einen Blick in ein Schaufenster mit hinreißenden Hüten zu werfen, als … oh, mein Gott. Jetzt … jetzt sehen Sie doch nur! Da ist Saks Fifth Avenue. Gleich da drüben, nur ein paar Meter von mir entfernt! Eins der berühmtesten Kaufhäuser der Welt! Unzählige Etagen voller Klamotten, Schuhe, Taschen … Gott sei Dank! *Endlich* kommt Christoph zur Vernunft und bleibt stehen!

»Das ist eines der berühmtesten Wahrzeichen der Stadt«, erklärt er. »Es gibt viele New Yorker, die diesen wundervollen Ort der Verehrung regelmäßig – teilweise sogar mehrmals die Woche – aufsuchen. Es soll sogar Leute geben, die täglich hier sind! Unser Zeitplan sieht nur eine kurze Stippvisite vor, aber Sie können natürlich gern später auf eigene Faust hierher zurückkommen.«

»Ist es sehr alt?«, fragt ein Mann mit skandinavischem Akzent.

»Das Gebäude wurde 1888 fertig gestellt«, sagt Christoph. »Es wurde von James Renwick entworfen.«

Nun kommt schon, denke ich ungeduldig, als noch eine Frage zur Architektur gestellt wird. Kommt schon. Wen interessiert denn, wer es entworfen hat? Wen interessiert denn das Mauerwerk? Drinnen wird es doch erst richtig interessant!

»Sollen wir hineingehen?«, fragt Christoph schließlich.

»Unbedingt!«, plädiere ich erleichtert für seinen Vorschlag und stürme sofort in Richtung Eingang.

Doch als ich die Tür aufziehen will, fällt mir auf, dass die anderen mir nicht gefolgt sind. Wo sind sie denn alle? Verwirrt sehe ich mich um und stelle fest, dass der Rest der Truppe eine große Kirche betritt, an der ein Schild mit der Aufschrift »St. Patrick's Cathedral« hängt.

Oh.

Verstehe. Als er von einem »wundervollen Ort der Verehrung« sprach, meinte er …

Klar. Sicher.

Ich zögere. Die eine Hand an der Tür, bin ich hin- und hergerissen. Vielleicht sollte ich auch in die Kathedrale gehen. Vielleicht sollte ich etwas auf Kultur machen und später zu Saks gehen.

Andererseits – das wird mir bei meiner Entscheidungsfindung, ob ich in New York leben möchte oder nicht, wohl kaum weiterhelfen. Was interessiert mich eine olle, langweilige Kathedrale?

Oder anders gesagt: Wie viele Millionen Kathedralen haben wir in England? Und wie viele Saks Fifth Avenue?

»Rein oder raus?«, fragt eine ungeduldige Stimme hinter mir.

»Rein!«, sage ich frisch entschlossen. »Unbedingt. Ich gehe rein.«

Ich drücke die schweren Holztüren auf. Mir ist vor Aufregung ganz flau im Magen, als ich die heiligen Hallen betrete. So aufgeregt war ich seit der Neueröffnung von Octagons Designeretage nicht mehr, die mit einem Sektempfang für die Inhaber von Kundenkarten gefeiert wurde.

Natürlich ist es immer aufregend, zum ersten Mal in einem Laden zu sein. Man hat dieses Kitzeln im Bauch, man hat die Hoffnung, den *Glauben*, dass das der Laden aller Läden ist, in dem es all das gibt, was man sich schon immer gewünscht hat, und zwar zu unglaublich niedrigen Preisen. Aber das hier ist tausendmal besser. Ach, was sage ich! Es ist millionenfach besser. Weil das hier nämlich nicht einfach nur irgendein Laden ist. Das hier ist ein weltberühmter Laden. Und ich bin drin. Ich bin in Saks an der Fifth Avenue in New York. Während ich langsam die ersten Schritte mache (ich muss mich fast zwingen, nicht zu rennen), komme ich mir vor, als wäre ich auf dem Weg zu einem Rendezvous mit einem Filmstar aus Hollywood.

Ich schlendere durch die Parfümerieabteilung, bewundere die eleganten Art-Deco-Paneele, die hohen Decken, das Laub überall. Das ist einer der schönsten Läden, die ich je betreten habe. Ganz hinten sind altmodische Aufzüge, die einem das Gefühl geben, in einem Film mit Cary Grant gelandet zu sein, und auf einem kleinen Tischchen liegt ein Stapel mit Übersichtsplänen. Ich nehme mir einen, um mich zu orientieren … und ich fasse es nicht. Hier gibt es zehn Stockwerke.

Zehn Stockwerke. *Zehn*.

Wie vom Donner gerührt betrachte ich die Liste. Ich komme mir vor wie ein Kind, das sich in einer Schokoladenfabrik ein Bonbon aussuchen darf. Wo soll ich anfangen? Wie soll ich vorgehen? Oben anfangen? Unten anfangen? Oh, mein Gott, die vielen Namen, die mir ins Auge springen, die mich rufen … Anna Sui. Calvin Klein. Kate Spade. Kiehl. Ich glaube, ich muss hyperventilieren.

»Entschuldigen Sie bitte?«, unterbricht eine Stimme mich in meinen Gedanken. Ich blicke auf und sehe mich einer lächelnden Frau mit einem Saks-Namensschild gegenüber. »Kann ich Ihnen behilflich sein?«

»Äh … ja«, sage ich und starre wieder auf den Übersichtsplan. »Ich versuche mir gerade zu überlegen, wo ich anfangen soll.«

»Was interessiert Sie denn? Kleidung? Accessoires? Schuhe?«

»Ja«, sage ich benommen. »Beides. Alles. Ähm … eine Tasche«, sage ich auf gut Glück. »Ich brauche eine neue Tasche.«

Und das stimmt auch. Ich habe zwar Taschen aus England dabei – aber eine neue Tasche kann man schließlich immer gebrauchen. Und außerdem ist mir aufgefallen, dass die Frauen in Manhattan alle so schicke Designertaschen haben – eine neue Tasche wäre also eine geeignete Maßnahme, um mich zu akklimatisieren.

Die Frau lächelt mich ausgesprochen sympathisch an. »Taschen und Accessoires gibt es dort«, sagt sie und zeigt in die entsprechende Richtung. »Da könnten Sie vielleicht anfangen und sich dann nach und nach hocharbeiten?«

»Ja«, sage ich. »Genau das mache ich. Danke!«

Ich *liebe* es, im Ausland einzukaufen! Natürlich macht Einkaufen überall Spaß – aber Shopping im Ausland hat doch ganz klare Vorteile:

1. Man kann Sachen kaufen, die es in England nicht gibt.
2. Man kann ein bisschen damit angeben, wenn man wieder zu Hause ist. (»Das? Ach, das habe ich aus New York mitgebracht.«)
3. Ausländisches Geld zählt nicht, und darum kann man ausgeben so viel man will.

Okay, schon gut, der letzte Punkt stimmt nicht ganz. Natürlich weiß auch ich, dass der Dollar richtiges Geld ist und auch wirklich etwas wert ist. Aber jetzt gucken Sie sich das Geld doch mal an. Das kann man einfach nicht ernst nehmen. Ich habe einen ganzen Packen davon in meinem Portemonnaie, ich komme mir ja vor, als würde ich die komplette Monopoly-Bank mit mir herumschleppen. Gestern habe ich mir an einem Kiosk ein paar Zeitschriften gekauft, und als ich dem Verkäufer einen Zwanzig-Dollar-Schein reichte, kam ich mir vor wie beim Kaufmannsladenspielen. Das muss eine besondere Art von Jetlag sein – man bewegt sich in einer anderen Währung und hat plötzlich das Gefühl, überhaupt nichts auszugeben.

Ich streife also durch die Taschenabteilung, hänge mir eine Tasche nach der anderen über die Schulter und achte im Grunde überhaupt nicht auf die Preise. Ab und zu drehe ich mal ein Preisschild um und unternehme einen eher halbherzigen Versuch auszurechnen, wie viel das in echtem Geld wäre – aber ich muss gestehen, dass ich den genauen Wechselkurs vergessen habe. Und selbst wenn ich ihn noch wüsste – Kopfrechnen war noch nie meine Stärke.

Aber das ist auch egal. Ich brauche mir keine Sorgen

zu machen, weil ich schließlich in Amerika bin, und wie jedermann weiß, ist in Amerika alles wahnsinnig billig. Ich kann also prinzipiell davon ausgehen, dass alles, was ich kaufe, ein echtes Schnäppchen ist. Nun sehen Sie sich nur mal die vielen Designerhandtaschen an. Die kosten hier bestimmt nur halb so viel wie in England, wenn nicht noch weniger!

Ich entscheide mich für eine wunderschöne, gelbbraune Ledertasche von Kate Spade und bringe sie zur Kasse. Sie kostet 500 Dollar, das hört sich ganz schön viel an – aber »eine Million Lire« hört sich auch viel an, oder? Und das sind nur ungefähr 50 Pence.

Als die Verkäuferin mir den Bon reicht, sagt sie irgendetwas von »Geschenk«, und ich strahle sie glücklich an und sage:

»Das ist absolut geschenkt! Also, in London würde sie wahrscheinlich doppelt so viel kosten …«

»Gina, gehst du nach oben?«, unterbricht mich die Frau, um eine Kollegin anzusprechen. »Gina begleitet Sie in den siebten Stock«, lächelt sie mich an.

»Gut«, sage ich leicht verwirrt. »Ja … okay.«

Gina winkt mich zu sich, und nach kurzem Zögern folge ich ihr und frage mich, was es wohl mit dem siebten Stock auf sich hat. Vielleicht gibt es da eine Lounge für Kate-Spade-Kundinnen, in der gratis Sekt ausgeschenkt wird oder so!

Erst als wir uns einer Abteilung mit dem Schild »Hier wird Ihr Geschenk verpackt« nähern, wird mir klar, worum es geht. Als ich was von »geschenkt« gefaselt habe, hat die Verkäuferin wohl gedacht, dass die Tasche ein Geschenk sein soll.

»Da wären wir«, sagt Gina beschwingt. »Die Schachtel mit dem Saks-Schriftzug ist gratis. Sie können aber auch aus unserem breiten Angebot von erstklassigem Geschenkpapier und -band auswählen.«

»Toll!«, sage ich. »Danke. Obwohl ich ja eigentlich gar nicht vorhatte ...«

Aber da ist Gina auch schon wieder verschwunden, und die beiden Damen hinter der Geschenkpacktheke lächeln mich aufmunternd an.

Ach, ist das wieder peinlich. Was mache ich denn jetzt?

»Haben Sie sich schon für ein Papier entschieden?«, fragt mich die ältere der beiden Damen mit einem strahlenden Lächeln. »Wir haben die unterschiedlichsten Bänder und andere Geschenkdekoration.«

Ach, was soll's. Ich lasse sie einpacken. Kostet ja nur 7,50 Dollar – und dann habe ich wenigstens etwas auszupacken, wenn ich ins Hotel zurückkomme.

»Ja!«, sage ich und strahle zurück. »Ich hätte gern das silberne Papier da. Und lila Geschenkband, bitte. Und einige von diesen silbernen Beeren dort.«

Die Dame nimmt einen Bogen von dem gewünschten Papier und packt in Windeseile und mit unglaublichem Geschick meine Tasche ein. So schön habe ich noch nie etwas eingepackt. Das macht ja richtig Spaß, das hier. Vielleicht sollte ich meine Einkäufe von jetzt an immer als Geschenk verpacken lassen.

»Für wen ist es?«, erkundigt sich die Dame, nachdem sie ein Geschenkanhängerkärtchen aufgeklappt und einen silbernen Stift zur Hand genommen hat.

»Ähm ... für Becky«, sage ich etwas zerstreut, da soeben ein paar Mädels im Geschenkepackraum aufgetaucht sind, deren Gespräch mich leicht ablenkt.

»... fünfzig Prozent billiger ...«

»... Sample Sale ...«

»... Earl Jeans ...«

»Und von wem?«, erkundigt sich die Packdame freundlich.

»Ähm ... von Becky«, sage ich, ohne nachzudenken. Die Packdame sieht mich reichlich misstrauisch an, und auf einmal wird mir klar, was ich gesagt habe. »Eine ... eine andere Becky«, füge ich verlegen hinzu.

»... Sample Sale ...«

»... Alexander McQueen, hellblau achtzig Prozent billiger ...«

»... Sample Sale ...«

»... Sample Sale ...«

Das halte ich nicht länger aus!

»Entschuldigen Sie bitte«, sage ich und drehe mich zu den Mädels um. »Ich wollte Sie nicht belauschen, aber – darf ich Sie etwas fragen? Was ist ein Sample Sale?«

Mit einem Mal ist es in der ganzen Geschenkeinpackabteilung mucksmäuschenstill. Alle sehen mich an, sogar die Dame mit dem silbernen Stift.

»Sie wissen nicht, was ein Sample Sale ist?«, fragt eines der Mädels in Lederjacke und klingt dabei, als hätte ich gerade gestanden, Analphabetin zu sein.

»Ähm ... nein«, gebe ich zu und erröte. »Nein, ich ... weiß es nicht.« Das Mädel zieht die Augenbrauen hoch, fasst in ihre Handtasche, wühlt darin herum und zieht schließlich eine Karte heraus. »*Das* ist ein Sample Sale.«

Ich nehme die Karte, und während ich sie lese, fängt meine Haut vor Aufregung an zu prickeln.

SAMPLE SALE
Designerkleidung, 50–70 % reduziert
Ralph Lauren, Comme des Garçons, Gucci
Taschen, Schuhe, Strümpfe, 40–60 % reduziert
Prada, Fendi, Lagerfeld

»Ist das echt?«, keuche ich, als ich zu Ende gelesen habe. »Ich meine, könnte … könnte *ich* da auch hingehen?«

»Ja, klar«, sagt das Mädel. »Das ist echt. Und nur heute.«

»Nur heute?« Mein Herz fängt panisch an zu klopfen. »Nur einen Tag?«

»Nur einen Tag«, bestätigt sie mir bierernst. Ich sehe zu ihren Freundinnen, die eifrig nicken.

»Sample Sales finden ohne große Vorwarnung statt«, erläutert die eine.

»Und man kann nie wissen, wo. Auf einmal sind sie da, von einem Tag auf den anderen.«

»Und dann sind sie wieder weg. Verschwunden.«

»Und dann muss man auf den nächsten warten.«

Völlig fasziniert sehe ich von einem Gesicht in das andere. Ich komme mir vor wie eine Forscherin, die etwas über einen rätselhaften Nomadenstamm lernt.

»Also, wenn Sie da noch was abkriegen wollen«, sagt das Mädel in der Lederjacke, tippt auf die Karte und holt mich damit in die Realität zurück, »sollten Sie sich beeilen.«

So schnell war ich noch nie aus einem Laden heraus. Ich umklammere meine Saks-Fifth-Avenue-Tüte, winke ein Taxi heran, lese dem Fahrer atemlos die Adresse auf der Karte vor und lehne mich dann im Sitz zurück.

Ich weiß nicht, wohin wir fahren oder an welchen Wahrzeichen wir vorbeikommen – aber das ist mir auch egal. Solange irgendwo ein Ausverkauf für Designerklamotten stattfindet, ist das alles, was ich wissen muss.

Das Taxi hält, ich bezahle und gebe dem Fahrer ungefähr 50 Prozent Trinkgeld, damit er nicht denkt, ich sei irgendeine geizige englische Touristin. Dann steige ich mit Herzklopfen aus. Doch ich muss gestehen, dass der erste Eindruck nicht besonders viel versprechend ist. Ich stehe in einer Straße mit lauter langweiligen Ladenfronten und Bürogebäuden. Auf der Karte stand, der Sample Sale findet in der Nummer 405 statt, aber als ich die Nummer 405 erreiche, entpuppt sich auch die als ein Bürogebäude. Bin ich denn hier völlig falsch? Ich spaziere ein bisschen die Straße entlang, betrachte die Gebäude – aber ich kann keinen Hinweis auf diesen Sample Sale entdecken. Ich weiß nicht mal, in welchem Stadtteil ich bin.

Auf einmal ist irgendwie die Luft raus, und ich komme mir richtig blöd vor. Eigentlich wollte ich an einem richtig netten, organisierten Stadtrundgang teilnehmen – und was mache ich stattdessen? Ich bin Hals über Kopf in irgendein mir völlig unbekanntes Viertel gefahren, wo ich bestimmt gleich überfallen werde. Wetten, dass diese ganze Sache mit dem Sample Sale ein einziger Beschiss ist?, denke ich sauer. Mal im Ernst: Designerklamotten 70 Prozent reduziert? Das hätte ich mir wirklich gleich denken können, dass das zu schön ist, um …

Moment. *Kleinen* Moment mal eben.

Da hält nämlich schon wieder ein Taxi. Die Tür geht auf, und eine junge Frau in einem Miu-Miu-Kleid steigt aus. Sie guckt auf einen Zettel, geht zielstrebig über den Gehsteig und verschwindet durch die Tür zur Nummer 405. Kurz darauf kommen noch zwei Mädels die Straße entlang – und gehen ebenfalls in die Nummer 405.

Vielleicht bin ich *doch* richtig hier.

Ich drücke die Glastür auf, finde mich in einem schäbigen Foyer mit Plastikstühlen wieder und nicke dem Concierge an seinem Tisch nervös zu.

»Ähm... Entschuldigen Sie bitte«, spreche ich ihn höflich an. »Ich suche den...«

»Zwölfter Stock«, sagt er gelangweilt. »Aufzüge sind dahinten.«

Ich eile in die angezeigte Richtung, lasse einen der etwas betagten Aufzüge kommen und drücke auf die 12. Langsam knarrt und quietscht der Lift nach oben – und je mehr ich mich dem 12. Stock nähere, desto lauter höre ich Stimmengewirr. Der Fahrstuhl macht »Ping!«, die Türen öffnen sich und... Oh Gott! Ist das die *Schlange*?

Eine schier endlose Reihe wartender Frauen staut sich vor der Tür am Ende des Flurs. Alle drücken nach vorne, und alle haben den gleichen dringenden Blick. Hin und wieder kommt jemand mit einer Einkaufstüte in der Hand aus der Tür heraus – und sofort drängen sich etwa drei neue Kundinnen hinein. Gerade in dem Moment, als ich mich brav hinten anstelle, höre ich es klappern, und als ich mich danach umdrehe, sehe ich, dass eine Frau nur wenige Meter hinter mir eine Tür aufgeschlossen hat.

»Sie können auch hier hereinkommen«, ruft sie. »Hier ist auch ein Eingang!«

Die ganze Reihe vor mir wirbelt herum, atmet gleichzeitig erfreut ein – und stürzt dann wie eine Flutwelle auf mich zu. Ich rase auf die Tür zu, um nicht begraben zu werden – und finde mich leicht überwältigt mitten im Sample Sale wieder, während alle anderen sich schon zielstrebig auf die Regale stürzen.

Ich versuche mich zu orientieren. Überall hängen Klamotten, Tische verschwinden unter Taschen und Schuhen und Tüchern und jungen Frauen, die all das durchwühlen. Ich sichte Stricksachen von Ralph Lauren… einen ganzen Kleiderständer voll mit tollen Mänteln… einen Haufen Prada-Taschen… Hey, das hier ist ein wahr gewordener Traum!

Die Stimmen um mich herum sind schrill und aufgeregt, und ich schnappe so einige Gesprächsfetzen auf.

»Den muss ich haben«, sagt ein Mädchen, das sich einen Mantel anhält. »Den *muss* ich einfach haben.«

»Okay, weißt du was? Die 450 Dollar, die ich heute ausgebe, lasse ich mir einfach auf meine Hypothek draufschlagen«, sagt eine andere zu ihrer Freundin, als sie mit Einkaufstüten beladen zur Tür hinausgehen. »Ich meine, was sind schon 450 Dollar verteilt auf dreißig Jahre?«

»Hundert Prozent Kaschmir!«, kreischt wieder eine andere. »Hast du das gesehen? Und nur 50 Dollar! Davon nehme ich gleich drei.«

Ich sehe mich in dem hellen, mit Menschen voll gestopften Raum um. Ich beobachte Mädchen dabei, wie sie hin und her laufen, die Waren anfassen, Tücher anprobieren, sich zahllose schöne neue Sachen über die

Arme hängen. Und mich durchströmt eine wohlige Wärme, als mir klar wird: Dies ist mein Volk. Hier gehöre ich her. Das ist meine Heimat.

Stunden später komme ich völlig high ins Four Seasons zurück. Ich bin beladen mit einer Unzahl von Einkaufstüten und kann Ihnen gar nicht sagen, was für unglaubliche Schnäppchen ich gemacht habe. Einen atemberaubenden buttermilchfarbenen Ledermantel, der mir zwar ein kleines bisschen eng ist, aber bestimmt richtig gut passt, wenn ich erst mal ein paar Kilo abgenommen habe. (Und abgesehen davon gibt Leder ja nach.) Außerdem ein wahnsinnstolles bedrucktes Chiffontop, silberne Schuhe und ein Portemonnaie! Und das alles für schlappe 500 Dollar!

Doch damit nicht genug! Ich habe auch noch ein supernettes Mädchen namens Jodie kennengelernt, das mir von einer Website erzählt hat, die täglich über solche Veranstaltungen informiert. Täglich! Stellen Sie sich das mal vor! Da tun sich einem ja unbegrenzte Möglichkeiten auf! Man könnte sein ganzes Leben nichts anderes tun als zu Sample Sales zu gehen!

Na ja, Sie wissen schon. Theoretisch.

Ich gehe auf unser Zimmer, wo Luke am Schreibtisch sitzt und irgendwelche Unterlagen studiert.

»Hi!«, sage ich ganz außer Atem und lade die Tüten auf dem Bett ab. »Kann ich mal eben deinen Laptop benutzen?«

»Ja, klar«, sagt Luke. »Hier.« Er reicht mir seinen Laptop, und ich mache es mir damit auf dem Bett bequem. Ich klappe den Laptop auf, werfe einen Blick auf den

Zettel, den Jodie mir gegeben hat, und gebe die Web-Adresse ein.

»Na, schönen Tag gehabt?«, fragt Luke.

»Super!«, sage ich und tippe ungeduldig auf der Tastatur herum. »Ach, guck doch mal in die blaue Tüte! Ich habe dir ein paar total schöne Hemden gekauft!«

»Hast du dich mit der Stadt anfreunden können?«

»Ja, ich glaube schon. Ich meine, ich bin noch nicht so lange hier …« Stirnrunzelnd blicke ich auf den Bildschirm. »Nun komm schon!«

»Aber du bist nicht vollkommen überwältigt?«

»Hmm … eigentlich nicht«, sage ich geistesabwesend. Aha! Jetzt tut sich etwas auf dem Bildschirm. Ganz oben baut sich eine Reihe kleiner Bonbons auf, und darunter Logos, in denen steht *Das macht Spaß. Das ist Mode. Das ist New York City.* Die Daily-Candy-Home-Page!

Ich klicke auf »Newsletter abonnieren« und gebe flugs meine E-Mail-Adresse ein, als Luke aufsteht und mit besorgter Miene auf mich zukommt.

»Jetzt erzähl doch mal, Becky«, sagt er. »Dir muss das doch alles ziemlich fremd und abschreckend vorkommen. Ich weiß, dass man sich nicht am ersten Tag eingewöhnen kann. Aber du hast ja immerhin einen ersten Eindruck gewonnen. Was meinst du? Könntest du dich an New York gewöhnen? Könntest du dir vorstellen, hier zu leben?«

Mit einer schwungvollen Bewegung gebe ich den letzten Buchstaben ein, klicke auf ABSCHICKEN und sehe Luke nachdenklich an.

»Weißt du was? Ich glaube schon.«

HOWSKI AND FORLANO
RECHTSANWÄLTE FÜR EINWANDERUNGSANGELEGENHEITEN
568 E 56th St.
NEW YORK

Miss Rebecca Bloomwood
Flat 2
4 Burney Rd.
London SW6 8FD

28. September 2000

Sehr geehrte Miss Bloomwood!

Wir danken für die Zusendung der ausgefüllten Einwanderungsantragsformulare. Bei genauerem Durchsehen haben sich jedoch noch einige Fragen ergeben:

So schreiben Sie unter B69 (»besondere Begabungen«): »In Chemie bin ich ein Ass, da können Sie jeden in Oxford fragen.« Wir haben uns erlaubt, mit dem Vizekanzler der Universität Oxford Kontakt aufzunehmen, der mit Ihrer Arbeit überhaupt nicht bekannt war.

Auch der Weitsprungtrainer der britischen Olympiamannschaft schien überfragt zu sein.

Anbei einer neuer Satz Antragsformulare mit der Bitte, diese noch einmal auszufüllen.

Mit freundlichen Grüßen,

Edgar Forlano
Rechtsanwalt

NEUN

Die beiden nächsten Tage verbringe ich damit, die Sehenswürdigkeiten und Atmosphäre New Yorks in mich aufzusaugen. Und einige davon sind wirklich Ehrfurcht gebietend. Bei Bloomingdale zum Beispiel gibt es eine eigene Schokoladenfabrik! Und es gibt ein ganzes Stadtviertel nur mit Schuhgeschäften!

Ich finde das alles so aufregend, dass ich fast vergesse, warum ich eigentlich hier bin. Aber dann wache ich am Mittwochmorgen auf – und habe so ein ähnliches Gefühl wie vor einem Zahnarztbesuch. Heute habe ich mein erstes Date mit zwei wichtigen Fernsehleuten von HLBC. O Gott. Ich glaube, ich kriege es mit der Angst.

Luke muss früh weg, da er sich mit jemandem zum Frühstück trifft. Ich liege also allein im Bett, schlürfe meinen Kaffee und knabbere an einem Croissant, während ich mir immer wieder einrede, bloß nicht nervös zu werden. Das Wichtigste ist, nicht in Panik zu verfallen, sondern ruhig und cool zu bleiben. Luke hat mir immer wieder gesagt, dass es sich bei diesem Treffen nicht um ein Bewerbungsgespräch handelt, sondern um einen ersten Kontakt. Er hat es einen »Kennenlern-Lunch« genannt.

Und das ist an sich ja auch völlig in Ordnung – aber

will ich denn wirklich, dass die mich kennenlernen? Ehrlich gesagt, halte ich das für keine tolle Idee. Ich bin mir nämlich ziemlich sicher, dass sich meine Aussichten auf einen Job in Wohlgefallen auflösten, wenn diese Leute mich tatsächlich richtig kennenlernen würden (das heißt, wenn sie Gedanken lesen könnten oder so).

Ich verbringe den ganzen Vormittag auf unserem Zimmer, versuche das *Wall Street Journal* zu lesen und CNN zu gucken – aber davon werde ich noch nervöser. Die amerikanischen Fernsehmoderatoren sind alle so aalglatt und perfekt. Sie verhaspeln sich nie, machen nie Witze und wissen einfach alles. Zum Beispiel, wer der irakische Wirtschaftsminister ist, und welche Auswirkungen die Erderwärmung auf Peru hat. Und ich sitze hier und bilde mir ein, das auch zu können. Ich muss verrückt sein.

Und dann habe ich da noch ein Problem: Ich habe seit Jahren kein richtiges Bewerbungsgespräch führen müssen. Die Leute von *Morning Coffee* haben komplett darauf verzichtet, da bin ich einfach so reingerutscht. Und um an meinen alten Job bei *Successful Saving* heranzukommen, habe ich mich nur mal nett mit dem Herausgeber, Philip, unterhalten, der mich ohnehin schon von diversen Pressekonferenzen kannte. Darum ist die Vorstellung, bei zwei völlig Fremden auf Anhieb einen guten Eindruck hinterlassen zu müssen, ziemlich unangenehm.

»Sei einfach du selbst«, sagt Luke immer wieder. Aber mal im Ernst, das ist doch lächerlich! Das weiß doch jeder, dass der Witz an einem Bewerbungsgespräch der ist, sich eben nicht für den auszugeben, der man ist, sondern für den, den die Interviewer für den Job suchen. So etwas nennt man »strategisches Führen von Bewerbungsgesprächen«.

Als ich das Restaurant erreiche, in dem wir uns treffen, würde ich am liebsten weglaufen, den ganzen Kram hinschmeißen und mir stattdessen ein schönes Paar Schuhe kaufen. Aber ich kann nicht. Ich muss da jetzt durch.

Und das ist überhaupt das Allerschlimmste: Mir ist nämlich nur deshalb so flau im Magen und meine Hände sind nur deshalb so feucht, weil mir das hier wirklich wichtig ist. Ich kann mir ausnahmsweise nicht einreden, dass es mir egal ist. Denn das ist es nicht. Wenn ich in New York keinen Job bekomme, kann ich nicht nach New York ziehen. Wenn ich dieses Bewerbungsgespräch jetzt in den Sand setze und sich herumspricht, dass ich unmöglich bin – dann war's das. O Gott. O Gott …

Gut, immer mit der Ruhe, schärfe ich mir ein. Ich kann es. Ich kann das hier. Und hinterher gönne ich mir eine kleine Belohnung. Daily Candy hat mir heute Morgen eine E-Mail geschickt, in der stand, dass in diesem Make-up-Tempel namens Sephora in SoHo heute bis vier Uhr eine spezielle Promotionaktion stattfindet. Jede Kundin bekommt eine Tüte mit Pröbchen – und wenn man 50 Dollar ausgibt, bekommt man gratis eine Wimperntusche dazu!

Na, sehen Sie, da geht es mir doch gleich viel besser. Allein der Gedanke daran richtet mich auf. Gut, dann mal los. Zeig's ihnen!

Ich zwinge mich, die Tür aufzudrücken, und befinde

mich auf einmal in einem richtig schicken Restaurant, in dem zwischen schwarzem Lack und weißem Leinen bunte Fische in Aquarien herumschwimmen.

»Guten Tag«, begrüßt mich ein komplett in Schwarz gekleideter *Maître d' hôtel.*

»Hallo«, sage ich. »Ich bin hier verabredet mit ...«

Mist, jetzt habe ich doch tatsächlich die Namen der beiden vergessen!

Super, Becky. Das fängt ja toll an. Richtig professionell.

»Ähm ... eine Sekunde bitte«, sage ich und wende mich mit hochrotem Kopf ab. Ich krame in meiner Tasche nach dem Zettel – und da ist er auch schon. Judd Westbrook und Kent Garland.

Kent? Ist das ein Name?

»Meine Name ist Rebecca Bloomwood«, sage ich zum *Maître d' hôtel* und stopfe ganz schnell den Zettel wieder in die Tasche. »Ich bin hier mit Judd Westbrook und Kent Garland von HLBC verabredet.« Er geht eine Liste durch und lächelt dann etwas frostig. »Ah ja. Die Herrschaften sind schon da.«

Ich atme tief durch und folge ihm zu unserem Tisch – und da sitzen sie. Eine blonde Frau in einem beigefarbenen Hosenanzug und ein Adonis in einem tadellosen schwarzen Anzug mit graugrüner Krawatte. Ich unterdrücke den Drang wegzulaufen, schreite mit einem selbstbewussten Lächeln auf sie zu und strecke die Hand aus. Die beiden sehen zu mir auf und sagen einen Moment lang gar nichts – und ich bin mir todsicher, dass ich gegen irgendeine grundlegende Regel der amerikanischen Etikette verstoßen habe. In Amerika gibt man sich doch die Hand, oder? Oder küsst man sich etwa? Oder verneigt man sich?

Doch dann steht die blonde Frau dankenswerterweise auf und schüttelt mir herzlich die Hand.

»Becky!«, sagt sie. »*Toll*, Sie kennenzulernen. Ich bin Kent Garland.«

»Judd Westbrook«, sagt der Mann und sieht mich aus tief liegenden Augen an. »Wir freuen uns sehr, Sie kennenzulernen.«

»Danke, gleichfalls«, gebe ich zurück. »Und vielen Dank für die wunderschönen Blumen!«

»Nichts zu danken«, sagt Judd und bedeutet mir, mich zu setzen. »Gern geschehen.«

»War uns ein Vergnügen«, pflichtet Kent ihm bei.

Erwartungsvolles Schweigen.

»Na ja, mir … mir ist es auch ein unwahrscheinliches Vergnügen«, beeile ich mich zu sagen. »Es ist wirklich … phänomenal.«

So weit, so gut. Wenn wir einfach damit weitermachen, uns zu sagen, wie schön alles ist, dürfte die Sache gut gehen. Vorsichtig stelle ich meine Tasche zusammen mit der *FT* und dem *Wall Street Journal* auf den Boden. Ich hatte erst überlegt, auch die *South China Morning Post* mitzunehmen, dann aber beschlossen, dass das ein bisschen zu viel des Guten wäre.

»Einen Drink für Sie?«, fragt ein neben mir auftauchender Kellner.

»Ja bitte!«, sage ich und werfe einen Blick auf die Gläser der anderen. Das, was Kent und Judd trinken, sieht wie Gin Tonic aus, da nehme ich doch am besten das Gleiche. »Einen Gin Tonic, bitte.«

Und ehrlich gesagt, kann ich den gut gebrauchen, um mich ein wenig zu entspannen. Als ich die Speisekarte aufklappe, beäugen Judd und Kent mich so aufmerksam und interessiert, als glaubten sie, ich würde jeden Moment Blüten austreiben oder so.

»Wir haben Ihre Bänder gesehen«, eröffnet Kent den ernsten Teil des Gesprächs und lehnt sich nach vorne. »Und wir waren ganz schön beeindruckt.«

»Wirklich?«, sage ich – und ärgere mich dann darüber, so überrascht geklungen zu haben. »Wirklich«, wiederhole ich darum und bemühe mich, dieses Mal ganz cool zu klingen. »Nun ja, ich bin natürlich auch stolz auf die Show …«

»Wie Sie wissen, Rebecca, produzieren wir eine Show, die *Consumer Today* heißt«, sagt Kent. »Im Moment machen wir noch gar nichts zum Thema private Geldangelegenheiten, aber wir würden sehr gern so eine Art von Beratungstelefon einführen, wie Sie es in England machen.« Sie sieht zu Judd, der zustimmend nickt.

»Man merkt Ihnen an, dass Sie mit Begeisterung bei der Sache sind, wenn es um private Geldangelegenheiten geht«, merkt er an.

»Oh«, sage ich verdutzt. »Nun ja …«

»Doch, doch. Sie machen Ihre Arbeit ganz hervorragend«, versichert er mir. »Ich bewundere die Zielsicherheit, mit der Sie Ihr Spezialthema anpacken.«

Zielsicherheit? Spezialthema?

»Wissen Sie, Rebecca, Sie sind ziemlich einzigartig«, sagt Kent. »Sie sind eine junge, umgängliche, charmante Frau mit einem so hohen Sachverstand, und alles, was Sie sagen, klingt so überzeugend …«

»Sie sind ein Segen für jeden, der ein finanzielles Problem hat«, stimmt Judd zu.

»Am meisten bewundern wir ja die Engelsgeduld, mit der Sie mit diesen Leuten umgehen.«

»Und Ihr Einfühlungsvermögen …«

»… Ihre Fähigkeit zu vereinfachen!«, sagt Kent und sieht mich durchdringend an. »Wie kriegen Sie das bloß hin?«

»Ähm … Ach, wissen Sie … Das kommt … ganz von selbst, glaube ich …« Der Kellner stellt einen Drink vor mir ab, und ich schnappe mir dankbar das Glas. »Prost!«, sage ich.

»Prost!«, erwidert Kent. »Können Sie schon bestellen, Rebecca?«

»Ja, natürlich!«, sage ich und überfliege endlich die Karte. »Ich nehme den … ähm, Barsch, bitte. Und einen grünen Salat.« Ich sehe die anderen an. »Wollen wir uns etwas Knoblauchbrot teilen?«

»Ich esse keine Weizenprodukte«, lehnt Judd höflich ab.

»Ach so«, sage ich. »Und … Kent?«

»Ich esse unter der Woche keine Kohlenhydrate«, klärt sie mich freundlich auf. »Aber das muss Sie ja nicht davon abhalten. Schmeckt sicher ausgezeichnet.«

»Nein, schon gut«, sage ich schnell. »Ich nehme einfach nur den Barsch.«

Mann, wie konnte ich bloß so blöd sein? Ist doch klar, dass Manhattanianer kein Knoblauchbrot essen!

»Und zu trinken?«, fragt der Kellner.

»Ähm …« Ich sehe mich auf dem Tisch um. »Ich weiß

nicht. Einen Sauvignon blanc vielleicht? Was nehmen Sie denn?«

»Hört sich gut an«, sagt Kent und lächelt so einnehmend, dass ich erleichtert aufatme. »Ich nehme einfach noch etwas Pellegrino«, fügt sie hinzu und zeigt auf ihr Glas.

»Ich auch«, sagt Judd.

Pellegrino? Die trinken *Pellegrino*?

»Dann nehme ich auch nur ein Wasser«, sage ich schnell. »Ich muss keinen Wein trinken! Das war nur so eine Idee. Wissen Sie …«

»Nein!«, unterbricht Kent mich. »Ich bestehe darauf, dass Sie das trinken, was Sie möchten.« Sie lächelt den Kellner an. »Eine Flasche Sauvignon blanc, bitte. Für unseren Gast.«

»Nein, wirklich …«, sage ich und laufe rot an.

»Rebecca«, sagt Kent und hebt lächelnd die Hand. »Sie sind unser Gast. Und Sie sollen sich wohl fühlen.«

Na toll. Jetzt denkt sie bestimmt, dass ich eine hoffnungslose Alkoholikerin bin. Und dass ich keinen Kennenlern-Lunch überlebe, ohne mir die nötigen Umdrehungen einzuflößen.

Aber gut, egal. Passiert ist passiert. Wird schon schiefgehen. Ich trinke einfach nur ein Glas. Ein Glas, und das war's.

Und das habe ich auch wirklich vor. Ein Glas trinken und dann Schluss.

Das Problem ist nur, dass jedes Mal, wenn ich mein Glas austrinke, ein Kellner vorbeikommt und es wieder auffüllt. Und ich es wieder austrinke. Denn es wäre doch reichlich undankbar, eine ganze Flasche Wein zu bestellen und dann nur ein Glas davon zu trinken, oder?

Und siehe da – am Ende unseres Lunches bin ich ziemlich … Nun ja. Man könnte es »beschwipst« nennen. Oder auch »besoffen«. Aber das ist nicht weiter schlimm, weil wir uns nämlich richtig gut verstehen und ich wahnsinnig geistreich bin (in jeglicher Hinsicht, hihi). Ich habe mich also inzwischen entspannt. Ich habe jede Menge lustiger Geschichten aus dem Leben hinter den Kulissen von *Morning Coffee* zum Besten gegeben, und Kent und Judd haben aufmerksam zugehört und gesagt, das höre sich alles »faszinierend« an.

»Die Briten sind natürlich ganz anders als wir«, sagt Kent nachdenklich, nachdem ich die Anekdote über unseren Kameramann Dave erzählt habe, der eines Tages so rotzbesoffen im Studio auftauchte, dass er während der Aufnahme vornüberkippte und Emma dabei filmte, wie sie in der Nase pulte. Mann, war das lustig. Ich muss jetzt noch kichern, wenn ich daran denke.

»Wir lieben den britischen Humor«, sagt Judd und sieht mich so durchdringend an, als erwarte er, dass ich jetzt einen Witz erzähle.

Gut. Was fällt mir Lustiges ein? Britischer Humor. Ähm … Monty Python? Victor Meldrew?

In dem Augenblick wird der Kaffee serviert. Das heißt, mir wird Kaffee serviert. Kent trinkt English-Breakfast-Tee, und Judd hat dem Kellner höchstpersönlich die Zutaten für irgendein besonders gesundes Gebräu gegeben.

»Ich liebe Tee«, sagt Kent und lächelt mich an. »Der

beruhigt so schön. Und dann diese schönen englischen Traditionen! Ich habe gehört, dass man die Teekanne dreimal im Uhrzeigersinn um sich selbst dreht, um den Teufel fern zu halten. Stimmt das, Rebecca? Oder war es gegen den Uhrzeigersinn?«

Die Teekanne drehen? Was ist das denn für ein Unfug? Davon habe ich ja noch nie gehört!

»Ähm … Lassen Sie mich nachdenken.«

Ich mache ein Gesicht, als wenn ich angestrengt nachdenken würde, und versuche, mich daran zu erinnern, wann ich das letzte Mal Tee aus einer Kanne getrunken habe. Doch das Einzige, das vor meinem inneren Auge auftaucht, ist Suze, wie sie einen Teebeutel in eine Tasse hängt, während sie gleichzeitig mit den Zähnen ein KitKat aufreißt.

»Ich glaube, gegen den Uhrzeigersinn«, sage ich schließlich. »Weil es doch diese alte Redensart gibt: ›Der Teufel kriecht gern um die Uhr … doch rückwärts geht er nie.‹«

Was erzähle ich da eigentlich für einen Blödsinn? Und warum rede ich plötzlich mit schottischem Akzent?

O Gott, ich habe zu viel getrunken.

»Faszinierend!«, sagt Kent und trinkt einen Schluck Tee. »Ich liebe diese putzigen alten britischen Bräuche! Kennen Sie noch mehr?«

»Ja, natürlich!«, sage ich fröhlich. »Jede Menge!«

Hör auf, Becky. Hör jetzt sofort auf.

»Es gibt da zum Beispiel diesen sehr alten Brauch, bei dem man … bei dem man … das Teegebäck dreht.«

»Ach ja?«, sagt Kent. »Davon habe ich noch nie gehört.«

»Ja, ja«, plappere ich fröhlich weiter. »Das geht so: Man nimmt sein Tee...brötchen...« Ich erleichtere einen vorbeikommenden Kellner um ein Brötchen. »Und dann... lässt man es über seinem Kopf kreisen... so. Und dann... sagt man einen kleinen Reim auf...«

Mir fallen ein paar Krümel auf den Kopf, und da mir ohnehin nichts einfällt, das sich auf »Teebrötchen« reimt, nehme ich das Ersatzbrötchen wieder herunter und trinke einen Schluck Kaffee. »Der Brauch stammt aus Cornwall«, füge ich erläuternd hinzu.

»Ach ja?« Judd reagiert erstaunt-interessiert. »Meine Großmutter stammt aus Cornwall. Da muss ich sie doch direkt mal fragen.«

»Also, aus einigen ganz bestimmten Gegenden in Cornwall«, schränke ich ein. »Aus den spitzen Gegenden.«

Judd und Kent sehen sich verwirrt an – und dann fangen beide schallend an zu lachen.

»Die Briten und ihr Humor!«, sagt Kent. »Richtig erfrischend!«

Ich weiß kurzfristig nicht, wie ich darauf reagieren soll – und dann lache ich einfach mit. Mann, ist das cool. Wir verstehen uns ja wirklich oberknorke. Dann fängt Kent an zu strahlen.

»Ach, Rebecca, das hätte ich fast vergessen! Ich habe da etwas ganz Besonderes für Sie. Ich weiß ja nicht, was Sie heute Nachmittag vorhaben, aber ich habe eine ganz besondere Einladung... zu...«

Um die Spannung zu steigern, hält sie breit lächelnd inne, und ich starre sie wie gebannt an. Zu einem exklusiven Gucci-Sample-Sale! Bestimmt!

»… der Jahreskonferenz des Finanzverbands!«, verkündet sie stolz.

Es verschlägt mir vorübergehend die Sprache.

»Wirklich?«, sage ich schließlich und mit etwas höherer Stimme als sonst. »Sie … Sie machen Witze!«

Wie rette ich mich aus diesem Schlamassel? Wie?

»Sehen Sie«, freut Kent sich, »das hatte ich mir gedacht, dass Sie sich freuen würden. Wenn Sie also heute Nachmittag noch nichts anderes vorhaben …«

Ich *habe* schon etwas vor!, möchte ich schreien. Ich will mir bei Sephora eine gratis Wimperntusche abholen!

»Es werden einige hochkarätige Redner erwartet«, erläutert Judd. »Bert Frankel zum Beispiel.«

»Wirklich?«, sage ich. »Bert Frankel!«

Bert Frankel? Noch nie gehört.

»Ich habe die Einladung hier«, sagt Kent und greift nach ihrer Tasche.

»Ach, wie schade aber auch!«, höre ich mich ausrufen. »Heute Nachmittag wollte ich nämlich … ins Guggenheim Museum gehen.«

Puh! Gegen Kultur kann keiner was sagen!

»Ach, ja?« Kent sieht enttäuscht aus. »Können Sie das nicht verschieben?«

»Nein, leider nicht«, sage ich. »Es geht mir nämlich um ein ganz bestimmtes Ausstellungsstück, das ich schon sehen will, seit … seit ich sechs war.«

»Wirklich?«, fragt Kent mit geweiteten Augen.

»Ja«, entgegne ich und beuge mich ganz ernst vor. »Seit ich ein Foto davon im Kunstbuch meiner Großmutter gesehen habe. Seitdem habe ich mir nichts sehnlicher gewünscht, als mal nach New York City zu reisen und dieses Kunstwerk in natura zu sehen. Und jetzt bin ich hier und … jetzt muss ich es einfach sehen. Ich hoffe, Sie verstehen das …«

»Ja, natürlich!«, sagt Kent. »Natürlich verstehen wir das. Eine rührende Geschichte!« Sie und Judd wechseln beeindruckte Blicke, und ich lächle bescheiden. »Um was für ein Kunstwerk handelt es sich denn?«

Ich starre sie an, ohne mein Lächeln aufzugeben. Okay, schnell. Denk nach! Guggenheim. Moderne Malerei? Plastiken?

Ich tendiere zu moderner Malerei. Wenn ich doch bloß jemanden anrufen könnte. Oder das Publikum fragen.

»Ach, wissen Sie … das möchte ich lieber nicht verraten«, sage ich schließlich. »Ich finde, der Kunstgeschmack eines jeden ist doch eine sehr … intime Angelegenheit.«

»Oh.« Kent sieht etwas überrascht aus. »Entschuldigung, ich wollte Ihnen nicht zu nahe treten …«

»Kent«, sagt Judd und sieht schon wieder auf die Uhr. »Wir müssen jetzt wirklich …«

»Ja, ja.« Kent trinkt noch einen Schluck Tee und steht dann auf. »Tut mir leid, Rebecca, aber wir haben um halb drei den nächsten Termin. Hat mich sehr gefreut, Sie kennenzulernen!«

»Danke«, sage ich. »Kein Problem!«

Ich rapple mich auf und folge den beiden aus dem Restaurant. Als ich am Weinkühler vorbeikomme, fällt mir mit Schrecken auf, dass ich fast die ganze Flasche getrunken haben. Wie peinlich. Aber ich glaube, das hat niemand mitbekommen.

Draußen vor dem Restaurant winkt Judd ein Taxi für mich heran.

»Es war mir eine Freude, Sie kennengelernt zu haben, Rebecca«, sagt er. »Wir werden uns mit dem Chef der Produktionsabteilung austauschen und … Sie hören von uns! Viel Spaß im Guggenheim!«

»Danke!«, sage ich und schüttle ihnen die Hände. »Werde ich haben. Und vielen, vielen Dank!«

Ich warte darauf, dass sie sich entfernen – aber Kent und Judd bleiben stehen und warten darauf, dass *ich* abfahre. Also steige ich etwas unsicher in das Taxi ein, lehne mich nach vorn zum Fahrer und sage laut und deutlich »Zum Guggenheim Museum, bitte«.

Das Taxi rauscht los, und ich winke Judd und Kent fröhlich zu, bis ich sie nicht mehr sehe. Na, das ist doch richtig gut gelaufen. Bis auf die Anekdote von Rory und dem Blindenhund vielleicht. Und dass ich auf dem Weg zum Klo gestolpert bin, war möglicherweise auch nicht so smart. Aber mein Gott, das kann doch jedem mal passieren.

Ich warte sicherheitshalber noch, bis wir ein oder zwei Blocks weitergefahren sind – dann wende ich mich wieder an den Fahrer.

»Entschuldigen Sie bitte«, sage ich. »Ich habe es mir anders überlegt. Ich möchte lieber nach SoHo.«

Der Fahrer dreht sich um und runzelt missbilligend die Stirn.

»Sie möchten nach SoHo?«, fragt er. »Und was ist mit dem Guggenheim?«

»Ähm … da gehe ich später hin.«

»Später?«, fragt der Fahrer. »Aber für das Guggenheim muss man sich Zeit nehmen. Das Guggenheim ist ein ganz tolles Museum. Picasso. Kandinsky. Darf man sich nicht entgehen lassen.«

»Werde ich auch nicht! Bestimmt nicht, versprochen. Aber jetzt möchte ich gerne nach SoHo. Bitte.«

Der Fahrer schweigt.

»Na gut«, sagt er dann und schüttelt den Kopf. »Na, gut.« Er wendet mitten auf der Straße und fährt in entgegengesetzter Richtung weiter. Ich sehe auf die Uhr: 14:40 Uhr. Massenweise Zeit. Perfekt.

Ich lehne mich beglückt zurück und freue mich über das bisschen blauen Himmel, das ich durch die Autoscheibe sehe. Ist das nicht toll? In einem gelben Taxi durch die Straßen zu sausen, während die Sonne die Wolkenkratzer anstrahlt und ich weinselig lächle. Ich habe wirklich das Gefühl, dass ich mich an New York gewöhne. Gut, ich weiß, ich bin erst seit drei Tagen hier, aber ich fühle mich schon richtig zu Hause. Sogar mit der Sprache habe ich mich bereits angefreundet. Gestern zum Beispiel habe ich ohne nachzudenken »Gym« statt »Fitnessstudio« gesagt. Und der »Sample Sale« gehört ohnehin schon zu meinem aktiven Wortschatz. Wir halten an einem Fußgängerüberweg, und ich versuche zu erspähen, in welcher Straße wir sind – da bleibt mir fast das Herz stehen.

Da sind Judd und Kent. Da, direkt vor uns. Sie gehen über die Straße. Kent redet lebhaft auf Judd ein und Judd nickt. O Gott. O Gott. Ich muss mich verstecken.

Mit klopfendem Herzen lasse ich mich in meinem Sitz nach hinten fallen und will mich hinter dem *Wall Street Journal* verstecken. Aber es ist zu spät. Kent hat mich schon gesehen. Ihr Unterkiefer klappt überrascht auf, dann eilt sie auf das Taxi zu. Sie klopft ans Fenster und redet und gestikuliert wild.

»Rebecca!«, höre ich sie sagen, als ich das Fenster herunterkurbele. »Das Guggenheim ist in der anderen Richtung!«

»Was, wirklich?«, spiele ich die Schockierte. »Oh, mein Gott! Wie konnte das denn passieren?«

»Sagen Sie Ihrem Fahrer, er soll umdrehen! Diese Taxifahrer in New York! Wissen überhaupt nicht Bescheid!« Sie klopft an sein Fenster. »Zum Gug-genheim!«, sagt sie, als würde sie mit einem bescheuerten Kleinkind sprechen. »An der 89th! Nun beeilen Sie sich schon! Diese Frau will seit ihrem sechsten Lebensjahr dahin!«

»Möchten Sie, dass ich zum Guggenheim fahre?«, fragt der Fahrer mich.

»Äh … ja!«, sage ich und weiche seinem Blick aus. »Das, äh … das hatte ich doch gesagt, oder? Zum Guggenheim!«

Der Fahrer flucht leise vor sich und wendet. Ich winke Kent zu, die Gesten wie »Ist das nicht ein hirnamputierter Idiot?« macht.

Wir fahren also wieder gen Norden, und ich wage es mehrere Minuten gar nicht, irgendetwas zu sagen. Aber ich sehe die Straßen an uns vorüberziehen. 34th, 35th,… Es ist gleich drei Uhr, und wir entfernen uns immer weiter von SoHo und Sephora und meiner Gratiswimperntusche …

»Entschuldigen Sie bitte«, sage ich und räuspere mich verlegen. »Also, eigentlich …«

»Was?«, sagt der Fahrer und sieht mich finster an.

»Mir… Mir ist gerade eingefallen, dass ich meiner Tante versprochen hatte, sie zu besuchen. In… in…«

»SoHo. Sie möchten nach SoHo.«

Er sieht mich im Rückspiegel an, und ich nicke verschämt. Dieses Mal wendet er so schwungvoll, dass ich mit dem Kopf an das Fenster stoße.

»Hey, Sie!«, ertönt eine Stimme aus dem Nichts, die mir einen unendlichen Schrecken einjagt. »Aufpassen! Sicherheit geht vor, ja? Also: Anschnallen bitte!«

»Ja, ja«, sage ich reuevoll. »Tut mir leid. Tut mir wirklich leid. Kommt nicht wieder vor.«

Mit zitternden Händen schnalle ich mich an und begegne im Rückspiegel dem Blick des Fahrers.

»Die Ansage kam vom Band«, höhnt er. »Sie sprechen mit einem Kassettenrecorder.«

Das wusste ich bereits.

Dann endlich fahren wir bei Sephora am Broadway vor, und ich drücke dem Fahrer einen ganzen Batzen Dollarscheine in die Hand. (100 Prozent Trinkgeld ist unter den gegebenen Umständen wohl angemessen.) Als ich aussteige, sieht er mich forschend an.

»Haben Sie was getrunken, junge Frau?«

»Nein«, entrüste ich mich. »Ich meine… ja. Aber nur ein bisschen Wein zum Mittagessen…«

Der Taxifahrer schüttelt den Kopf und fährt weg. Ich bewege mich etwas unsicher auf Sephora zu. Ehrlich gesagt, ist mir ein bisschen schwindelig. Und als ich die Tür aufstoße, wird mir noch schwindeliger. O Gott. Das hier ist ja noch viel besser, als ich erwartet hatte.

Musik dröhnt aus versteckten Lautsprechern, Mädchen und Frauen drängeln sich unter dem Licht der Scheinwerfer, und trendige Typen in schwarzen Rollkragenpullis und mit Kopfhörern verteilen die Tüten mit Pröbchen. Völlig benommen sehe ich mich um: Ich habe noch nie so viel Make-up auf einmal gesehen. Tausende von Lippenstiften. Myriaden von Nagellacken. In allen Farben des Regenbogens. Ach, und sehen Sie mal da! Kleine Stühle, auf die man sich setzen kann, um alles auszuprobieren, und kostenlose Wattebäusche und alles! Also, das hier ist… Ich meine, das ist doch himmlisch!

Ich nehme eine der Tüten mit Pröbchen und sehe sie mir an. Auf der Tüte steht ein Slogan, der »Sephoras Versprechen« genannt wird: »Alles, was mit Schönheit zu tun hat, bringt uns einander näher und verleiht dem Leben einen süßen Duft.«

Das ist einmal ein wahres Wort. Und so weise. Geradezu ergreifend. So ergreifend, dass mir Tränen in die Augen steigen.

»Alles in Ordnung, Miss?« Ein Typ mit Kopfhörern sieht mich neugierig an, und ich blicke noch ganz benommen zu ihm auf.

»Ich habe nur gerade Sephoras Versprechen gelesen. Es ist… es ist so schön.«

»Ja… okay«, sagt der Typ und sieht mich unsicher an. »Dann noch einen schönen Tag.«

Ich nicke ihm zu, dann torkle ich auf ein Regal mit kleinen Nagellackflaschen zu, auf deren Etiketten Sachen wie »Cosmic Intelligence« und »Lucid Dream« stehen. Ich betrachte die Auslage und bin ganz ergriffen. Diese Flaschen sprechen zu mir. Sie sagen mir, dass ich mir meine Fingernägel nur mit der richtigen Farbe lackieren muss – und schon ergibt mein ganzes Leben einen Sinn.

Warum wird mir das erst jetzt klar? Warum?

Ich nehme ein Fläschchen Lucid Dream und lege es in meinen Korb. Dann schlendere ich in den hinteren Teil des Ladens, wo ich ein Regal mit dem Schild »Verwöhnen Sie sich – Sie sind es wert« entdecke.

Ich bin es tatsächlich wert, denke ich benebelt. Ich habe mir ein paar Duftkerzen *verdient*. Und einen Reisespiegel. Und etwas Fingernagel-Spachtelmasse, wozu auch immer die gut ist… Während ich so dastehe und meinen Korb fülle, dringt verschwommen ein Klingeln in mein Bewusstsein – und irgendwann kapiere ich endlich, dass das mein Handy ist.

»Hallo?«, sage ich und presse mir das Gerät ans Ohr. »Wer ist da?«

»Hallo, ich bin's«, sagt Luke. »Ich habe gehört, das Mittagessen ist gut gelaufen.«

»Echt?«, frage ich einigermaßen überrascht. »Woher weißt du das?«

»Ich habe gerade mit ein paar Leuten von HLBC gesprochen. Du bist anscheinend ziemlich gut angekommen. Du warst sehr unterhaltsam, haben sie gesagt.«

»Wow!«, sage ich und halte mich schnell am Regal fest, da mir plötzlich wieder schwindelig wird. »Wirklich? Bist du dir sicher?«

»Natürlich. Sie haben gesagt, du seist ganz bezaubernd und so kultiviert… Ich habe gehört, du bist direkt danach mit dem Taxi zum Guggenheim Museum gefahren.«

»Stimmt«, sage ich und nehme einen Tiegel Mandarinen-Lippenbalsam zur Hand. »Bin ich.«

»Ja, ich war selbst ganz fasziniert von der Geschichte über deinen Kindheitstraum«, sagt Luke. »Kent war ganz schön beeindruckt.«

»Wirklich?«, frage ich unsicher nach. »Na, dann ist's ja gut.«

»O ja.« Luke schweigt einen Moment. »Ich finde es nur ein bisschen merkwürdig, dass du das Guggenheim Museum heute Morgen gar nicht erwähnt hast. Beziehungsweise … dass du es überhaupt noch nie erwähnt hast. Ich meine, wenn man bedenkt, dass du dir schon seit deinem sechsten Lebensjahr nichts sehnlicher wünschst, als ins Guggenheim zu gehen.«

Ich kann seine Amüsiertheit heraushören und bin plötzlich ganz nüchtern. Er hat mich bloß angerufen, um mich zu ärgern, oder?

»Ich habe das Guggenheim nie erwähnt?«, spiele ich die Unschuldige und lege den Lippenbalsam in den Korb. »Das ist aber komisch.«

»Ja, nicht?«, sagt Luke. »Äußerst seltsam. Das heißt, du bist jetzt im Guggenheim?«

Mist.

Darauf fällt mir so schnell nichts ein. Ich kann doch nicht zugeben, dass ich schon wieder einkaufen bin! Nicht nachdem Luke mich wegen des so genannten Stadtrundgangs neulich so aufgezogen hat. Gut, ich weiß, zehn Minuten von einem dreistündigen Programm sind nicht besonders viel. Aber ein bisschen habe ich gesehen, oder etwa nicht? Ich meine, ich bin immerhin bis zu Saks gekommen!

»Ja«, sage ich trotzig. »Ja, ich bin jetzt im Guggenheim.«

Und das stimmt ja auch fast. Ich kann schließlich ohne Weiteres dorthin fahren, sobald ich hier fertig bin.

»Toll!«, sagt Luke. »Und was genau siehst du dir gerade an?«

Ach, jetzt hör schon auf!

»Wie bitte?«, sage ich unvermittelt und deutlich lauter. »Ach, Entschuldigung, das wusste ich nicht! Luke, ich muss mein Handy ausschalten. Der … ähm … Wärter hier hat mich gerade darauf hingewiesen. Bis später dann.«

»Um sechs an der Bar im Royalton«, sagt er. »Da lernst du dann meinen neuen Partner Michael kennen. Und du kannst mir erzählen, was du heute so alles erlebt hast.«

ZEHN

Leicht beleidigt packe ich mein Handy wieder weg. Pah. Dem werde ich es schon zeigen. Ich fahre zum Guggenheim. Jetzt sofort. Sobald ich meine Schminksachen gekauft und die Wimperntusche geschenkt bekommen habe.

Ich stopfe meinen Korb bis obenhin voll, eile zur Kasse, unterschreibe unbesehen den Kreditkartenwisch und gehe hinaus auf die belebte Straße. Gut. Jetzt ist es halb vier, das heißt, ich habe noch jede Menge Zeit, in die Kunst und Kultur des Guggenheim Museums einzutauchen. Hervorragend. Ich freue mich richtig drauf.

Ich stehe am Bordstein und will gerade ein Taxi heranwinken, als ich einen traumhaften Laden namens Kates Papeterie entdecke. Ganz unwillkürlich nehme ich die Hand wieder herunter und bewege mich langsam auf das Schaufenster zu. Jetzt sehen Sie sich das an. Marmoriertes Geschenkpapier! Eine Découpage-Schachtel. Und mit Perlen bestricktes Geschenkband!

Also gut, ich springe eben kurz rein und sehe mich ein bisschen um. Fünf Minuten. Höchstens. Und *dann* fahre ich zum Guggenheim.

Ich drücke die Tür auf und bummle gemütlich durch den Laden. Ich bestaune das mit getrockneten Blumen, Bast und Schleifen bezaubernd arrangierte Geschenkpapier, die Fotoalben, die Schachteln mit edlem Briefpapier… Und da! Da gibt es Grußkarten!

Sehen Sie, da haben Sie es. Darum ist New York so toll. Hier gibt es nicht nur langweilige Karten, auf denen »Alles Gute zum Geburtstag« steht. Hier gibt es handgefertigte Kreationen mit Glitzerblumen und witzigen Collagen, auf denen »Herzlichen Glückwunsch zur Adoption von Zwillingen!« oder »Tut mir leid, dass ihr euch getrennt habt!« steht.

Ich bin restlos fasziniert von dem Kartenangebot. Davon *muss* ich einfach ein paar haben. Zum Beispiel die mit dem Pop-Up-Schloss, an dessen Turm eine Fahne mit der Aufschrift »Euer Umbau gefällt mir!« weht. Ich kenne zwar niemanden, der zurzeit umbaut, aber ich kann die Karte ja aufheben, bis meine Mutter endlich den Flur neu tapeziert. Und dann diese hier mit dem künstlichen Gras drauf: »Für den *nettesten* Tennislehrer der Welt.« Nächsten Sommer möchte ich nämlich Tennisunterricht nehmen. Und da will ich mich natürlich mal bei meinem Trainer bedanken!

Ich schnappe mir noch ein paar mehr und gehe dann weiter zu dem Ständer mit Einladungen. Die sind ja noch besser! Da steht nicht einfach nur »Einladung« drauf, sondern zum Beispiel »Wir treffen uns zum Brunch im Club!« oder »Lust auf eine Pizzaparty?«

Ach, wissen Sie was, von denen kaufe ich auch noch ein paar. Das wäre ja kurzsichtig, das nicht zu tun. Ich meine, Suze und ich könnten doch jederzeit eine Pizzaparty geben! Und dann stehen wir doof da, weil wir in England keine passenden Einladungen finden. Die sind so süß, mit lauter kleinen, glitzernden Pizzastücken an der Seite! Ganz vorsichtig lege ich zehn Schachteln Einladungen zu den anderen Karten in meinen Korb. Dann nehme ich noch ein paar Bögen bunt gestreiftes Geschenkpapier mit, dem ich einfach nicht widerstehen kann, und gehe zur Kasse. Während die Verkäuferin alles einscannt, sehe ich mich noch einmal im Laden um und überlege, ob ich irgendetwas vergessen habe – doch als sie die Endsumme ausspricht, zucke ich erschrocken zusammen. So viel? Für die paar Karten?

Ich überlege kurz, ob ich sie wirklich alle brauche. Zum Beispiel die mit »Fröhliches Hanukkah-Fest, Chef!«.

Andererseits – eines Tages werde ich sie brauchen. Und wenn ich erst mal in New York wohne, werde ich mich ohnehin daran gewöhnen müssen, ständig sündhaft teure Karten zu verschicken. Mit anderen Worten, das hier dient wieder nur meiner Akklimatisierung.

Und überhaupt: Was hat man denn von einem schönen neuen Kreditkartenlimit, wenn man es gar nicht ausnutzt? Eben. Und in meinem Budget wird das alles unter »unvermeidbare Geschäftsausgaben« verbucht.

Als ich unterschreibe, bemerke ich hinter einem Ständer mit Visitenkarten eine junge Frau in Jeans und mit Hut, die mir merkwürdig bekannt vorkommt. Ich betrachte sie neugierig – und dann fällt es mir wieder ein.

»Hallo«, sage ich und lächle sie freundlich an. »Haben wir uns nicht neulich bei dem Sample Sale gesehen? Haben Sie was Schönes gefunden?«

Doch statt mir zu antworten, wendet sie sich blitzschnell ab und eilt aus dem Laden, wobei sie mit einer anderen Kundin zusammenstößt und »Tschuldigung« murmelt. Na, so was!? Die hat ja einen britischen Akzent! Also, das ist ja wohl der Gipfel der Unfreundlichkeit! Eine Landsmännin im Ausland derart zu ignorieren! Kein Wunder, dass alle Welt die Briten für stieselig hält.

So. Und jetzt zum Guggenheim Museum. Als ich Kates Papeterie verlasse, fällt mir auf, dass ich gar nicht weiß, in welche Richtung ich muss, und ich bleibe kurz stehen, um zu überlegen, wo wohl Norden ist. Da werde ich von einer Art Blitz geblendet, und ich verziehe das Gesicht und frage mich, ob wohl mit Regen zu rechnen ist. Aber der Himmel ist strahlend blau, und außer mir scheint niemand dieses Blitzen bemerkt zu haben. Hm, vielleicht ist das eins dieser New-York-spezifischen Phänomene – so, wie der dampfende Asphalt.

Egal. Konzentration. Guggenheim.

»Entschuldigen Sie bitte?«, spreche ich eine Passantin an. »Ich welcher Richtung liegt denn das Guggenheim?«

»Da die Straße runter«, sagt sie und zeigt mit ihrem Daumen in eine Richtung.

»Aha«, sage ich leicht verwirrt. »Danke.«

Das kann nicht stimmen. Ich dachte, das Guggenheim sei kilometerweit weg von hier, ganz im Norden beim Central Park. Wie kann es denn dann »da die Straße runter« sein? Die war bestimmt fremd hier. Ich frage noch mal jemand anders.

Wenn die alle nur nicht so schnell laufen würden! Wie soll ich da jemanden ansprechen?

»Hey«, sage ich und fasse einen Herrn im Anzug beim Ärmel. »Das Guggenheim …«

»Da drüben«, bemerkt er knapp, nickt in die gleiche Richtung wie die Frau vorher, und rennt weiter.

Wovon reden die bloß? Kent hat doch gesagt, das Guggenheim Museum sei ganz da oben beim … beim …

Moment mal.

Ich bleibe wie angewurzelt stehen und reiße überrascht die Augen auf.

Das glaube ich nicht. Da ist es ja! Direkt vor mir hängt ein Schild, auf dem in Riesenbuchstaben GUGGENHEIM steht.

Was ist denn hier los? Ist das Guggenheim *umgezogen*? Gibt es zwei Guggenheims?

Ich gehe auf die Eingangstüren zu und stelle fest, dass die Größe der Räumlichkeiten nicht ganz einem Museum entspricht – vielleicht ist das hier nicht das Haupt-Guggenheim. Vielleicht ist das so eine Art Ableger. Ja, genau! Wenn es in London die Tate Britain und die Tate Modern gibt, dann kann es in New York doch wohl das Guggenheim und das Guggenheim SoHo geben!

Guggenheim SoHo. Hört sich echt cool an!

Ich öffne vorsichtig die Tür. Und tatsächlich, drinnen ist alles weiß und sehr geräumig, es steht moderne Kunst auf Sockeln herum, es gibt Sitzmöglichkeiten, und die Leute gehen ganz langsam umher und flüstern nur.

Wissen Sie was? So sollten alle Museen sein. Klein, aber fein, damit man sich nicht völlig erschlagen fühlt, sobald man den Fuß hineinsetzt. Ich meine, diese Ausstellung hier könnte man bestimmt in einer halben Stunde schaffen. Und die Sachen sehen wirklich alle ziemlich interessant aus. Diese roten Würfel in der Glasvitrine da zum Beispiel. Toll! Und der abstrakte Druck da an der Wand. Fantastisch!

Während ich den Druck bewundere, stellt sich ein Pärchen neben mich, betrachtet denselben Druck und murmelt sich zu, wie schön er ist. Dann sagt die Frau ganz ungezwungen zu ihrem Begleiter.

»Wie viel der wohl kostet?«

Ich will mich schon gerade freundlich lächelnd zu ihr umdrehen und sagen »Das will ich auch immer wissen!«, als der Mann zu meinem Erstaunen die Hand ausstreckt und den Druck umdreht. Und was sehe ich? Ein Preisschild!

Ein Preisschild in einem Museum! Das ist ja absolut genial! *Endlich* hat ein fortschrittlicher Geist eingesehen, dass die Leute Kunst nicht nur *angucken* wollen – sie wollen auch wissen, wie viel sie kostet. Meine Rede seit Langem! Ich glaube, ich werde dem Victoria-and-Albert-Museum mal einen freundlichen Brief schreiben und auf das Guggenheim SoHo hinweisen.

Jetzt, wo ich mich etwas genauer umsehe, bemerke ich, dass *alle* Ausstellungsstücke mit einem Preisschild versehen sind. Die roten Würfel in der Vitrine genauso wie der Stuhl da und die … die Schachtel mit Bleistiften.

Das ist aber merkwürdig, eine Schachtel mit Bleistiften im Museum auszustellen. Aber gut, vielleicht ist das Installationskunst. Sie wissen schon, so was wie das ungemachte Bett von Tracey Emin. Ich pirsche mich etwas näher heran – und da sehe ich, dass die Bleistifte mit Schriftzügen bedruckt sind. Ist bestimmt irgendeine tiefsinnige Botschaft über Kunst oder das Leben an sich … Ich beuge mich über die Schachtel und lese: »Guggenheim Museum Store.«

Was?

Ist das hier …

Ich richte mich wieder auf und schaue mich perplex um.

Bin ich hier etwa in einem *Laden*?

Jetzt auf einmal sehe ich Sachen, die ich vorher nicht gesehen hatte. Zum Beispiel die beiden Kassen auf der anderen Seite des Raumes. Und Leute, die mit Einkaufstüten in der Hand zur Tür hinausgehen.

O Gott.

Ich komme mir ganz schön blöd vor. Wie konnte das denn passieren? Wieso habe ich nicht sofort erkannt, dass das hier ein *Laden* ist? Aber … das ergibt doch überhaupt keinen Sinn! Ein Laden? Ganz allein? Ohne Museum dran?

»Entschuldigen Sie bitte«, wende ich mich an einen blonden jungen Mann mit Namensschild. »Eine kurze Frage – das hier ist doch ein Laden, oder?«

»Ja, Ma'am«, lautet die höfliche Antwort. »Das hier ist der Shop zum Guggenheim Museum. Der Guggenheim Museum Store.«

»Und wo ist das Guggenheim Museum?«

»Ganz weit oben beim Park.«

»Aha. Okay.« Ich sehe ihn verwirrt an. »Das heißt … Nur, um das jetzt richtig zu verstehen: Man kann hierher kommen und massenweise Zeug einkaufen – und es interessiert keinen Menschen, ob man jemals im Museum gewesen ist? Man muss keine Eintrittskarte vorzeigen oder so?«

»Nein, Ma'am.«

»Man muss sich die Kunst also gar nicht ansehen? Man kann einfach nur einkaufen?« Meine Stimme wird ganz schrill vor Entzücken. »Diese Stadt gefällt mir von Tag zu Tag besser! Genial!« Der junge Mann macht ein etwas entsetztes Gesicht, darum beeile ich mich hinzuzufügen: »Ich meine, natürlich *möchte* ich mir die Kunst ansehen. Unbedingt. Ich war nur gerade … Sie wissen schon. Wollte nur sichergehen.«

»Wenn Sie ins Museum möchten, kann ich Ihnen gern ein Taxi rufen«, bietet der junge Mann an. »Möchten Sie?«

»Ähm …«

Moment, jetzt muss ich erst mal kurz nachdenken. Bloß keine überstürzten Entscheidungen.

»Ähm … ich weiß nicht recht«, weiche ich aus. »Darf ich mal eben eine Minute nachdenken?«

»Natürlich.« Der Junge sieht mich etwas eigenartig an. Ich setze mich auf einen der weißen Stühle und denke angestrengt nach.

Okay, wie ist die Sachlage? Ich könnte jetzt zum Guggenheim fahren. Ich könnte mir ein Taxi nehmen, dahin fahren und mir den ganzen Nachmittag Kunst angucken.

Oder … ich könnte mir einfach ein Buch über das Guggenheim kaufen … und den restlichen Nachmittag noch ein bisschen einkaufen.

Denn man muss ein Kunstwerk doch nicht unbedingt in natura sehen, um seine Größe zu bewundern, oder? Natürlich nicht. Und von einem Buch habe ich im Grunde viel länger etwas. Und viel mehr! Ich kann in weniger Zeit mehr Kunstwerke sehen, als wenn ich zu Fuß durch alle möglichen Galerien latsche. Was wiederum heißt, dass ich viel mehr lerne.

Und außerdem ist das, was es in diesem Laden gibt, doch Kunst, oder? Das heißt, ich hatte heute schon Kultur satt. Eben.

Und ich stürze auch nicht gleich wieder heraus aus dem Laden. Ich bleibe mindestens zehn Minuten, sehe mir unzählige Bücher an und sauge die kulturschwangere Atmosphäre in mich auf. Letztendlich kaufe ich ein großes, schweres Buch für Luke, einen richtig coolen Becher für Suze und ein paar Bleistifte und einen Kalender für meine Mum.

Sehr gut. Und jetzt kann ich *richtig* einkaufen gehen! Als ich den Laden verlasse, fühle ich mich total beschwingt und befreit – als hätte ich unerwartet schulfrei. Ich gehe den Broadway hinunter und biege in eine der Seitenstraßen ab, in der an Ständen nachgemachte Designerhandtaschen und farbenfroher Haarschmuck feilgeboten werden und ein Typ nicht sonderlich gut Gitarre spielt. Kurz darauf schlendere ich durch eine kleine Kopfsteinpflasterstraße, und gleich darauf durch noch eine. Auf beiden Seiten der Straße stehen große alte Backsteingebäude mit Feuerleitern an den Außenwänden, und hier gibt es sogar in die Bürgersteige gepflanzte Bäume. Die Atmosphäre hier ist eine ganz andere als auf dem Broadway, viel entspannter. Ich könnte mich wirklich daran gewöhnen, hier zu wohnen. Kein Problem.

Und die Läden! Herrlich! Einer verlockender als der

andere. In dem einen hängen bemalte Samtkleider über antiken Möbeln. In dem anderen sind die Wände mit Wolken bemalt, flaumweiche Flitterpartykleider füllen die Ständer, und überall stehen Schälchen mit Süßigkeiten herum. Und wieder ein anderer ist ganz in Schwarzweiß und Art déco gehalten, wie in einem Fred-Astaire-Film. Und jetzt sehen Sie sich das an!

Ich bleibe vor dem Fenster stehen und starre mit offenem Mund auf eine Schaufensterpuppe, die mit nichts weiter bekleidet ist als mit einem durchsichtigen Plastikhemd, in dessen Tasche ein Goldfisch schwimmt. So etwas Abgefahrenes habe ich noch nie gesehen!

Ich habe mir schon immer heimlich gewünscht, mal ein Stück richtige Avantgarde-Mode zu tragen. Es wäre echt verschärft, ein Kleidungsstück à la »der letzte Schrei« zu haben und jedem erzählen zu können, dass ich es in SoHo gekauft habe! Oder … Bin ich überhaupt noch in SoHo? Vielleicht ist das hier ja NoLita. Oder … NoHo? SoLita? Ehrlich gesagt, weiß ich gar nicht, wo ich inzwischen bin. Aber meinen Stadtplan will ich auch nicht herausholen, sonst denken die Leute noch, ich wäre eine Touristin.

Ist ja auch egal, wo ich jetzt bin. Ich bin hier. Und ich gehe in diesen Laden.

Ich drücke die schwere Tür auf und betrete den Laden, in dem mir Weihrauchduft und etwas seltsame, dröhnende Musik entgegenschlägt. Bis auf die Kleiderständer ist der Raum komplett leer. Ich bemühe mich, ganz cool zu wirken, und sehe mir die Klamotten an. Mann, die Sachen sind total abgefahren. Eine ungefähr drei Meter lange Hose. Ein schlichtes weißes Hemd mit einer Plastikkapuze. Ein Rock aus Kord und Zeitung. Der ist ja ganz hübsch – aber was passiert, wenn es regnet?

»Hi.« Ein Typ in schwarzem T-Shirt und ziemlich enger Hose kommt auf mich zu. Die Hose ist komplett Silber, bis auf den Schritt, der ist aus Jeans und sehr … Nun ja. Hervorstechend.

»Hi.« Ich versuche, so cool wie möglich zu klingen und *nicht* auf seinen Schritt zu glotzen.

»Wie geht es Ihnen heute?«

»Danke, gut!«

Ich nehme einen schwarzen Rock vom Ständer – und hänge ihn ganz schnell wieder zurück, als ich sehe, dass auf die Vorderseite ein knallroter Penis appliziert ist.

»Möchten Sie etwas anprobieren?«

Komm schon, Becky. Sei kein Frosch. Such dir was aus.

»Ähm … ja. Das hier!« Und mit diesen Worten greife ich nach einem ganz nett aussehenden Pullover mit Rollkragen. »Den hier, bitte.« Ich folge ihm zu den aus Zinkplatten zusammengebauten Umkleidekabinen.

Erst, als ich den Pulli vom Kleiderbügel nehme, bemerke ich, dass er *zwei* Rollkragen und *zwei* Halsausschnitte hat. Und überhaupt sieht das Ding dem Pulli ähnlich, den meine Oma mal meinem Vater zu Weihnachten geschenkt hat.

»Entschuldigen Sie bitte?«, sage ich und strecke meinen Kopf aus der Zinkkabine. »Der Pulli … der hat zwei Halsausschnitte.« Ich kichere verhalten, und der Typ glotzt mich an, als wenn ich nicht ganz normal wäre.

»Ja, natürlich«, erwidert er. »Das ist der neue Look.«

»Ach so!«, sage ich sofort. »Natürlich.« Blitzschnell ziehe ich mich in meine Kabine zurück.

Ich traue mich nicht, ihn zu fragen, welcher Ausschnitt nun der ist, durch den man den Kopf stecken soll, also probiere ich es selbst aus. Erster Versuch: das linke Loch. Sieht furchtbar aus. Zweiter Versuch: das rechte Loch. Sieht auch furchtbar aus.

»Alles in Ordnung?«, erkundigt sich der smarte Verkäufer, und ich merke, wie mir die Röte ins Gesicht steigt. Ich kann doch nicht zugeben, dass ich nicht weiß, wie ich das Ding anziehen soll!

»Ja ja«, sage ich mit erstickter Stimme.

»Wollen Sie sich mal hier draußen im Spiegel betrachten?«

»Okay«, quietsche ich.

O Gott. Mit roten Wangen und zerzaustem Haar drücke ich zögernd die Tür der Umkleidekabine auf und betrachte mich in dem großen Spiegel gegenüber. Ich habe noch nie in meinem Leben so bescheuert ausgesehen.

»Ein ganz tolles Stück Strickware«, stellt der Typ fest, verschränkt die Arme und unterzieht mich einer eingehenden Prüfung. »Einzigartig.«

»Ähm … ja, finde ich auch«, pflichte ich ihm nach kurzem Schweigen bei. »Sehr interessant.« Ich zupfe etwas verlegen am Ärmel herum und versuche, die Tatsache zu ignorieren, dass ich aussehe, als wenn mir ein Kopf fehlen würde.

»Sie sehen fabelhaft aus«, behauptet der Typ. »Absolut umwerfend.«

Er klingt so überzeugt, dass ich noch einmal einen

Blick auf mein Spiegelbild riskiere. Und wer weiß – vielleicht hat er ja recht. Vielleicht sehe ich gar nicht so schlecht aus.

»Madonna hat den in drei verschiedenen Farben«, sagt der Typ und fährt deutlich leiser fort: »Aber unter uns: Sie macht darin keine besonders gute Figur.«

Sprachlos glotze ich ihn an.

»*Madonna* hat diesen Pullover? Genau den hier?«

»Jaja. Aber Ihnen steht er tausendmal besser.« Er lehnt sich gegen eine Spiegelsäule und untersucht seine Fingernägel. »Also? Nehmen Sie ihn?«

Ich *liebe* diese Stadt. Wo sonst würde man innerhalb eines Nachmittags Einladungskarten mit Glitzerpizzastücken, Gratiswimperntusche und den gleichen Pullover, den Madonna hat, bekommen? Als ich am Royalton ankomme, ziert ein breites, zufriedenes Grinsen mein Gesicht. So erfolgreich war ich nicht mehr shoppen, seit … nun ja, seit gestern.

Ich gebe alle meine Tüten und Taschen an der Garderobe ab und mache mich dann auf den Weg in die kleine runde Bar, wo ich mit Luke und seinem neuem Partner Michael Ellis verabredet bin.

Ich habe in den letzten Tagen ziemlich viel über Michael Ellis gehört. Ihm gehört eine große Werbeagentur in Washington, und er ist mit dem Präsidenten befreundet. Oder war es der Vizepräsident? Na ja, irgendwas in der Richtung jedenfalls. Er ist ein ziemlich hohes Tier und extrem wichtig für Lukes New-York-Deal. Es wäre also nicht schlecht, wenn ich ihn ordentlich beeindrucken würde.

Mann, ganz schön trendy hier, denke ich, als ich die Bar betrete. Alles in Leder und Chrom, und die Leute tragen alle seriöses Schwarz und dazu passende Frisuren. Dann sehe ich Luke in dem Dämmerlicht an einem Tisch sitzen. Allein.

»Hi!«, sage ich und gebe ihm einen Kuss. »Wo ist denn dein Freund?«

»Telefoniert«, antwortet Luke. Er winkt einem Kellner. »Noch einen Gimlet, bitte.« Er sieht mich halb wissend, halb fragend an, als ich mich setze. »Na, mein Schatz? Wie war das Guggenheim?«

»Schön«, sage ich und strahle ihn siegessicher an. Haha! Ich habe im Taxi meine Hausaufgaben gemacht! »Was mich besonders fasziniert hat, war eine Serie von Akrylformen, die sich an schlichten euklidischen Prinzipien orientieren.«

»Ach ja?« Luke sieht überrascht aus.

»Ja, natürlich. Wie die das Licht absorbieren und reflektieren … Wahnsinn. Ach, übrigens, ich habe dir auch etwas mitgebracht.« Ich knalle ihm ein Buch mit dem Titel *Abstrakte Kunst und Künstler* auf den Schoß, trinke einen Schluck von dem Drink, der mir inzwischen serviert wurde, und versuche, nicht *zu* selbstgefällig auszusehen.

»Du warst tatsächlich im Guggenheim!« Luke blättert ungläubig durch das Buch.

»Ähm … ja«, sage ich. »Natürlich!«

Ja gut, ich weiß, man soll nicht lügen. Aber ist doch nicht richtig gelogen. Schließlich war ich wirklich im Guggenheim. Wenn man es etwas großzügiger definiert.

»Das ist ja interessant«, sagt Luke. »Hast du die berühmte Plastik von Brancusi gesehen?«

»Ähm … na ja …« Ich werfe einen Blick über seine Schulter, um zu sehen, worüber er redet. »Also, eigentlich habe ich mich mehr auf die … ähm … euklidischen Prinzipien konzentriert und natürlich auf die … ähm … unvergleichlichen … ähm …«

»Da ist Michael«, unterbricht Luke mich. Er klappt das Buch zu, und ich stecke es ganz schnell wieder in die Tüte. Gott sei Dank! Dann sehe ich neugierig auf, um zu sehen, was dieser berühmte Michael wohl für ein Typ ist – und verschlucke mich um ein Haar an meinem Gimlet.

Das glaube ich nicht. Der! Michael Ellis ist der Typ mit der Halbglatze aus dem Fitnessstudio. Als er mich das letzte Mal sah, lag ich zu seinen Füßen und war kurz davor zu sterben.

»Hi!« Luke steht auf. »Becky, darf ich vorstellen? Das ist Michael Ellis, mein neuer Partner.«

»So sieht man sich wieder«, sage ich und zwinge mich zu einem formvollendeten Lächeln. »Wie geht's?«

So etwas sollte verboten sein! Es sollte ein Gesetz geben, das unterbindet, dass man Leuten, die man im Fitnessstudio getroffen hat, jemals im normalen Leben begegnet. Das ist viel zu peinlich.

»Wir hatten bereits das Vergnügen«, sagt Michael Ellis, schüttelt mir augenzwinkernd die Hand und setzt sich. »Becky und ich waren vor ein paar Tagen zusammen im Fitnessstudio. Aber seitdem habe ich sie schmerzlich vermisst.«

»Vermisst?« Luke sieht mich fragend an, als er sich

wieder setzt. »Hattest du nicht gesagt, das Studio ist für einige Tage geschlossen, Becky?«

Mist.

»Oh. Ähm, na ja …« Ich nehme einen großzügigen Schluck und räuspere mich. »Also, als ich gesagt habe, dass es *geschlossen* ist, meinte ich eigentlich, dass … dass … dass …« Mir fällt nichts ein, und ich verstumme.

Dabei wollte ich doch so einen guten Eindruck machen.

»Ach, was rede ich denn da?«, ruft Michael auf einmal. »Ich bin ja schon völlig durcheinander! Becky hat natürlich recht. Das Studio *ist* geschlossen. Auf Grund wichtiger Reparaturarbeiten, glaube ich. Irgendwas in der Art.« Er grinst mich an, und ich spüre, wie ich rot anlaufe.

»Na ja, wie dem auch sei«, versuche ich schnell, das Thema zu wechseln. »Sie … Sie machen also mit Luke zusammen einen Deal. Toll! Wie läuft es denn so?«

Ich frage nur aus Höflichkeit und um die Aufmerksamkeit von mir und meinem Fitnesstraining abzulenken. Ich rechne damit, dass die beiden anfangen, mir alles lang und breit zu erklären, wozu ich dann in angemessenen Abständen nicken kann, während ich weiter meinem Gimlet zuspreche. Doch zu meiner Überraschung ist die Antwort auf meine Frage Schweigen.

»Gute Frage«, schaltet Luke sich schließlich ein und sieht Michael an. »Was hat Clark gesagt?«

»Wir haben uns sehr lange unterhalten«, berichtet Michael. »Aber das Gespräch war nicht hundertprozentig zufrieden stellend.«

Beunruhigt sehe ich von einem zum anderen.

»Stimmt etwas nicht?«

»Kommt darauf an«, sagt Michael. Er erzählt Luke von seinem Telefonat mit diesem Clark (wer auch immer das ist), und ich bemühe mich, dem Gespräch aufmerksam zu folgen. Das Problem ist nur, dass ich leicht beschwipst bin. Wie viel habe ich denn heute getrunken? Darüber möchte ich am liebsten gar nicht nachdenken. Ich lehne mich nach hinten, mache die Augen zu und lasse die Unterhaltung an mir vorbeirauschen.

»... irgendeine Paranoia ...«

»... meinen wohl, sie können die Spielregeln ändern ...«

»... Geschäftskosten ... rationalisieren ... wenn Alicia Billington London übernimmt ...«

»Alicia?« Ich rapple mich hoch. »*Alicia* soll das Büro in London übernehmen?«

»Höchstwahrscheinlich, ja«, unterbricht Luke sein Gespräch mit Michael. »Warum?«

»Aber ...«

»Aber was?«, fragt Michael und sieht mich interessiert an. »Wieso denn nicht? Sie ist klug, ehrgeizig ...«

»Ach. Nur so ... Kein bestimmter Grund«, weiche ich aus.

Ich kann ja wohl schlecht sagen »Weil sie eine blöde Kuh ist«.

»Hast du eigentlich schon gehört, dass sie sich gerade verlobt hat?«, fragt Luke mich. »Mit Ed Collins von Hill Hanson.«

»Wirklich?« Das überrascht mich. »Ich dachte, sie hat eine Affäre mit ... Wie hieß er doch gleich?«

»Mit wem?«, fragt Michael.

»Ähm … Dings.«

Ich trinke einen Schluck Gimlet, um meine Gedankenbahnen zu ölen. »Mit dem hat sie sich doch dauernd heimlich zum Lunch getroffen und so!«

Wie hieß er gleich noch mal? Mann, ich habe echt einen sitzen.

»Becky hält sich gern auf dem Laufenden mit dem Bürotratsch«, lacht Luke. »Man kann nur leider nicht immer garantieren, dass die Informationen verlässlich sind.«

Ärgerlich sehe ich ihn an. Was will er denn damit sagen? Dass ich eine Tratschtante bin, oder was?

»Gegen ein bisschen Büroklatsch ist nichts einzuwenden«, sagt Michael und schenkt mir ein warmes Lächeln. »Das hält den Laden in Schwung.«

»Allerdings«, gebe ich energisch zurück. »Da bin ich ganz Ihrer Meinung. Ich sage immer zu Luke, er soll sich mehr für die *Menschen* interessieren, die für ihn arbeiten. Das ist wie bei meiner Show im Fernsehen, wenn ich in Geldangelegenheiten berate. Man kann sich nicht einfach nur auf die Zahlen konzentrieren. Man muss mit den Leuten *reden*. Wie … wie Enid aus Northampton zum Beispiel!« Ich sehe Michael erwartungsvoll an – dann fällt mir ein, dass er nicht wissen kann, wer Enid ist. »Sie erfüllte alle Voraussetzungen, um in Rente zu gehen«, erkläre ich. »Rentenversicherung, alles war völlig in Ordnung. Auf dem Papier. Aber im echten Leben …«

»War sie noch gar nicht so weit?«, rät Michael.

»Genau! Ihr hat ihre Arbeit Spaß gemacht, und der

Einzige, der wollte, dass sie aufhört zu arbeiten, war ihr blöder Mann. Sie war erst fünfundfünfzig!« Ich fuchtle mit meinem Glas herum. »Und wie heißt es doch so schön? Mit fünfundfünfzig Jahren, da fängt das Leben an?«

»Irgendwie hieß das anders«, sagt Michael und lächelt. »Aber so wäre es auch nicht schlecht.« Er sieht mich schon wieder interessiert an. »Ich würde wirklich gern mal Ihre Show sehen. Wird die auch in den USA ausgestrahlt?«

»Nein, leider nicht«, bedaure ich. »Aber ich werde bald genau das Gleiche im amerikanischen Fernsehen machen, dann können Sie mich sehen.«

»Ich freue mich schon drauf.« Michael sieht auf die Uhr und kippt den Rest seines Drinks herunter. »Tut mir leid, ich muss gehen. Wir sprechen uns später, Luke. Hat mich sehr gefreut, Sie kennenzulernen, Becky. Wenn ich jemals Rat in Geldangelegenheiten brauche, weiß ich ja, an wen ich mich wenden kann.«

Er verlässt die Bar, und ich lehne mich wieder zurück und sehe Luke an. Seine ungezwungene Lockerheit hat sich in Luft aufgelöst. Er starrt angespannt Löcher in die Luft und zerreißt systematisch eine Streichholzschachtel in tausend kleine Schnipsel.

»Das ja ein richtig Netter!«, stelle ich fest. »Sehr sympathisch.«

»Ja«, sagt Luke geistesabwesend. »Ja, stimmt.«

Ich trinke einen Schluck Gimlet und sehe Luke etwas genauer an. Er hat genau den gleichen Gesichtsausdruck wie damals, als einer seiner Angestellten eine Pressemitteilung verbockt hat, wodurch ein paar vertrauliche Zahlen versehentlich an die Presse gerieten. Ich gehe das Gespräch von eben noch einmal durch – und dann mache ich mir langsam Sorgen.

»Luke«, sage ich schließlich. »Was ist los? Hat der Deal irgendeinen Haken?«

»Nein«, sagt Luke regungslos.

»Und was hat Michael gemeint, als er sagte, ›Kommt darauf an‹? Und was hat es mit den geänderten Spielregeln auf sich?«

Ich lehne mich nach vorn und will Lukes Hand nehmen, aber er reagiert nicht. Ich schweige und sehe ihn besorgt an. Nach und nach dringen die Geräusche um uns herum in mein Bewusstsein – Gespräche, Musik. Am Nachbartisch öffnet eine Frau eine Schachtel von Tiffany und schnappt nach Luft – eine Szene, die mich normalerweise dazu veranlassen würde, meine Serviette auf den Boden zu werfen und an ihren Tisch zu stürzen, um zu sehen, was sie bekommen hat. Im Moment mache ich mir aber zu große Sorgen um Luke. Ein Kellner steuert unseren Tisch an, doch ich schüttle ablehnend den Kopf.

»Luke?« Ich lehne mich weit nach vorn. »Komm schon, jetzt erzähl. Gibt es Probleme?«

»Nein«, sagt Luke knapp und stürzt den Rest seines Drinks herunter. »Keine Probleme. Alles läuft prima. Komm, lass uns gehen.«

ELF

Am nächsten Morgen wache ich mit einem fürchterlichen Brummschädel auf. Vom Royalton aus sind wir Abendessen gegangen, und da habe ich dann noch mehr getrunken – ich kann mich überhaupt nicht daran erinnern, wann und wie wir ins Hotel zurückgekommen sind. Gott sei Dank habe ich heute kein Meeting. Ehrlich gesagt, hätte ich gar nichts dagegen, den ganzen Tag mit Luke im Bett zu verbringen.

Luke ist nur leider schon aufgestanden. Er sitzt mit grimmiger Miene am Fenster und telefoniert.

»Gut, Michael. Ich werde noch heute mit Greg reden. Weiß der Himmel. Ich habe keine Ahnung.« Er hört eine Weile zu. »Das könnte sein. Aber ich werde nicht zulassen, dass auch der zweite Deal scheitert.« Pause. »Ja, aber das würde uns doch um Monate zurückwerfen, oder? Um ein halbes Jahr! Okay. Ja, ich höre dir zu. Ja, mache ich. Cheers.«

Er legt auf und starrt angespannt aus dem Fenster. Ich reibe mir das verschlafene Gesicht und überlege, ob ich ein paar Nurofen eingepackt habe.

»Luke, was ist los?«

»Du bist ja wach«, sagt Luke und dreht sich um. Ein Lächeln huscht über sein Gesicht. »Hast du gut geschlafen?«

»Was ist los?«, wiederhole ich beharrlich. »Was stimmt nicht mit dem Deal?«

»Gar nichts«, sagt Luke, »alles in bester Ordnung.« Dann dreht er sich wieder zum Fenster.

»Gar nichts ist in Ordnung!«, pampe ich ihn an. »Luke, ich bin doch nicht blind. Und auch nicht taub. Ich merke doch, dass irgendetwas los ist.«

»Eine kleine Turbulenz«, sagt Luke nach kurzem Schweigen. »Du brauchst dir keine Sorgen zu machen.« Er streckt die Hand nach dem Telefon aus. »Soll ich dir Frühstück bestellen? Was möchtest du?«

»Hör auf damit!«, fahre ich ihn frustriert an. »Luke, ich bin doch nicht ... irgendeine Fremde! Wir wollen hier zusammen leben, Herrgott noch mal! Ich bin auf deiner Seite. Also erzähl mir bitte, was los ist. Ist dein Deal in Gefahr?«

Luke schweigt – und einige schreckliche Augenblicke lang fürchte ich, Luke wird mir jetzt sagen, dass ich mich um meine eigenen Angelegenheiten kümmern soll. Aber dann fährt er sich mit beiden Händen durchs Haar, atmet laut aus und sieht auf.

»Okay. Also, einer unserer Investoren wird nervös.«

»Oh«, sage ich und verziehe das Gesicht. »Und warum?«

»Weil irgendwelche *Scheiß*-Gerüchte umgehen, dass wir dabei sind, die Bank of London als Kundin zu verlieren.«

»Was?« Mir läuft ein Schauer über den Rücken. Selbst ich weiß, wie wichtig die Bank of London für Brandon Communications ist. Sie war eine von Lukes ersten Kundinnen, und noch heute macht seine Firma etwa ein Viertel des Gesamtumsatzes mit der Bank of London. »Wer erzählt denn so was?«

»Wenn ich das nur wüsste.« Er fährt sich wieder durchs Haar. »Die Bank of London dementiert das natürlich. Ist ja klar. Und ich sitze hier in New York, das ist auch nicht sonderlich hilfreich ...«

»Du fliegst also zurück nach London?«

»Nein.« Er sieht auf. »Damit würde ich völlig falsche Signale aussenden. Und die etwas labile Lage hier womöglich weiter erschüttern. Wenn ich jetzt plötzlich verschwinde ...« Er schüttelt den Kopf, und ich sehe ihn verständnisvoll an.

»Und – was passiert, wenn dieser Investor sich aus dem Deal zurückzieht?«

»Dann finden wir einen anderen.«

»Und wenn das nicht klappt? Musst du dir New York dann abschminken?«

Luke dreht sich um und sieht mich an – mit genau dem ausdruckslosen, unheimlichen Blick, der seinerzeit auf Pressekonferenzen immer wieder bewirkte, dass ich am liebsten weggelaufen wäre.

»Steht nicht zur Debatte.«

»Aber du hast doch ein wahnsinnig gut laufendes Geschäft in London«, bohre ich weiter. »Ich meine, du *musst* keine Zweigstelle in New York eröffnen, oder? Du könntest einfach ...«

Ich verstumme, als ich seinen Gesichtsausdruck sehe.

»Gut«, sage ich nervös. »Ja, dann – ich bin sicher, dass alles gut wird. Letztendlich.«

Wir schweigen einen Moment – dann kommt Luke wieder zu sich und sieht auf.

»Ich muss heute leider bei ein paar Leuten Händchen halten«, sagt er unvermittelt. »Das heißt, ich schaffe es nicht, mit dir und meiner Mutter Mittag essen zu gehen.«

Ach, du heiliger Strohsack. Lukes Mutter. Die hatte ich ja ganz vergessen.

»Kann das nicht verschoben werden?«, frage ich.

»Leider nicht«, erwidert Luke, und ich kann ein kleines bisschen Enttäuschung in seinem Blick sehen. »Meine Mutter hat unglaublich viele Termine. Und sie hat natürlich recht: Ich habe mich ziemlich kurzfristig bei ihr gemeldet.«

»Das heißt … Ich soll allein mit deiner Mutter essen gehen?« Diese Aussicht gefällt mir nicht besonders, aber das versuche ich mir natürlich nicht anmerken zu lassen. Luke schüttelt den Kopf.

»Ich habe gerade mit ihr gesprochen. Sie muss heute in den Spa zur Wellness-Behandlung, und sie hat vorgeschlagen, dass du mitkommst.«

»Ah ja«, sage ich zögernd. »Na, das könnte ja ganz lustig werden …«

»Und danach nimmt sie dich zu irgendeinem Wohltätigkeitslunch mit. Bei der Gelegenheit könnt ihr beiden euch besser kennenlernen.«

»Super!«, behaupte ich ziemlich überzeugend. »Das wird sicher nett.« Ich stehe auf und lege die Arme um Lukes Hals. »Und jetzt mach dir mal keine Sorgen. Wirst schon sehen, die Leute werden Schlange stehen, um deinen Deal finanzieren zu dürfen.«

Luke ringt sich ein halbherziges Lächeln ab und küsst meine Hand.

»Na, hoffentlich.«

Als ich in der Lobby sitze und auf Lukes Mutter warte, bin ich gleichzeitig nervös und fasziniert. Ehrlich gesagt, finde ich Lukes Familienstruktur etwas schräg. Er hat einen Vater und eine Stiefmutter in England, die ihn zusammen mit seinen zwei Halbschwestern großgezogen haben, und die er Mum und Dad nennt. Und dann hat er seine echte Mutter, die seinen Vater verlassen hat, als Luke noch klein war, und die einen reichen Amerikaner geheiratet und Luke bei seinem Vater gelassen hat. Dann hat sie den reichen Amerikaner verlassen und einen anderen, noch reicheren Amerikaner geheiratet, und dann ... war da noch einer?

Wie dem auch sei, Luke hat seine richtige Mutter in seiner Jugend anscheinend kaum gesehen – sie hat ihm immer bloß riesige Geschenke ins Internat geschickt und ihn etwa dreimal im Jahr besucht. Man könnte meinen, dass er ihr das irgendwie übel nimmt. Tut er aber nicht. Im Gegenteil: Er vergöttert seine Mutter. Kein schlechtes Wort über sie kommt über seine Lippen. In seinem Arbeitszimmer zu Hause hat er ein riesiges Bild von ihr hängen – viel größer als das Hochzeitsbild von seinem Vater und seiner Stiefmutter. Ich frage mich manchmal, wie die das wohl finden. Aber ich traue mich nicht, das Thema anzusprechen.

»Rebecca?«, reißt mich eine Stimme aus meinen Gedanken. Erschreckt sehe ich auf: Eine hoch gewachsene, elegante Frau in einem blassen Kostüm mit sehr langen Beinen und Krokodillederschuhen sieht auf mich herunter. Die Frau von dem glamourösen Riesenfoto in Fleisch und Blut! Sie sieht wirklich genauso aus wie auf dem Bild: Die hohen Wangenknochen, das dunkle, à la Jackie Kennedy frisierte Haar – nur ihre Haut wirkt irgendwie straffer, und ihre Augen sind unnatürlich geweitet. Sieht fast so aus, als könnte sie Probleme haben, sie zu schließen.

»Guten Tag!«, begrüße ich sie, stehe etwas ungelenk auf und strecke ihr die Hand entgegen. »Sie sind bestimmt …«

»Elinor Sherman«, sagt sie in einer seltsamen Mischung aus britischem und amerikanischem Englisch. Ihre Hand ist kalt und knochig, und zwei überdimensionale Diamantringe bohren sich in meine Haut. »Sehr erfreut.«

»Luke tut es furchtbar leid, dass er die Verabredung nicht einhalten konnte«, richte ich aus und überreiche ihr das Geschenk von ihm. Sie packt es aus, und ich mache natürlich Stielaugen. Ein Hermès-Tuch!

»Schön«, sagt sie bloß und stopft es zurück in die Schachtel. »Mein Wagen wartet. Können wir?«

Mannomann. Ein Wagen mit Chauffeur. Und eine Krokodilledertasche von Kelly – und die Ohrringe, sind das *echte* Smaragde?

Wir fahren los, und ich kann nicht umhin, Elinor unverwandt anzustarren. Aus der Nähe sieht sie doch etwas älter aus, als ich zuerst dachte. Wird wohl in den Fünfzigern sein. Und obwohl sie wirklich toll aussieht, kommt mir ihre Erscheinung ein bisschen so vor, als wäre jenes glamouröse Foto zu lange der Sonne ausgesetzt gewesen und hätte dadurch an Farbe verloren. Ihre Wimpern sind mehrfach getuscht, ihre Haare wurden mit glänzendem Lack fixiert, und auf ihren Fingernägeln türmen sich so viele Schichten Nagellack, dass man meinen könnte, es handele sich um rotes Porzellan. Sie ist so … vollkommen. So perfekt. So gepflegt, wie ich niemals sein könnte, ganz egal, wie viele Experten sich an mir zu schaffen machten.

Dabei sehe ich heute ganz nett aus, finde ich. Richtig scharf sogar. In der amerikanischen *Vogue* habe ich einen Artikel darüber gelesen, dass schwarzweiß derzeit *der* Look überhaupt ist, und darum trage ich zu einem engen schwarzen Rock ein weißes Hemd, das ich in dem Sample Sale gefunden habe, und schwarze Schuhe mit wahnsinnig hohen Absätzen. Ich war richtig zufrieden mit mir, als ich vorhin einen letzten prüfenden Blick in den Hotelspiegel warf. Aber jetzt, da Elinor mich von oben bis unten betrachtet, fällt mir plötzlich auf, dass mein einer Fingernagel ein klein wenig eingerissen ist, dass mein Schuh einen winzigen Schmierfleck an der Seite hat und – oh, mein Gott! Ist das etwa ein Faden, der da aus meinem Rocksaum hängt? Soll ich versuchen, ihn unauffällig abzureißen?

Ich lege ganz lässig eine Hand in den Schoß, um den Faden zu verbergen. Vielleicht hat sie ihn gar nicht gesehen. Sooo fällt er ja nun auch wieder nicht auf.

Doch Elinor fasst nur schweigend in ihre Tasche und reicht mir eine winzige Schere mit Schildpattgriffen.

»Ach … äh, danke«, sage ich verlegen. Ich schneide den lästigen Faden ab, gebe ihr die Schere zurück und komme mir vor wie ein dummes Schulmädchen. »Das passiert mir immer wieder«, erzähle ich dann und kichere nervös. »Ich gucke morgens in den Spiegel und glaube, dass ich gut aussehe, und in dem Augenblick, in dem ich aus dem Haus gehe …«

Klasse, jetzt quassle ich schon wieder wie von Sinnen drauflos. Immer langsam, Becky, immer langsam.

»Engländer sind schlicht und ergreifend nicht in der Lage, sich anständig zu pflegen und zurechtzumachen«, sagt Elinor. »Es sei denn, es geht um ein Pferd.«

Ihre Mundwinkel bewegen sich etwa zwei Millimeter nach oben und deuten ein Lächeln an – während der Rest des Gesichts sich mit Statik begnügt. Ich fange einschmeichelnd an zu lachen.

»Der war gut! Meine Mitbewohnerin liebt Pferde. Aber sagen Sie, Sie sind doch auch Engländerin, oder nicht? Und Sie sehen … einfach fantastisch aus!«

Ich bin ganz stolz auf mich, dass ich es geschafft habe, ein kleines Kompliment loszuwerden, aber Elinors Lächeln erstirbt schlagartig. Sie starrt mich ausdruckslos an – und mit einem Mal weiß ich, woher Luke diesen gelassenen, unheimlichen Blick hat.

»Ich bin quasi amerikanische Staatsbürgerin.«

»Ach so«, sage ich. »Ja sicher, Sie sind ja schon eine ganze Weile hier. Aber in Ihrem Herzen, da sind Sie doch bestimmt … Würden Sie nicht sagen, dass Sie eine … Also, ich meine, Luke ist wirklich ausgesprochen englisch …«

»Ich habe die meiste Zeit meines Erwachsenenlebens in New York gelebt«, klärt Elinor mich kühl auf. »Mit England verbindet mich schon lange nichts mehr. Da hinkt man der Zeit doch um zwanzig Jahre hinterher.«

»Ja.« Ich nicke eifrig und tue so, als würde ich vollkommen verstehen. Mann, das ist richtig harte Arbeit, das hier. Ich komme mir vor, als wenn ich unter einem Mikroskop beobachtet würde. Warum konnte Luke denn nicht mitkommen? Oder warum hatte sie nicht an einem anderen Tag Zeit? Man könnte meinen, sie *wollte* ihn gar nicht sehen!

»Wer färbt Ihnen eigentlich die Haare, Rebecca?«, fragt Elinor unvermittelt.

»Ich … das ist … also, Natur«, stottere ich und fasse mir an den Kopf.

»Naa Tour«, wiederholt sie argwöhnisch. »Kenne ich nicht. In welchem Salon arbeitet sie?«

Das verschlägt mir für einen Augenblick völlig die Sprache.

»Ähm … nun ja«, reiße ich mich schließlich zusammen. »Wissen Sie … Ich glaube nicht, dass Sie den kennen. Er ist nämlich ziemlich … klein.«

»Wie dem auch sei, ich finde, Sie sollten Farbe und Friseurin wechseln«, sagt Elinor. »Dieser Ton steht Ihnen gar nicht.«

»Sicher!«, stimme ich schnell zu. »Wie recht Sie haben!«

»Guinevere von Landlenburg schwört auf Julien in der Bond Street. Kennen Sie Guinevere von Landlenburg?«

Ich antworte nicht sofort, sondern tue so, als würde ich in meinem geistigen Adressbuch kramen. Als würde ich sämtliche der vielen, vielen Guineveres durchgehen, die ich kenne.

»Ähm … nein«, sage ich schließlich. »Ich glaube nicht.«

»Die Familie hat ein Haus in South Hampton.« Elinor holt einen Taschenspiegel hervor und überprüft ihr

Make-up. »Da haben wir letztes Jahr drei Wochen mit den de Bonnevilles verbracht.«

Ich verkrampfe mich. Die de Bonnevilles. Sacha de Bonneville. Lukes Exfreundin.

Luke hat mir nie erzählt, dass sie eine Freundin der Familie ist.

Aber ich mache jetzt bestimmt keinen Stress. Nur weil Elinor so taktlos war, mir gegenüber die Familie der Exfreundin meines Freundes – ihres Sohnes – zu erwähnen. Es ist ja nicht so, als ob sie Sacha selbst erwähnt hä…

»Sacha ist ein so vielseitig begabtes Mädchen«, sagt Elinor und klappt den Spiegel zu. »Haben Sie sie mal beim Wasserski gesehen?«

»Nein.«

»Beim Polospielen?«

»Nein«, sage ich mürrisch. »Habe ich nicht.«

Auf einmal hämmert Elinor wie wild gegen die Trennscheibe hinter dem Fahrer.

»Sie sind zu schnell um die Ecke gefahren!«, herrscht sie ihn an. »Ich sage es Ihnen jetzt zum letzten Mal: Ich möchte nicht auf meinem Sitz hin- und hergeschaukelt werden. Und Sie Rebecca?«, erkundigt sie sich, als sie es sich wieder bequem gemacht hat. Sie sieht mich nicht sonderlich entzückt an. »Was haben Sie für Hobbys?«

»Ähm…« Ich mache den Mund auf und wieder zu. In meinem Hirn herrscht totale Leere. Na los, komm schon. Ich muss doch irgendwelche Hobbys haben. Was mache ich denn am Wochenende so? Was mache ich, um mich zu entspannen?

»Nun ja, ich…«

Das darf doch nicht wahr sein! Es muss doch noch etwas anderes in meinem Leben geben außer Einkaufen!

»Also, ich … pflege natürlich eine Menge sozialer Kontakte«, fange ich zögernd an aufzuzählen. »Und mit Hilfe der Printmedien … ähm … halte ich mich stets à jour, was aktuelle Modetrends angeht …«

»Treiben Sie Sport?« Elinor fixiert mich mit kaltem Blick. »Gehen Sie zur Jagd?«

»Ähm … nein. Aber … Ich habe gerade mit Fechten angefangen!« Ha! Dieser Geistesblitz! Die Ausrüstung dafür habe ich schließlich schon! »Und mit sechs habe ich angefangen, Klavier zu spielen.«

Und das ist nicht mal gelogen. Aber ich erwähne besser nicht, dass ich mit neun wieder aufgehört habe.

»Ach ja?« Elinor lächelt kühl. »Sacha ist auch sehr musikalisch. Sie hat letztes Jahr in London ein Konzert mit Beethovens Klaviersonaten gegeben. Waren Sie dort?«

Diese blöde Sacha. Mit ihren blöden Wasserski und ihren blöden Sonaten.

»Nein«, sage ich trotzig. »Aber ich … ich habe selbst eins gegeben. Mit … mit Wagner-Sonaten.«

»Wagner-Sonaten?«, wiederholt Elinor misstrauisch.

»Ähm … ja.« Ich räuspere mich und überlege, wie ich am besten das Thema wechseln kann. »Aber jetzt erzählen Sie doch mal! Sie müssen wahnsinnig stolz auf Luke sein!«

Ich sage dies in der Hoffnung, damit bei ihr einen zehnminütigen, wasserfallähnlichen Vortrag über ihren tollen Sohn auszulösen. Aber Elinor sieht mich nur schweigend an, als wenn ich völligen Schwachsinn reden würde.

»Wegen … seiner Firma und so«, versuche ich es erneut. »Er ist so erfolgreich. Und fest entschlossen, es in New York zu schaffen. In Amerika.« Elinor lächelt mich herablassend an.

»Niemand ist wer, bevor er es nicht in Amerika geschafft hat.« Sie sieht aus dem Fenster. »Wir sind da.«

Gott sei Dank.

Eins muss ich Elinor lassen: Der Spa ist allererste Sahne. Der Eingangsbereich mit seinen Säulen, leise rieselnder Musik und dem Duft ätherischer Öle gleicht einer griechischen Grotte. Wir wenden uns an die Rezeption, an der eine smarte Frau in schwarzem Leinen Elinor ehrerbietig mit »Mrs Sherman« anredet. Sie unterhalten sich eine Weile so leise, dass ich nichts verstehen kann, und die Frau an der Rezeption sieht ab und zu zu mir und nickt. Ich tue so, als würde ich nicht zuhören, und studiere die Preisliste für Badeöle. Dann wendet Elinor sich abrupt ab und lotst mich in den Wartebereich, wo eine Kanne Pfefferminztee steht und ein Schild darauf hinweist, dass Ruhe erheblich zur Wellness beiträgt, und dass darum gebeten wird, die herrschende Ruhe zu respektieren und leise zu sprechen.

Wir setzen uns und schweigen. Nach kurzer Zeit kommt eine junge Frau in einer weißen Uniform und holt mich ab. Sie führt mich in einen Behandlungsraum, wo bereits ein in geprägtes Zellophan eingewickelter Bademantel und ebenso verpackte Pantoffeln auf mich warten. Während ich mich umziehe, bedient sich die Frau an ihrer Produkttheke, und ich frage mich mit einem angenehmen Kribbeln im Bauch, was mich jetzt wohl erwartet. Elinor hat darauf bestanden, meine Behandlung komplett zu bezahlen, obwohl ich mich vehement gewehrt habe. Und sie hat die so genannte »Von-Kopf-bis-Fuß«-Behandlung für mich ausgesucht. Was auch immer das ist. Ich hoffe ja, dass eine schöne Aromatherapie-Entspannungsmassage dazugehört – doch als ich mich auf die Liege setze, sehe ich, wie die Wellness-Expertin einen Topf mit Wachs erhitzt.

Das angenehme Kribbeln im Bauch wird schlagartig zu einem sehr unangenehmen Kribbeln. Ich habe noch nie sonderlich darauf gestanden, mir die Beine mit Heißwachs zu enthaaren. Nicht weil ich Angst vor Schmerzen hätte, sondern weil …

Gut, okay. Weil ich Angst vor Schmerzen habe.

»Meine Behandlung … sieht die auch Heißwachs vor?«, frage ich so locker-flockig wie möglich.

»Heißwachs von oben bis unten«, sagt die Dame und sieht überrascht auf. »Von Kopf bis Fuß. Beine, Arme, Augenbrauen und brasilianisch.«

Arme? Augenbrauen? Ich merke, wie sich mir die Kehle vor Angst zuschnürt. So eine Panik hatte ich nicht mehr, seit ich für eine Thailandreise geimpft wurde.

»Brasilianisch?«, frage ich mit rauer Stimme. »Was … was ist das?«

»Eine besondere Art der Bikinizonenenthaarung. Eine völlige Enthaarung.«

Ich starre sie an, während mein Gehirn auf Hochtouren arbeitet. Sie meint doch wohl nicht etwa …

»Wenn Sie sich jetzt bitte hinlegen würden …«

»Moment!« Ich habe wirklich Mühe, ruhig zu bleiben. »Wenn Sie ›völlige Enthaarung‹ sagen, meinen Sie dann …«

»Hmm.« Die Kosmetikerin lächelt. »Und wenn Sie möchten, kann ich Ihnen hinterher ein kleines Kristall-Tattoo auf … den Bereich applizieren. Ein Herz ist ziemlich beliebt. Oder vielleicht die Initialen eines Menschen, den Sie besonders lieben?«

Nein. Das ist nicht wahr.

»Wenn Sie sich jetzt bitte hinlegen und entspannen würden …«

Entspannen? *Entspannen?*

Sie wendet sich wieder ihrem Topf mit dem geschmolzenen Wachs zu – und mich packt die totale Panik. Auf einmal weiß ich ganz genau, wie Dustin Hoffmann sich auf dem Zahnarztstuhl gefühlt haben muss.

»Vergessen Sie es«, höre ich mich sagen, als ich von der Liege rutsche. »Ich will das nicht.«

»Das Tattoo?«

»Gar nichts von alledem.«

»*Gar nichts*?«

Die Kosmetikerin kommt mit dem Wachstopf in der Hand auf mich zu – und ich flüchte mich völlig panisch hinter die Liege und ziehe den Bademantel ganz fest zu.

»Aber Mrs Sherman hat die gesamte Behandlung im Voraus bezahlt.«

»Ist mir egal, was sie bezahlt hat«, sage ich und weiche noch weiter zurück. »Sie können gerne meine Beine enthaaren. Aber nicht meine Arme. Und ganz bestimmt nicht … das andere. Das mit dem Kristall-Tattoo.«

Die Kosmetikerin sieht besorgt aus.

»Mrs Sherman ist eine unserer besten Kundinnen. Und sie hat ausdrücklich Kopf-bis-Fuß-Wachs für Sie bestellt.«

»Aber sie wird doch nie erfahren, ob das auch gemacht wurde oder nicht!«, sage ich verzweifelt. »Sie wird es nie erfahren! Ich meine, sie wird wohl kaum nachsehen, oder? Und sie wird ihren Sohn wohl kaum fragen, ob seine Initialen …« Ich bringe es nicht fertig, den Satz zu vollenden. »Ach, kommen Sie. Wohl kaum, oder?«

Ich harre ihrer Antwort, doch zunächst herrscht nur angespanntes Schweigen, hübsch untermalt von dudelnden Panflöten.

Dann fängt die Kosmetikerin auf einmal laut an zu lachen. Ich sehe sie an und muss auch lachen – wenn auch leicht hysterisch.

»Sie haben recht«, sagt sie, setzt sich und wischt sich die Lachtränen aus den Augen. »Sie haben ja so recht. Sie wird es nie erfahren.«

»Was halten Sie von einem Kompromiss?«, frage ich. »Sie enthaaren meine Beine und zupfen meine Augenbrauen, und über den Rest schweigen wir stille.«

»Ich könnte Sie ja stattdessen massieren«, schlägt sie vor. »Um die restliche Zeit sinnvoll zu nutzen.«

»Hervorragend!«, stimme ich erleichtert zu. »Einverstanden.«

Etwas ausgelaugt lege ich mich auf die Liege, und die Kosmetikerin bedeckt mich professionell mit einem Handtuch.

»Mrs Sherman hat also einen Sohn?«, fragt sie nach, als sie meine Haare zurückbindet.

»Ja.« Überrascht sehe ich zu ihr auf. »Hat sie ihn denn nie erwähnt?«

»Nicht dass ich wüsste. Und sie kommt schon seit Jahren hierher …« Sie zuckt mit den Schultern. »Ich bin wohl immer davon ausgegangen, dass sie keine Kinder hat.«

»Aha.« Ich lege mich wieder flach hin, um das Ausmaß meiner Überraschung zu verbergen.

Als ich eine Stunde später den Behandlungsraum verlasse, fühle ich mich wie neugeboren. Ich habe neue Augenbrauen, glatte, weiche Beine und strahle dank Aromatherapie-Massage entspannt über das ganze Gesicht.

Elinor wartet schon auf mich, und als ich den Eingangsbereich betrete, lässt sie den Blick langsam von oben nach unten über mich schweifen. Den Bruchteil einer Sekunde lang fürchte ich, dass sie mich bitten wird, den Cardigan auszuziehen, damit sie fühlen kann, wie glatt und weich meine Arme sind – aber sie sagt nur: »Ihre Augenbrauen sehen jetzt viel besser aus.« Dann dreht sie sich um, geht hinaus und ich renne hinter ihr her.

Als wir wieder im Wagen sitzen, frage ich: »Wo essen wir zu Mittag?«

»Nina Heywood veranstaltet einen kleinen informellen Wohltätigkeitslunch zu Gunsten der Welthungerhilfe«, antwortet sie und inspiziert einen ihrer perfekten Fingernägel. »Kennen Sie die Heywoods? Oder die van Gelders?«

Natürlich kenne ich niemanden davon.

»Nein«, höre ich mich antworten. »Aber ich kenne die Websters.«

»Die Websters?« Sie zieht ihre akkurat geformten Augenbrauen hoch. »Die Websters aus Newport?«

»Die Websters aus Oxshott. Janice und Martin.« Ich sehe sie unschuldig an. »Kennen Sie sie?«

»Nein«, sagt Elinor und bedenkt mich mit einem frostigen Blick. »Ich glaube nicht.«

Den Rest der Fahrt schweigen wir. Dann hält der Wagen, wir steigen aus und betreten das imposanteste und größte Foyer, das ich je gesehen habe – mit uniformiertem Portier und Spiegeln und allem. Ein Mann mit Schirmmütze begleitet uns in einem vergoldeten Aufzug achtundzwanzigtausend Stockwerke nach oben, wo wir letztlich eine Wohnung betreten, die mir absolut die Sprache verschlägt.

Die Wohnung ist nicht nur riesengroß, sondern zeichnet sich darüber hinaus auch noch durch edlen Marmorfußboden, eine doppelte geschwungene Treppe in die obere Etage und einen auf einem Podest stehenden Flügel aus. An den mit blasser Seidentapete bedeckten Wänden hängen Gemälde in wuchtigen Goldrahmen, und überall im Raum verteilt stehen Sockel mit den üppigsten Blumengestecken, die ich je gesehen habe. Spindeldürre Damen in teuren Kleidern unterhalten sich angeregt miteinander, und Kellnerinnen reichen Champagner, während ein Mädchen in einem geblümten Kleid Harfe spielt.

Und das soll ein *kleiner* Wohltätigkeitslunch sein?

Die Gastgeberin Mrs Heywood ist eine winzige Person in Pink, die mir gerade die Hand schütteln will, als sie durch die Ankunft einer Frau mit reich geschmücktem Turban abgelenkt wird. Elinor stellt mich einer Mrs Parker vor, einem Mr Wunsch und einer Miss Kutomi, bevor sie mich allein lässt. Ich tue wirklich mein Bestes, um hier geistreiche Konversation zu betreiben, obwohl es mich leicht irritiert, dass alle davon ausgehen, ich sei eine gute Freundin von Prinz William.

»Nun erzählen Sie doch bitte«, drängt Mrs Parker. »Wie geht der junge Mann denn nun mit diesem … enormen Verlust um?«, flüstert sie.

»Der Junge strahlt eine so natürliche Würde aus«, ereifert Mr Wunsch sich. »Von dem könnten die jungen Leute heute eine Menge lernen. Sagen Sie, was hat er denn nun eigentlich vor? Will er zum Militär?«

»Das … davon hat er gar nicht geredet«, sage ich hilflos. »Wenn Sie mich bitte entschuldigen würden.«

Ich flüchte auf die Gästetoilette – und die ist genauso geräumig und luxuriös wie der Rest der Wohnung: Man kann sich an diversen Edelseifen und verschiedenen Parfumflaschen bedienen, und ein bequemer Sessel steht da auch. Am liebsten würde ich den Rest des Tages hier verbringen. Aber ich wage nicht, zu lange hier zu bleiben, da ich fürchte, Elinor wird mich irgendwann suchen. Noch ein letzter Spritzer Eternity, dann zwinge ich mich aufzustehen und mich wieder unters Volk zu mischen. Die Kellner laufen unauffällig hin und her und verkünden leise, dass in Kürze serviert wird.

Alles bewegt sich auf eine große Doppeltür zu, und ich sehe mich suchend nach Elinor um. Vergebens. Ganz in meiner Nähe sitzt eine alte Dame in schwarzer Spitze auf einem Stuhl und versucht, auf ihren Gehstock gestützt, aufzustehen.

»Kann ich Ihnen helfen?«, biete ich mich an, als sie den Versuch erfolglos abbricht. »Soll ich vielleicht Ihr Glas halten?«

»Ach, vielen Dank, das ist nett von Ihnen!« Die Dame lächelt mich an, als ich sie beim Arm nehme und wir gemeinsam langsam in das prunkvolle Speisezimmer gehen. Überall werden Stühle gerückt, die Gäste setzen sich an runde Tische, und die Kellner reichen eilig Brötchen.

»Margaret«, sagt Mrs Heywood, kommt auf uns zu und streckt der alten Dame ihre Hände entgegen. »Da sind Sie ja. Sollen wir mal sehen, wo wir einen Platz für Sie finden?«

»Die junge Dame hier war so nett, mir zu helfen«, verrät die alte Dame, als sie sich auf einen Stuhl sinken lässt, und ich lächle Mrs Heywood bescheiden an.

»Danke schön«, sagt sie abwesend. »Wenn Sie dann jetzt bitte auch noch mein Glas nehmen könnten … und uns etwas Wasser an den Tisch bringen?«

»Gerne!«, erwidere ich freundlich lächelnd. »Kein Problem.«

»Für mich einen Gin Tonic, bitte!«, meldet sich ein älterer Herr am Nebentisch zu Wort.

»Schon unterwegs!«

Das zeigt mal wieder, dass meine Mutter damit recht hat, wenn sie sagt, man muss anderen Leuten helfen, um Freunde zu gewinnen. Ich bin richtig stolz darauf, dass ich der Gastgeberin helfe. Ich komme mir fast so vor, als würde ich die Party zusammen mit ihr geben!

Ich weiß nicht genau, wo die Küche ist, aber die Kellner verschwinden immer zu dem einen Ende des Raumes, und ich beschließe, ihnen zu folgen. Hinter einer doppelten Schwingtür gelange ich in eine Küche, für die meine Mutter sterben würde. Überall Granit und Marmor, ein Kühlschrank, der wie eine Mondrakete aussieht und ein in die Wand eingelassener Pizzaofen! Kellner in weißen Hemden rennen mit Tabletts hin und her, vor der Kochinsel stehen zwei Köche mit zischenden Pfannen in der Hand, und von irgendwo schreit jemand: »Wo zum Teufel sind die Servietten?«

Ich mache eine Flasche Wasser und ein Glas ausfindig, stelle beides auf ein Tablett und sehe mich dann auf der Suche nach dem Gin um. Gerade, als ich mich bücke, um eine Schranktür aufzumachen, tippt mir ein Typ mit raspelkurzen, wasserstoffblonden Haaren auf die Schulter.

»Hey! Was machst du da?«

»Oh, hi!«, sage ich und richte mich auf. »Ich suche nur den Gin. Da wollte jemand einen Gin Tonic.«

»Dafür haben wir keine Zeit«, kläfft er mich an. »Ist dir überhaupt klar, dass wir viel zu wenig Personal haben? Das Essen muss auf den Tisch!«

Du? Zu wenig Personal? Verständnislos sehe ich ihn an. Dann fällt mein Blick auf meinen schwarzen Rock, und mir wird so einiges klar. Ich lache laut auf.

»Nein! Ich bin doch keine … Ich meine, eigentlich gehöre ich zu den …«

Wie soll ich das bloß ausdrücken, ohne ihn zu beleidigen? Kellner ist bestimmt auch ein Beruf, der einen erfüllt. Und der hier ist in seiner Freizeit wahrscheinlich Schauspieler.

Während ich noch zögere, drückt er mir schon eine Platte mit geräuchertem Fisch in die Hand.

»Hier. Los jetzt!«

»Aber ich bin keine …«

»Sofort! *Essen auf den Tisch!*«

Er schüchtert mich so ein, dass ich mich ganz schnell verkrümle. Okay. Am besten stelle ich die Platte einfach irgendwo ab, sobald ich außer Sichtweite bin, und setze mich dann schnell zu den anderen Gästen an einen Tisch.

Ich gehe ganz vorsichtig ins Speisezimmer zurück, irre zwischen den Tischen umher und suche verzweifelt nach einem Fleckchen, wo ich die Platte abstellen kann. Aber hier gibt es anscheinend überhaupt keine Beistelltische oder freie Stühle. Auf dem Boden kann ich sie wohl kaum lassen, und ich will auch nicht unbedingt zwischen den Gästen hindurchlangen und sie auf einem Tisch abladen.

Gott, wie lästig! Die Platte wird immer schwerer, und meine Arme fangen schon an wehzutun. Ich komme an Mr Wunsch vorbei und lächle ihn an, aber er beachtet mich überhaupt nicht. Als wenn ich plötzlich unsichtbar wäre.

Das kann nicht wahr sein. Irgendwo *muss* ich diese Platte doch loswerden können.

»Würden Sie jetzt bitte servieren!«, zischt mich eine wütende Stimme von hinten an, und ich zucke zusammen.

»Schon gut!«, gebe ich zurück. »Schon gut!«

Herrgott noch mal. Wird wahrscheinlich das Einfachste sein, den Fisch jetzt einfach zu servieren. Dann bin ich den wenigstens los und kann mich setzen. Vorsichtig nähere ich mich dem nächsten Tisch.

»Ähm … Möchten Sie etwas geräucherten Fisch? Ich glaube, das hier ist Lachs … und das ist Forelle …«

»Rebecca?«

Der elegant frisierte Kopf direkt vor mir dreht sich um, und ich fahre entsetzt zusammen. Elinor sieht aus funkelnden Augen zu mir auf.

»Hallo!«, sage ich nervös. »Möchten Sie etwas Fisch?«

»Was *tun* Sie da?«, zischt sie mich an.

»Oh!« Ich schlucke. »Ach, wissen Sie, ich wollte nur ein bisschen behilflich sein …«

»Ich nehme etwas von dem Räucherlachs, danke«, sagt eine Frau in goldener Jacke. »Haben Sie auch fettfreies French Dressing?«

»Ähm … also, wissen Sie, eigentlich bin ich gar keine …«

»Rebecca!«, herrscht Elinor mich aus ihrem kaum geöffneten Mund an. »Stellen Sie das ab. Und … setzen Sie sich.«

»Ja. Natürlich.« Verunsichert blicke ich auf die Platte. »Oder soll ich das hier eben servieren, wo ich doch schon dabei bin …«

»Stellen Sie das ab. Sofort!«

»Okay.« Ich sehe mich hilflos um, dann kommt ein Kellner mit einem leeren Tablett auf mich zu. Bevor er sich wehren kann, stelle ich die Platte mit dem Räucherlachs auf seinem Tablett ab, dann eile ich mit zitternden Knien um den Tisch auf meinen Platz zu und streiche mir die Haare glatt.

Als ich mich setze und mir die Serviette auf den

Schoß lege, herrscht Schweigen am Tisch. Ich versuche es mit einem kleinen, unbefangenen Lächeln, das aber niemand erwidert. Dann wendet sich eine alte Dame mit ungefähr sechs dicken Perlenketten und einem Hörgerät an Elinor und flüstert so laut, dass wir es alle hören können:

»Die Freundin Ihres Sohnes ist … *Kellnerin*?«

BECKY BLOOMWOODS BUDGET FÜR NEW YORK

Tägliches Budget (veranschlagt)

Essen	$ 50		
Einkaufen	~~$ 50~~	$ 100	
allgemeine Ausgaben	~~$ 50~~	~~$ 60~~	$ 100
Insgesamt	$ 250		

Tägliches Budget (revidiert)

DRITTER TAG

Essen	$ 50
Einkaufen	$ 100
Allgemeine Ausgaben	$ 365
Noch mehr allgemeine Ausgaben	$ 229
Einmalige Gelegenheit bei Sample Sale	$ 567
Noch eine einmalige Gelegenheit bei Sample Sale	$ 128
Unvermeidbare Extraausgabe	$ 49
Beruflich unbedingt erforderliche Sonderausgabe (Schuhe)	12

Hmm. Ich bin mir nicht ganz sicher, ob Elinor mich nun mag oder nicht. Sie hat auf der Rückfahrt im Auto nicht viel gesagt – was natürlich heißen könnte, dass sie insgeheim von mir beeindruckt war. Oder … auch nicht.

Als Luke mich fragte, wie unser Tag war, habe ich den Zwischenfall mit der Fischplatte mehr oder weniger unter den Tisch fallen lassen. Und den Zwischenfall auf der Wellnessliege auch. Ich habe mich mehr darauf konzentriert, wie begeistert seine Mutter von seinem Geschenk war.

Gut, okay, ich habe mich punktuell nicht an die Wahrheit gehalten. Zum Beispiel war es natürlich leicht übertrieben, als ich ihm erzählte, sie hätte »Mein Luke ist der beste Sohn auf der ganzen Welt« gesagt und sich die Augen mit einem Taschentuch trocken getupft. Aber hätte ich ihm denn erzählen sollen, wie sie *tatsächlich* reagiert hat? Hätte ich ihm verraten sollen, dass sie das schöne Hermès-Tuch einfach in die Schachtel zurückgestopft hat, als wenn es ein Paar Socken von Woolworth wäre? Jetzt bin ich sogar froh, dass ich ein bisschen dick aufgetragen habe, weil ich ihn nämlich noch nie so glücklich gesehen habe. Er hat sogar extra bei seiner Mutter angerufen, um ihr zu sagen, dass er sich gefreut hat, dass sie sich gefreut hat – aber sie hat nicht zurückgerufen.

Ich für meinen Teil habe dieser Tage wichtigere Sachen im Kopf, als darüber nachzudenken, ob Elinor mich mag oder nicht. Auf einmal rufen hier ständig irgendwelche Leute an, die mich kennenlernen wollen! Luke sagt, das ist der »Schneeballeffekt«, den er die ganze Zeit schon erwartet hatte. Gestern hatte ich drei Termine mit drei unterschiedlichen Fernsehbossen –

und in diesem Moment sitze ich mit einem Greg Walters von Blue River Productions beim Frühstück zusammen. Das ist der, der mir den Obstkorb geschickt hat und mich unbedingt kennenlernen wollte – und bisher läuft unser Meeting ganz hervorragend. Ich trage eine Hose von Banana Republic, die ich gestern gekauft habe, und meinen neuen Designerpullover. Und ich muss sagen, Greg scheint mächtig beeindruckt zu sein.

»Sie sind heiß«, sagt er mir immer wieder und beißt noch mal in sein Croissant. »Wissen Sie das?«

»Ähm … na ja …«

»Nein.« Er hebt die Hand. »Keine falsche Bescheidenheit. Sie sind heiß. Sie sind Stadtgespräch. Man reißt sich um Sie.« Er trinkt einen Schluck Kaffee und sieht mir direkt in die Augen. »Ich will offen mit Ihnen reden: Ich möchte Ihnen eine eigene Show geben.«

Ich starre ihn an und vergesse vor Aufregung einen Augenblick lang zu atmen.

»Wirklich? Eine eigene Show? Und was soll ich da machen?«

»Mal sehen. Wir werden schon ein ansprechendes Format für Sie finden.« Er trinkt einen Schluck Kaffee. »Sie machen Kommentare zur Finanzpolitik, stimmt's?«

»Ähm … nicht ganz«, gestehe ich verlegen. »Mein Gebiet sind eher private Geldangelegenheiten. Sie wissen schon, Hypotheken, Lebensversicherungen und so.«

»Okay.« Greg nickt. »Geld. Also, ich würde sagen … nur mal so aus der Hüfte geschossen … *Wall Street*. Eine Mischung aus *Wall Street*, *Ab Fab* und *Oprah*. Das würden Sie doch hinkriegen, oder?«

»Ähm … ja! Ja, natürlich!«

Ich habe keine Ahnung, wovon er redet, aber ich strahle ihn selbstbewusst an und beiße ebenfalls in mein Croissant.

»Ich muss jetzt los«, sagt er und trinkt seinen Kaffee aus. »Aber ich rufe Sie morgen an, wenn ich einen Termin mit unserem Head of Development gemacht habe. Okay?«

»Alles klar«, sage ich und hoffe, dabei möglichst lässig auszusehen. »Hört sich gut an.«

Als er geht, muss ich unwillkürlich grinsen. Meine eigene Show! Das wird ja immer besser! Egal, mit wem ich mich treffe – alle wollen mir einen Job anbieten, alle laden mich schick zum Essen ein – und gestern hat sogar jemand gesagt, ich könnte ohne Probleme in Hollywood Karriere machen! In Hollywood!

Jetzt stellen Sie sich das mal vor: Meine eigene Show in Hollywood! Dann könnte ich in einem dieser abgefahrenen Häuser in Beverly Hills wohnen und würde auf die gleichen Partys gehen wie die ganzen Filmstars. Vielleicht würde Luke sich dann mit seiner Firma auch in Los Angeles niederlassen und so Leute wie ... Minnie Driver repräsentieren. Ich meine, ich weiß schon, dass sie nicht gerade ein Geldinstitut ist, aber vielleicht könnte Luke sein Wirkungsfeld auf Filme ausweiten! Ja! Und dann freunde ich mich richtig toll mit ihr an, wir gehen zusammen einkaufen und alles, und vielleicht fahren wir sogar zusammen in den Urlaub ...

»Hallöchen«, begrüßt mich eine fröhliche Stimme, und als ich etwas benommen aufblicke, sehe ich, dass Michael Ellis sich an den Nebentisch setzen will.

»Ach«, sage ich und reiße mich gedanklich von den

schönen weißen Stränden in Malibu los. »Ach, hallo. Setzen Sie sich doch zu mir!« Ich deute höflich auf den Stuhl mir gegenüber.

»Störe ich Sie auch nicht?«, fragt er, als er sich setzt.

»Nein, nein. Ich hatte gerade ein kleines Meeting, aber das ist schon vorbei.« Ich sehe mich um. »Ist Luke bei Ihnen? Ich habe ihn in letzter Zeit kaum gesehen.«

Michael schüttelt den Kopf.

»Unterhält sich heute Vormittag mit ein paar Leuten bei JD Slade. Den Obermimern.«

Ein Kellner kommt, um Gregs Teller und Tasse abzuräumen, und Michael bestellt einen Cappuccino. Als der Kellner wieder weg ist, betrachtet Michael etwas verwirrt den zweiten Halsausschnitt in meinem Pullover.

»Wissen Sie eigentlich, dass Sie ein riesiges Mottenloch im Pulli haben? Dagegen sollten Sie schleunigst etwas unternehmen.«

Haha, sehr witzig.

»Wissen Sie, das ist gerade der Look«, erkläre ich zuckersüß. »Madonna hat genau den gleichen Pullover.«

»Ach! Madonna.« Sein Cappuccino kommt, und er trinkt einen Schluck.

»Und – wie läuft es so?«, frage ich und dämpfe die Stimme ein wenig. »Luke hat mir erzählt, einer der Investoren wird nervös.«

»Stimmt.« Michael nickt und guckt ziemlich finster. »Ich kapiere nur nicht, was da los ist.«

»Aber wozu brauchen Sie und Luke denn überhaupt Investoren?«, frage ich. »Ich meine, Luke hat doch haufenweise Geld …«

»Man sollte nie sein eigenes Geld investieren«, belehrt Michael mich. »Die wichtigste goldene Regel im Geschäftsleben. Aber abgesehen davon hat Luke große Pläne, und zur Verwirklichung großer Pläne braucht man normalerweise eine Menge Kapital.« Er sieht auf. »Wissen Sie, Ihr Freund ist ganz schön ehrgeizig. Und wild entschlossen, es hier drüben zu schaffen.«

»Ich weiß«, stöhne ich und verdrehe die Augen. »Er tut ja nichts anderes als arbeiten.«

»Arbeiten ist gut«, sagt Michael und sieht dann stirnrunzelnd in seine Tasse. »Wie ein Besessener arbeiten ist… weniger gut.« Er schweigt kurz, dann sieht er lächelnd auf. »Aber für Sie läuft wohl alles prima, was?«

»Allerdings, ja«, freue ich mich und habe Mühe, ruhig zu bleiben. »Es läuft sogar absolut super! Ich habe jetzt schon so viele fantastische Meetings gehabt, und alle sagen, dass sie einen Job für mich haben. Eben gerade habe ich mit Greg Walters von Blue River Productions gefrühstückt – und er will mir sogar meine eigene Show geben! Und gestern hat jemand von Hollywood geredet!«

»Toll«, sagt Michael. »Wirklich toll.« Er trinkt einen Schluck Kaffee und sieht mich nachdenklich an. »Darf ich Ihnen etwas sagen?«

»Was?«

»Was diese Fernsehleute angeht. Man sollte denen nicht unbedingt jedes Wort glauben, das sie sagen.«

Ich sehe ihn etwas unbehaglich an.

»Was meinen Sie damit?«

»Die machen immer gerne große Worte«, erklärt Michael und rührt ganz langsam seinen Cappuccino um. »Damit putschen die sich selbst auf. Und in dem Moment, in dem sie was sagen, meinen sie auch, was sie sagen. Aber sobald es um Cool Cash geht …« Er hält inne und sieht mich an. »Ich möchte nur nicht, dass Sie enttäuscht werden.«

»Ich werde schon nicht enttäuscht werden!«, entrüste ich mich. »Greg Walters hat gesagt, man würde sich um mich reißen!«

»Das hat er ganz bestimmt«, sagt Michael. »Und ich hoffe, dass das auch stimmt. Ich wollte ja nur sagen, dass …«

Er verstummt, als ein uniformierter Concierge an unseren Tisch kommt.

»Miss Bloomwood«, wendet dieser sich an mich. »Hier ist eine Nachricht für Sie.«

»Danke!«, sage ich überrascht.

Ich öffne den Umschlag, den er mir reicht, und ziehe ein Blatt Papier heraus. Die Nachricht ist von Kent Garland von HLBC.

»Tja!« Ich kann mir ein triumphierendes Lächeln nicht verkneifen. »Sieht ganz so aus, als wenn HLBC nicht nur große Worte gemacht hätten! Sieht ganz so aus, als wenn sie mit mir ins Geschäft kommen wollen.« Ich reiche Michael Ellis das Papier und würde am liebsten »Ätsch!« sagen.

»›Bitte Kents Assistentin anrufen, um für morgen einen Termin für Probeaufnahmen zu vereinbaren‹«, liest Michael vor. »Ja, sieht ganz so aus, als hätte ich mich geirrt«, räumt er ein und lächelt. »Und das freut mich.« Er hebt seine Tasse und prostet mir damit zu. »Auf erfolgreiche Probeaufnahmen morgen. Darf ich Ihnen noch einen kleinen Tipp geben?«

»Was?«

»Der Pullover.« Er verzieht das Gesicht und schüttelt den Kopf.

Okay. Was ziehe ich morgen an? *Was ziehe ich an?* Zu dem wichtigsten Termin meines Lebens: Probeaufnahmen für das amerikanische Fernsehen! Mein Outfit muss raffiniert sein, schmeichelhaft, fotogen, perfekt … Oh mein Gott. Ich habe nichts anzuziehen! Nichts!

Zum tausendsten Mal gehe ich alle meine Klamotten durch und lasse mich hinterher erschöpft aufs Bett fallen. Das kann doch nicht sein, dass ich um die halbe Welt gereist bin, ohne ein einziges Outfit für Probeaufnahmen einzupacken!

Tja, da lässt sich wohl nichts machen. Ich muss einkaufen gehen.

Ich nehme meine Tasche, sehe kurz hinein, um sicherzugehen, dass mein Portemonnaie drin ist, und strecke die Hand nach meinem Mantel aus – als das Telefon klingelt.

»Ja bitte?«, melde ich mich in der Hoffnung, dass es Luke ist.

»Bex!«, höre ich Suzes Stimme blechern und sehr weit weg.

»Suze!«, freue ich mich. »Hi!«

»Wie läuft's?«

»Super«, sage ich. »Ich habe schon massenweise Meetings gehabt und bekomme nur positives Feedback. Einfach genial!«

»Klasse, Bex!«

»Und du?« Ich finde, Suze klingt nicht ganz normal. »Alles in Ordnung?«

»Ja, ja!«, sagt Suze. »Alles in bester Ordnung. Es ist nur …« Sie zögert. »Also, ich dachte, es wäre besser, wenn du weißt, dass heute Morgen ein Mann angerufen hat wegen irgendwelchem Geld, das du einem Laden in Hampstead schuldest. La Rosa.«

»Wie bitte?« Ich verziehe das Gesicht. »Die schon wieder?«

»Ja. Er hat mich gefragt, wann du aus dem Krankenhaus entlassen wirst. Mit deiner neuen Prothese.«

»Oh«, sage ich nach kurzem Schweigen. »Na, so was. Und – was hast du gesagt?«

»Bex, wie kommt der darauf, dass du eine Prothese angepasst bekommen hast?«

»Weiß auch nicht«, weiche ich aus. »Vielleicht hat er das irgendwo aufgeschnappt. Oder … es könnte auch sein, dass ich ihm einen kurzen Brief geschrieben habe …«

»Bex«, fällt Suze mir ins Wort, und ihre Stimme bebt ein wenig. »Du hast mir gesagt, du hättest dich um diese Rechnungen gekümmert. Du hast es mir versprochen!«

»Ich *habe* mich um sie gekümmert!« Ich schnappe mir meine Bürste und fange an, mir die Haare zu bürsten.

»Indem du denen erzählt hast, dass sich dein *Fallschirm* nicht rechtzeitig geöffnet hat?«, schreit Suze. »Bex, jetzt hör mir mal zu …«

»Suze! Jetzt mach bitte keinen Stress, ja? Ich kümmere mich darum, sobald ich wieder zu Hause bin.«

»Er hat gesagt, er würde jetzt rigoros gegen dich vorgehen! Er hat gesagt, es täte ihm sehr leid, aber man hätte dir schon genug Zugeständnisse gemacht und …«

»Das sagen die doch immer«, beruhige ich sie. »Suze,

es besteht wirklich überhaupt kein Grund zur Sorge. Hier drüben werde ich *so viel* verdienen! Massenhaft! Und dann kann ich alle Schulden begleichen, und alles wird wieder gut.«

Suze schweigt. Ich kann sie mir genau vorstellen, wie sie im Wohnzimmer auf dem Boden sitzt und sich eine Haarsträhne nach der anderen um den Finger wickelt.

»Wirklich?«, fragt sie schließlich. »Es läuft also alles gut, ja?«

»Ja! Morgen habe ich einen Termin für Probeaufnahmen, und dann ist da dieser Typ, der mir eine eigene Show geben will, und sogar von Hollywood ist die Rede!«

»Hollywood?«, keucht Suze. »O Gott! Das ist ja der Wahnsinn!«

»Ich weiß.« Ich strahle mich selbst im Spiegel an. »Ist das nicht toll? Ich bin heiß! Das hat der Typ von Blue River Productions gesagt.«

»Und was ziehst du für die Probeaufnahmen an?«

»Ich war gerade auf dem Sprung zu Barneys«, erzähle ich ihr fröhlich. »Um ein neues Outfit zu kaufen.«

»*Barneys*?«, ruft Suze entsetzt. »Bex, du hast mir versprochen, es nicht zu übertreiben! Du hast mir versprochen, dass du dich ganz fest an dein Budget halten würdest.«

»Mache ich doch auch! Ich habe mich bisher genau daran gehalten. Habe alles aufgeschrieben und so. Aber abgesehen davon, läuft dieses neue Outfit unter Werbungskosten. Ich investiere in meine Karriere.«

»Aber ...«

»Suze, man kann kein Geld verdienen, wenn man

nicht erst welches investiert! Das weiß doch jeder! Ich meine, du musst doch auch erst Geld für Material ausgeben, bevor du einen Rahmen verkaufen kannst!?«

Pause.

»Na ja, wahrscheinlich hast du recht«, sagt Suze wenig überzeugt.

»Und überhaupt, wozu hat man denn Kreditkarten?«

»Ach, Bex…« Suze seufzt. »Das ist ja witzig! Genau das Gleiche hat die von der Steuerbehörde auch gesagt.«

»Wer von der Steuerbehörde?« Ich runzle die Stirn und fange an, Eyeliner aufzutragen.

»Das Mädel, das heute Morgen da war«, sagt Suze. »Hatte so ein Klemmbrett dabei und hat Tausende von Fragen gestellt – über mich, über die Wohnung, darüber, wie viel Miete du mir zahlst… Wir haben uns richtig nett unterhalten. Ich habe ihr davon erzählt, dass du in Amerika bist, und von Luke… und von deinem Job beim Fernsehen…«

»Toll«, sage ich, ohne richtig zugehört zu haben. »Hört sich echt toll an. Jetzt muss ich aber los, Suze. Und du machst dir bitte keine Sorgen mehr, ja? Wenn noch irgendjemand für mich anruft, nimm halt einfach nicht ab. Okay?«

»Na ja… okay«, gibt Suze nach. »Und viel Glück morgen!«

»Danke!«, sage ich und lege auf. Hahaha! Und jetzt flugs zu Barneys!

Ich war schon mehrmals kurz bei Barneys, seit wir angekommen sind, aber da war ich immer irgendwie in Eile. Aber heute… Wow. Heute ist es ganz anders. Ich kann mir Zeit lassen. Ich kann sämtliche acht Stockwerke abklappern und ganz in Ruhe Klamotten angucken.

Und was für Klamotten! Die schönsten, die ich je gesehen habe! Wo ich auch hinsehe, überall springen mir Formen, Farben und Designs ins Auge, die ich am liebsten an mich reißen, berühren und streicheln möchte.

Aber ich kann natürlich nicht den ganzen Tag nur gucken und staunen. Ich muss mich zusammenreißen und mir ein Outfit für morgen aussuchen. Ich dachte an einen Blazer, um ein bisschen Autorität auszustrahlen – muss natürlich der richtige Blazer sein. Nicht zu kantig, nicht zu steif … und dennoch mit schönen, klaren Linien. Und dazu vielleicht einen Rock. Oder die Hose da. Die würde bestimmt klasse aussehen, wenn ich die richtigen Schuhe dazu hätte …

Ich schlendere langsam durch jedes einzelne Stockwerk und merke mir, wo ich was gesehen habe. Dann fange ich ganz unten noch mal von vorn an und sammle alles ein, was in Frage kommt. Einen Calvin-Klein-Blazer … einen Rock …

»Entschuldigen Sie?«, unterbricht mich eine Stimme, als ich die Hand nach einem ärmellosen Top ausstrecke. Überrascht drehe ich mich um und sehe mich einer lächelnden Frau in einem schwarzen Hosenanzug gegenüber.

»Kann ich Ihnen behilflich sein?«

»Ähm … gerne, danke!«, sage ich. »Wenn Sie das hier mal eben halten könnten …« Ich drücke ihr die Sachen in die Hand, die ich schon zusammengesammelt habe, woraufhin ihr Lächeln unsicher wird.

»Mit behilflich meinte ich eigentlich … Wir machen

heute eine einzigartige Promotion-Aktion für unseren Service der persönlichen Einkaufsberatung. Wir möchten das Konzept gern einer breiteren Öffentlichkeit präsentieren. Wenn Sie also an einer Schnupperberatung interessiert sind – wir hätten noch ein paar Termine frei.«

»Ach so.« Das ist aber interessant. »Und was genau …«

»Unsere speziell geschulten und sehr erfahrenen Einkaufsberaterinnen helfen Ihnen dabei, genau das zu finden, was Sie suchen«, erklärt die Frau. »Sie helfen Ihnen dabei, Ihren eigenen Stil zu finden, konzentrieren sich auf die Designs, die Ihnen stehen, und begleiten Sie durch die völlig unüberschaubar gewordene Modewelt.« Sie lacht etwas gekünstelt, und ich kann mich des Eindrucks nicht erwehren, dass sie diesen Spruch heute schon mehrfach abgespult hat.

»Verstehe«, sage ich nachdenklich. »Aber wissen Sie … ehrlich gesagt, glaube ich nicht, dass ich Einkaufsberatung brauche. Also, vielen Dank, aber …«

»Dieser Service kostet Sie nichts«, wirbt die Frau weiter. »Und heute bekommen Sie außerdem Tee, Kaffee oder ein Glas Sekt angeboten.«

Sekt? Umsonst?

»Ach«, sage ich. »Na ja, dann – das hört sich gut an. Gerne!«

Und während ich ihr in den dritten Stock folge, geht mir durch den Kopf, dass das eigentlich ganz interessant werden könnte. Richtig gut geschulte Einkaufsberaterinnen kennen sich doch bestimmt supergut aus – und sie betrachten mich sicher mit ganz anderen Augen. Vielleicht entdecken sie sogar völlig unbekannte Seiten an mir!

Wir gelangen in eine Zimmerflucht mit großen Umkleideräumen, und die Frau führt mich mit einem Lächeln in einen hinein.

»Ihre persönliche Einkaufsberaterin heute ist Erin«, sagt sie. »Erin ist erst vor Kurzem von einem anderen Kaufhaus zu uns gewechselt, darum wird ihr eine unserer bewährten Einkaufsberaterinnen zur Seite stehen. Sie haben doch nichts dagegen, oder?«

»Überhaupt nicht!«, sage ich und ziehe meinen Mantel aus.

»Möchten Sie Tee, Kaffee oder Sekt?«

»Sekt, bitte«, sage ich schnell. »Danke.«

»Gern geschehen«, erwidert sie lächelnd. »Und da kommt auch schon Erin.«

Interessiert blicke ich auf und sehe ein großes, dünnes Mädchen hereinkommen. Sie hat lange, glatte blonde Haare und einen kleinen, irgendwie zerknautscht aussehenden Mund. Im Grunde sieht ihr ganzes Gesicht so aus, als ob es mal zwischen zwei Aufzugtüren geraten wäre und sich davon nie recht erholt hätte.

»Guten Tag«, sagt sie, und ich beobachte fasziniert ihren Mund, als sie lächelt. »Ich bin Erin – und ich werde Ihnen dabei helfen, das Outfit zu finden, das Ihren Bedürfnissen am besten entspricht.«

»Super!«, freue ich mich. »Dann mal los.«

Ich frage mich, wie Erin an diesen Job gekommen ist. Auf Grund ihres Schuhgeschmacks wohl kaum.

»Gut …« Erin sieht mich nachdenklich an. »Was brauchen Sie denn heute?«

»Ich muss morgen zu Probeaufnahmen beim Fernsehen«, erkläre ich. »Ich möchte … schick aussehen, aber auch frech und vor allem umgänglich. Mit einem witzigen Kniff irgendwo.«

»Mit einem witzigen Kniff«, wiederholt Erin und notiert sich etwas auf ihrem Block. »Gut. Hatten Sie an ein… Kostüm gedacht? Oder an einen Blazer?«

»Also«, hebe ich an und erkläre ihr dann haarklein, was ich mir vorgestellt hatte. Erin hört aufmerksam zu, und eine dunkelhaarige Frau mit Hornbrille, die ab und zu in der Tür erscheint, ebenso.

»Gut«, sagt Erin, als ich endlich fertig bin. »Na, da haben Sie ja schon recht klare Vorstellungen…« Sie klopft sich mit dem Stift gegen die Schneidezähne. »Jetzt muss ich mal nachdenken… wir haben einen sehr hübschen, taillierten Blazer von Moschino, mit Rosen auf dem Kragen…«

»Ach, den habe ich auch schon gesehen!«, sage ich entzückt. »An den hatte ich auch gedacht!«

»Den zusammen mit… Wir haben da einen neuen Rock in der Barney's Collection…«

»Den schwarzen?«, frage ich. »Mit den Knöpfen hier? Ja, an den hatte ich auch gedacht, aber der ist ein bisschen kurz. Vielleicht besser den knielangen. Sie wissen schon, den mit dem Band auf dem Saum…«

»Ja, mal sehen«, sagt Erin und lächelt erfreut. »Ich werde ein paar Sachen für Sie zusammensuchen, und dann gehen wir sie gemeinsam durch.«

Sie verlässt den Raum, um Klamotten zu suchen, und ich setze mich und trinke Sekt. Eigentlich gar nicht schlecht. Ist doch viel einfacher, als wenn ich selbst den ganzen Laden abklappern müsste. Aus dem benachbarten Umkleideraum höre ich, wie sich jemand murmelnd unterhält – bis auf einmal eine Frau aufgeregt ruft: »Dem zeige ich es, diesem Arschloch. Dem zeige ich es!«

»Ja, natürlich zeigen Sie es ihm, Marcia«, entgegnet eine ruhige Stimme, die, glaube ich, der Frau mit der Hornbrille gehört. »Natürlich. Aber nicht in einem kirschroten Hosenanzug.«

»Okaaaay!« Erin ist zurück und schiebt einen voll behängten Kleiderständer auf Rollen herein. Ich beäuge schnell ihre Auswahl und stelle fest, dass ich einige dieser Dinge bereits selbst herausgesucht hatte. Aber was ist mit dem knielangen Rock? Und wo ist der tolle auberginefarbene Hosenanzug mit dem Samtkragen?

»Hier, wenn Sie diesen Blazer anprobieren möchten … und den Rock …«

Ich nehme ihr die beiden Teile ab und betrachte den Rock mit einer gewissen Skepsis. Ich weiß genau, dass er zu kurz ist. Aber gut, sie ist die Expertin … Ich ziehe mir schnell den Blazer und den Rock an und stelle mich dann vor einen Spiegel direkt neben Erin.

»Der Blazer ist ein Traum«, schwärme ich. »Passt wie angegossen. Der Schnitt ist einfach klasse.«

Zum Rock möchte ich lieber nichts sagen. Schließlich möchte ich nicht ihre Gefühle verletzen – aber der sieht wirklich blöd aus.

»Dann wollen wir mal sehen.« Erin legt den Kopf zur Seite und betrachtet mich im Spiegel. »Ich glaube, ein knielanger Rock würde doch besser aussehen.«

»Der, von dem ich schon gesprochen hatte«, sage ich erleichtert. »Der ist im siebten Stock, direkt neben …«

»Mag schon sein.« Sie lächelt. »Aber ich hatte an ein paar andere Röcke gedacht …«

»Oder der von Dolce & Gabbana im dritten Stock«, schlage ich vor. »Den habe ich mir vorhin schon angesehen. Oder der von DKNY.«

»DKNY?« Erin runzelt die Stirn. »Ich glaube nicht ...«

»Die sind gerade neu reingekommen«, kläre ich sie auf. »Ich glaube, gestern. Die sind *so* hübsch. Sollten Sie sich mal ansehen.« Ich drehe mich zu ihr um und betrachte ihr Outfit. »Wissen Sie was? Der malvenfarbene Rock von DKNY würde super zu dem Stehkragentop passen, das Sie anhaben. Und dann noch die neuen Stephane-Kelian-Stiefel dazu, die mit den spitzen Absätzen. Wissen Sie, welche ich meine?«

»Ich weiß, welche Sie meinen«, erwidert Erin hölzern. »Die aus Krokodil- und Wildleder.«

Überrascht sehe ich sie an.

»Nein, nicht die! Die aus der *neuen* Kollektion. Mit der Naht hinten. Die sind so toll! Die würden eigentlich ziemlich gut zu dem knielangen Rock passen ...«

»Danke!«, unterbricht Erin mich ungehalten. »Ich werde es mir merken.«

Mein Gott. Wieso regt sie sich denn jetzt so auf? Ich will ihr doch nur helfen. Man sollte meinen, sie würde sich darüber freuen, dass ich mich so für ihren Laden interessiere!

Obwohl sie selbst sich darin ja nicht so wahnsinnig gut auszukennen scheint.

»Hallo!«, erklingt eine Stimme von der Tür her. Es ist die Frau mit der Hornbrille, die im Türrahmen lehnt und mich interessiert ansieht. »Alles in Ordnung?«

»Ja, sicher, danke!«, versichere ich ihr strahlend.

»Erin«, wendet sich die Frau an meine Einkaufsberaterin. »Sie holen jetzt doch sicher den knielangen Rock für die Kundin, richtig?«

»Ja«, sagt Erin und lächelt gequält. »Ich hole ihn.«

Sie verschwindet, und ich kann es mir nicht verkneifen, zu dem Kleiderständer hinüberzugehen, um zu gucken, was sie sonst noch mitgebracht hatte. Die Frau mit der Brille beobachtet mich einen Moment, dann kommt sie herein und streckt mir die Hand entgegen.

»Christina Rowan«, stellt sie sich vor. »Ich bin die Leiterin der Persönlichen Einkaufsberatung.«

»Hallo«, sage ich und begutachte ein hellblaues Hemd von Jill Stuart. »Ich bin Becky Bloomwood.«

»Und Sie kommen aus England, wenn ich Ihren Akzent richtig deute?«

»Aus London. Aber ich ziehe bald nach New York!«

»Ach ja?« Christina Rowan lächelt mich einnehmend an. »Und was machen Sie so, Becky? Sind Sie in der Modebranche?«

»Nein, nein. Mehr in der Geldbranche.«

»Geld! Ach so.« Sie zieht die Augenbrauen hoch.

»Ich gebe Leuten im Fernsehen Rat, was sie mit ihrem Geld machen sollen. Sie wissen schon, Rentenversicherungen und so ...« Ich nehme eine herrlich weiche Kaschmirhose vom Ständer. »Ist die nicht wunderschön? Viel besser als die von Ralph Lauren. *Und* billiger.«

»Ja, die ist toll, nicht?« Sie wirft mir einen etwas seltsamen Blick zu. »Freut mich, eine so begeisterte Kundin zu haben. Sie fasst in ihre Jackentasche und holt eine Visitenkarte hervor. »Schauen Sie doch mal herein, wenn Sie wieder hier sind!«

»Gerne!«, strahle ich sie an. »Und vielen Dank.«

Bis ich endlich fertig bin bei Barneys, ist es schon vier Uhr. Ich winke mir ein Taxi heran und fahre zurück ins Four Seasons. Als ich unsere Zimmertür aufdrücke und mich im Schrankspiegel sehe, bin ich immer noch ganz high – ach, was sage ich, ich bin hysterisch! Wie ein kleines Kind freue ich mich über das, was ich heute Nachmittag getan habe. Über das, was ich gekauft habe.

Ich weiß, ich wollte nur ein einziges Outfit für die Probeaufnahmen morgen kaufen. Aber dann … Na ja, also, ich bin … ich habe … also, ich konnte mich nicht mehr bremsen. Letztendlich habe ich Folgendes eingekauft:

1. Moschino-Blazer
2. Knielanger Barneys-Rock
3. Calvin-Klein-Unterwäsche
4. Neue Strumpfhose
5. und …
6. Ein Cocktailkleid von Vera Wang

Okay. Also … bevor Sie was sagen: Ich *weiß*, dass ich eigentlich kein Cocktailkleid kaufen sollte. Ich *weiß*, dass ich Erins Frage, ob ich an Abendgarderobe interessiert sei, ganz einfach mit »Nein« hätte beantworten sollen.

Aber … ich konnte nicht. Ich *konnte* einfach nicht. Dieses Vera-Wang-Kleid. Dunkelviolett, mit tiefem Rückenausschnitt und strassbesetzten Spagettiträgern. Es sah so perfekt aus, wie für einen Filmstar! Alle wollten sie mich darin sehen, und als ich den Vorhang der Kabine aufzog, keuchten sie vor Bewunderung.

Ich habe mich selbst völlig fasziniert angestarrt. Ich war verzückt, mich so zu sehen – ich war ein ganz anderer Mensch! So konnte ich also auch aussehen. Keine Frage – ich musste das Kleid haben. Ich *musste*. Als ich den Kreditkartenwisch unterschrieb … war ich gar nicht mehr ich selbst. Ich war Grace Kelly. Ich war Gwyneth Paltrow. Ich war irgendeine glamouröse Frau, die ganz lässig ihre Unterschrift unter den Betrag von mehreren Tausend Dollar setzt, dabei lächelt und die Verkäuferin anlacht, als wenn das für sie Peanuts wären.

Mehrere Tausend Dollar.

Obwohl, für ein Designerkleid von Vera Wang ist das eigentlich richtig …

Na ja, also, es ist doch geradezu …

O Gott, mir wird schlecht. Ich will gar nicht daran denken, wie viel das Kleid gekostet hat. Wozu auch? Schließlich werde ich jahrelang Freude daran haben. Jah-re-lang. Und ich *muss* Designerklamotten haben, wenn ich ein berühmter Fernsehstar werden will. Schließlich werde ich immer wieder zu irgendwelchen wichtigen Anlässen eingeladen werden – und da kann ich wohl schlecht in Sachen von Marks & Spencer auftauchen, oder? Eben.

Und ich habe ja ein Kreditkartenlimit von 10000 Pfund. Na, also. Das hätte man mir wohl kaum eingeräumt, wenn man nicht davon ausginge, dass ich mir das leisten kann, oder?

Ich höre ein Geräusch an der Tür und springe auf. Mein Herz klopft wie wild, als ich den Kleiderschrank aufmache, in dem ich alle meine Einkäufe verstaut habe, und meine Barneys-Tüten hineinstopfe. Ich mache die

Schranktür wieder zu und drehe mich genau in dem Moment mit einem Lächeln auf den Lippen um, als Luke in ein Gespräch per Handy vertieft das Zimmer betritt.

»Natürlich habe ich mich unter Kontrolle, verdammt noch mal!«, faucht er wütend ins Telefon. »Was zum Teufel bilden die sich eigentlich…« Er verstummt und hört kurz zu. »Ja, ich weiß«, sagt er nun etwas ruhiger. »Ja. Okay, mache ich. Wir sehen uns morgen, Michael. Danke.«

Er schaltet sein Handy ab, legt es weg und sieht mich an, als hätte er fast vergessen, wer ich überhaupt bin.

»Hi!«, sagt er und stellt seinen Aktenkoffer auf einem Stuhl ab.

»Hi!«, begrüße ich ihn fröhlich und entferne mich vom Kleiderschrank. »Kennen wir uns?«

»Ich weiß«, sagt Luke und reibt sich müde das Gesicht. »Tut mir leid. Die letzten Tage waren… offen gestanden, ein Albtraum. Aber ich habe gehört, dass du zu Probeaufnahmen kommen sollst. Großartig.«

Er geht an die Minibar, schenkt sich einen Scotch ein und kippt ihn in einem Zug herunter. Dann schenkt er sich noch einen ein und trinkt einen Schluck, während ich ihn besorgt beobachte. Er ist ganz blass und angespannt, fällt mir auf. Und er hat Ringe unter den Augen.

»Und der Deal…? Wie läuft der?«, frage ich vorsichtig.

»Es geht«, antwortet er. »Mehr kann ich dazu leider nicht sagen.« Er geht zum Fenster hinüber und richtet den Blick starr auf die Skyline von Manhattan. Ich beiße mir nervös auf die Lippe.

»Luke – könnte denn nicht jemand anders zu all diesen Meetings gehen? Könnte nicht jemand aus London kommen und dich ein bisschen entlasten? Alicia zum Beispiel?«

Es bringt mich fast um, ihren Namen auszusprechen – aber ich mache mir wirklich langsam ernsthaft Sorgen. Trotzdem bin ich erleichtert, als Luke den Kopf schüttelt.

»In diesem Stadium kann ich unmöglich jemand Neues ins Spiel bringen. Ich habe es bisher allein geschafft, jetzt werde ich es auch allein durchziehen. Ich hatte nur nicht damit gerechnet, dass die so verdammt nervös werden würden. Ich hatte keine Ahnung, dass die so …« Er setzt sich auf einen Sessel und trinkt einen Schluck von seinem Scotch. »Ich meine, Herrgott noch mal, die stellen vielleicht viele Fragen. Ich weiß ja, dass die Amerikaner gründlich sind, aber …« Ungläubig schüttelt er den Kopf. »Die wollen wirklich *alles* wissen. Über jeden einzelnen Kunden, über jeden einzelnen potenziellen Kunden, über jeden, der jemals für die Firma gearbeitet hat, über jede Mitteilung, die ich je geschrieben habe … Ist in dieser Sache ein Rechtsstreit zu befürchten? Wer war 1993 Ihre Rezeptionistin? Was für ein Auto fahren Sie? Welche gottverdammte … Zahnpasta benutzen Sie?«

Er verstummt und trinkt sein Glas aus. Bestürzt sehe ich ihn an.

»Das müssen ja schreckliche Leute sein«, sage ich. Ein Anflug von einem Lächeln huscht über sein Gesicht.

»Sie sind nicht schrecklich. Nur unglaublich konservativ. Investoren der alten Schule – und irgendetwas irritiert sie. Ich weiß nur nicht, was.« Er atmet scharf aus. »Ich muss sie bloß beruhigen. Ich muss dafür sorgen, dass die Sache weiterläuft.«

Seine Stimme bebt ein wenig, und seine Hand umklammert krampfartig das Glas. So habe ich Luke noch nie gesehen. Normalerweise sieht er immer so unglaublich cool aus, so gefasst …

»Luke, ich glaube, du solltest dir mal einen Abend frei nehmen. Heute Abend hast du doch keinen Termin, oder?«

»Nein«, sagt Luke und sieht auf. »Aber ich muss noch ein paar Unterlagen durchgehen. Morgen habe ich ein ganz großes Meeting mit allen Investoren. Da muss ich vorbereitet sein.«

»Du *bist* vorbereitet!«, sage ich. »Was viel wichtiger ist: Du musst *entspannt* sein. Wenn du die ganze Nacht arbeitest, bist du morgen müde, angespannt und gereizt.« Ich gehe zu ihm, nehme ihm das Glas aus der Hand und fange an, ihm die Schultern zu massieren. »Komm schon, Luke. Du brauchst wirklich mal einen freien Abend. Ich wette, Michael würde das Gleiche sagen. Oder?«

»Er sagt mir schon die ganze Zeit, dass ich mich locker machen soll«, gesteht Luke nach einer ziemlich langen Pause.

»Na also! Dann mach dich jetzt mal locker! Komm, ein paar Stunden Spaß und Vergnügen haben noch niemandem geschadet. Wir werfen uns beide in Schale und gehen irgendwohin, wo es richtig nett ist, und tanzen und trinken Cocktails.« Ich küsse ihn zärtlich in den Nacken. »Ich meine, wenn man schon mal in New York ist, muss man sich doch auch amüsieren, oder?«

Luke schweigt schon wieder, und ich befürchte ernsthaft, dass er mir jetzt sagt, er habe keine Zeit. Aber dann dreht er sich plötzlich zu mir um, und ich kann ein winziges Lächeln erkennen. Gott sei Dank.

»Du hast recht«, sagt er. »Komm. Wir gehen aus.«

Und ehe ich es mich versehe, verbringe ich den märchenhaftesten, glamourösesten, glanzvollsten Abend meines Lebens mit Luke. Ich ziehe mein Vera-Wang-Kleid an, Luke seinen besten Anzug, und dann gehen wir in ein sagenhaftes Restaurant, wo die Gäste Hummer essen und wie im Film eine Jazzband spielt. Luke bestellt Bellinis, wir stoßen an, und als er sich nach und nach entspannt, erzählt er mir etwas mehr über seinen Deal. Offen gestanden, er vertraut mir mehr an denn je.

»Diese Stadt«, sagt er und schüttelt den Kopf, »verlangt einem alles ab. Das ist wie … an einem Abgrund entlang Ski zu fahren. Ein Fehler – und das war's. Man stürzt ab.«

»Und wenn man keinen Fehler macht?«

»Dann gewinnt man. Dann gewinnt man auf der ganzen Linie.«

»Du wirst gewinnen«, sage ich zuversichtlich. »Du wirst sie morgen alle für dich gewinnen.«

»Und du wirst bei den Probeaufnahmen alle für dich gewinnen«, erwidert Luke, als ein Kellner mit dem ersten Gang an unserem Tisch erscheint: Zwei geniale Skulpturen aus Meeresfrüchten. Er schenkt uns Wein ein, und Luke hebt sein Glas, um mit mir anzustoßen.

»Auf dich, Becky. Du wirst wahnsinnigen Erfolg haben.«

»Nein, *du* wirst wahnsinnigen Erfolg haben«, antworte ich. Mir ist so wohlig warm vor lauter Freude. »Wir werden beide wahnsinnigen Erfolg haben!«

Vielleicht kommt das vom Bellini, der mir zu Kopf steigt, aber auf einmal fühle ich mich wieder genau wie bei Barneys, als ich das Kleid anprobiert habe. Ich bin nicht die alte Becky – ich bin ein neuer, anderer, schillernder Mensch. Wieder und wieder werfe ich einen Blick in den Spiegel in unserer Nähe und versetze mich damit immer mehr in Ekstase. Jetzt sehen Sie mich doch mal an! Total selbstsicher und tipptopp gepflegt in einem New Yorker Restaurant in einem Mehreretausend-Dollar-Kleid an der Seite meines wunderbaren, erfolgreichen Freundes – und morgen habe ich einen Termin für Probeaufnahmen beim amerikanischen Fernsehen!

Ich bin wie berauscht vor lauter Glück. Diese teure Glitzerwelt ist genau das, wo ich immer hinwollte. Limousinen und Blumen, im Wellness-Center gezupfte Augenbrauen und Designerklamotten von Barneys, ein Portemonnaie voller Visitenkarten von wichtigen Fernsehleuten. Das sind die Menschen, mit denen ich zurechtkomme: Hier gehöre ich her. Mein altes Leben ist Lichtjahre von mir entfernt – es ist höchstens noch ein winziger Punkt am Horizont. Mum und Dad und Suze … mein chaotisches Zimmer in Fulham … *EastEnders* und Pizza … Seien wir doch mal ehrlich: Das war doch nie wirklich ich, oder?

Wir machen die Nacht zum Tag. Wir tanzen zur Musik der Jazzband, wir essen Passionsfruchtsorbet und reden über alles außer das Geschäft. Als wir ins Hotel zurückkommen, lachen wir ausgelassen, stolpern über unsere eigenen Füße, und Lukes Hand bewegt sich zielstrebig unter mein Kleid.

»Miss Bloomwood?«, meldet sich der Concierge, als wir an der Rezeption vorbeikommen. »Eine Susan Cleath-Stuart aus London hat für Sie angerufen und bittet um Rückruf. Ganz gleich, wie spät es ist. Es klang sehr dringend.«

»O Gott.« Ich verdrehe die Augen. »Die ruft doch nur an, um mir einen Vortrag darüber zu halten, dass ich nicht so viel für das Kleid hätte ausgeben sollen. ›Wie viel? Ach, Bex, du hast mir doch *versprochen*‹...«

»Das Kleid ist ein Traum«, sagt Luke und streicht bewundernd von oben bis unten über den Stoff. »Nur ein bisschen zu viel Stoff. Das Stück hier ist zum Beispiel völlig überflüssig ... und das hier auch ...«

»Möchten Sie ihre Nummer?«, fragt der Concierge und hält mir ein Stück Papier entgegen.

»Nein danke«, winke ich ab. »Ich rufe sie morgen zurück.«

»Und bitte«, trägt Luke ihm auf, »bis auf Weiteres keine Anrufe zu uns durchstellen.«

»Sehr wohl«, sagt der Concierge mit einem Augenzwinkern. »Gute Nacht, Sir. Gute Nacht, Ma'am.«

Im Aufzug nach oben grinsen wir einander albern an, und als wir in unserem Zimmer angelangt sind, merke ich, dass ich ganz schön betrunken bin. Mein einziger Trost ist, dass Luke auch total breit aussieht.

»Das«, sage ich, als die Tür hinter uns ins Schloss fällt, »war die schönste Nacht meines Lebens. Die allerschönste.«

»Und sie ist noch nicht vorbei«, prophezeit Luke und kommt mit einem bedeutungsvollen Glitzern in den Augen auf mich zu. »Ich habe das starke Bedürfnis, Sie für Ihre unglaublich einsichtigen Kommentare zu belohnen, Miss Bloomwood. Sie hatten recht. Erst die Arbeit…« Er fängt an, mir die Träger meines Vera-Wang-Kleides von den Schultern zu schieben. »…dann das Vergnügen…«, murmelt er nur Millimeter von meiner Haut entfernt. »Oder war es umgekehrt?«

Und damit purzeln wir gemeinsam auf das Bett. Seine Lippen sind auf meinen, und in meinem Kopf dreht sich alles vor Alkohol und Freudentaumel. Als Luke sein Hemd auszieht, sehe ich mich kurz im Spiegel. Einen Moment lang starre ich die vor Glück berauschte Frau an und höre eine innere Stimme sagen: Diesen Moment darfst du nie vergessen. Du darfst ihn nie vergessen, Becky, weil das Leben in diesem Moment perfekt ist.

Alles Weitere verschwimmt zu einem alkoholisierten, lustbetonten Nebel. Das Letzte, woran ich mich erinnern kann, ist, dass Luke mich auf die Augenlider küsst, mir eine gute Nacht wünscht und mir sagt, dass er mich liebt. Das ist das Letzte.

Dann bricht die Katastrophe über mich herein.

Daily World, Freitag, 06. Oktober 2000

SCHEIN ODER SEIN?
DAS IST HIER DIE FRAGE!

GELDGURU IST EIN FINANZFIASKO!

Sie sitzt bei *Morning Coffee* auf dem Sofa und berät Millionen von Zuschauern in Geldangelegenheiten. Doch die *Daily World* kann heute exklusiv enthüllen, dass die scheinheilige Becky Bloomwood finanziell selbst am Rande eines Abgrunds steht. Becky, deren Slogan »Was Sie heute für Ihr Geld tun, tut Ihr Geld morgen für Sie« lautet, muss sich für Schulden in Höhe von mehreren Tausend Pfund verantworten, und der Manager ihrer Hausbank hat sie als »eine Schande für unser Geldinstitut« bezeichnet.

GERICHTLICHE VORLADUNG

Die Damenboutique La Rosa hat eine gerichtliche Vorladung der bankrotten Becky Bloomwood erwirkt, und Beckys Mitbewohnerin Susan Cleath-Stuart (rechts) räumt ein, dass Becky oft mit der Miete hinterher ist. Doch die vergnügungssüchtige Becky stürzt sich lieber zusammen mit ihrem Unternehmerfreund Luke Brandon (unten rechts) hemmungslos in das New Yorker Jet-Set-Leben. »Becky hat es ganz klar nur auf Lukes Geld abgesehen«, versichert uns eine zuverlässige Quelle innerhalb von Brandon Communications. Miss Cleath-Stuart macht kein Geheimnis daraus, dass sie nichts dagegen hätte, wenn Becky ausziehen würde. »Ich brauche mehr Platz für meine Arbeit«, sagt sie. »Wahrscheinlich muss ich mir ein Büro mieten.«

KAUFSÜCHTIG

Zwar ist die gerade 26-Jährige in einem der teuersten Luxushotels New Yorks, dem Four Seasons, abgestiegen, doch hat sie zugegeben, keine Ahnung zu haben, wie viel diese Unterbringung überhaupt kostet. Die *Daily World* beobachtete sie dabei, wie sie über £100 nur für Grußkarten ausgab, ihren Einkaufsbummel dann fortsetzte und innerhalb weniger Stunden Luxuskleidung und Geschenke im Wert von über £1.000 erwarb.

ENTSETZT

Die Zuschauer von *Morning Coffee* waren erschüttert, als sie die Wahrheit über die angebliche Finanzexpertin erfuhren. »Ich bin fassungslos«, sagte Irene Watson aus Sevenoaks. »Ich habe vor ein paar Wochen angerufen und Becky um Rat in Bankangelegenheiten gefragt. Jetzt wünschte ich, ich hätte nie auf sie gehört. Ich werde mich umgehend von jemand anderem neu beraten lassen.« Die Mutter zweier Kinder fügte hinzu: »Ich bin schockiert und finde es eine Schande, dass die Produzenten von *Morning Coffee*

Fortsetzung auf Seite 54

ZWÖLF

Zuerst weiß ich natürlich nicht, dass etwas nicht stimmt. Ich wache extrem verschlafen auf und sehe, dass Luke mir eine Tasse Tee reicht.

»Hör doch mal die Nachrichten ab«, sagt er, küsst mich und verschwindet in Richtung Dusche. Ich trinke ein paar Schlucke Tee, nehme den Telefonhörer ab und drücke auf die Sternchen-Taste.

»Sie haben dreiundzwanzig Nachrichten«, sagt die elektronische Stimme – und mir fällt fast die Kinnlade herunter. Dreiundzwanzig? Ob das wohl alles Jobangebote sind?, ist mein erster Gedanke. Vielleicht sind das Leute aus Hollywood! Au ja! Aufgeregt wie ein Kind drücke ich den Abhörknopf. Die erste Nachricht ist aber kein Jobangebot – es ist Suze, und sie klingt fix und fertig.

»Bex, bitte ruf mich an. Sobald du diese Nachricht hörst. Es ist … Es ist wirklich dringend. Bye.«

Die Stimme fragt mich, ob ich die anderen Nachrichten hören möchte – und ich zögere einen Moment. Aber Suze klang so verzweifelt … Und ein klein wenig reumütig erinnere ich mich daran, dass sie gestern Abend schon angerufen hatte. Ich wähle also unsere Nummer, doch zu meiner Überraschung geht der Anrufbeantworter dran.

»Hi! Ich bin's!«, plappere ich los, sobald Suzes Begrüßungsspruch vorbei ist. »Aber du bist wohl nicht zu Hause. Na, dann gehe ich davon aus, dass sich die Sache, was auch immer es war, wieder eingerenkt …«

»Bex!« Mir platzt fast das Trommelfell. »Oh, mein Gott, Bex, wo warst du denn bloß?«

»Aus«, antworte ich verdattert. »Und dann habe ich geschlafen. Suze, ist alles …«

»Bex, das habe ich nie gesagt!«, unterbricht sie mich außer sich. »Das musst du mir glauben. So etwas würde ich *nie* sagen. Die haben … alles völlig verdreht, was ich gesagt habe. Ich habe es deiner Mum erzählt. Ich hatte doch keine Ahnung …«

»Meine Mum?«, frage ich überrascht. »Suze, jetzt mal langsam, bitte. Wovon redest du eigentlich?«

Schweigen.

»O Gott«, sagt Suze. »Jetzt sag bloß, du hast es noch nicht gesehen?«

»Was gesehen?«

»Die *Daily World*«, sagt Suze. »Ich … Ich dachte, ihr habt da alle britischen Zeitungen.«

»Haben wir auch.« Ich reibe mir das Gesicht. »Aber die liegen bestimmt noch vor der Tür. Ist da … Ist was über mich in der Zeitung?«

»Nein«, antwortet Suze einen Tick zu hastig. »Nein. Ich meine … nur eine klitzekleine Notiz. Nicht der Rede wert. Würde ich mir an deiner Stelle gar nicht erst ansehen. Weißt du was – schmeiß die *Daily World* am besten weg. Wirklich. Ist das Beste, das du tun kannst. Weg damit. Ohne überhaupt reinzugucken.«

»Das hört sich ja nicht so gut an«, sage ich ängstlich. »Sehen meine Beine richtig fett aus oder so was?«

»Nein nein, gar nichts!«, winkt Suze ab. »Wirklich nichts! Und – warst du schon im Rockefeller Center? Soll ganz toll sein! Oder bei F. A. O. Schwarz? Oder …«

»Suze, halt mal kurz die Luft an«, unterbreche ich sie. »Ich hole jetzt die *Daily World* rein. Und dann rufe ich dich wieder an.«

»Okay, Bex, aber bitte, du darfst eins nicht vergessen«, beeilt Suze sich zu sagen. »Die *Daily World* liest sowieso kein Mensch. Du weißt schon, drei Leute vielleicht. Und morgen werden Fish and Chips drin verkauft. Und du weißt genauso gut wie ich, dass in den Zeitungen nur Lügen stehen …«

»Gut«, sage ich und versuche, ruhig zu bleiben. »Ich werde dran denken. Und jetzt mach dir mal keine Sorgen, Suze. Ich lasse mich so leicht nicht aus der Fassung bringen.«

Doch als ich auflege, zittert meine Hand. Was zum Himmel haben die denn über mich geschrieben? Ich eile zur Tür, schnappe mir den Zeitungsstapel und schleppe ihn zum Bett. Ich ziehe die *Daily World* aus dem Stapel und fange fieberhaft an, sie durchzublättern. Eine Seite nach der anderen … aber da ist nichts. Ich fange noch mal ganz vorn an und blättere etwas langsamer, während ich aufmerksam alle kleinen Kästchen ansehe – aber da ist keine Rede von mir. Etwas ratlos lege ich mich zurück in die Kissen. Was hat Suze denn bloß gemeint? Warum war sie denn bloß so …

Da fällt mein Blick auf die Doppelseite aus der Mitte der Zeitung. Sie liegt einzeln und noch zusammengefaltet auf dem Bett – wahrscheinlich ist sie mir vorhin in der Hektik herausgerutscht. Ganz langsam strecke ich meine Hand danach aus. Ich schlage die Doppelseite auf. Und fühle mich, als hätte mir jemand in den Bauch geboxt.

Da ist ein Bild von mir. Ein Foto, das ich nicht kenne – nicht besonders schmeichelhaft. Ich laufe durch irgendeine Straße... eine Straße in New York, wird mir mit Schrecken bewusst. Und ich habe massenweise Einkaufstüten in der Hand. Und da ist ein Bild von Luke mit einem Kreis darum. Und ein kleines Bild von Suze. Und die Überschrift lautet...

O Gott. Nein, das bringe ich nicht über die Lippen. Das kann ich Ihnen einfach nicht sagen. Das ist... Das ist ja schrecklich!

Ein riesengroßer, über die doppelte Mittelseite aufgemachter Artikel. Während ich ihn lese, klopft mein Herz immer schneller. Mir wird heiß und kalt. Das ist so gemein. Das ist so... unterhalb der Gürtellinie. Ich lese die Hälfte des Artikels, dann kann ich nicht mehr. Ich schlage die Zeitung zu und starre fassungslos in die Luft. Ich glaube, ich muss mich übergeben.

Doch kurz darauf schlage ich die Zeitung mit zitternden Händen wieder auf. Ich muss ganz genau lesen, was die geschrieben haben. Jedes einzelne, demütigende Wort.

Als ich fertig gelesen habe, bin ich völlig benommen. Ich kann nicht glauben, dass das wirklich passiert. Diese Zeitung ist bereits mehrere Millionen Mal gedruckt worden. Es ist zu spät, ich kann nichts mehr dagegen unternehmen. Und in Großbritannien, wird mir auf einmal bewusst, liegt die *Daily World* schon seit Stunden in den Kiosken. Meine Eltern haben sie bestimmt bereits gelesen. Jeder, den ich kenne, hat sie schon gelesen. Ich bin ohnmächtig. Mir sind die Hände gebunden.

Das Telefon schrillt, und ich zucke panisch zusammen. Dann klingelt es noch einmal, und ich sehe es entsetzt an. Ich kann nicht drangehen. Ich kann mit niemandem sprechen. Nicht einmal mit Suze.

Als das Telefon zum vierten Mal klingelt, kommt Luke vollständig angezogen und frisiert mit langen Schritten aus dem Bad.

»Willst du nicht rangehen?«, fragt er knapp und nimmt ab. »Hallo? Ja, Luke Brandon hier.«

Mir wird kalt vor Angst, und ich wickele mich fest in die Bettdecke.

»Gut«, sagt Luke. »In Ordnung. Bis später dann.« Er legt auf und kritzelt etwas auf einen Block Papier.

»Wer war das?«, frage ich und bemühe mich, ruhig zu klingen.

»Eine Sekretärin von JD Slade«, antwortet er und legt den Stift hin. »Der Zeitplan wurde geändert.«

Er zieht sich die Schuhe an, und ich sage gar nichts. Meine Hand klammert sich verkrampft um die Mittelseiten der *Daily World*. Ich will es ihm zeigen … und ich will es ihm nicht zeigen. Ich will nicht, dass er diese fürchterlichen Sachen über mich liest. Aber ich kann auch nicht zulassen, dass jemand anders es ihm zeigt.

O Gott, ich kann doch nicht ewig so hier sitzen bleiben und nichts sagen. Ich mache die Augen zu, atme tief durch und sage:

»Luke, ich bin in der Zeitung.«

»Schön«, sagt Luke abwesend und bindet sich die

Krawatte. »Habe ich mir schon gedacht, dass du bald ein bisschen Publicity bekommst. Welche Zeitung?«

»Es … ist gar nicht schön«, widerspreche ich und benetze meine trockenen Lippen. »Es ist sogar absolut unschön.«

Luke dreht sich zu mir um und sieht, was ich für ein Gesicht mache.

»Ach Becky«, sagt er. »So schlimm kann es doch gar nicht sein. Komm schon, zeig mal her. Was schreiben sie denn?« Er streckt die Hand aus, aber ich rühre mich nicht.

»Es ist … furchtbar, Luke. Wirklich schrecklich. Mit einem ziemlich großen Foto …«

»Nun sag bloß, deine Haare saßen an dem Tag nicht perfekt?«, spöttelt Luke und zieht sein Jackett über. »Becky, Publicity ist nie hundertprozentig perfekt. *Irgendetwas* findet man immer, was einem daran nicht gefällt. Mal sind es die Haare, mal etwas, das man gesagt hat …«

»Luke!«, rufe ich verzweifelt. »Darum geht es nicht! Hier … sieh dir das an.«

Ich falte langsam die Zeitung auf und gebe sie Luke. Er nimmt sie immer noch heiter entgegen – doch je länger er sie studiert, desto mehr verschwindet sein Lächeln.

»Verdammt noch mal – bin *ich* das?« Er sieht kurz zu mir auf, ich schlucke und wage nicht, etwas zu sagen. Dann überfliegt er den Artikel, während ich ihm nervös dabei zusehe.

»Stimmt das?«, fragt er schließlich. »Ist das wahr?«

»N-nein!«, stammle ich. »Also, zumindest … nicht … nicht alles. Teilweise ist …«

»Hast du Schulden?«

Ich begegne seinem Blick und merke, wie ich feuerrot werde.

»Ein … ein bisschen. Aber lange nicht so viele, wie die behaupten … Ich meine, ich weiß auch nichts von einer gerichtlichen Vorladung …«

»Mittwochnachmittag?« Er schlägt mit dem Handrücken auf die Zeitung. »Herrgott noch mal. Da warst du im Guggenheim. Such mal deine Eintrittskarte heraus, dann können wir beweisen, dass du da warst, und einen Widerruf verlangen …«

»Ich … Also … Luke …« Er sieht auf, und mir wird schon wieder angst und bange. »Ich war nicht im Guggenheim. Ich … Ich war … einkaufen.«

»Du warst …« Er starrt mich an – und dann liest er den Artikel noch einmal. Schweigend.

Als er fertig ist, starrt er blicklos vor sich hin.

»Das glaube ich nicht«, sagt er so leise, dass ich ihn kaum höre.

Er sieht genauso elend aus, wie ich mich fühle – und ich spüre, wie mir Tränen in die Augen steigen.

»Ich weiß.« Meine Stimme zittert. »Es ist furchtbar. Die müssen mich verfolgt haben. Die müssen den ganzen Tag in meiner Nähe gewesen sein. Die haben mich beobachtet und mir *nachspioniert* …« Ich sehe zu Luke und hoffe auf eine Reaktion, aber er glotzt weiter Löcher in die Luft. »Luke, hast du denn gar nichts dazu zu sagen? Ist dir überhaupt klar …«

»Ist *dir* überhaupt klar, Becky«, unterbricht er mich. Er wendet sich mir zu, und als ich seine Miene sehe, weicht mir sämtliches Blut aus dem Gesicht. »Ist dir klar, was das für *mich* bedeutet?«

»Es tut mir leid«, würge ich hervor. »Ich weiß, dass du nicht gern in der Zeitung bist …«

»Das hat verdammt noch mal nichts damit zu tun, ob …« Er unterbricht sich selbst und spricht etwas ruhiger weiter: »Becky, ist dir klar, wie mich das dastehen lässt? Heute? *Ausgerechnet* heute?«

»Ich … Ich habe doch nicht …«, flüstere ich.

»In einer Stunde habe ich ein Meeting, bei dem ich eine verstaubte, konservative New Yorker Investmentbank davon überzeugen muss, dass ich sowohl mein berufliches als auch mein Privatleben vollkommen unter Kontrolle habe. Und sämtliche Konferenzteilnehmer werden das hier gelesen haben. Das macht mich zum Gespött der Leute!«

»Aber natürlich hast du alles unter Kontrolle!«, versichere ich entsetzt. »Luke, die werden doch wohl wissen … also, die werden doch wohl nicht …«

»Jetzt hör mir mal zu«, sagt Luke und dreht sich um. »Weißt du, was man in dieser Stadt für ein Bild von mir hat? Aus irgendeinem unerfindlichen Grund glaubt man hier, ich würde stark nachlassen.«

»Du würdest stark nachlassen?«, wiederhole ich entsetzt.

»Das ist mir zu Ohren gekommen.« Luke atmet sehr tief und sehr kontrolliert ein. »Und ich habe in den letzten Tagen nichts anderes getan, als mir den Arsch aufzureißen, um die Leute hier davon zu überzeugen, dass ihr Bild von mir falsch ist. Dass ich sehr wohl alles unter Kontrolle habe, dass ich die Medien im Griff habe. Und jetzt …« Er schlägt noch einmal sehr aggressiv auf die Zeitung, und ich zucke zusammen.

»Vielleicht… vielleicht haben sie es ja doch noch nicht gesehen.«

»Becky, in dieser Stadt sieht jeder alles«, sagt Luke. »Um nichts anderes geht es hier. Das ist…«

Er verstummt, als das Telefon klingelt. Er wartet kurz, dann nimmt er ab.

»Hi, Michael. Aha. Dann haben Sie es also gesehen. Ja, ich weiß. Schlechtes Timing. Alles klar. Bis gleich.« Er legt auf und schnappt sich seinen Aktenkoffer, ohne mich anzusehen.

Mir ist kalt. Was habe ich bloß getan? Ich habe alles kaputtgemacht. Satzfetzen aus dem Artikel schwirren mir im Kopf herum, und mir wird übel. *Vergnügungssüchtige Becky… scheinheilige Becky…* Und sie haben recht. Sie haben ja so recht.

Als ich aufsehe, lässt Luke die Schlösser an seinem Aktenkoffer zuschnappen.

»Ich muss jetzt los«, sagt er. »Bis später.« An der Tür bleibt er noch einmal stehen und dreht sich um. Er sieht verwirrt aus. »Das verstehe ich nicht. Wenn du nicht im Guggenheim warst – wo hast du denn das Buch gekauft, das du mir mitgebracht hast?«

»Im Museumsshop«, flüstere ich. »Am Broadway. Luke, es tut mir so leid… ich…«

Ich verstumme. Es folgt ein entsetzliches Schweigen, in dem ich spüre, wie mein Herz hämmert und mir das Blut in den Ohren rauscht. Ich weiß nicht, was ich sagen soll, wie ich mich aus der Affäre ziehen soll.

Luke starrt mich mit leerem Blick an, nickt kurz, dreht sich um und geht hinaus.

Als die Tür hinter ihm ins Schloss fällt, sitze ich eine Weile ganz still da und starre Löcher in die Luft. Ich kann nicht glauben, dass das hier wirklich passiert. Vor ein paar Stunden haben wir uns noch fröhlich mit Bellinis zugeprostet. Ich hatte mein Vera-Wang-Kleid an, wir haben zu Cole Porter getanzt, und mir war ganz schwindelig vor Glück. Und jetzt …

Das Telefon klingelt, aber ich rühre mich nicht. Erst nach dem achten Mal klingeln raffe ich mich auf und gehe dran.

»Hallo?«

»Hallo!«, begrüßt mich eine fröhliche Stimme. »Spreche ich mit Becky Bloomwood?«

»Ja«, sage ich vorsichtig.

»Hi, Becky, hier spricht Fiona Taggart vom *Daily Herald*. Das freut mich aber, dass ich Sie erreiche! Becky, wir würden sehr gerne eine zweiteilige Reportage über Sie und Ihr … sagen wir … kleines Problem machen.«

»Ich möchte nicht darüber sprechen«, brumme ich.

»Heißt das, dass Sie den Darstellungen widersprechen?«

»Kein Kommentar«, sage ich und knalle den Hörer auf die Gabel. Im gleichen Moment klingelt es wieder, und ich nehme ab.

»Kein Kommentar, verstanden?«, rufe ich. »Kein Kommentar! Kein …«

»Becky? Liebling?«

»Mum!« Als ich ihre Stimme höre, breche ich endgültig in Tränen aus. »O Mum, es tut mir so leid«, schluchze ich. »Es ist so schrecklich. Ich habe alles kaputtgemacht. Aber ich wusste doch nicht … Mir war nicht klar …«

»Becky!« Ihre Stimme klingt trotz der Entfernung so nah und vertraut. »Liebes! Du brauchst dich doch nicht zu entschuldigen! Wenn sich hier jemand entschuldigen sollte, dann diese Schmierfinken von Reportern! Sich solche Geschichten auszudenken. Und den Leuten irgendwelche Worte in den Mund zu legen. Die arme Suzie hat uns angerufen und war ganz aufgelöst. Sie hat dem Mädchen drei Bourbon-Kekse und ein KitKat gegeben, und das ist der Dank dafür! Ein Haufen haarsträubender Lügen! Was für eine Frechheit, so zu tun, als käme sie von der Steuerbehörde! Anzeigen sollte man solche Leute.«

»Mum …« Ich schließe die Augen. Ich bringe es kaum fertig, das zu sagen. »Das sind nicht alles Lügen. Das ist … nicht alles frei erfunden.« In der folgenden kleinen Pause höre ich Mum schwer und besorgt atmen. »Ich habe nämlich tatsächlich … ein bisschen Schulden.«

»Nun ja«, sagt Mum nach einer kurzen Pause – und ich höre förmlich, wie sie sich selbst dazu ermahnt, positiv zu bleiben. »Tja. Na und? Auch wenn du Schulden hast, das geht die doch gar nichts an.« Sie hält inne und ich höre eine Stimme im Hintergrund. »Genau! Dad sagt, wenn die amerikanische Wirtschaft Milliardenschulden haben kann und immer noch funktioniert, dann kannst du das auch. Und überhaupt, denk doch nur mal an den Dome, sagt Dad.«

Ich liebe meine Eltern. Wenn ich ihnen erzählen würde, dass ich jemanden umgebracht habe, würden sie ganz schnell einen Grund dafür finden, dass meine Tat durchaus gerechtfertigt war, und dem Opfer eine Teilschuld zusprechen.

»Ja, kann schon sein.« Ich schlucke. »Aber Luke hat heute ein wichtiges Meeting, und wahrscheinlich haben alle seine Investoren den Artikel gesehen.«

»Na und? Es gibt keine schlechte Publicity. Jetzt lass mal den Kopf nicht hängen, Becky! Das wird schon wieder. Suzie hat uns erzählt, dass du heute zu Probeaufnahmen eingeladen bist. Stimmt das?«

»Ja. Ich weiß nur noch nicht, um wie viel Uhr.«

»Na also. Dann halt mal die Ohren steif. Lass dir ein schönes heißes Bad ein und trink eine Tasse Tee mit drei Stück Zucker. Und einen Brandy, sagt Dad. Und wenn irgendwelche Reporter anrufen, sage ihnen einfach, sie sollen sich verp…!«

»Werdet ihr etwa von Reportern belästigt?«, frage ich erschrocken.

»Heute Morgen kam ein Typ vorbei und hat Fragen gestellt«, erzählt Mum fröhlich. »Aber Dad ist gleich mit der elektrischen Heckenschere auf ihn losgegangen.«

Ich kann mir nicht helfen – ich muss kichern.

»Jetzt lass uns mal Schluss machen, Mum. Ich rufe später wieder an. Und … Danke!«

Als ich auflege, geht es mir schon tausendmal besser. Mum hat recht. Positiv denken. Zu den Probeaufnahmen gehen und alles so gut machen, wie ich nur kann. Und Luke hat wahrscheinlich nur ein bisschen überreagiert. Wahrscheinlich hat er, wenn er wiederkommt, schon viel bessere Laune.

Ich rufe die Rezeption an und gebe Anweisung, keine Anrufe durchzustellen – außer wenn HLBC anruft. Dann lasse ich mir ein Bad ein, schütte eine ganze Flasche Gute-Laune-Badeöl von Sephora hinein und schwelge eine halbe Stunde in Geranien- und Malvenduft. Als ich mich abtrockne, schalte ich MTV ein und tanze zu Robbie Williams durchs Zimmer – und als ich schließlich mein sensationelles Outfit von Barneys anhabe, bin ich richtig positiv drauf und zittere nur noch ein ganz klein wenig. Ich schaffe es. Ich *schaffe* es.

Bis jetzt hat HLBC immer noch nicht angerufen, um mir den genauen Termin zu sagen, darum greife ich wieder zum Hörer und frage an der Rezeption nach.

»Hi«, sage ich. »Ich wollte nur eben hören, ob HLBC für mich angerufen hat?«

»Ich glaube nicht«, entgegnet die Dame freundlich.

»Sind Sie sicher? Keine Nachricht für mich?«

»Nein, Ma'am.«

»Gut. Danke.«

Ich lege auf und denke einige Augenblicke nach. Na gut – dann rufe ich halt bei denen an. Ich meine, ich muss schließlich wissen, um wie viel Uhr ich da sein soll, oder? Und Kent hat mir gesagt, ich könne sie jederzeit anrufen, wenn ich etwas brauche. Jederzeit.

Ich hole ihre Visitenkarte aus der Tasche und wähle mit Bedacht ihre Nummer.

»Guten Tag!«, begrüßt mich eine beschwingte Stimme. »Hier ist das Büro von Kent Garland, Sie sprechen mit der Assistentin Megan. Was kann ich für Sie tun?«

»Guten Tag!«, sage ich. »Rebecca Bloomwood hier. Könnte ich wohl bitte mit Kent sprechen?«

»Kent sitzt zurzeit in einem Meeting«, informiert Megan mich freundlich. »Möchten Sie eine Nachricht hinterlassen?«

»Nun ja, ich rufe eigentlich nur an, um zu fragen, um

wie viel Uhr ich heute zu den Probeaufnahmen kommen soll.« Allein dieser Satz peppt mein Selbstbewusstsein wieder beträchtlich auf. Wen interessiert denn schon die bescheuerte *Daily World*? Ich werde zum amerikanischen Fernsehen wechseln. Ich werde eine echte Celebrity werden.

»Verstehe«, sagt Megan. »Wenn Sie einen Moment warten würden, bitte?«

Sie schaltet mich in die Warteschleife, in der eine ziemlich blechern klingende Version von »I heard it through the grapevine« gespielt wird. Als das Lied zu Ende ist, sagt mir eine Stimme, wie wichtig mein Anruf der HLBC Corporation ist … dann fängt es von vorn an … und plötzlich ist Megan wieder da.

»Becky? Tut mir leid, aber Kent muss die Probeaufnahmen verschieben. Sie ruft Sie an, wenn ein neuer Termin feststeht.«

»Was?« Ich starre mein perfekt geschminktes Gesicht im Spiegel an. »Verschieben? Warum? Wissen Sie, wann ich mit einem neuen Termin rechnen kann?«

»Ich bin mir nicht sicher«, informiert Megan mich freundlich. »Kent hat momentan ziemlich viel zu tun mit der neuen Staffel von *Consumer Today*.«

»Aber … aber genau dafür sollte ich doch zu Probeaufnahmen kommen! Für die neue Staffel von *Consumer Today*!« Ich atme tief durch und bemühe mich, nicht zu beunruhigt zu klingen. »Wissen Sie, wann sie einen neuen Termin für mich machen wird?«

»Ich weiß es wirklich nicht. Ihr Terminkalender platzt aus allen Nähten … und dann hat sie zwei Wochen Urlaub …«

»Hören Sie«, sage ich und bemühe mich, ruhig zu bleiben. »Ich möchte wirklich gern mit Kent sprechen, bitte. Es ist wichtig. Können Sie sie nicht mal für eine Minute ans Telefon holen?«

Pause. Dann höre ich Megan seufzen.

»Mal sehen, ob ich sie erwische.«

Das blecherne Lied fängt wieder an – und schon ist Kent am Apparat.

»Hi, Becky! Wie geht es Ihnen?«

»Hi!«, sage ich, um einen entspannten Klang bemüht. »Gut, danke. Ich wollte nur eben nachhaken, wann es losgehen soll heute. Die Probeaufnahmen?«

»Ach ja.« Kent klingt nachdenklich. »Offen gestanden, Becky, da haben sich ein paar Dinge ergeben, über die wir jetzt erst mal nachdenken müssen. Okay? Wir verschieben die Probeaufnahmen daher ein bisschen. Bis wir insgesamt etwas klarer sehen.«

Dinge? Was denn für Dinge? Wovon redet sie? Was …

O Gott. Plötzlich bin ich wie gelähmt. Oh, nein. Bitte nicht.

Sie hat die *Daily World* gesehen. Bestimmt. Davon redet sie. Ich umklammere den Hörer. Mein Herz rast. Ich will ihr alles erklären, will ihr sagen, dass alles gar nicht so schlimm ist wie in der Zeitung dargestellt. Dass die Hälfte davon nicht wahr ist, dass das nichts mit meinen beruflichen Fähigkeiten zu hat …

Aber ich packe es nicht. Ich schaffe es nicht mal, den Artikel auch nur zu erwähnen.

»Also, wir bleiben in Kontakt, ja?«, sagt Kent. »Tut mir wirklich leid, dass wir Sie heute so hängen lassen – ich hatte vor, Megan darum zu bitten, Sie anzurufen …«

»Ach, kein Problem!«, behaupte ich munter. »Und … wann in etwa kann ich mit einem neuen Termin rechnen?«

»Ich bin mir da nicht sicher … Tut mir leid, Becky. Ich muss jetzt Schluss machen. Im Set gibt es ein Problem. Aber danke für Ihren Anruf. Und schöne Tage noch in New York!«

Sie legt auf, und mir bleibt nichts anderes übrig, als es ihr nachzutun.

Also doch keine Probeaufnahmen. Sie wollen mich also doch nicht.

Und ich habe mir extra ein neues Outfit gekauft.

O Gott. O Gott.

Ich merke, wie ich immer schneller und flacher atme, und einen Moment lang fürchte ich, wieder loszuheulen.

Aber dann denke ich an meine Mutter – und zwinge mich, das Kinn einige Zentimeter zu heben. Ich werde nicht zulassen, dass ich deswegen zusammenbreche. Ich werde stark sein und positiv denken. HLBC ist ja nun nicht der einzige amerikanische Fernsehsender. Es gibt genügend andere Leute, die an mir interessiert sind. Zum Beispiel … zum Beispiel dieser Greg Walters. Der hat doch gesagt, dass er mich seinem Boss vorstellen wollte, oder? Gut, vielleicht lässt sich das ja für heute arrangieren. Ja! Dann habe ich heute Abend möglicherweise schon meine eigene Show in der Tasche!

Ich suche seine Nummer heraus und wähle sie etwas nervös. Zu meiner Freude komme ich sofort durch. Das ist doch schon viel besser. Keine blöde Vorzimmerdame, die mich abwimmeln könnte.

»Greg? Hi! Becky Bloomwood.«

»Becky! Schön, von Ihnen zu hören!«, behauptet Greg, wobei er jedoch etwas abwesend klingt. »Wie geht's?«

»Äh … prima! Hat mich sehr gefreut, Sie gestern kennengelernt zu haben.« Ich merke, dass meine Stimme ganz schrill ist vor Anspannung. »Sie hatten da einige sehr gute Ideen, die mich interessieren.«

»Toll. Und – gefällt Ihnen New York?«

»Ja! Sehr sogar.« Ich atme tief ein. »Greg, Sie hatten davon gesprochen, dass Sie mich Ihrem Boss vorstellen wollten …«

»Ja, natürlich!«, sagt Greg. »Ich weiß genau, dass Dave entzückt wäre, Sie kennenzulernen. Wir sind beide der Ansicht, dass Sie über ein gewaltiges Potenzial verfügen. Ein gewaltiges.«

Meine Erleichterung ist grenzenlos. Gott sei Dank. Gott sei …

»Ich würde daher vorschlagen«, höre ich Greg sagen, »dass Sie sich wieder bei mir melden, wenn Sie das nächste Mal in New York sind. Dann können wir ein Treffen arrangieren.«

Schockiert starre ich das Telefon an. Wenn ich das nächste Mal in New York bin? Aber vielleicht wäre das erst in Monaten! Oder nie. Will er denn gar nicht …

»Versprochen?«

»Ähm … okay.« Hoffentlich hört er mir meine Bestürzung nicht an. »Gerne!«

»Und vielleicht könnten wir uns auch sehen, wenn ich das nächste Mal in London bin.«

»Gut!«, sage ich fröhlich. »Das wäre toll. Ja, dann … bis bald. Hat mich sehr gefreut.«

»Die Freude ist ganz auf meiner Seite, Becky!«

Mein aufgesetztes Lächeln hält immer noch an, als er schon aufgelegt hat. Doch dieses Mal kann ich die Tränen nicht unterdrücken. Sie schießen mir in die Augen, laufen mir eine nach der anderen die Wangen herunter und ruinieren mein perfektes Make-up.

Ich verbringe mehrere Stunden allein im Hotelzimmer. Es wird Mittag, aber ich habe keinen Appetit. Das einzig Sinnvolle, das ich tue, besteht darin, unsere Nachrichten abzuhören und zu löschen – bis auf eine von meiner Mutter. Die höre ich mir immer wieder an. Sie muss sie hinterlassen haben, kurz nachdem sie die *Daily World* gelesen hatte.

»Also«, sagt sie, »hier ist ein bisschen was los wegen so einem albernen Artikel in der Zeitung. Am besten, du beachtest ihn gar nicht, Becky. Denk dran: Morgen landet das Foto in Millionen von Hundekörben.«

Aus irgendeinem Grund bringt mich das jedes Mal wieder zum Lachen. Ich sitze also mit einem lachenden und einem weinenden Auge hier und lasse Träne um Träne auf meinen neuen Barneys-Rock tropfen.

O Gott, ich will nach Hause. Ich sitze Ewigkeiten auf dem Boden, wiege mich vor und zurück und lasse meine Gedanken kreisen. Um immer die gleichen Fragen: Wie konnte ich nur so blöd sein? Was soll ich jetzt bloß tun? Wie kann ich je wieder irgendjemandem unter die Augen treten?

Ich fühle mich, als wäre ich seit meiner Ankunft in New York nur Berg-und-Tal-Bahn gefahren. Oder Achterbahn. Eins von den verrückten Dingern im Disneyland. Nur bin ich nicht durch das All gesaust, sondern durch Läden und Hotels und Interviews und Lunches, bei denen ich nur Glitzer und Glimmer gesehen und Stimmen gehört habe, die mir erzählten, ich würde ganz groß rauskommen.

Und ich hatte keine Ahnung, dass das alles nicht wahr war. Ich habe alles geglaubt.

Als ich endlich, endlich höre, wie die Tür aufgeht, wird mir fast schlecht vor Erleichterung. Am allerliebsten würde ich mich Luke in die Arme schmeißen, in Tränen ausbrechen und mir von ihm sagen lassen, dass alles wieder gut wird. Aber als er hereinkommt, spüre ich, wie sich mein ganzer Körper vor Angst zusammenzieht. Lukes Gesicht wirkt hart und angespannt – es sieht aus wie in Stein gemeißelt.

»Hi«, sage ich schließlich. »Ich … Ich habe mich schon gewundert, wo du bleibst.«

»Ich war mit Michael Mittag essen«, informiert Luke mich knapp. »Nach dem Meeting.« Er zieht den Mantel aus und hängt ihn sorgfältig auf einen Bügel, wobei ich ihn ängstlich beobachte.

»Und …?« Ich wage es kaum zu fragen. »Ist es gut gelaufen?«

»Nein, nicht besonders.«

Mein Magen verkrampft sich. Was heißt das? Doch wohl nicht … das heißt doch nicht …

»Ist der Deal … gescheitert?«, bringe ich endlich hervor.

»Gute Frage«, sagt Luke. »Die Leute von JD Slade sagen, sie brauchen mehr Zeit.«

»Wozu?« Ich befeuchte meine trockenen Lippen.

»Sie haben ein paar Vorbehalte«, sagt Luke monoton.

»Aber sie haben uns nicht verraten, wie diese Vorbehalte aussehen.«

Er reißt sich mit einem Ruck die Krawatte vom Hals und fängt an, sich das Hemd aufzuknöpfen. Er sieht mich nicht einmal an. Als könnte er meinen Anblick nicht ertragen.

»Meinst du …« Ich schlucke. »Meinst du, sie haben den Artikel gesehen?«

»Das meine ich in der Tat.« Luke klingt so verärgert, dass ich zusammenzucke. »Ich bin sogar ziemlich sicher, dass sie ihn gesehen haben.«

Er fummelt an seinem letzten Knopf herum. Dann auf einmal reißt er ihn wütend ab.

»Luke«, sage ich etwas hilflos. »Ich … Es tut mir leid. Ich … Ich weiß nicht, was ich tun soll.« Ich atme tief durch. »Ich tue alles, was ich kann.«

»Es gibt nichts zu tun«, sagt Luke nüchtern.

Er geht ins Badezimmer, und kurze Zeit später höre ich die Dusche rauschen. Ich rühre mich nicht. Ich kann nicht einmal mehr denken. Ich bin wie gelähmt, als würde ich an einem Abgrund herumkriechen und höllisch aufpassen, nicht auszurutschen.

Als Luke wieder aus dem Bad kommt, zieht er sich, ohne mich überhaupt zu beachten, eine schwarze Jeans und einen schwarzen Rollkragenpulli an. Dann schenkt er sich einen Drink ein. Schweigen. Durch unser Fenster kann ich quer über Manhattan gucken. Es fängt an zu dämmern, und überall gehen Lichter an. Aber meine Welt beschränkt sich auf dieses Zimmer, auf diese vier Wände. Mir fällt auf, dass ich den ganzen Tag nicht draußen war.

»Aus meinen Probeaufnahmen ist auch nichts geworden«, sage ich schließlich.

»Ach ja?« Lukes Stimme klingt sachlich und desinteressiert. Ich kann mir nicht helfen, aber in mir rührt sich ein Funke Ärger.

»Willst du nicht mal wissen, warum?« Ich zupfe an den Fransen eines Kissens. Erst sagt Luke gar nichts und dann fragt er, als wenn es ihn wahnsinnig anstrengen würde: »Warum?«

»Weil sich niemand mehr für mich interessiert.« Ich streiche mir das Haar aus dem Gesicht. »Du bist nicht der Einzige, der einen schlechten Tag gehabt hat, Luke. Ich habe mir meine Zukunft in New York versaut. Keiner will mich mehr kennen.«

Das Gefühl der Demütigung wallt wieder in mir auf, als ich an die vielen Nachrichten denke, mit denen samt und sonders Termine und Verabredungen zum Lunch abgesagt wurden.

»Ich weiß ja, dass ich selbst schuld bin«, spreche ich weiter. »Ich *weiß* es ja. Aber trotzdem …« Meine Stimme wird verräterisch brüchig, und ich muss tief einatmen. »Für mich läuft es auch nicht gerade besonders gut.« Ich sehe auf – doch Luke hat sich nicht einen Zentimeter vom Fleck gerührt. »Du könntest … Du könntest schon ein bisschen Mitgefühl zeigen.«

»Ein bisschen Mitgefühl zeigen«, wiederholt Luke tonlos.

»Ich weiß, dass ich mir das selbst zuzuschreiben habe …«

»Allerdings, verdammt noch mal!« Auf einmal entlädt sich Lukes aufgestauter Frust, indem er förmlich explodiert und sich endlich zu mir umdreht. »Becky, es hat dich niemand gezwungen, so viel Geld auszugeben! Ich meine, ich weiß ja, dass du gerne einkaufen gehst. Aber Herrgott noch mal! So viel Geld auszugeben ... Das ist unverantwortlich! Hättest du dich denn nicht bremsen können?«

»Ich weiß es nicht!«, antworte ich zitterig. »Vielleicht. Aber ich konnte doch nicht wissen, dass das zu einer ... Angelegenheit auf Leben und Tod werden würde! Luke, ich *wusste* nicht, dass ich verfolgt wurde. Ich habe das nicht mit Absicht getan.« Zu meinem Entsetzen spüre ich, wie mir eine Träne über die Wange rollt. »Und ich habe niemandem damit wehgetan. Ich habe niemanden verletzt. Ich habe niemanden umgebracht. Ich war vielleicht ein bisschen naiv ...«

»Ein *bisschen* naiv! Das ist ja wohl die Untertreibung des Jahres!«

»Na gut, dann war ich eben *sehr* naiv! Aber ich habe kein Verbrechen begangen ...«

»Du meinst also nicht, dass es ein Verbrechen ist, eine einmalige Chance wegzuwerfen?«, fährt Luke mich wütend an. »Denn was mich betrifft ...« Er schüttelt den Kopf. »Herrgott Becky! Wir waren beide so weit. Wir *waren* schon in New York.« Er ballt die Hand zur Faust. »Und jetzt sieh uns an. Und das alles nur, weil du ständig wie eine *Besessene* einkaufst!«

»Besessen?«, schreie ich auf. Ich halte seinen anklagenden Blick nicht mehr aus. »*Ich* bin besessen? Das musst du gerade sagen!«

»Was meinst du damit?«, fragt er abweisend.

»Du bist besessen von deiner Arbeit! Davon, es in

New York zu etwas zu bringen! Als du den Artikel gesehen hast, war dein erster Gedanke doch nicht, ›Arme Becky‹ oder ... ›Wie gemein‹ oder so – nein, deine einzige Sorge war, welche Folgen er für dich und deinen Deal haben würde.« Ich werde immer lauter. »Dich interessiert doch ständig nur dein eigener Erfolg, und ich komme frühestens an zweiter Stelle. Ich meine, du hast es ja nicht mal für nötig befunden, mir von New York zu erzählen, bis alles so gut wie entschieden war! Und du hast einfach von mir erwartet, dass ich ... mitziehe und das tue, was du willst. Kein Wunder, dass Alicia gesagt hat, ich würde als dein Anhang mitfahren!«

»Du bist nicht mein Anhang«, sagt er ungeduldig.

»Natürlich bin ich das! Genauso siehst du mich doch, oder? Ich bin irgendein kleiner Nobody, der ... irgendwie in deinen tollen Plan reinpassen muss. Und ich war so blöd, mich darauf einzulassen ...«

»Für so einen Blödsinn habe ich keine Zeit«, sagt Luke und steht auf.

»Du hast nie Zeit!«, sage ich tränenerstickt. »Suze hat mehr Zeit für mich als du! Du hattest keine Zeit, zu Toms Hochzeit zu kommen. Unser Kurzurlaub wurde zu einer Geschäftsreise. Du hattest keine Zeit, meine Eltern zu besuchen ...«

»Gut, dann habe ich eben keine Zeit!«, schreit Luke mich plötzlich so laut an, dass ich erschrocken verstumme. »Dann kann ich eben nicht mit dir und Suze herumsitzen und hirnloses Zeug quatschen.« Frustriert schüttelt er den Kopf. »Ist dir eigentlich klar, wie *sauhart* ich arbeite? Hast du irgendeine Vorstellung davon, wie wichtig dieser Deal ist?«

»*Warum* ist er denn so wichtig?«, höre ich mich kreischen. »Warum ist es so verdammt wichtig, es in Amerika zu schaffen? Damit du deine bescheuerte Kuh von Mutter beeindrucken kannst? Wenn es dir darum geht, Luke, vergiss es! Sie wird sich niemals von dir beeindrucken lassen. Nie! Sie hat sich ja nicht mal die Zeit genommen, dich zu sehen! Du kaufst ihr ein Hermès-Tuch – und sie kann sich nicht einmal fünf Minuten Zeit für dich nehmen!«

Völlig außer Atem breche ich ab und verfalle in Schweigen.

Mist. Das hätte ich nicht sagen sollen.

Ich werfe Luke einen Blick zu. Er starrt mich an, und sein Gesicht ist aschfahl vor Zorn.

»Wie hast du meine Mutter genannt?«, fragt er ganz langsam.

»Hör zu, ich… Ich habe das nicht so gemeint.« Ich schlucke und versuche, meine Stimme unter Kontrolle zu halten. »Ich finde nur… man muss doch irgendwie den Blick für die Proportionen bewahren. Und ich habe nur ein bisschen eingekauft…«

»Ein bisschen eingekauft«, wiederholt Luke bissig. »Ein *bisschen* eingekauft.« Er sieht mich lange an, dann geht er zu meinem Entsetzen auf den riesigen Zedernholzschrank zu, in dem ich alle meine Einkäufe verstaut habe. Schweigend öffnet er die Tür, und wir betrachten gemeinsam die sich bis an die Decke stapelnden Einkaufstüten.

Als ich das sehe, wird mir schlecht. Die ganzen Sachen, die mir so wichtig erschienen, als ich sie gekauft habe, wegen derer ich so freudig erregt war… die sehen jetzt aus wie ein riesengroßer Haufen Mülltüten. Ich könnte nicht mal mehr mit Bestimmtheit sagen, was in den einzelnen Tüten drin ist. Einfach nur … Zeug. Massenweise Zeug.

Ohne ein Wort zu sagen, schließt Luke die Schranktür wieder. Mir wird unerträglich heiß vor Scham.

»Ich weiß«, flüstere ich. »Ich weiß. Aber ich bezahle dafür. Bestimmt.«

Ich wende mich ab, um seinem Blick auszuweichen, und habe plötzlich das Gefühl, aus diesem Zimmer herauszumüssen. Ich muss weg von Luke, weg von meinem Spiegelbild, weg von dem ganzen, entsetzlichen Tag.

»Bis … bis später«, murmle ich und gehe ohne mich noch einmal umzusehen zur Tür hinaus.

Die schwache Beleuchtung in der Hotelbar empfinde ich als beruhigend, da sie eine gewisse Anonymität garantiert. Ich setze mich auf einen Luxusledersessel und fühle mich so schwach und wackelig, als wenn ich die Grippe hätte. Ein Kellner kommt zu mir, und ich bestelle einen Orangensaft. Als er wieder weggeht, überlege ich es mir anders und bestelle stattdessen einen Brandy. Er wird in einem großen Glas serviert, und gerade, als ich ein paarmal an der warmen, belebenden Flüssigkeit nippe, taucht vor mir ein Schatten auf. Ich blicke auf und sehe Michael Ellis. Mir sinkt das Herz. Ich bin jetzt wirklich nicht in der Stimmung, mit ihm zu reden.

»Hallo«, sagt er. »Darf ich?« Er deutet auf den Sessel mir gegenüber, und ich nicke schwach. Er setzt sich und sieht mich liebenswürdig an, als ich mein Glas austrinke. Wir schweigen uns eine Weile an.

»Ich könnte ja höflich sein und die Geschichte nicht erwähnen«, sagt er schließlich. »Aber ich möchte lieber ehrlich sein und Ihnen sagen, dass Sie mir heute Morgen sehr leidgetan haben. Die Zeitungen in Großbritannien sind wirklich das Letzte. Das hat niemand verdient, so behandelt zu werden.«

»Danke«, murmle ich.

Ein Kellner taucht auf, und Michael bestellt ohne zu fragen noch zwei Brandys.

»Und ich kann Sie trösten: Die Leute sind nicht dumm«, meint er, als der Kellner wieder verschwunden ist. »Man wird diese Schmierereien nicht gegen Sie verwenden.«

»Schon passiert«, sage ich und starre den Tisch an. »Die Probeaufnahmen bei HLBC wurden abgesagt.«

»Hm«, sagt Michael kurz darauf. »Das tut mir leid.«

»Keiner will mich mehr kennen. Alle erzählen sie mir, sie hätten sich ›für eine andere Linie entschieden‹ oder sie fänden, ich würde ›doch nicht richtig in den amerikanischen Markt passen‹ und … Sie wissen schon. Kurz gesagt: ›Machen Sie, dass Sie wegkommen!‹«

All das hätte ich *so* gern Luke erzählt. Ich hätte mir so gern bei ihm meinen Kummer von der Seele geredet – und mir gewünscht, dass er mich einfach kritiklos in den Arm nimmt und mir sagt, dass die gar nicht wissen, was ihnen entgeht – so, wie meine Eltern oder Suze das tun würden. Aber stattdessen hat er dafür gesorgt, dass es mir noch schlechter geht als ohnehin schon. Er hat recht – ich habe eine einmalige Chance einfach weggeschmissen. Ich habe eine Chance gehabt, um die andere Leute sich reißen würden, und ich habe sie verbockt.

Michael nickt ernst.

»So etwas passiert«, sagt er. »Diese Idioten sind leider wie eine Herde Schafe. Wenn das eine scheut, scheuen alle.«

»Ich habe das Gefühl, alles zerstört zu haben.« Ich merke, wie sich mir schon wieder die Kehle zuschnürt. »Ich hätte diesen Wahnsinnsjob haben können, und Luke hätte auch tierischen Erfolg gehabt. Es hätte alles so schön sein können. Und ich habe es vermasselt. Total vermasselt. Ich allein.«

Oh mein Gott, jetzt laufen mir Tränen über die Wangen. Ich kann nichts dagegen machen. Und dann schluchze ich auf einmal laut auf. Oh, ist das peinlich.

»Tut mir leid«, flüstere ich. »Ich bin eine einzige Katastrophe.«

Ich verberge mein Gesicht in den Händen und hoffe, dass Michael Ellis so viel Takt besitzt, sich jetzt diskret zu entfernen und mich allein zu lassen. Aber stattdessen spüre ich eine Hand auf meiner und wie mir ein Taschentuch zwischen die Finger gedrückt wird. Dankbar wische ich mir mit der kühlen Baumwolle das Gesicht ab und hebe schließlich wieder den Kopf.

»Danke«, piepse ich. »Tut mir leid.«

»Schon okay«, sagt Michael ganz ruhig. »Mir würde es nicht anders gehen.«

»Ja ja«, brummle ich.

»Sie sollten mich mal sehen, wenn ein Vertrag platzt. Da heule ich mir die Augen aus dem Kopf. Meine Sekretärin muss alle halbe Stunde los und Kleenex kaufen.« Er erzählt das so trocken, dass ich unwillkürlich ein bisschen lächle. »So, und jetzt trinken Sie Ihren

Brandy«, sagt er, »und dann wollen wir mal ein paar Dinge geraderücken. Haben Sie die *Daily World* darum gebeten, mit Teleobjektiv Fotos von Ihnen zu machen?«

»Nein.«

»Haben Sie die *Daily World* angerufen und eine Exklusiv-Reportage über Ihre Einkaufsgewohnheiten angeboten? Haben Sie denen eine Auswahl beleidigender Überschriften vorgelegt?«

»Nein.« Jetzt muss ich sogar ein bisschen kichern.

»Also.« Er sieht mich fragend an. »Hätten Sie jetzt mit Ja geantwortet, wäre das alles vielleicht Ihre Schuld gewesen, aber ...«

»Ich war naiv. Ich hätte es wissen sollen. Ich hätte es ... kommen sehen sollen. Ich war dumm.«

»Sie hatten Pech.« Er zuckt mit den Schultern. »Vielleicht waren Sie ein bisschen leichtsinnig. Aber Sie können doch nicht die ganze Schuld auf sich nehmen.«

Aus seiner Tasche erklingt ein Piepen, und er holt sein Handy hervor.

»Entschuldigen Sie bitte«, sagt er und wendet sich ab. »Ja bitte?«

Während er leise telefoniert, zerknautsche ich einen Papieruntersetzer. Ich möchte Michael etwas fragen – aber ich bin mir nicht sicher, ob ich die Antwort hören möchte.

»Tut mir leid«, entschuldigt Michael sich und steckt das Telefon weg. Sein Blick fällt auf den misshandelten Untersetzer. »Geht's jetzt besser?«

»Michael ...« Ich atme tief durch. »Ist es meine Schuld, dass aus dem Deal nichts geworden ist? Ich meine, hat die Sache mit der *Daily World* das beeinflusst?«

Er sieht mich ungewöhnlich ernst an. »Soll ich ganz ehrlich sein?«

»Ja.« Ich befürchte das Schlimmste. »Ganz ehrlich.«

»Gut, also offen gestanden kann ich nicht gerade behaupten, dass es der Sache gedient hat«, sagt Michael. »Es sind da so einige ... Bemerkungen gemacht worden heute Vormittag. Wahnsinnig komische Witze. Haha. Und eins muss ich Luke lassen: Er ist erstaunlich gut damit umgegangen.«

Ich starre ihn an. Mir ist kalt.

»Das hat er mir gar nicht erzählt.«

Michael zuckt mit den Schultern. »Ich glaube nicht, dass er sonderlich erpicht darauf war, diese Bemerkungen zu wiederholen.«

»Also war es *doch* meine Schuld.«

»M-m.« Michael schüttelt den Kopf. »Das habe ich nicht gesagt.« Er lehnt sich zurück. »Becky, wenn dieser Deal auf festen Beinen gestanden hätte, hätte ihn auch ein bisschen negative Publicity nicht aus dem Gleichgewicht bringen können. Ich glaube vielmehr, dass JD Slade Ihr kleines ... Missgeschick als Ausrede benutzt hat. Und dass ein anderer Grund dahintersteckt, den man uns nicht verrät.«

»Was für ein Grund?«

»Wer weiß? Die Gerüchte über die Bank of London? Differenzen hinsichtlich des Geschäftsethos? Aus irgendeinem Grund hat JD Slade das Vertrauen in diesen Deal verloren.«

Ich sehe ihn an und erinnere mich an das, was Luke gesagt hat.

»Glaubt man hier wirklich, dass Luke nachlässt?«

»Luke ist ein sehr talentierter Mensch«, sagt Michael vorsichtig. »Aber von diesem Deal ist er geradezu besessen. Er ist *zu* ehrgeizig. Ich habe ihm heute Vormittag gesagt, dass er Prioritäten setzen muss. Und offensichtlich stimmt irgendetwas mit der Bank of London nicht. Er sollte mit den Leuten da reden. Sie von sich überzeugen. Wenn er die Bank of London als Kundin verliert, steckt er wirklich metertief im Schlamassel.« Er beugt sich vor. »Wenn Sie mich fragen, sollte er noch heute Nachmittag nach London zurückfliegen.«

»Und was will er machen?«

»Er ist dabei, Gespräche mit jeder New Yorker Investmentbank zu arrangieren, von der ich je gehört habe.« Er schüttelt den Kopf. »Er hat es sich auf Teufel komm raus in den Kopf gesetzt, es in Amerika zu schaffen.«

»Ich glaube, er will irgendetwas beweisen«, murmle ich. *Seiner Mutter*, füge ich fast noch hinzu.

»Und Sie, Becky?« Michael sieht mich freundlich an. »Was machen Sie jetzt? Werden Sie versuchen, noch mehr Vorstellungsgespräche zu vereinbaren?«

»Nein«, sage ich nach kurzem Überlegen. »Ehrlich gesagt, glaube ich nicht, dass das viel Sinn hat.«

»Sie bleiben also einfach hier bei Luke?«

Da blitzt das Bild von Lukes versteinertem Gesicht vor meinem inneren Auge auf, und ich verspüre einen Stich.

»Das hat, glaube ich, auch nicht viel Sinn.« Ich trinke einen großen Schluck Brandy und versuche zu lächeln. »Wissen Sie was? Ich glaube, ich fliege einfach nach Hause.«

DREIZEHN

Ich steige aus dem Taxi, wuchte meinen Koffer auf den Bürgersteig und betrachte traurig den grauen englischen Himmel. Ich kann nicht glauben, dass wirklich alles vorbei sein soll.

Bis zur letzten Minute hatte ich insgeheim und verzweifelt gehofft, irgendjemand von den Fernsehleuten würde es sich doch noch anders überlegen und mir einen Job anbieten. Oder Luke würde mich bitten zu bleiben. Jedes Mal, wenn das Telefon klingelte, fuhr ich in der Hoffnung, dass ein Wunder geschehen möge, nervös zusammen. Aber es geschah kein Wunder. Natürlich nicht.

Als ich mich von Luke verabschiedete, kam ich mir vor, als würde ich eine Rolle spielen. Ich wollte mich ihm am liebsten heulend an den Hals werfen, ihm eine runterhauen oder sonst etwas Dramatisches tun. Aber ich konnte nicht. Ich musste mir einen letzten Rest Würde bewahren. Es lief also alles ziemlich geschäftsmäßig ab, wie ich die Fluggesellschaft anrief, meinen Koffer packte und ein Taxi bestellte. Ich habe es nicht über mich gebracht, ihn zum Abschied auf den Mund zu küssen, darum habe ich ihm bloß schnell zwei Küsschen auf die Wangen gehaucht und mich dann von ihm abgewandt, bevor noch etwas gesagt werden konnte.

Jetzt, zwölf Stunden später, bin ich völlig erschossen. Ich habe auf dem Flug kein Auge zugetan, so elend war mir vor Enttäuschung. Es ist nur wenige Tage her, seit ich in dem Glauben, in Amerika ein tolles neues Leben anzufangen, in die andere Richtung geflogen bin. Und jetzt bin ich wieder zurück – und habe weniger als zuvor. Und – als wäre das nicht schon schlimm genug – jeder weiß es. Wirklich *jeder*. Am Flughafen waren ein paar Mädchen, die mich offenbar erkannt haben – während ich auf mein Gepäck wartete, steckten sie die Köpfe zusammen und flüsterten und kicherten.

Und ich weiß, dass ich genau das Gleiche tun würde, wenn ich sie wäre. Aber in dem Moment fühlte ich mich so gedemütigt, dass ich fast in Tränen ausgebrochen wäre.

Deprimiert schleife ich mein Gepäck die Treppe hoch und schließe die Wohnungstür auf. Ich bleibe einige Sekunden im Flur unserer Wohnung stehen, lasse den Blick über unsere Jacken und Mäntel an der Garderobe und alte Briefe und Schlüssel in der Schale schweifen. Da wäre ich also wieder. In unserem alten Flur. In meinem alten Leben. Ich bin wieder da, wo ich angefangen habe. Ich sehe eine abgehärmte Becky im Spiegel und blicke schnell wieder weg.

»Hallo?«, rufe ich. »Jemand zu Hause? Ich bin wieder da.«

Erst mal rührt sich gar nichts. Dann erscheint Suze im Morgenmantel in ihrer Zimmertür. »Bex?«, ruft sie. »Du bist schon wieder da? Geht es dir gut?« Sie kommt näher, zieht den Morgenmantel fester um sich und sieht mir forschend ins Gesicht. »Ach, Bex.« Sie beißt sich besorgt auf die Lippe. »Ich weiß gar nicht, was ich sagen soll.«

»Ist schon gut«, sage ich. »Mir geht's gut. Wirklich.«

»Bex …«

»Ehrlich. Mir geht's gut.« Ich wende mich ab, bevor mich ihr sorgenvolles Gesicht doch noch zum Weinen bringt, und wühle in meiner Tasche herum. »Ach, übrigens … Ich habe dir die Clinique-Sachen mitgebracht, die du haben wolltest … und die spezielle Gesichtsmaske für deine Mutter …« Ich reiche ihr die Flaschen und wühle etwas leidenschaftlicher weiter. »Ich habe hier noch mehr für dich …«

»Bex – das kann doch warten. Jetzt setz dich erst mal hin oder so.« Suze drückt die Clinique-Flaschen an sich und sieht mich unsicher an. »Möchtest du etwas trinken?«

»Nein!« Ich ringe mir ein Lächeln ab. »Ist schon gut, Suze. Ich habe beschlossen, dass es das Beste ist, einfach ganz normal weiterzumachen und nicht darüber nachzudenken, was passiert ist. Ich möchte am liebsten überhaupt nicht darüber reden, um ehrlich zu sein.«

»Echt?«, sagt Suze. »Na ja … okay. Wenn du dir sicher bist. Wenn du das willst.«

»Genau das will ich.« Ich atme tief durch. »Wirklich. Mir geht's gut. Und wie geht es *dir*?«

»Ganz okay«, antwortet Suze und sieht mich immer noch besorgt an. »Bex, du bist so blass. Hast du überhaupt schon etwas gegessen?«

»Flugzeugessen. Weißt schon.« Ich ziehe mir den Mantel aus und hänge ihn mit zitternden Händen an einen Haken.

»War der Flug … okay?«, erkundigt Suze sich.

»Super!«, sage ich gezwungen heiter. »Es gab den neuen Film mit Billy Crystal.«

»Billy Crystal!« Suze reagiert etwas verhalten und sieht mich an, als sei ich ein Fall von Psychose, mit dem man ganz vorsichtig umgehen muss. »War er … gut? Ich liebe Billy Crystal.«

»Ja, er war gut. Ein guter Film. Hat mir richtig gut gefallen.« Ich schlucke. »Bis mein Kopfhörer mittendrin den Geist aufgegeben hat.«

»Ach, wie blöd.«

»Ausgerechnet, als es spannend wurde. Alle anderen haben sich gebogen vor Lachen – und ich habe nichts gehört.« Meine Stimme wird verräterisch zittrig. »Also … Also habe ich die Stewardess um neue Kopfhörer gebeten, aber sie hat mich irgendwie nicht verstanden, und dann ist sie total zickig geworden, weil sie dabei war, Getränke zu servieren … Und dann wollte ich sie nicht noch einmal ansprechen. Ich weiß also gar nicht genau, wie der Film ausgegangen ist. Aber davon abgesehen, war er echt gut …« Auf einmal entfährt mir ein riesiger Schluchzer. »Und ich kann ihn mir ja jederzeit auf Video ausleihen oder so …«

»Bex!« Suze verzieht entsetzt das Gesicht und lässt die Clinique-Flaschen auf den Boden fallen. »O Gott, Bex. Komm her.« Sie nimmt mich in den Arm, und ich vergrabe mein Gesicht an ihrer Schulter.

»O Gott, das ist alles so schrecklich«, weine ich. »Das war so erniedrigend, Suze. Luke war so sauer … und meine Probeaufnahmen wurden abgesagt … und auf einmal war es, als ob … als ob ich eine fiese ansteckende

Krankheit hätte oder so. Kein Mensch wollte mich mehr kennen, und jetzt ziehe ich doch nicht nach New York und …«

Ich sehe zu ihr auf und wische mir die Augen. Suze ist ganz rot im Gesicht und wirkt verzweifelt.

»Bex, ich habe so ein schlechtes Gewissen!«

»*Du* hast ein schlechtes Gewissen? Wieso das denn?«

»Das ist alles meine Schuld. Ich war so blöd! Ich habe das Mädchen von der Zeitung hereingelassen, und ich wette, sie hat hier rumgeschnüffelt, während ich ihr den Kaffee gemacht habe. Ich meine, wieso musste ich ihr denn überhaupt einen Kaffee anbieten? Das ist alles nur meine Schuld.«

»So ein Quatsch, Suze!«

»Kannst du mir das jemals verzeihen?«

»Ob ich *dir* jemals verzeihen kann?« Ich starre sie an. Meine Gesichtszüge zucken verdächtig. »Suze … wenn hier jemand um Verzeihung bitten müsste, dann *ich*. Du hast versucht, mich auf dem Laufenden zu halten. Du hast versucht, mich zu warnen, aber ich habe es nicht mal für nötig befunden, dich zurückzurufen … Ich war so … so blöd. So *egoistisch …*«

»Das stimmt doch gar nicht!«

»Natürlich stimmt das.« Ich schluchze wieder auf. »Ich weiß überhaupt nicht, was in New York mit mir passiert ist. Ich bin völlig durchgedreht. All diese … Geschäfte … die Meetings … das war so aufregend … Ich dachte, ich würde ein Star und massenweise Geld verdienen … Und dann hat sich alles in Luft aufgelöst.«

»Ach, Bex!« Suze weint jetzt praktisch selbst. »Und alles nur wegen mir!«

»Es ist nicht deine Schuld!« Ich hole mir ein Taschentuch und putze mir die Nase. »Wenn überhaupt jemand Schuld hat, dann die *Daily World*.«

»Ich *hasse* sie!«, entfährt es Suze. »Die sollte man aufhängen und auspeitschen. Hat Tarkie gesagt.«

»Oh«, sage ich kurz darauf. »Das heißt … er … er hat es also gesehen?«

»Um ehrlich zu sein, Bex – ich glaube, fast jeder hat es gesehen.« Es fällt Suze nicht leicht, das zu sagen.

Mein Magen zieht sich schmerzhaft zusammen, als ich daran denke, dass Janice und Martin den Artikel gelesen haben. Dass Tom und Lucy ihn gelesen haben. Alle meine Schulfreunde und Lehrer. Dass alle, die ich je kennengelernt habe, jetzt über meine schmachvollsten Geheimnisse im Bilde sind.

»Jetzt komm«, fordert Suze mich auf. »Lass deine Sachen hier liegen und trink erst mal eine Tasse Tee mit mir.«

»Okay«, sage ich zögernd. »Gute Idee.« Ich folge ihr in die Küche und setze mich direkt an die warme Heizung.

»Und wie läuft es mit Luke?«, fragt Suze vorsichtig, als sie Wasser aufsetzt.

»Nicht so prickelnd.« Ich umschlinge mich selbst ganz fest. »Oder genau genommen … es läuft gar nicht mehr.«

»Was?« Suze sieht mich entsetzt an. »Mein Gott, Bex, was ist denn passiert?«

»Na ja, wir haben uns ziemlich heftig gestritten …«

»Wegen des Artikels?«

»Ja, auch.« Ich nehme mir noch ein Taschentuch und putze mir erneut die Nase. »Er hat gesagt, ich hätte seinen Deal kaputtgemacht und würde wie eine Besessene einkaufen. Und da habe ich gesagt, dass er wie ein Besessener arbeitet … und ich … ich habe gesagt, dass seine Mutter eine … eine bescheuerte Kuh ist …«

»Du hast seine Mutter eine bescheuerte *Kuh* genannt?« Suze starrt mich so entgeistert an, dass ich ein bisschen kichern muss.

»Aber wenn's doch wahr ist! Sie ist unmöglich. Und sie hat nicht einen Funken Sympathie für ihren Sohn übrig. Aber er schnallt das einfach nicht … Er ist völlig darauf fixiert, den Deal des Jahrhunderts abzuschließen und sie damit zu beeindrucken. Er kann an nichts anderes mehr denken.«

»Und was ist dann passiert?«, fragt Suze und reicht mir eine Tasse Tee.

Ich beiße mir auf die Lippe, als ich an unser letztes, schmerzhaftes Gespräch zurückdenke, das wir führten, als ich auf das Taxi zum Flughafen wartete. Wie wir höflich und gestelzt miteinander redeten, wie wir uns dabei nicht einmal in die Augen sahen.

»Kurz bevor ich gefahren bin, habe ich ihm gesagt, dass ich nicht glaube, dass er momentan Zeit für eine richtige Beziehung hat.«

»Wirklich?« Suze macht große Augen. »Du hast Schluss gemacht?«

»So war es eigentlich nicht gemeint.« Meine Stimme ist nur mehr ein Flüstern. »Ich wollte, dass er mir widerspricht und sagt, dass er *doch* Zeit hat. Aber er hat nichts gesagt. Es war … schrecklich.«

»Ach, Bex.« Suze starrt mich über ihre Teetasse hinweg an. »Ach, Bex.«

»Aber gut, was soll's«, sage ich und versuche, optimistisch zu klingen. »Ist wahrscheinlich das Beste so.« Ich trinke einen Schluck Tee und schließe die Augen. »Mann, tut das gut. Das tut so gut.« Dann schweige ich eine Weile und lasse mir vom Teedampf mein Gesicht wärmen. Ich entspanne mich zusehends. Ich trinke noch ein paar Schlucke, dann mache ich die Augen wieder auf. »In Amerika können die einfach keinen Tee machen. Einmal habe ich einen Tee bestellt, und dann bekam ich … eine Tasse heißes Wasser und einen eingepackten Teebeutel serviert. Und die Tasse war *aus Glas*.«

»Puuuh!« Suze verzieht das Gesicht. »Igitt.« Sie holt die Keksdose und nimmt ein paar Hob-nobs heraus. »Wer braucht denn schon Amerika?«, fragt Suze energisch. »Ich meine, das weiß doch jeder, dass das amerikanische Fernsehen Schrott ist. Da bist du hier viel besser aufgehoben.«

»Kann schon sein.« Ich starre ein bisschen in meine Tasse, dann atme ich tief ein und sehe auf. »Weißt du, im Flugzeug habe ich ziemlich viel nachgedacht. Und ich habe beschlossen, die Krise als Chance zu begreifen und mein Leben zu ändern. Von jetzt an werde ich mich auf meine Karriere konzentrieren, mein Buch fertig schreiben, meine Energien bündeln – und …«

»Es ihnen zeigen«, beendet Suze meinen Satz.

»Genau. Ich werde es ihnen zeigen.«

Es ist schon faszinierend, wie sehr einen ein bisschen heimelige Atmosphäre aufbauen kann. Eine halbe Stunde und drei Tassen Tee später geht es mir schon tausendmal besser. Es macht mir sogar richtig Spaß, Suze von

New York zu erzählen und davon, was ich alles gemacht habe. Als ich ihr von dem Spa berichte und ihr erkläre, wo genau das Kristall-Tattoo appliziert werden sollte, muss sie plötzlich so laut lachen, dass sie sich fast an ihrem Tee verschluckt.

»Hey.« Da fällt mir auf einmal etwas ein. »Sind die KitKats schon alle?«

»Nein.« Suze wischt sich Lachtränen aus den Augen. »Der Vorrat schrumpft deutlich langsamer, wenn du nicht hier bist. Und was hat Lukes Mutter dann gesagt? Wollte sie sich das Endergebnis ansehen?« Und da lacht sie schon wieder völlig hysterisch.

»Warte mal, ich hole ein paar«, sage ich und mache mich auf den Weg zu Suzes Zimmer.

»Ähm, eigentlich ...«, sagt Suze und hört abrupt auf zu lachen, »... möchte ich nicht, dass du da reingehst.«

»Warum das denn?« Ich bleibe verwundert stehen. »Was ist denn in deinem ...« Ich verstumme, als ich sehe, wie Suze rot anläuft. »Suze!« Ich entferne mich ganz leise wieder von ihrer Zimmertür. »Nein! Ist da jemand drin?«

Ich starre sie an, und sie zieht trotzig den Morgenmantel zu und schweigt.

»Das glaube ich nicht!«, quietsche ich ungläubig. »Sag mal, kaum bin ich *einmal* für fünf Minuten weg, fängst du gleich eine heiße Affäre an!«

Das heitert mich nun wirklich mehr auf als alles andere. Es geht doch nichts über ein bisschen pikanten Klatsch, um bessere Laune zu bekommen.

»Das ist keine heiße Affäre!«, sagt Suze schließlich. »Es ist gar keine Affäre.«

»Und, wer ist es? Kenne ich ihn?«

Suze sieht mich reichlich gequält an.

»Okay, also … Ich muss dir etwas erklären. Bevor du … bevor du irgendwelche falschen Schlüsse ziehst oder …« Sie schließt die Augen. »O Gott, ist das schwierig.«

»Suze, was ist denn los?«

Wir hören ein Geräusch aus Suzes Zimmer und starren einander an.

»Okay, hör zu. Das war eine absolute Ausnahme und kommt nie wieder vor«, beeilt sie sich zu sagen. »Ich … wir haben uns … irgendwie hinreißen lassen … das war ziemlich dumm, aber … also, ich meine …«

»Was ist los, Suze?« Ich verziehe das Gesicht. »O Gott, das ist doch nicht etwa Nick, oder?«

Nick war Suzes letzter Freund – der, der ständig depressiv war und sich betrunken hat und Suze die Schuld an allem gab. Ein absoluter Albtraum, ehrlich. Aber das ist schon mehrere Monate her!

»Nein, es ist nicht Nick. Es ist … O Gott.«

»Suze …«

»Okay! Aber du musst mir versprechen …«

»Was muss ich dir versprechen?«

»Dass du mich nicht … verurteilst.«

»Warum sollte ich dich denn verurteilen?«, lache ich. »Ich bin doch nicht prüde! Hier geht es doch bloß um …«

Ich verstumme, als Suzes Zimmertür sich öffnet – doch heraus kommt nur Tarquin. Er sieht gar nicht schlecht aus, hat Chinos an und den Pullover, den ich ihm geschenkt habe.

»Ach«, sage ich überrascht. »Und ich dachte, du wärst Suzes neuer …«

Ich verkneife mir den Rest und grinse Suze an.

Aber sie grinst nicht zurück. Sie kaut an ihren Fingernägeln, weicht meinem Blick aus und wird immer röter und röter.

Ich sehe zu Tarquin – und er sieht auch weg.

Nein. *Nein.*

Sie meint doch nicht …

Nein.

Aber …

Nein.

Das packt mein Gehirn nicht. Gleich gibt es einen Kurzschluss.

»Ähm, Tarquin«, sagt Suze in unüblich hoher Tonlage. »Könntest du uns wohl ein paar Croissants holen gehen?«

»Oh, ähm … okay«, antwortet Tarquin etwas hölzern. »Guten Morgen, Becky.«

»Morgen!«, sage ich. »Schön, dich … zu sehen. Schöner … Pullover.«

Er geht hinaus, und in der Küche herrscht gespanntes Schweigen, bis wir die Wohnungstür ins Schloss fallen hören. Dann drehe ich mich ganz langsam zu Suze um.

»Suze …«

Ich weiß gar nicht, wie ich anfangen soll.

»Suze … das war Tarquin.«

»Ja, ich weiß«, sagt sie und betrachtet eingehend die Küchenzeile.

»Suze … du und Tarquin, seid ihr …«

»Nein!«, ruft sie wie von der Tarantel gestochen.

»Nein, natürlich nicht! Es ist nur … wir haben bloß …« Sie verstummt.

»Ihr habt bloß …?«, versuche ich zu ermuntern.

»Ein- oder zweimal …«

Es folgt eine lange Pause.

»Mit Tarquin?«, frage ich. Nur, um ganz sicher zu gehen.

»Ja«, bestätigt sie.

»Okay.« Ich nicke, als wenn das die normalste Sache der Welt wäre. Aber um meinen Mund herum zuckt es bereits, und ich merke, wie eine explosive Mischung aus Schock und hysterischem Gelächter in mir aufsteigt. Ich meine, Tarquin. *Tarquin!*

Mir entweicht das erste Kichern. Ich halte mir den Mund zu.

»Nicht lachen!«, jammert Suze. »Ich wusste, dass du lachen würdest!«

»Ich lache gar nicht!«, protestiere ich. »Ich finde das toll!« Den nun folgenden Lachkrampf tarne ich als Hustenanfall. »Tut mir leid! Tut mir leid. Und – wie ist das passiert?«

»Bei dieser Party in Schottland! Da waren ja nur lauter alte Tanten, und Tarquin war außer mir der Einzige unter neunzig. Und irgendwie … sah er so anders aus! Er hatte diesen schönen Paul-Smith-Pullover an und hatte eine richtig coole Frisur. Ich habe mich ernsthaft gefragt, ob das wirklich Tarquin ist! Und dann habe ich ziemlich viel getrunken – und du weißt ja, was dann mit mir los ist. Und dann war er halt da …« Hilflos schüttelt sie den Kopf. »Ich weiß auch nicht. Er war so … so anders. Keine Ahnung, wieso!«

Stille. Jetzt merke ich, wie *ich* rot werde.

»Weißt du was, Suze?«, gebe ich schließlich reumütig zu. »Ich glaube, das war gewissermaßen … meine Schuld.«

»*Deine* Schuld?« Sie sieht auf und starrt mich an. »Wieso das denn?«

»Ich habe ihm den Pullover geschenkt. Und ihn frisiert.« Ich zucke zusammen, als ich ihren Gesichtsausdruck sehe. »Aber ich hatte doch keine Ahnung, dass das solche … Folgen haben würde! Ich habe ihm doch nur einen akzeptablen Look verpasst!«

»Na, dann hast du ja einiges zu verantworten!«, ruft Suze. »Ich bin schon völlig fertig, weil ich ständig denke, ich muss komplett pervers sein!«

»Wieso?«, frage ich mit einem Glitzern in den Augen. »Was macht ihr denn so zusammen?«

»Quatsch, das meine ich nicht! Ich meine, weil er mein Cousin ist!«

»Ach soooo.« Enttäuscht verziehe ich das Gesicht – bis mir aufgeht, dass das nicht besonders taktvoll war. »Aber das ist doch nicht illegal oder so was, oder?«

»Ach Bex!«, jammert Suze. »Das hilft mir jetzt wirklich weiter!«

Sie nimmt meine und ihre Tasse, bringt sie zum Waschbecken und dreht den Wasserhahn auf.

»Ich kann nur nicht glauben, dass du mit Tarquin zusammen bist.«

»Wir sind nicht zusammen!«, quiekt Suze. »Letzte Nacht war das allerletzte Mal, da waren wir uns vollkommen einig. Es kommt nie wieder vor. Nie wieder. Und du darfst niemandem davon erzählen.«

»Mach ich auch nicht.«

»Ich meine es ernst, Bex. Du darfst niemandem davon erzählen. Niemandem!«

»Mache ich nicht! Versprochen. Da fällt mir ein – ich habe was für dich.«

Ich springe auf, laufe in den Flur, mache einen meiner Koffer auf und suche die Tüte von Kates Papeterie heraus. Ich nehme eine Karte aus dem Stapel, schreibe »Für Suze, Deine Bex« hinein, gehe zurück in die Küche und lege den Umschlag vor Suzes Nase.

»Für mich?«, fragt sie überrascht. »Was ist das?«

»Aufmachen!«

Sie reißt den Umschlag auf, betrachtet die glänzenden, mit einem Reißverschluss verschlossenen Lippen auf der Karte und liest den Spruch:

Bei mir ist dein Geheimnis bestens aufgehoben.

»Wow!« Sie reißt die Augen auf. »Wie cool! Hast du die extra für mich gekauft? Aber …« Sie runzelt die Stirn. »Woher wusstest du denn, dass ich ein Geheimnis habe?«

»Äh … War nur so ein Gefühl. Mein sechster Sinn.«

»Ach, dabei fällt mir ein«, sagt Suze, während sie mit dem Umschlag spielt, »dass du eine ganze Menge Post bekommen hast, während du weg warst.«

»Aha.«

In der ganzen Aufregung über Suzes und Tarquins … Was-auch-immer hatte ich alles andere fast vergessen. Aber jetzt verpufft die fröhliche Hysterie langsam. Als Suze mir einen Stapel unerfreulich aussehender Umschläge bringt, dreht sich mir fast der Magen um, und ich wünschte, ich wäre nicht nach Hause gekommen. Wenigstens damit hatte ich mich nicht herumschlagen müssen, solange ich weg war.

»Danke«, sage ich, um einen lässigen, kontrollierten Tonfall bemüht. Ich gehe die Post durch, ohne sie mir wirklich anzusehen, und lege sie dann ungeöffnet weg. »Das gucke ich mir später an. Wenn ich mich ganz darauf konzentrieren kann.«

»Bex …« Ich kann Suzes Gesichtsausdruck nicht ganz interpretieren. »Den hier solltest du, glaube ich, besser gleich aufmachen.« Sie streckt die Hand nach dem Stapel aus und zieht einen braunen Umschlag hervor. Absender: Staatsanwaltschaft.

Mir wird heiß und kalt. Die gerichtliche Vorladung. Dann stimmte das also. Ich werde gerichtlich vorgeladen. Ich nehme Suze den Umschlag aus der Hand und reiße ihn zitternd auf. Ich kann Suze dabei nicht in die Augen sehen. Ich überfliege den Brief, ohne etwas zu sagen, und verspüre eine unangenehme Kälte in mir aufsteigen. Ich kann nicht glauben, dass mich tatsächlich jemand vor Gericht zitiert. Ich meine, ein Gericht ist doch was für Kriminelle. Für Drogenhändler und Mörder. Aber doch nicht für Leute, die bloß ein paar Rechnungen nicht bezahlen.

Ich stopfe den Brief zurück in den Umschlag und lege ihn schwer atmend auf den Tisch.

»Bex … was wirst du jetzt tun?«, fragt Suze und beißt sich auf die Lippe. »Den kannst du nicht einfach ignorieren.«

»Werde ich auch nicht. Ich bezahle meine Rechnung.«

»Aber kannst du das denn?«

»Ich werde können müssen.«

Dann wird es wieder still in der Küche. Nur das Tropfen des Kaltwasserhahns ist zu hören. Als ich aufblicke, sehe ich Suzes sorgenvoll verzerrtes Gesicht.

»Bex – ich würde dir so gerne etwas Geld geben. Oder sonst Tarkie. Für ihn wäre das ein Klacks.«

»Nein!«, wehre ich etwas energischer als beabsichtigt ab. »Nein, ich will eure Hilfe nicht. Ich …« Ich reibe mir das Gesicht. »Ich gehe zur Bank und spreche mit dem zuständigen Typen da. Heute noch. Jetzt.«

Entschlossen raffe ich den Stapel Post zusammen und gehe in mein Zimmer. Ich lasse mich nicht unterkriegen. Ich werde mir jetzt das Gesicht waschen, mich neu schminken und dann mein Leben in Ordnung bringen.

»Und was willst du ihm sagen?«, fragt Suze, die hinter mir hergekommen ist.

»Ich werde ihm meine Situation ganz offen und ehrlich erklären und um einen höheren Überziehungskredit bitten … und damit bezahle ich dann die Rechnung. Ich werde unabhängig und stark sein und auf eigenen Beinen stehen.«

»Toll Bex!«, sagt Suze. »Das finde ich echt super. Unabhängig und stark. Wirklich klasse!« Sie sieht mir dabei zu, wie ich mit zitternden Fingern versuche, den Koffer aufzuschließen. Als auch der dritte Versuch misslingt, kommt sie zu mir und legt mir die Hand auf den Arm. »Bex? Soll ich mitkommen?«

»Ja, bitte«, piepse ich.

Aber Suze lässt nicht zu, dass ich irgendwohin gehe, ohne mich vorher kurz hingesetzt und zwei Brandys getrunken zu haben. Dann erzählt sie mir, wie sie neulich einen Artikel darüber gelesen hat, dass die beste Waffe in einem Verhandlungsgespräch die äußere Erscheinung ist – was wiederum heißt, dass ich sehr sorgfältig überlegen muss, was ich zu meinem Termin mit John Gavin anziehe. Wir gehen meinen Kleiderschrank durch und entscheiden uns für einen schlichten schwarzen Rock und einen grauen Cardigan, der förmlich »Bescheiden! Dezent! Solide!« schreit. Dann müssen wir Suzes Outfit à la »vernünftige, unterstützende Freundin« zusammenstellen (dunkelblaue Hose und weißes Hemd). Wir sind fast fertig, als Suze plötzlich einfällt, dass wir möglicherweise noch andere Geschütze auffahren und mit John Gavin flirten müssen. Wir ziehen und also noch einmal aus, um in sexy Unterwäsche zu schlüpfen, und ziehen uns wieder an. Dann betrachte ich mich im Spiegel und finde, dass ich zu fade aussehe. Ich tausche den grauen Cardigan gegen einen rosafarbenen – was natürlich bedeutet, dass ich auch einen anderen Lippenstift auflegen muss.

Dann endlich verlassen wir das Haus und machen uns auf den Weg zur Fulhamer Zweigstelle der Endwich Bank. Als wir hineingehen, begleitet Derek Smeaths ehemalige Assistentin Erica Parnell gerade ein älteres Ehepaar hinaus. Unter uns gesagt, haben Mrs Parnell und ich uns nie besonders gut verstanden. Irgendwie tickt die Frau nicht ganz normal – seit ich sie kenne, hat sie immer wieder die gleichen dunkelblauen Schuhe an.

»Ach, guten Tag«, sagt sie und macht aus ihrer Abneigung gegen mich keinen Hehl. »Was wollen Sie?«

»Ich möchte gerne mit John Gavin sprechen, bitte.« Ich bemühe mich, nicht zu sachlich zu klingen. »Ist das möglich?«

»Das glaube ich nicht«, ist ihre kalte Antwort. »Nicht ohne Voranmeldung.«

»Könnten Sie … es nicht bitte versuchen?«

Erica Parnell verdreht die Augen.

»Warten Sie hier«, sagt sie und verschwindet hinter einer Tür mit der Aufschrift »Privat«.

»Mann, sind die ätzend hier!«, sagt Suze und lehnt sich gegen eine Glaswand. »Wenn ich mich mit meinem Bankmanager unterhalte, bekomme ich ein Glas Sherry serviert und wir reden erst einmal ein bisschen über meine Familie. Weißt du was, Bex? Ich finde, du solltest zur Coutts Bank wechseln.«

»Ja«, sage ich. »Mal sehen.«

Etwas nervös blättere ich durch einen Stapel Versicherungsbroschüren. Mir fällt wieder ein, was Derek Smeath mir über John Gavin erzählt hat – er sei rigoros und unnachgiebig. Mann, wie mir der alte Smeathie fehlt!

Mann, wie mir Luke fehlt.

Die Erkenntnis trifft mich wie ein Keulenschlag. Seit ich aus New York zurück bin, habe ich versucht, überhaupt nicht an ihn zu denken. Aber jetzt, wo ich hier stehe, wünschte ich, ich könnte mit ihm sprechen. Ich wünschte, er würde mich ansehen, wie er mich angesehen hat, bevor alles schieflief. Mit jenem listigen Lächeln im Gesicht, während er mich im Arm hielt.

Ich frage mich, was er jetzt wohl gerade macht. Wie seine Meetings laufen.

»Bitte, hier entlang«, höre ich Erica Parnells Stimme. Ich reiße den Kopf hoch. Mit einem Gefühl der Übelkeit folge ich ihr über blauen Teppich durch einen Flur in einen kühlen kleinen Raum, in dem ein Tisch und ein paar Plastikstühle stehen. Als sich die Tür wieder hinter ihr schließt, sehen Suze und ich uns an.

»Wollen wir weglaufen?«, frage ich nur halb im Scherz.

»Es wird schon gut gehen«, beruhigt Suze mich. »Pass mal auf, das ist bestimmt auch ein ganz Netter. Meine Eltern hatten da mal diesen Gärtner, der immer so fürchterlich mürrisch wirkte – aber dann haben wir herausgefunden, dass er ein Zwergkaninchen hatte! Und er war ein völlig anderer …«

Sie verstummt, als die Tür auffliegt und ein Typ von ungefähr dreißig Jahren hereinrauscht. Seine dunklen Haare werden schon lichter, er trägt einen ziemlich hässlichen Anzug und hält einen Plastikbecher mit Kaffee in der Hand.

O Gott. Der sieht ganz und gar nicht nett aus. Auf einmal wünschte ich, wir wären nicht hergekommen.

»Also«, sagt er mit gerunzelter Stirn. »Ich habe nicht den ganzen Tag Zeit. Wer von Ihnen ist Rebecca Bloomwood?«

Er hört sich an, als würde er fragen, wer von uns der Mörder ist.

»Ähm … ich«, antworte ich nervös.

»Und wer ist das?«

»Suze ist meine …«

»Familie«, behauptet Suze selbstbewusst. »Ich bin ihre Familie.« Sie sieht sich in dem Zimmer um. »Haben Sie keinen Sherry?«

»Nein«, sagt John Gavin und sieht sie an, als wenn sie nicht ganz dicht wäre. »Ich habe keinen Sherry. Also, was soll das alles hier?«

»Okay, als Erstes«, hebe ich nervös an, »habe ich Ihnen etwas mitgebracht.« Ich fasse in meine Tasche und hole noch einen Umschlag von Kates Papeterie heraus.

Das war meine Idee, ihm eine Kleinigkeit mitzubringen, um das Eis zu brechen. Gehört schließlich zum guten Ton. Und in Japan werden nur so Geschäfte gemacht.

»Ist das ein Scheck?«, fragt John Gavin.

»Ähm ... nein«, sage ich und erröte ein wenig. »Das ist ... eine handgefertigte Karte.«

John Gavin sieht mich finster an, reißt den Umschlag auf und zieht eine silberbedruckte Karte mit pinkfarbenen Federn in den Ecken heraus.

Hm. Vielleicht hätte ich doch eine weniger mädchenhafte nehmen sollen.

Oder ihm gar keine geben sollen. Aber diese passte so gut.

»*Ich weiß, dass ich Fehler gemacht habe ... Bitte, bekomme ich noch eine Chance?*«, liest John Gavin ungläubig vor. Er dreht die Karte um, als erwarte er irgendeinen Witz. »Haben Sie die *gekauft*?«

»Ist die nicht schön?«, sagt Suze. »Die ist aus New York.«

»Aha. Werde ich mir merken.« Er stellt die Karte auf

den Tisch, und wir sehen sie alle an. »Miss Bloomwood, warum genau sind Sie heute hier?«

»Ja, also ...«, sage ich. »Es ist so. Wie meine Karte schon deutlich gemacht hat, ist mir durchaus bewusst, dass ich« – ich schlucke – »in letzter Zeit vielleicht nicht gerade die beste ... ideale Kundin gewesen bin. Ich bin allerdings davon überzeugt, dass wir mit vereinten Kräften in Zukunft zu einer harmonischen Zusammenarbeit finden können.«

So weit, so gut. Den Satz hatte ich auswendig gelernt.

»Und das heißt?«, fragt John Gavin. Ich räuspere mich.

»Ähm ... auf Grund der Verkettung verschiedener sich meinem Einfluss entziehender Umstände ist meine finanzielle Lage zurzeit ein klein wenig ... misslich. Ich wollte Sie daher fragen, ob Sie eventuell bereit wären, meinen ...«

»Bereit und so freundlich ...«, souffliert Suze.

»Ob Sie eventuell bereit und so freundlich wären, meinen Überziehungskredit vorübergehend ein klein wenig ...«

»Als Geste des guten Willens«, sagt Suze vor.

»Als Geste des guten Willens ... vorübergehend ... auf kurze Zeit ... zu erweitern. Ich würde mein Konto selbstverständlich so schnell wie menschenmöglich ausgleichen.« Ich halte inne und hole Luft.

»Sind Sie fertig?«, fragt John Gavin und verschränkt die Arme.

»Ähm ... ja.« Ich suche Suzes bestätigenden Blick. »Ja, wir sind fertig.«

Es folgt ein Schweigen, lediglich unterbrochen davon,

dass John Gavin mit seinem Kugelschreiber auf dem Tisch herumklopft. Dann sieht er auf und sagt: »Nein.«

»Nein?« Ich sehe ihn verdattert an. »Einfach … nein?«

»Einfach nein.« Er schiebt seinen Stuhl zurück. »Und wenn Sie mich jetzt bitte entschuldigen …«

»Was wollen Sie damit sagen, nein?«, schaltet Suze sich ein. »Sie können doch nicht einfach nur Nein sagen! Sie müssen doch abwägen, was dafür und was dagegen spricht!«

»Genau das habe ich getan«, erklärt John Gavin. »Und es spricht nichts dafür.«

»Aber das hier ist eine Ihrer höchst geschätzten Kundinnen!« Suze erhebt bestürzt die Stimme. »Das hier ist Becky Bloomwood, die bekannte Fernsehgröße, die kurz davor ist, eine wahnsinnige, schillernde Karriere zu machen!«

»Das hier ist Becky Bloomwood, die ihren Kreditrahmen allein im vergangenen Jahr sechsmal hat erweitern lassen«, pariert John Gavin barsch. »Und die es kein einziges Mal geschafft hat, sich an den neuen vorgegebenen Rahmen zu halten. Das hier ist Becky Bloomwood, die uns eine Lüge nach der anderen aufgetischt hat, die jedem persönlichen Gespräch ausgewichen ist, die die Angestellten der Bank mit wenig bis gar keinem Respekt behandelt hat und die zu glauben scheint, dass diese Bank einzig und allein dafür da ist, ihre exzessiven Schuhkäufe zu finanzieren. Ich habe mir ihre Unterlagen angesehen, Miss Bloomwood. Ich bin im Bilde.«

Es folgt ein gedrücktes Schweigen. Ich merke, dass meine Wangen immer heißer werden, und ich fürchte gar, gleich zu heulen anzufangen.

»Wie können Sie nur so gemein sein!«, platzt Suze heraus. »Becky hat gerade eine ziemlich schlimme Zeit hinter sich. Fänden *Sie* es etwa spaßig, auf die Art in die Schlagzeilen der Sensationspresse zu geraten? Fänden *Sie* es angenehm, wenn jemand Sie ständig verfolgen würde?«

»Ach, so ist das.« Ein gewisser Sarkasmus ist nicht zu überhören. »Sie wollen, dass ich Mitleid mit Ihnen habe!«

»Ja!«, sage ich. »Nein. Also, nicht direkt. Aber ich finde, Sie sollten mir eine Chance geben.«

»Sie finden, ich sollte Ihnen noch eine Chance geben. Und was haben Sie getan, um eine weitere Chance zu *verdienen*?« Er schüttelt den Kopf, dann schweigt er.

»Ich … ich dachte, wenn ich Ihnen alles erkläre …« Ich verstumme und werfe Suze einen Blick zu, der ihr sagen soll: Komm, vergessen wir's.

»Puh, ist das heiß hier!«, sagt Suze auf einmal mit heiserer Stimme. Sie zieht ihre Jacke aus, schüttelt die Haare zurück und streicht sich über die Wange. »Mir ist so … heiß. Ist Ihnen nicht auch heiß, John?«

John Gavin sieht sie leicht irritiert an.

»Was genau wollten Sie mir denn erklären, Miss Bloomwood?«

»Na ja. Dass ich wirklich Ordnung in die Angelegenheit bringen möchte.« Meine Stimme zittert. »Wissen Sie, ich möchte so einiges ändern an meinem Leben. Ich will auf eigenen Beinen stehen und …«

»Auf eigenen Beinen stehen?«, unterbricht John Gavin mich. »Sie nennen Geld von der Bank nehmen ›auf eigenen Beinen stehen‹? Wenn Sie wirklich auf eigenen

Beinen stehen würden, wäre Ihr Konto nicht überzogen. Sie hätten bereits ein paar *Vermögenswerte.* Sie sollten eigentlich die Letzte sein, der man so etwas sagen muss!«

»Ich … ich weiß«, flüstere ich. »Aber jetzt ist mein Konto nun mal überzogen. Und ich dachte eben …«

»Sie dachten was? Dass Sie etwas Besonderes sind? Dass Sie eine Sonderbehandlung bekommen, weil Sie im Fernsehen sind? Dass Sie die Ausnahme von der Regel sind? Dass diese Bank Ihnen Geld *schuldet*?«

Seine Worte bohren sich auf das Schmerzhafteste in meinen Kopf, und auf einmal merke ich, wie bei mir etwas aushakt.

»Nein!«, rufe ich. »Das dachte ich nicht. Nichts davon dachte ich. Ich weiß, dass ich dumm gewesen bin, ich weiß, dass ich Fehler gemacht habe. Aber ich glaube, jeder macht mal Fehler.« Ich atme tief durch. »Und wenn Sie meine Unterlagen sorgfältig studiert hätten, hätten Sie auch gesehen, dass ich mein Konto bei Ihnen sehr wohl ausgeglichen habe. Und auch sämtliche Kundenkonten. Ja, richtig, ich habe wieder überzogen. Aber ich versuche ja gerade, alles wieder in Ordnung zu bringen – und Ihnen fällt nichts anderes ein als … sich über mich lustig zu machen. Okay, dann eben nicht. Dann schaffe ich es eben ohne Ihre Hilfe. Komm, Suze.«

Ich zittere am ganzen Körper, als ich aufstehe. Meine Augen brennen, aber ich werde *nicht* vor ihm weinen. Meine Entschlossenheit wächst, als ich John Gavin noch einmal direkt ins Gesicht sehe.

»Endwich – Wir sind für Sie da«, sage ich.

Es folgt ein langes, angespanntes Schweigen. Ohne noch einen Ton zu sagen, mache ich die Tür auf und gehe.

Auf dem Nachhauseweg bin ich richtig high vor Entschlossenheit. Dem werde ich es zeigen. Diesem John Gavin. Und allen anderen auch. Der ganzen Welt.

Ich werde meine Schulden bezahlen. Ich weiß zwar noch nicht, wie – aber ich werde sie bezahlen. Ich werde irgendwo kellnern gehen. Oder endlich mein Selbsthilfebuch fertig schreiben. Ich werde einfach so schnell wie möglich so viel Geld wie möglich verdienen. Und dann spaziere ich mit einem fetten Scheck in die Bank, knalle ihn vor diesem John Gavin auf den Tisch und sage spitz, aber dennoch höflich …

»Bex?« Suze fasst mich am Arm, und da merke ich erst, dass ich an unserer Haustür vorbeigelaufen bin.

»Alles in Ordnung?«, fragt Suze, als sie aufschließt. »Mann, das war vielleicht ein Arsch, oder?«

»Mir geht's gut«, sage ich und hebe das Kinn an. »Dem werde ich es zeigen. Ich werde mein Konto ausgleichen. Wart's nur ab. Ich werde es allen zeigen.«

»Super!«, freut sich Suze. Sie bückt sich und hebt einen Brief von der Fußmatte auf. »Für dich«, sagt sie. »Von *Morning Coffee*.«

»Ah!« Während ich den Umschlag öffne, spüre ich Hoffnung in mir aufsteigen. Vielleicht bieten sie mir einen anderen Job an. Etwas, wo ich so viel verdiene, dass ich meine Schulden auf einen Schlag begleichen kann. Vielleicht haben sie Emma entlassen und ich soll ihren Platz als Moderatorin einnehmen! Oder vielleicht …

Oh mein Gott. O Gott. Nein.

MORNING COFFEE
East-West Television
Corner House
London NW8 4DW

Miss Rebecca Bloomwood
Flat 2
4 Burney Rd.
London SW6 8FD

9. Oktober 2000

Liebe Becky,

zunächst möchte ich mein Bedauern über die dir zuteilgewordene, unfreiwillige Publicity aussprechen. Du hast mir sehr leidgetan, und ich weiß, dass auch Rory, Emma und der Rest des Teams sich diesen Worten anschließen würden.

Wie du weißt, ist die Morning-Coffee-Familie stets loyal und hält zu ihren Mitgliedern, und wir haben noch nie zugelassen, dass negative Publicity der Entfaltung eines echten Talents im Wege steht. Wir haben jedoch zufällig ohnehin und völlig unabhängig von dieser Geschichte alle unsere regelmäßigen MitarbeiterInnen einer Prüfung unterzogen und sind nach einiger Diskussion zu dem Entschluss gelangt, dich für eine Weile aus dem Programm zu nehmen.

Ich möchte betonen, dass es sich hierbei nur um eine vorübergehende Maßnahme handelt. Dennoch müssen wir dich darum bitten, deinen East-West-TV-Hausausweis im beigelegten Rückumschlag an uns zurückzuschicken und den ebenfalls beigelegten Auflösungsvertrag zu unterschreiben.

Die von dir bei uns geleistete Arbeit war fabelhaft (keine Frage!). Wir wissen, dass sich dein Talent an anderer Stelle weiter entfalten wird und dass unser Beschluss für eine so dynamische Persönlichkeit wie dich ganz sicher keinen Rückschlag bedeutet!

Mit den besten Wünschen und Grüßen
Morning Coffee/East-West Television

Zelda Washington
Produktionsassistentin

Paradigm Self-help Books Ltd.
695 Soho Square
London W1 5AS

Miss Rebecca Bloomwood
Flat 2
4 Burney Rd.
London SW6 8FD

09. Oktober 2000

Liebe Becky!

Vielen Dank für den ersten Entwurf von Becky Bloomwoods Goldene Geldregeln. Wir freuen uns, dass Sie sich solche Mühe mit dem Werk gegeben haben. Sie schreiben flüssig und flott, und Sie haben in der Tat einige interessante Gesichtspunkte aufgegriffen.

Leider sind 500 Wörter allerdings – ganz gleich, wie brillant sie sein mögen – nicht ganz ausreichend für ein Selbsthilfebuch. Ihr Vorschlag, den Rest des Buches »mit Fotos aufzufüllen« ist leider nicht wirklich praktikabel.

Wir sind deshalb schweren Herzens zu dem Schluss gekommen, dass dieses Projekt in keiner Hinsicht rentabel ist und müssen Sie daher bitten, den bereits gezahlten Vorschuss zurückzuerstatten.

Mit den besten Grüßen
Paradigm Self-help Books Ltd.

Pippa Brady
Lektorin

PARADIGM BOOKS: IHRE HILFE ZUR SELBSTHILFE
JETZT ERSCHIENEN:
Überleben im Dschungel von Brig. Roger Flintwood (†)

VIERZEHN

Die nächsten Tage setze ich keinen Fuß vor die Tür. Ich gehe nicht ans Telefon und spreche mit niemandem. Ich fühle mich nackt und verwundbar, als könnte jeder Blick von außen, jede Frage oder auch nur das Sonnenlicht mir Schmerzen zufügen. Ich muss allein sein. Im Dunklen. Suze ist zu einer großen Hadleys Verkaufs- und Marketingkonferenz nach Milton Keynes gefahren, ich bin also ganz für mich in der Wohnung. Ich lasse mir Essen bringen, trinke zwei Flaschen Weißwein und behalte rund um die Uhr meinen Schlafanzug an.

Als Suze wiederkommt, sitze ich noch genauso auf dem Fußboden, wie sie mich dort zurückgelassen hat: Den Blick starr auf die Glotze gerichtet, stopfe ich mir ein KitKat nach dem anderen in den Mund.

»O Gott.« Suze lässt ihre Taschen auf den Boden plumpsen. »Bex, ist alles in Ordnung? Geht's dir gut? Ich hätte dich nicht allein lassen dürfen.«

»Mir geht's prima!«, behaupte ich, blicke zu ihr auf und zwinge meine versteinerten Gesichtszüge zu einem Lächeln. »Wie war die Konferenz?«

»Die … war ziemlich gut«, sagt Suze beschämt. »Ständig hat mir irgendjemand dazu gratuliert, dass meine Rahmen sich so gut verkaufen. Die wussten alle, wer ich bin! Meine neuen Designs wurden präsentiert, und alle waren total begeistert ...«

»Das freut mich für dich, Suze.« Ich nehme ihre Hand und drücke sie ganz fest. »Du hast es verdient.«

»Na ja. Ich weiß nicht.« Sie beißt sich auf die Lippe, dann kommt sie ins Zimmer, hebt eine leere Weinflasche vom Boden auf und stellt sie auf den Tisch.

»Und ...? Hat Luke sich gemeldet?«, fragt sie vorsichtig.

»Nein«, antworte ich nach langem Schweigen. »Hat er nicht.« Ich sehe zu Suze, dann wieder weg.

»Was guckst du denn da?«, fragt Suze, als eine Reklame für Cola Light läuft.

»*Morning Coffee*«, sage ich. »Als Nächstes kommt das Zuschauertelefon für Geldfragen.«

»Was?«, fragt Suze entsetzt. »Komm, Bex, wir schalten um.« Sie will sich die Fernbedienung schnappen, aber ich bin schneller.

»Nein!«, widersetze ich mich ihr und starre unverwandt auf den Bildschirm. »Ich will das sehen.«

Die allseits bekannte Erkennungsmelodie von *Morning Coffee* plärrt uns entgegen, während gleichzeitig die Grafik einer Kaffeetasse auf dem Bildschirm erscheint, zerschmilzt und schließlich den Blick ins Studio freigibt.

»Hallo!«, spricht Emma fröhlich in die Kamera. »Da sind wir wieder. Und jetzt stellen wir Ihnen unsere neue Expertin in Finanzangelegenheiten vor: Clare Edwards!«

»Wer ist Clare Edwards?«, fragt Suze und guckt angewidert auf die Mattscheibe.

»Mit der habe ich bei *Successful Saving* zusammengearbeitet«, antworte ich, ohne mich zu rühren. »Sie hat neben mir gesessen.«

Die Kamera schwenkt um zum anderen Sofa, auf dem Clare sitzt und ziemlich finster dreinschaut.

»Die sieht aber nicht gerade aus, als wenn mit ihr gut Kirschen essen wäre«, stellt Suze fest.

»Ist es auch nicht. Sie gehört zu denen, die einem auch noch die Stiele in die Augen werfen.«

»Also Clare«, spricht Emma sie heiter an. »Wie lautet denn Ihre Grundphilosophie in Sachen Geld?«

»Haben Sie einen Slogan?«, schaltet Rory sich freudig ein.

»Ich halte nicht viel von Slogans«, klärt Clare Rory auf und sieht ihn missbilligend an. »Sie sind viel zu oberflächlich, als dass sie dem komplexen Ernst privater Geldangelegenheiten gerecht werden könnten.«

»Schön!«, sagt Rory. »Natürlich. Ähm … also – haben Sie ein paar generelle Tipps, wie man sein Geld am besten vermehrt, Clare?«

»Ich halte auch nichts von sinnlosen und irreführenden Verallgemeinerungen«, erläutert Clare. »Jeder, der sein Geld vermehren will, sollte es in einer Auswahl von Investitionsmöglichkeiten anlegen, die seinen ganz persönlichen Anforderungen und seinem steuerlichen Status entspricht.«

»Wie recht Sie haben!«, sagt Emma nach einer kurzen, peinlichen Pause. »Gut. Dann – fangen wir doch am besten mit unserem ersten Anrufer an, oder? Das ist eine Anrufer*in*, nämlich Mandy aus Norwich.«

Als Mandy auf die Studioleitung umgeschaltet wird, klingelt bei uns das Telefon.

»Hallo?«, meldet Suze sich und macht den Fernseher leiser. »Hallo, Mrs Bloomwood! Möchten Sie mit Becky sprechen?«

Sie bedeutet mir, ans Telefon zu kommen, aber ich will nicht. Seit ich wieder in London bin, habe ich nur einmal ganz kurz mit Mum und Dad gesprochen. Sie wissen, dass ich jetzt doch nicht nach New York ziehen werde – aber mehr noch nicht. Ich bringe es einfach nicht fertig, ihnen zu erzählen, dass auch alle anderen Pläne sich hoffnungslos zerschlagen haben.

»Becky, Liebes, ich habe gerade *Morning Coffee* geguckt!«, ruft meine Mutter. »Was macht denn diese Clare da? Wieso gibt die jetzt Rat in Geldangelegenheiten?«

»Das ist… schon okay, Mum. Mach dir keine Sorgen!« Ich balle die freie Hand so fest zur Faust, dass sich mir die Fingernägel ins Fleisch graben. »Die haben sie bloß… als Ersatz für mich engagiert… für die Zeit, in der ich weg war.«

»Aha. Na, da hätten sie sich aber jemand Besseren aussuchen können! Ein fürchterliches Gesicht macht die, oder?!« Dann höre ich eine Stimme im Hintergrund, und Mum sagt: »Was war das, Graham? Stimmt. Dad meint, jetzt kann man wenigstens richtig sehen, wie gut *du* bist! Aber da du wieder da bist, können sie auf den Ersatz doch verzichten!«

»So einfach geht das nicht«, sage ich. »Es gibt ja schließlich Verträge… und so.«

»Und wann bist du wieder dran? Ich weiß genau, dass Janice mich das fragen wird!«

»Ich weiß es nicht, Mum.« Jetzt verzweifle ich aber

gleich. »Ich muss Schluss machen, Mum, es hat an der Tür geklingelt. Ich melde mich wieder!«

Ich lege auf und schlage die Hände vors Gesicht.

»Was soll ich bloß tun?«, jammere ich. »Was soll ich tun, Suze? Ich kann ihnen doch nicht sagen, dass die mich gefeuert haben. Das kann ich einfach nicht.« Zu meinem eigenen Entsetzen spüre ich, wie mir Tränen aus den Augen laufen. »Sie sind so stolz auf mich. Und ich enttäusche sie dauernd nur.«

»Du enttäuschst sie überhaupt nicht!«, fährt Suze mich an. »Das ist doch nicht deine Schuld, dass *Morning Coffee* völlig bescheuert überreagiert hat! Und ich wette, es tut ihnen jetzt schon leid. Ich meine, guck sie dir bloß mal an!« Sie macht wieder lauter, und Clares strenge Stimme dröhnt uns entgegen.

»Diejenigen, die nicht privat für ihre Rente vorsorgen, sind nichts anderes als Schmarotzer, die später auf Kosten derer leben, die vorgesorgt haben.«

»Soso«, sagt Rory. »Finden Sie das nicht ein bisschen hart ausgedrückt?«

»Jetzt hör dir das an!«, regt Suze sich auf. »Die ist ja schrecklich!«

»Kann schon sein«, sage ich. »Aber selbst wenn sie sie entlassen, werden sie mich nicht wiederhaben wollen. Dann würden sie ja eingestehen, dass sie einen Fehler gemacht haben.«

»Aber das haben sie doch auch!«

Da klingelt schon wieder das Telefon, und Suze sieht mich an. »Bist du da?«

»Nein. Und du weißt auch nicht, wann ich wiederkomme.«

»Okay …« Sie geht ans Telefon. »Hallo? Tut mir leid, Becky ist nicht zu Hause.«

»Mandy, Sie haben jeden Fehler gemacht, den man nur machen kann«, spricht Clare Edwards weiter. »Haben Sie denn noch nie etwas von einem Sparkonto gehört? Und was Ihren Plan betrifft, Ihr Haus zu belasten, um sich ein Boot kaufen zu können …«

»Nein, ich weiß nicht, wann sie wiederkommt«, sagt Suze. »Kann ich ihr etwas ausrichten?« Sie nimmt sich einen Stift und schreibt etwas auf. »Gut … ja, in Ordnung. Ja, sage ich ihr. Danke.«

»Und?«, sage ich, nachdem sie aufgelegt hat. »Wer war das?«

Ich weiß, es ist dumm und naiv, aber als ich zu ihr aufsehe, keimt schon wieder eine kleine Hoffnung in mir. Vielleicht war das irgendein anderer Produzent. Von einer anderen Show. Vielleicht war das jemand, der mir meine eigene Kolumne anbieten will. Vielleicht war es John Gavin, der sich bei mir entschuldigen und einen unbegrenzten, gebührenfreien Überziehungskredit anbieten möchte. Vielleicht kommt doch noch alles in Ordnung.

»Mel. Lukes Assistentin.«

»Oh.« Besorgt starre ich sie an. »Was wollte sie?«

»Da ist anscheinend ein Paket für dich im Büro angekommen. Aus den USA. Von Barnes and Noble?«

Ich sehe sie verständnislos an – bis mir schlagartig wieder einfällt, dass ich mit Luke bei Barnes and Noble gewesen war. Ich habe einen Haufen Bildbände gekauft, und Luke schlug vor, sie auf Kurierkosten der Firma nach London zu schicken, statt sich mit ihnen abzuschleppen. Das kommt mir vor, als wenn es schon Millionen Jahre her wäre.

»Ach ja, ich weiß, was das ist.« Ich zögere. »Hat sie … irgendwas von Luke gesagt?«

»Nein.« Ich merke, dass Suze diese Antwort leidtut. »Sie hat nur gesagt, dass du jederzeit hereinschauen kannst. Und sie hat gesagt, dass es ihr sehr leidtut, was da passiert ist … und wenn du Lust hättest, mit ihr zu quatschen, sollst du sie einfach anrufen.«

»Okay.« Ich ziehe die Schultern hoch, schlinge die Arme um die Knie und mache den Fernseher wieder lauter. »Mach ich.«

Doch die folgenden Tage sage ich mir immer wieder, dass ich nicht hingehen werde. Die Bücher will ich sowieso nicht mehr haben. Und allein beim Gedanken daran, mich den neugierigen Blicken von Lukes Angestellten auszusetzen, mich zusammenzureißen und so zu tun, als wenn es mir gut ginge, wird mir ganz anders.

Aber irgendwann bekomme ich dann doch Lust, Mel zu sehen. Sie ist die Einzige, mit der ich reden kann und die Luke wirklich kennt. Ein richtig offenes Gespräch mit ihr würde mir guttun. Und vielleicht hat sie auch etwas darüber gehört, wie es in den USA weiterläuft. Ich weiß, dass Luke und ich uns de facto getrennt haben und dass es mich eigentlich gar nichts mehr angeht. Es liegt mir aber immer noch daran zu erfahren, ob es geklappt hat mit seinem Deal oder nicht.

Und darum gehe ich vier Tage später gegen sechs Uhr abends mit klopfendem Herzen auf den Eingang von Brandon Communications zu. Ich habe Glück: Der nette Pförtner hat Dienst. Der hat mich hier schon so oft gesehen, dass er mich einfach durchwinkt, ohne groß zu fragen, was ich hier will.

Ich verlasse den Aufzug im fünften Stock und finde den Empfang zu meiner Überraschung leer vor. Komisch. Ich warte einen Moment, dann gehe ich am Empfangstisch vorbei und wage mich in den Hauptflur. Mit jedem Schritt gehe ich langsamer – und runzle immer mehr die Stirn. Irgendetwas stimmt hier nicht. Irgendetwas ist anders.

Es ist zu ruhig. Die Firma ist wie tot. Ich sehe mich in den großen, offenen Räumen um und stelle fest, dass fast alle Stühle leer sind. Ich höre kein Telefon klingeln. Ich sehe keine Menschen herumlaufen. Es finden keine Brainstorming-Treffen statt.

Was ist hier los? Wo ist die geschäftige Atmosphäre von Brandon C geblieben? Was ist mit Lukes Firma passiert?

Als ich an der Kaffeemaschine vorbeikomme, stehen da zwei Typen, die ich halbwegs wiedererkenne, und unterhalten sich. Der eine sieht ziemlich verdrossen aus, und der andere stimmt ihm bei irgendetwas zu – ich kann nur leider nicht hören, worüber sie reden. Als ich näher komme, verstummen sie urplötzlich. Sie sehen mich neugierig an, tauschen dann viel sagende Blicke aus, gehen weg und fangen deutlich leiser wieder an zu sprechen.

Das gibt es doch gar nicht. Das ist doch nicht Brandon Communications. Hier herrscht ja eine völlig andere Atmosphäre. Man könnte meinen, das hier sei irgendeine abgeschmierte Firma, in der es niemanden mehr kümmert, was er eigentlich macht. Ich gehe zu Mels Schreibtisch, aber Mel ist – wie die meisten anderen – bereits in den Feierabend entschwunden. Mel, die sonst mindestens bis sieben Uhr bleibt, dann ein Glas Wein trinkt und sich in der Firmentoilette umzieht, um sich direkt von hier aus ins Londoner Nachtleben zu stürzen.

Ich suche rund um ihren Schreibtisch nach meinem Paket, finde es und schreibe Mel eine kurze Nachricht auf einen Post-it-Klebezettel. Dann stehe ich auf, umklammere mein Paket und sage mir, dass meine Mission jetzt erfüllt ist. Ich sollte gehen. Ich habe hier nichts mehr verloren.

Aber statt zu gehen, bleibe ich bewegungslos stehen. Und starre Lukes Bürotür an.

Lukes Büro. Da liegen bestimmt Faxe von ihm. Neuigkeiten darüber, wie es in New York läuft. Vielleicht sogar etwas über mich. Während ich das glatte Holz der Tür fixiere, werde ich fast von dem Drang überwältigt, hineinzugehen und so viel herauszufinden, wie ich nur kann.

Aber – wie genau sollte ich das tun? Seine Ordner durchforsten? Seinen Anrufbeantworter abhören? Und wenn mich jemand dabei erwischen würde?

Hin- und hergerissen stehe ich da. Einerseits weiß ich genau, dass ich nicht wirklich hineingehen und seine Sachen durchwühlen würde. Andererseits schaffe ich es schlicht und ergreifend nicht zu gehen. Und bevor ich mich zu irgendetwas entschließen kann, bewegt sich auch schon die Türklinke, und ich erstarre fast vor Schock.

Ach, du Scheiße! So ein Mist! Da ist jemand drin! Da kommt jemand raus!

Völlig panisch fällt mir nichts Besseres ein, als hinter Mels Schreibtisch auf Tauchstation zu gehen. Ich mache mich ganz klein und bin so aufgeregt wie ein Kind, das Verstecken spielt. Ich höre gedämpfte Stimmen, dann geht Lukes Bürotür auf, und jemand kommt heraus. Von meinem Aussichtspunkt aus kann ich nur sehen, dass dieser Jemand eine Frau ist, und dass sie diese neuen Chanel-Schuhe trägt, die ein Vermögen kosten. Ihr folgen zwei Paar männliche Beine, und gemeinsam kommen die drei den Flur entlang. Ich kann es mir nicht verkneifen, einen Blick über den Tisch hinweg zu riskieren – und natürlich. Es ist Alicia Biest-Langbein, zusammen mit Ben Bridges und einem Mann, der mir zwar bekannt vorkommt, den ich aber nicht unmittelbar einordnen kann.

Na ja, gut, das ist wohl in Ordnung so. Schließlich trägt sie hier die Verantwortung, solange Luke weg ist. Aber muss sie wirklich unbedingt sein Büro mit Beschlag belegen? Ich meine, kann sie denn nicht einen der vielen Konferenzräume benutzen?

»Tut mir leid, dass wir uns hier treffen mussten«, höre ich sie sagen. »Das nächste Mal sehen wir uns selbstverständlich in der King Street 17.«

Sie reden weiter, bis sie die Aufzüge erreichen. Dort bleiben sie stehen, und ich bete, dass gleich alle drei verschwunden sind. Aber als sich die Türen eines Fahrstuhls mit einem »Ping!« öffnen, steigt nur der mir bekannt vorkommende Mann ein, und Alicia und Ben kommen kurz darauf zurück.

»Ich hole nur noch eben die Unterlagen«, sagt Alicia und geht zurück in Lukes Büro, ohne die Tür hinter sich zu schließen. Ben lümmelt am Wasserspender herum, drückt auf die Knöpfe seiner Uhr und glotzt angestrengt auf das winzige Display.

O Gott, das ist ja schrecklich! Ich bin hier gefangen, bis sie gehen! Meine Knie fangen an wehzutun, und ich habe das ungute Gefühl, dass sie ganz furchtbar knacken werden, sobald ich mich auch nur einen Zentimeter bewege. Und was, wenn Ben und Alicia die ganze Nacht hier bleiben? Was, wenn sie zu Mels Schreibtisch kommen? Was, wenn sie plötzlich auf die Idee kommen, auf Mels Schreibtisch zu *vögeln*?

»Gut«, sagt Alicia, als sie wieder in der Tür erscheint. »Ich glaube, das war's. War ein gutes Meeting, finde ich.«

»Kann sein.« Ben sieht von seiner Uhr auf. »Meinst du, das stimmt, was Frank gesagt hat? Meinst du, er wird uns verklagen?«

Frank! Natürlich! Der andere Mann war Frank Harper. Der Publicity-Fritze von der Bank of London. Den habe ich doch immer auf Pressekonferenzen gesehen.

»Er verklagt uns nicht«, entgegnet Alicia ganz ruhig. »Das würde einen viel zu großen Gesichtsverlust bedeuten.«

»Aber er hat ja schon einiges an Gesicht verloren«, sagt Ben und zieht die Augenbrauen hoch. »Wenn das so weitergeht, ist er bald unsichtbar.«

»Schön gesagt.« Alicia grinst ihn an. Sie wirft einen Blick auf den Stapel Ordner unter ihrem Arm. »Habe ich alles? Ich glaube schon. Gut, ich gehe dann jetzt, Ed wartet bestimmt schon auf mich. Bis morgen.«

Sie gehen den Flur entlang zu den Aufzügen, und

dieses Mal steigen sie – Gott sei Dank! – beide in einen ein. Als ich mir ganz sicher bin, dass sie weg sind, setze ich mich endlich etwas bequemer hin. Tausend Fragen rasen mir durch den Kopf. Was ist hier los? Warum sprechen sie davon, dass sie verklagt werden sollen? Weswegen denn? Und warum war die Bank of London hier?

Will die Bank of London Luke verklagen?

Ich bleibe eine Weile einfach sitzen und versuche, Klarheit in die Sache zu bringen. Aber ich komme nicht wirklich weiter – und auf einmal habe ich das Gefühl, ich sollte machen, dass ich da rauskomme, solange ich kann. Ich stehe auf, zucke zusammen, weil ich einen Krampf im Fuß habe, und schüttle meine Beine aus, damit das Blut wieder zirkulieren kann. Dann nehme ich mein Paket und gehe so lässig wie möglich auf die Aufzüge zu. In dem Moment, in dem ich auf den Knopf drücke, klingelt das Handy in meiner Tasche, und ich fahre zu Tode erschrocken zusammen. Ach, du meine Güte, mein Telefon! Gott sei Dank hat das nicht geklingelt, als ich mich hinter Mels Schreibtisch versteckt habe!

»Hallo?«, melde ich mich, als ich in den Aufzug einsteige.

»Bex! Ich bin's, Suze!«

»Suze!«, sage ich und muss kichern. »Das war aber knapp, kann ich dir sagen! Wenn du fünf Minuten früher angerufen hättest, wäre ich …«

»Bex, jetzt hör mal zu«, unterbricht Suze mich. »Hier hat gerade jemand für dich angerufen.«

»Aha?« Ich drücke auf Erdgeschoss. »Und wer?«

»Zelda von *Morning Coffee*! Sie will mit dir sprechen! Sie hat gefragt, ob du Lust hättest, morgen auf die Schnelle mit ihr Mittag zu essen?«

In dieser Nacht mache ich kaum ein Auge zu. Suze und ich bleiben lange auf, um gemeinsam zu beschließen, was ich anziehen soll, und als ich endlich ins Bett gehe, liege ich wach, sehe stundenlang zur Decke und kann meine Gedanken kaum zügeln. Ob sie mir jetzt doch wieder meinen alten Job anbieten? Oder einen anderen Job? Vielleicht soll ich ja befördert werden! Vielleicht bekomme ich meine eigene Show!

In den frühen Morgenstunden haben sich die wildesten Fantasien ausgetobt und den Blick auf die schlichte Wahrheit wieder freigegeben. Und die Wahrheit ist, dass ich einfach nur in meinen alten Job zurückmöchte. Ich will meiner Mutter sagen können, dass sie jetzt wieder *Morning Coffee* gucken kann. Ich will alle meine Schulden bezahlen … und ich will noch mal ganz von vorn anfangen. Noch eine Chance. Ich will noch eine Chance.

»Siehst du?«, sagt Suze, als ich mich am nächsten Morgen fertig mache. »Siehst du? Ich *wusste*, dass sie dich zurückholen würden! Diese Clare Edwards ist Schrott! Absoluter, unmöglicher …«

»Suze«, unterbreche ich sie. »Wie sehe ich aus?«

»Sehr gut«, sagt Suze und mustert mich bewundernd von oben bis unten. Ich trage meine schwarze Hose von Banana Republic, ein weißes Hemd, einen gedeckten, taillierten Blazer und ein dunkelgrünes Halstuch.

Ich hätte ja mein Denny-and-George-Tuch angezogen – ich hatte es sogar schon in der Hand. Aber dann habe ich es fast im gleichen Moment wieder weggelegt. Ich weiß auch nicht genau, warum.

»Wirklich scharf«, sagt Suze. »Wo geht ihr essen?«

»Bei Lorenzo's?«

»*San Lorenzo?*« Sie reißt beeindruckt die Augen auf.

»Nein, glaube ich nicht. Einfach nur ... Lorenzo's. Ich war da noch nie.«

»Na, vergiss jedenfalls nicht, gleich Sekt zu bestellen«, instruiert Suze mich. »Und erzähl ihr, dass du in Angeboten fast erstickst, mit anderen Worten, wenn sie dich zurückhaben wollen, müssen sie ordentlich in die Tasche greifen. So sieht's aus, friss oder stirb!«

»Okay.« Ich schraube die Wimperntusche auf.

»Wenn deren Gewinnspanne drunter leidet, haben sie halt Pech gehabt«, sagt Suze energisch. »Qualität hat nun mal ihren Preis. Du willst den Deal abschließen – aber zu *deinen* Konditionen. Zu *deinem* Preis.«

»Suze ...« Ich höre auf, mir Mascarastaub auf die Wimpern zu tupfen. »Wo hast du das alles her?«

»Was alles?«

»Na, das ... über Gewinnspannen und Konditionen und so.«

»Ach das! Von der Hadleys-Konferenz. Da habe ich an einem Seminar teilgenommen, das von einem der besten Verkäufer in den USA geleitet wurde. War klasse! Und da habe ich gelernt, dass ein Produkt nur so gut ist wie sein Verkäufer.«

»Wenn du meinst.« Ich nehme meine Tasche und überlege, ob ich alles habe. Dann hebe ich den Kopf und verkünde bestimmt: »Gut. Dann gehe ich.«

»Viel Glück!«, wünscht Suze mir. »Obwohl es im Geschäft natürlich überhaupt nicht auf Glück ankommt, sondern nur auf Fleiß, Entschlossenheit und noch einmal Fleiß.«

»Okay«, sage ich leicht zweifelnd. »Ich werde daran denken.«

Die Adresse von Lorenzo's ist eine Straße in Soho, aber als ich in sie einbiege, sehe ich nichts, was auch nur annähernd wie ein Restaurant aussähe. Hier gibt es fast nur Bürogebäude, dazwischen mal einen Kiosk oder ein Café, und ein …

Moment. Ich bleibe stehen und betrachte das Schild über dem Café. Lorenzo's Coffee Shop and Sandwich Bar.

Aber … Das kann sie doch nicht gemeint haben, oder?

»Becky!« Ich drehe mich um und sehe Zelda in Jeans und Steppweste auf mich zukommen. »Da bist du ja schon!«

»Ja.« Ich versuche, nicht zu enttäuscht auszusehen. »Da bin ich schon.«

»Du hast doch nichts gegen einen Sandwich, oder?«, sagt sie und zieht mich mit sich hinein. »Für mich liegt das hier ziemlich günstig.«

»Nein, nein. Ich meine … Ein Sandwich ist prima.«

»Gut. Das mit italienischem Huhn kann ich empfehlen.« Sie mustert mich von oben bis unten. »Schick siehst du aus. Hast du was Besonderes vor?«

Das darf nicht wahr sein. Ich kann ihr doch nicht sagen, dass ich mich extra wegen ihr so in Schale geworfen habe.

»Ähm … ja.« Ich räuspere mich. »Ich … Ich muss später noch zu einem Meeting.«

»Na gut, ich will dich auch gar nicht lange aufhalten. Wir wollten dir bloß ein kleines Angebot machen.« Sie lächelt mich an. »Und wir dachten, das wäre netter bei einem persönlichen Gespräch.«

Irgendwie hatte ich mir unter der Verabredung zum Mittagessen etwas ganz anderes vorgestellt. Aber während ich den Sandwich-Typen dabei beobachte, wie er italienisches Huhn auf unsere Brote verteilt, Salat dazulegt und jedes Sandwich in vier Teile schneidet, erhole ich mich schon wieder von der ersten Enttäuschung. Gut, das hier ist kein feines Restaurant mit Tischdecken und Sekt. Gut, sie hauen nicht gerade auf den Putz. Aber wer weiß, vielleicht ist das ja ein gutes Zeichen! Das zeigt doch, dass sie mich immer noch als einen Teil des Teams ansehen, oder? Als jemanden, mit dem man eben schnell ein Sandwich essen und die Ideen für die nächste Programmplanung besprechen kann.

Vielleicht wollen sie mich als Feature-Beraterin engagieren. Oder sogar zur Produzentin ausbilden!

»Uns hat das alles furchtbar leidgetan, Becky«, sagt Zelda, als wir mit den Tabletts voller Sandwiches und Getränke einen winzigen Holztisch ansteuern. »Wie läuft es denn so? Hast du einen Job in New York in Aussicht?«

»Ähm … nicht so direkt«, weiche ich aus und trinke einen Schluck Mineralwasser. »Es ist alles noch … in der Schwebe.« Ich merke, dass sie mich prüfend ansieht, und füge schnell hinzu: »Aber ich habe diverse Angebote bekommen, über die ich jetzt nachdenke. Verschiedene Projekte und … und entwicklungsfähige Ideen …«

»Ach, wie schön! Das freut mich. Es hat uns allen so

leidgetan, dass du bei uns aufhören musstest. Und ich möchte, dass du weißt, dass das nicht meine Entscheidung war.« Sie legt kurz ihre Hand auf meine, nimmt sie dann aber wieder weg, um von ihrem Sandwich abzubeißen. »So – und jetzt zum Geschäftlichen.« Mein Magen zuckt nervös zusammen. »Du kennst doch noch unseren Produzenten, Barry?«

»Natürlich kenne ich den noch!«, entgegne ich überrascht. Glauben die im Ernst, ich hätte jetzt schon den Namen des Produzenten vergessen?

»Na ja, also Barry hat da eine ziemlich interessante Idee gehabt.« Zelda strahlt mich an, und ich strahle zurück. »Er glaubt, die Zuschauer von *Morning Coffee* wären sehr daran interessiert, etwas über dein … kleines Problem zu hören.«

»Aha.« Das Lächeln auf meinem Gesicht erstarrt. »Aber das ist … ich habe nicht wirklich ein …«

»Und er dachte, du könntest vielleicht an einer Diskussionsrunde teilnehmen und/oder das Zuschauertelefon zu dem Thema beantworten.« Sie trinkt einen Schluck Tee. »Was meinst du?«

Völlig verwirrt starre ich sie an.

»Meinst du, ob ich meinen alten Sendeplatz wiederhaben möchte?«

»Nein, nein! Das würde wohl ein bisschen komisch aussehen, wenn du wieder Rat in Geldangelegenheiten geben würdest, was?« Sie lacht. »Nein, uns schwebt eine einmalige Diskussion vor, im Rahmen eines Themenvormittags. ›Wie die Kaufsucht mein Leben ruinierte‹, so in der Art.« Sie beißt von ihrem Sandwich ab. »Und am besten wäre es natürlich, wenn das Ganze ein bisschen … wie soll ich sagen? Ein bisschen *emotional* abliefe. Vielleicht könntest du einen kleinen Seelenstriptease hinlegen. Von deinen Eltern erzählen und davon, dass auch ihr Leben ruiniert ist … Probleme in der Kindheit … Beziehungsprobleme … Das sind natürlich nur ein paar Ideen!« Sie sieht mich an. »Und wenn du es hinkriegen würdest zu weinen …«

»Zu … zu weinen?«, wiederhole ich ungläubig.

»Du *musst* nicht. Um Gottes willen.« Zelda lehnt sich sehr ernst nach vorn. »Wir möchten, dass das für dich eine positive Erfahrung wird, Becky. Wir wollen dir helfen. Clare Edwards wäre dann auch im Studio, um dir ein paar Tipps zu geben …«

»Clare Edwards!«

»Ja! Mit der hast du doch mal zusammengearbeitet, stimmt's? So sind wir überhaupt auf sie gekommen. Und weißt du was? Clare ist der Hit! Die liest den Anrufern wirklich die Leviten! Wir haben beschlossen, sie jetzt Scary Clare zu nennen und ihr eine Peitsche in die Hand zu drücken!«

Sie strahlt mich an, aber ich bringe es nicht einmal fertig zu lächeln. Das Gefühl von Entsetzen und Demütigung treibt mir die Schamröte ins Gesicht. Noch nie in meinem Leben habe ich mich so herabgewürdigt gefühlt.

»Also, was sagst du?«, fragt sie und schlürft ihren Smoothie.

Ich lege mein Sandwich hin. Mir ist der Appetit vergangen.

»Tut mir leid, aber meine Antwort lautet Nein.«

»Oh! Du bekämst natürlich auch ein Honorar dafür!«, sagt sie. »Das hätte ich gleich am Anfang sagen sollen.«

»Das ist mir egal. Ich bin nicht interessiert.«

»Du brauchst dich noch nicht zu entscheiden. Denk noch mal drüber nach!« Zelda schenkt mir ein fröhliches Lächeln. »Ich muss leider wieder los. War schön, dich zu sehen, Becky. Freut mich, dass alles so gut läuft!«

Nachdem Zelda gegangen ist, bleibe ich noch eine Weile still sitzen und nippe an meinem Mineralwasser. Nach außen wirke ich ganz ruhig – aber in mir brodelt es. Sie wollen, dass ich mich vor die Kamera setze und heule! Das ist alles. Nur ein Artikel in einem mistigen Sensationsblatt, und schon bin ich nicht mehr Becky Bloomwood, die Finanzexpertin. Ich bin Becky Bloomwood, Chaotin und Versagerin. Ich bin Becky Bloomwood – seht her, ich heule! Hat jemand ein Taschentuch?

Die können sich ihre beschissenen Taschentücher sonst wohin schieben, diese… diese fiesen… sackgesichtigen… fiesen… blöden…

»Alles in Ordnung?«, fragt ein Mann vom Nachbartisch, und erst da stelle ich mit Entsetzen fest, dass ich laut vor mich hin gemurmelt habe.

»Mir geht es gut, ja«, sage ich. »Danke.« Ich stelle mein Glas ab und verlasse erhobenen Hauptes das Lokal.

Ich laufe die Straße hinunter und biege ab, ohne zu wissen, wo ich überhaupt hingehe. Ich kenne mich hier nicht aus, und ich muss nirgendwohin – ich laufe also einfach weiter und bin förmlich hypnotisiert vom Klang meiner Schritte. Irgendwann werde ich wohl auf eine U-Bahn-Station stoßen.

Meine Augen fangen an zu tränen, und ich sage mir, das kommt von der kalten Luft. Vom Wind. Ich stopfe die Hände in die Taschen, senke das Kinn und gehe schneller. Ich versuche, an gar nichts zu denken. Aber mich packt jetzt langsam die nackte Angst, eine unbeschreibliche Panik, die immer schlimmer wird. Ich habe meinen alten Job nicht zurück. Ich habe nicht einmal einen Job in Aussicht. Was soll ich Suze bloß sagen? Was meiner Mutter?

Was soll ich bloß mit meinem Leben machen?

»Hey! Passen Sie doch auf!«, schreit jemand von hinten – da merke ich, dass ich direkt vor einem Radfahrer auf die Straße spaziert bin.

»Tut mir leid«, sage ich mit rauer Stimme, als der Radfahrer einen Schlenker fährt und mir den Stinkefinger zeigt. Das kann so nicht weitergehen. Ich muss mich zusammenreißen. Ich meine, wo bin ich denn hier überhaupt? Ich gehe etwas langsamer, betrachte die Glastüren der Bürogebäude und suche einen Hinweis darauf, wie die Straße heißt. Ich bin kurz davor, einen Verkehrspolizisten zu fragen, als ich ein Straßenschild entdecke. King Street.

Ich sehe unverwandt das Schild an und frage mich, warum mir der Name vertraut vorkommt. Dann auf einmal fällt es mir wieder ein: King Street 17. Alicia.

Die Hausnummer auf der Glastür direkt neben mir ist die 23. Das heißt… Ich muss gerade erst an der Nummer 17 vorbeigelaufen sein.

Jetzt packt mich die Neugier. Was zum Himmel hat es mit King Street 17 auf sich? Warum hat Alicia davon gesprochen, sich nächstes Mal hier zu treffen? Ist hier der Stützpunkt eines geheimen Kults oder so? Würde mich gar nicht wundern, wenn Alicia in ihrer Freizeit Hexe wäre.

Meine neugierige Anspannung überträgt sich auf jede Faser meines Körpers, als ich ein paar Schritte zurückgehe, bis ich schließlich vor einer bescheidenen Doppeltür mit der Nummer 17 stehe. In diesem Gebäude haben unterschiedliche Firmen ihre Büros, doch von den vielen Namen kommt mir kein einziger bekannt vor.

»Hi!«, grüßt mich ein Typ in Jeansjacke mit einem Becher Kaffee in der Hand. Er kommt auf die Türen zu, gibt einen Code in das Zahlenschloss ein und drückt die Tür auf. »Sie sehen ein bisschen orientierungslos aus. Wen suchen Sie denn?«

»Ähm … ich weiß nicht so genau«, gebe ich zögerlich zu. »Ich dachte, ich würde jemanden kennen, der hier arbeitet, aber ich weiß nicht mehr, wie die Firma heißt.«

»Wie heißt er denn?«

»Sie … sie heißt Alicia.« Im gleichen Moment wünschte ich, ich hätte das nicht gesagt. Was ist, wenn der Typ Alicia kennt? Was ist, wenn sie irgendwo da drin ist und er jetzt hineingeht und sie holt?

Doch er runzelt die Stirn. »Ich kenne keine Alicia. Aber gut, zurzeit laufen hier einige neue Gesichter rum … Für was für eine Firma arbeitet sie denn?«

»PR«, sage ich nach einer Pause.

»PR? Hier sind sonst fast nur Grafik-Design-Studios …« Auf einmal hellt sich sein Gesicht auf. »Hey, vielleicht gehört sie zu der neuen Firma. B und B? BBB? So was in der Art. Die haben noch nicht richtig angefangen, darum kennen wir sie noch nicht alle.« Er trinkt einen Schluck Cappuccino, und ich starre ihn an. Langsam fangen die Rädchen in meinem Kopf an zu arbeiten.

»Eine neue PR-Firma? Hier?«

»Soweit ich weiß, ja. Haben ziemlich große Räumlichkeiten im zweiten Stock gemietet.«

Jetzt entzündet sich ein ganzes Feuerwerk von Gedanken in meinem Kopf.

B und B. Bridges und Billington. Billington und Bridges.

»Wissen Sie …« Ich versuche, ruhig zu bleiben. »Wissen Sie zufällig, welchen Schwerpunkt diese PR-Firma hat?«

»Ha! Das weiß ich tatsächlich zufällig! Geldinstitute. Finanzunternehmen. Einer ihrer größten Kunden ist angeblich die Bank of London. Oder wird die Bank of London sein. Das dürfte schon mal ein gewisses Grundeinkommen sichern, schätze ich. Aber wie gesagt, ich kenne die Leute noch nicht alle, von daher …« Er sieht mich an, und sein Gesichtsausdruck ändert sich schlagartig. »Hey. Ist Ihnen nicht gut?«

»Mir geht's prima«, bringe ich noch hervor. »Glaube ich. Ich muss nur … Ich muss ganz dringend telefonieren.«

Ich wähle die Nummer des Four Seasons dreimal – und lege jedes Mal wieder auf, bevor ich Luke Brandon verlange. Dann atme ich tief durch, wähle die Nummer noch ein viertes Mal und verlange dann Michael Ellis.

»Michael, ich bin's, Becky Bloomwood«, sage ich, nachdem ich durchgestellt wurde.

»Becky!« Er hört sich ehrlich erfreut an, von mir zu hören. »Wie geht es Ihnen?«

Ich schließe die Augen und ringe um Fassung. Der Klang seiner Stimme hat mich unversehens ins Four Seasons zurückversetzt. In die schwach beleuchtete, teure Lobby. In die Traumwelt New York.

»Mir …« Ich atme tief durch. »Mir geht es gut. Sie wissen schon … alles wieder beim Alten. Viel zu tun.«

Ich werde jetzt bestimmt nicht damit herausrücken, dass ich meinen Job verloren habe. Ich habe keine Lust, auch noch von ihm bemitleidet zu werden.

»Ich bin gerade auf dem Sprung ins Studio«, sage ich und kreuze die Finger. »Aber ich wollte noch ganz schnell was loswerden. Ich glaube, ich weiß jetzt, warum Gerüchte kursieren, dass Luke die Bank of London verlieren wird.«

Ich erzähle ihm ganz genau, was ich im Büro mitbekommen habe, wie ich in der King Street gelandet bin und was ich herausgefunden habe.

»Verstehe«, murmelt Michael immer mal wieder zwischendurch und hört sich gar nicht mehr erfreut an. »Verstehe. Wissen Sie, dass jeder Arbeitsvertrag eine Klausel enthält, die es den Angestellten verbietet, so etwas zu tun? Wenn sie Luke einen Kunden abwerben, könnte er sie verklagen.«

»Darüber haben sie auch gesprochen. Aber sie glauben, dass er sie nicht verklagen wird, weil er sonst sein Gesicht verlieren würde.«

Michael schweigt. Ich kann fast hören, wie er nachdenkt.

»Da haben sie nicht ganz Unrecht«, sagt er schließlich. »Becky, das muss ich Luke erzählen. Das ist wirklich toll, was Sie da herausgefunden haben.«

»Das war aber noch nicht alles«, sage ich. »Michael, Sie müssen Luke noch mehr erzählen. Als ich bei Brandon Communications war, war die Firma wie tot. Niemand gibt sich mehr Mühe, alle gehen so früh wie möglich nach Hause … da herrscht auf einmal eine ganz andere Atmosphäre. Eine ungute Atmosphäre.« Ich beiße mir auf die Lippe. »Er muss nach Hause kommen.«

»Warum sagen Sie ihm das nicht selbst?«, fragt Michael sanft. »Ich bin mir sicher, dass er sich freuen würde, von Ihnen zu hören.«

Er klingt so unendlich gütig und besorgt, dass mir fast schon wieder die Tränen in die Augen schießen.

»Ich kann nicht. Wenn ich ihn anrufe, denkt er doch bloß … dass ich ihm beweisen will, dass ich recht hatte oder so. Oder dass ich nur unsinnigen Büroklatsch weitergebe …« Ich breche ab und schlucke. »Ehrlich gesagt, Michael, wäre es mir am liebsten, wenn Sie mich aus der Sache ganz heraushalten würden. Tun Sie einfach so, als hätten Sie mit jemand anderem gesprochen. Aber irgendjemand muss es ihm sagen.«

»Ich treffe mich ohnehin in einer halben Stunde mit ihm. Dann werde ich es ihm sagen. Und Becky …? Danke.«

FÜNFZEHN

Nach einer Woche gebe ich die Hoffnung auf, wieder von Michael zu hören. Was auch immer er Luke gesagt hat, ich werde es wohl nie erfahren. Ich habe das Gefühl, dass ein Kapitel meines Lebens abgeschlossen ist. Luke, Amerika, Fernsehen, alles. Ich muss neu anfangen.

Ich versuche, eine positive Einstellung zu bewahren, und sage mir, dass mir viele Wege offenstehen. Aber was macht eine selbsterkorene Finanzexpertin, nachdem ihre Fernsehkarriere kläglich und jäh gescheitert ist? Ich habe eine Fernsehagentin angerufen, die zu meinem Entsetzen genauso klang wie die ganzen Fernsehleute in den USA. Sie sagte, sie freue sich wahnsinnig, von mir zu hören, und sie würde problemlos Arbeit für mich finden – eventuell sogar eine eigene Serie –, und sie würde am selben Tag noch zurückrufen, wenn sich etwas getan habe. Ich habe nie wieder von ihr gehört.

Jetzt bleibt mir also nichts anderes übrig, als den *Media Guardian* auf der Suche nach Jobs zu durchforsten, für die ich vielleicht halbwegs qualifiziert bin. Bisher habe ich drei Annoncen eingekringelt: eine vom *Investor's Chronicle*, die einen fest angestellten Journalisten suchen, eine vom *Personal Investment Chronicle* für den Job des stellvertretenden Chefredakteurs und eine von *Annuities Today* (dem »führenden Info-Magazin, wenn es um Leibrenten geht«), die einen Chefredakteur brauchen. Ich habe zwar keine Ahnung von Leibrenten – aber was nicht ist, kann ja noch werden.

»Wie läuft's?«, fragt Suze, als sie mit einem Teller CrunchyNut-Cornflakes hereinkommt.

»Prima«, sage ich und versuche zu lächeln. »Ich schaff das schon.« Suze isst einen Löffel Cornflakes und betrachtet mich nachdenklich.

»Was hast du heute vor?«

»Nicht viel«, sage ich muffelig. »Ich versuche bloß, einen Job zu finden. Und mein chaotisches Leben in Ordnung zu bringen. Solche Sachen.«

»Aha.« Suze sieht mich mitleidig an. »Hast du schon was Interessantes gefunden?«

Ich tippe auf eine eingekringelte Annonce.

»*Annuities Today* sucht einen Chefredakteur. Der passende Kandidat wäre automatisch auch Chefredakteur der jährlichen Sonderbeilage für Steuerrückzahlungen!«

»Echt?« Suze verzieht aus Versehen das Gesicht und fügt dann hastig hinzu: »Ich meine … das hört sich toll an! Wirklich interessant!«

»Steuerrückzahlungen? Ich bitte dich, Suze.«

»Na ja, du weißt schon – relativ gesehen.«

Ich lege den Kopf auf meine Knie und starre den Wohnzimmerteppich an. Der Ton des Fernsehers ist heruntergedreht, und bis auf Suzes Geknusper herrscht Stille.

»Suze … was mache ich denn, wenn ich keinen Job finde?«, frage ich unvermittelt.

»Natürlich findest du einen Job! Sei doch nicht albern! Du bist ein Fernsehstar!«

»Ich *war* ein Fernsehstar. Bis ich alles kaputt gemacht habe. Bis mein Leben in Scherben vor mir lag.«

Ich schließe die Augen und lasse mich noch weiter auf den Boden sinken, bis mein Kopf auf dem Sofa liegt. So könnte ich mein ganzes Leben lang liegen bleiben.

»Bex, ich mache mir Sorgen um dich«, sagt Suze. »Du hast seit Tagen die Wohnung nicht verlassen. Was hast du sonst noch vor heute?«

Ich mache kurz die Augen auf und sehe, wie sie mich sorgenvoll anblickt.

»Weiß nicht. *Morning Coffee* gucken.«

»Du wirst *nicht Morning Coffee* gucken!«, bestimmt Suze. »Komm.« Sie legt den *Media Guardian* weg. »Ich habe nämlich eine richtig gute Idee.«

»Was denn?«, frage ich misstrauisch, als sie mich zu meinem Zimmer schleift. Sie macht die Tür auf, führt mich hinein und deutet auf das Chaos überall, indem sie beide Arme ausbreitet.

»Ich finde, du solltest den Vormittag damit verbringen auszumisten.«

»Was?« Entsetzt starre ich sie an. »Ich will aber nicht ausmisten.«

»Natürlich willst du! Glaub mir, danach fühlst du dich genauso gut wie ich mich hinterher gefühlt habe. Das war so klasse!«

»Ja, und du hattest keine Klamotten mehr! Drei Wochen lang hast du dir von mir Unterhosen leihen müssen.«

»Gut, okay«, gibt sie zu. »Ich bin vielleicht ein bisschen zu weit gegangen. Aber es geht doch darum, dass eine gründliche Ausmistaktion dein Leben von Grund auf verändern wird!«

»Wird sie nicht.«

»Natürlich wird sie das! Das ist Feng-Shui. Du musst gewisse Dinge aus deinem Leben *heraus*lassen, damit neue, gute Dinge *herein*können.«

»Alles klar.«

»Wirklich! Kaum hatte ich ausgemistet, hat Hadleys mich angerufen und mir ein Angebot gemacht. Komm schon, Bex. Ein kleines bisschen Ausmisten würde dir sooo gut tun.« Sie reißt meinen Kleiderschrank auf und fängt an, meine Klamotten zu durchwühlen.

»Ich meine, jetzt guck dir das doch mal an«, sagt sie und zieht einen blauen Lederrock mit Fransen hervor. »Wann hast du den zum Beispiel zuletzt angehabt?«

»Ist noch gar nicht so lange her«, sage ich und kreuze hinter meinem Rücken die Finger. Den Rock habe ich an einem Stand in der Portobello Road gekauft, ohne ihn überhaupt anzuprobieren – und als ich ihn zu Hause angezogen habe, war er zu klein. Aber man weiß ja nie, vielleicht nehme ich eines Tages tierisch viel ab.

»Und die hier … und die …« Ungläubig runzelt Suze die Stirn. »Meine Güte, Bex! Wie viele schwarze Hosen hast du eigentlich?«

»Nur eine! Zwei vielleicht.«

»Vier … fünf … sechs …« Sie schiebt einen Bügel nach dem anderen zur Seite und zerrt entschlossen mehrere Hosen aus dem Schrank.

»Die ist für wenn ich mich fett fühle«, verteidige ich mich, als sie meine superbequemen, alten Benetton

Boot-cuts herausholt. »Und das da sind Jeans!«, rufe ich, als sie anfängt, weiter unten im Schrank herumzuwühlen. »Jeans sind keine Hosen!«

»Wer sagt das?«

»Jeder sagt das! Weil das jeder weiß.«

»Zehn … elf …«

»Ja … und die da sind zum Skifahren! Das ist etwas ganz anderes! Das ist *Sportkleidung*.« Suze dreht sich zu mir um.

»Bex, du bist noch nie Skifahren gewesen.«

»Ich weiß«, gestehe ich nach einer Weile. »Aber … du weißt schon. Für den Fall, dass ich mal dazu eingeladen werde. Und die waren im Angebot.«

»Und was ist das?« Mit spitzen Fingern hebt sie meine Fechtmaske hoch. »Die kann ja wohl direkt in den Müll.«

»Ich will anfangen zu fechten«, entgegne ich beleidigt. »Ich will Catherine Zeta Jones' Stuntdouble werden.«

»Ich verstehe nicht, wie du den ganzen Kram überhaupt hier unterbringen kannst. Schmeißt du denn *nie* etwas weg?« Sie hebt ein Paar mit Muscheln dekorierte Schuhe hoch. »Ich meine, die hier zum Beispiel. Trägst du die noch jemals?«

»Ähm … nein.« Ich sehe ihren Gesichtsausdruck. »Aber darum geht's doch gar nicht. Wenn ich die wegschmeißen würde, wären Muscheln am nächsten Tag wieder total in, und ich müsste mir ein neues Paar Muschelschuhe kaufen. Darum behalte ich sie. So, wie eine … Versicherung.«

»Muscheln werden *nie* wieder in sein.«

»Wieso denn nicht? Das ist wie mit dem Wetter. Man weiß nie, was einen erwartet.«

Suze schüttelt den Kopf und stakst über die vielen Klamottenhaufen in Richtung Tür. »Ich gebe dir jetzt zwei Stunden Zeit, und wenn ich wiederkomme, will ich ein völlig verändertes Zimmer sehen. Verändertes Zimmer – verändertes Leben. Los jetzt!«

Sie verschwindet, und ich setze mich auf mein Bett und lasse niedergeschlagen den Blick durch mein Zimmer schweifen.

Gut, okay, sie hat nicht ganz Unrecht. Ein bisschen Aufräumen könnte nicht schaden. Aber ich weiß gar nicht, wo ich anfangen soll. Ich meine, wenn ich damit anfange, Sachen auszusortieren, bloß weil ich sie nie trage, dann nimmt die Aktion kein Ende. Und ich stehe am Schluss ohne etwas da.

Und das ist alles so anstrengend. Es kostet so viel *Kraft*.

Ich nehme einen Pullover in die Hand, betrachte ihn eine Weile und lege ihn dann wieder hin. Allein der Gedanke daran, dass ich mich entscheiden soll, ob ich ihn behalten möchte oder nicht, strengt mich an.

»Wie läuft's?«, ertönt Suzes Stimme vor meiner Tür.

»Prima!«, antworte ich munter. »Wirklich gut!«

Komm schon, ich muss irgendetwas tun. Gut, ich könnte in der Ecke da anfangen und dann die Runde machen. Ich kämpfe mich zu der Ecke vor, in der mein Frisiertisch unter einem Stapel Zeug verschwindet, und versuche mir einen Überblick zu verschaffen. Das da ist der ganze Bürokram, den ich übers Internet bestellt hatte... da ist die Holzschale, die ich vor Ewigkeiten mal gekauft habe, weil sie in der *Elle Decoration* war (später habe ich genau die gleichen bei Woolworths gesehen)… ein Batikset… Meeressalz-Ganzkörperpeeling… Was ist das denn alles für ein Zeug? Und was ist in dem Karton da, den ich noch nicht einmal aufgemacht habe?

Ich öffne das Paket und finde 50 Meter Truthahnfolie. Truthahnfolie? Wozu habe ich Truthahnfolie gekauft? Hatte ich irgendwann mal vor, Truthahn zu kochen? Völlig verdattert nehme ich den obenauf liegenden Brief zur Hand und lese: »Herzlich willkommen bei Country Ways. Wir freuen uns, dass Ihre Freundin Mrs Jane Bloomwood Ihnen unseren Katalog empfohlen hat…«

Ach, stimmt ja! Das ist der Kram, den Mum bestellt hat, um das Werbegeschenk zu bekommen. Eine Kasserolle, Truthahnfolie… ein paar von den Plastiktüten, in die sie die Gartenmöbelpolster gestopft hat… irgendein komisches Teil für…

Moment.

Einen Moment. Ich lasse das komische Teil fallen und nehme wie in Zeitlupe die Plastiktüten zur Hand. Eine Frau mit raffiniert geschnittenen blonden Haaren sieht mich über eine vakuumverpackte Bettdecke stolz an, und in einer Sprechblase steht: »Jetzt habe ich bis zu 75 % mehr Platz im Schrank!«

Ich mache ganz leise meine Zimmertür auf und tripple auf Zehenspitzen zum Besenschrank. Als ich am Wohnzimmer vorbeikomme, werfe ich einen Blick hinein und stelle überrascht fest, dass Suze mit Tarquin auf dem Sofa sitzt und sehr ernst mit ihm redet.

»Tarquin!«, sage ich, und die beiden fahren mit schuldbewussten Mienen herum. »Ich habe gar nicht gehört, dass du gekommen bist.«

»Hallo Becky«, sagt er und weicht meinem Blick aus.

»Wir mussten nur eben… etwas besprechen«, sagt Suze und sieht mich peinlich berührt an. »Bist du fertig?«

»Fast«, sage ich. »Jetzt will ich nur noch eben Staub saugen. So als Tüpfelchen auf dem i.«

Ich schließe die Tür hinter mir und packe die Plastiktüten aus. Okay. Das sieht ja ganz einfach aus. Plastiktüte voll stopfen, Luft raussaugen. Zehn Pullover pro Tüte, steht da. Aber wer will das schon nachzählen?

Ich stopfe so viele Klamotten in die erste Tüte, wie ich hineinbekommen kann. Mit einiger Mühe ziehe ich den Plastikreißverschluss zu und befestige dann das Staubsaugerrohr am dafür vorgesehenen Loch. Und ich fasse es nicht! Es funktioniert! Es funktioniert! Vor meinen Augen schrumpfen meine Klamotten auf wahnwitzige Weise zusammen!

Das ist ja geil! Das wird mein Leben völlig umkrempeln! Das ist die Revolution! Warum ausmisten, wenn ich vakuumverpacken kann?

Ich habe acht Tüten – und als alle voll sind, verstaue ich sie im Schrank und mache die Tür zu. Es ist ein bisschen eng, und ich höre ein leises Zischen, als ich die Tür zudrücke – aber die Sachen sind drin! Passt, wackelt und hat Luft!

Und jetzt sehen Sie sich mal mein Zimmer an! Das ist unglaublich! Gut, es ist nicht gerade picobello – aber schon viel besser als vorher! Die restlichen noch herumfliegenden Sachen lasse ich schnell unter meiner Bettdecke verschwinden, auf der ich dann ein paar Kissen arrangiere. Ich trete einen Schritt zurück und sehe mich um. Mir wird ganz warm vor Stolz. So gut hat mein Zimmer noch nie ausgesehen. Und Suze hat recht – ich fühle mich auch irgendwie anders.

Wer weiß, vielleicht ist an Feng-Shui doch etwas dran. Vielleicht ist das der Wendepunkt in meinem Leben. Vielleicht wird jetzt wirklich alles anders.

Ich werfe einen letzten, bewundernden Blick auf mein Werk und rufe dann: »Fertig!«

Als Suze in der Tür erscheint, sitze ich selbstgefällig auf dem Bett und freue mich über ihr offenkundiges Erstaunen.

»Bex, das ist der Wahnsinn!«, sagt sie und betrachtet fassungslos das geräumte Schlachtfeld. »Das ging ja schnell! Ich habe Ewigkeiten gebraucht, um bei mir auszumisten!«

»Na ja, du weiß doch.« Ich zucke ganz cool mit den Schultern. »Wenn ich mich einmal entschließe, etwas zu tun, dann tue ich es auch richtig.«

Sie kommt herein und bleibt völlig fasziniert vor meinem Frisiertisch stehen.

»Mann, ich wusste ja gar nicht, dass dein Frisiertisch eine Marmorplatte hat!«

»Ja«, sage ich stolz. »Hübsch, nicht?«

»Aber wo ist der ganze Müll? Wo sind die Mülltüten?«

»Die sind … Die habe ich schon entsorgt.«

»Das heißt, du hast ganz viel weggeschmissen?«, fragt sie und schlendert zum fast leeren Kaminsims hinüber. »Sieht ganz danach aus.«

»Ganz … eine ganze Menge«, weiche ich aus. »Gegen Ende bin ich immer rigoroser geworden.«

»Ich bin echt beeindruckt!« Sie bleibt vor meinem Kleiderschrank stehen, und ich beobachte sie nervös.

Nicht aufmachen, bete ich. Bitte nicht aufmachen.

»Hast du überhaupt noch etwas übrig?«, fragt sie grinsend und öffnet die Schranktür. Im selben Moment fangen wir beide an zu kreischen.

Es ist, als würde eine Nagelbombe explodieren.

Nur dass statt Nägeln Klamotten fliegen.

Ich weiß nicht, was passiert ist. Ich weiß nicht, was ich falsch gemacht habe. Aber eine der Tüten platzt auf, verteilt Pullover im ganzen Zimmer und schiebt alle anderen Tüten aus dem Schrank. Dann platzt noch eine auf, und dann noch eine. Es hagelt Klamotten. Suze ist von oben bis unten mit Stretchtops bedeckt. Über dem Lampenschirm hängt ein Paillettenrock. Ein BH saust quer durch das Zimmer und fliegt gegen das Fenster. Suze ist hin- und hergerissen zwischen Kreischen und Lachen, und ich wedle wie wild mit den Armen und rufe immer nur völlig sinnlos »Halt! Halt!«.

Und dann …

O nein. Bitte nicht. Halt. Bitte.

Aber es ist zu spät. Eine Kaskade von Einkaufstüten, die ich auf dem Schrank versteckt hatte, ergießt sich auf den Boden. Eine nach der anderen verlässt ihr Schattendasein und drängt ans Licht. Sie fallen Suze auf den Kopf, landen auf dem Boden und entledigen sich ihres Inhalts – und der ist in jeder Tüte der gleiche. Graue, schimmernde Schachteln mit einem silbernen »S-C-S«-Aufdruck.

Ungefähr vierzig Stück.

»Was ...« Suze zieht sich ein T-Shirt vom Kopf und starrt mit offenem Mund die Schachteln an. »Was zum Himmel hast du ...« Sie kämpft sich durch die Berge von Klamotten, nimmt eine Schachtel, macht sie auf und sagt nichts mehr. Eingewickelt in türkisfarbenes Seidenpapier, lugt ein mit hellbraunem Leder bezogener Bilderrahmen hervor.

O Gott. O Gott, *warum* mussten die herunterfallen?

Ohne einen Ton zu sagen, bückt Suze sich und hebt eine Tüte von Gifts and Goodies auf. Sie fasst hinein, und als sie zwei Schachteln herauszieht, flattert der Kassenbon zu Boden. Sie öffnet die Schachteln – und in beiden verbirgt sich ein mit lila Tweed bezogener Bilderrahmen.

Ich mache den Mund auf, um etwas zu sagen – aber ich bleibe stumm. Wir starren uns eine Weile einfach nur an.

»Bex ... wie viele hast du davon?«, fragt Suze schließlich mit belegter Stimme.

»Ähm ... nicht so viele«, sage ich und merke, wie mein Gesicht ganz heiß wird. »Höchstens ... weiß nicht. Ein paar halt.«

»Das sind doch bestimmt ... mindestens fünfzig!«

»Nein!«

»Doch!« Sie sieht sich um und wird ganz rot vor Aufregung. »Bex, die sind richtig teuer!«

»So viele habe ich nicht gekauft!« Ich lache kurz auf, um sie abzulenken. »Und ich habe sie nicht alle auf einmal gekauft!«

»Du hättest *überhaupt keinen* kaufen sollen! Ich habe dir doch gesagt, dass ich dir einen mache!«

»Ich weiß«, sage ich verlegen. »Ich weiß. Aber ich wollte so gerne einen kaufen. Ich wollte dich doch bloß … unterstützen.«

Schweigend nimmt Suze sich noch eine Tüte von Gifts and Goodies und sieht zwei weitere Schachteln darin.

»Es liegt an dir, stimmt's?«, sagt sie plötzlich. »Es liegt an dir, dass ich so viele Rahmen verkauft habe.«

»Nein! Wirklich, Suze …«

»Du hast dein ganzes Geld ausgegeben, um meine Rahmen zu kaufen.« Ihre Stimme bebt bedenklich. »Dein ganzes Geld. Und jetzt hast du Schulden.«

»Habe ich nicht!«

»Wenn du nicht wärst, wäre ich nicht so erfolgreich.«

»Natürlich wärst du das!«, widerspreche ich bestürzt. »Suze, du machst die schönsten Rahmen der Welt! Ich meine … guck dir doch mal den hier an!« Ich schnappe mir die nächstliegende Schachtel und hole einen mit verwaschenem Jeansstoff bezogenen Rahmen heraus. »Den hätte ich mir auch gekauft, wenn ich dich nicht kennen würde. Ich hätte sie alle auch gekauft, wenn ich dich nicht kennen würde!«

»Du hättest nicht so viele gekauft«, schluckt sie. »Du hättest vielleicht … drei gekauft.«

»Ich hätte sie *alle* gekauft. Die sind doch das ideale Geschenk. Und so eine geschmackvolle … Deko fürs Haus …«

»Das sagst du jetzt bloß so«, jammert sie unter Tränen.

»Nein, tue ich nicht!«, widerspreche ich und merke, wie mir selbst die Tränen kommen. »Suze, man liebt deine Rahmen! Ich habe so viele Leute in den Geschäften gesehen, die gesagt haben, wie toll sie sind!«

»Ist doch gar nicht wahr.«

»Ist wohl wahr! Gerade neulich erst war da diese Frau bei Gifts and Goodies, die einen deiner Rahmen in den höchsten Tönen bewundert hat, und alle anderen Kunden im Laden haben ihr zugestimmt!«

»Wirklich?«, piepst Suze.

»Ja. Du hast Talent, du bist erfolgreich …« Ich sehe mich in meinem zerbombten Zimmer um und könnte verzweifeln. »Und ich bin eine einzige Katastrophe. John Gavin hat recht, ich sollte jetzt schon über Vermögenswerte verfügen. Ich sollte mich etabliert haben. Und wie sieht es aus bei mir? Mau. Mehr als mau. Ich bin zu nichts nütze!«

»Das stimmt nicht!«, protestiert Suze entsetzt. »Du bist nicht zu nichts nütze!«

»Natürlich!« Niedergeschlagen lasse ich mich auf den Teppich aus Klamotten sinken. »Suze, sieh mich doch an. Ich bin arbeitslos, ich habe keine Perspektiven, ich habe eine gerichtliche Vorladung, ich habe Schulden über mehrere Tausend Pfund, und ich habe keine Ahnung, wie ich die jemals abbezahlen soll …«

Von der Tür erklingt ein verhaltenes Hüsteln. Ich blicke auf und sehe Tarquin mit drei Tassen Kaffee dort stehen.

»Kleine Erfrischung?«, fragt er und bahnt sich einen Weg zu uns.

»Danke Tarquin«, schniefe ich und nehme ihm eine Tasse ab. »Tut mir leid, das hier. Es ist nur … nicht gerade der beste Zeitpunkt.«

Er setzt sich aufs Bett und wechselt bedeutsame Blicke mit Suze.

»Bisschen knapp bei Kasse?«, fragt er.

»Ja«, würge ich hervor und wische mir die Augen. »Ja, genau.« Tarquin wirft Suze noch einen Blick zu.

»Becky, ich würde dir wirklich gerne …«

»Nein. Nein, danke.« Ich lächle ihn an. »Wirklich.«

Schweigend nippen wir alle an unserem Kaffee. Die Wintersonne fällt durch das Fenster, und ich schließe die Augen und genieße die Wärme auf meinem Gesicht.

»Kommt in den besten Familien vor«, sagt Tarquin mitfühlend. »Unser verrückter Onkel Monty war auch immer kurz vor der Pleite, stimmt's nicht, Suze?«

»Ach, stimmt ja! Ja, wirklich, ständig!«, bestätigt Suze. »Aber er hat's immer wieder geschafft, oder?«

»Oh ja!«, sagt Tarquin. »Immer und immer wieder.«

»Wie hat er das gemacht?«, frage ich interessiert nach.

»Normalerweise hat er einfach einen Rembrandt verkauft«, antwortet Tarquin. »Oder einen Stubbs. Oder so etwas Ähnliches.«

Super. Diese Millionäre wissen doch echt nicht, was abgeht! Ich meine, selbst Suze, die ich liebe und schätze. Die raffen es einfach nicht. *Sie wissen nicht, was es bedeutet, kein Geld zu haben.*

»Aha«, sage ich und versuche zu lächeln. »Na ja … ich habe leider gerade keinen Rembrandt herumliegen, den ich verkaufen könnte. Ich habe bloß … hundert Trillionen schwarze Hosen. Und ein paar T-Shirts.«

»Und eine Fechtausrüstung«, fügt Suze hinzu.

Das Telefon klingelt, aber keiner von uns rührt sich.

»Und eine potthässliche Holzschale«, sage ich halb

kichernd, halb schluchzend. »Und vierzig Bilderrahmen.«

»Und einen Designerpullover mit zwei Halsausschnitten.«

»Und ein Cocktailkleid von Vera Wang.« Ich sehe mich in meinem Zimmer um und bin plötzlich wieder hellwach. »Und eine nagelneue Tasche von Kate Spade ... und ... und einen ganzen Schrank voller Zeug, das ich noch nie angehabt habe ... Suze ...« Ich bin so aufgeregt, dass ich kaum noch sprechen kann. »Suze ...«

»Was?«

»Denk doch ... Denk doch mal nach! Es stimmt nicht, dass ich nichts habe. Ich *habe* Vermögenswerte! Gut, vielleicht haben sie einen gewissen Wertverlust erlitten ...« Nebenan springt der Anrufbeantworter an.

»Wovon sprichst du denn jetzt?«, fragt Suze – doch dann hellt sich ihre Miene auf. »Sag bloß, du hast einen Bausparvertrag, den du vergessen hattest?«

»Nein! Keinen Bausparvertrag!«

»Dann verstehe ich nicht ganz ...«, jammert Suze. »Bex, wovon redest du?«

Ich mache gerade den Mund auf, um es ihr zu erklären, als nebenan eine tiefe Stimme mit amerikanischem Akzent auf dem Anrufbeantworter ertönt. Ich erstarre und drehe mich um.

»Hallo, Becky, Michael Ellis hier. Ich bin seit heute in London und wollte fragen, ob wir uns vielleicht sehen können?«

Es ist schon komisch, Michael hier in London zu sehen. Für mich gehört er einfach nach New York, ins Four

Seasons. Aber er ist tatsächlich hier, im River Room des Savoy, und begrüßt mich, über das ganze Gesicht strahlend. Als ich mich zu ihm an den Tisch setze, winkt er dem Kellner.

»Einen Gin Tonic für die Dame, bitte.« Er sieht mich an und zieht eine Augenbraue hoch. »War doch richtig, oder?«

»Ja, danke.« Ich lächle ihn dankbar an. Obwohl wir uns in New York so viel unterhalten haben, bin ich jetzt ein klein wenig schüchtern und befangen.

»Also«, sagt Michael, als der Kellner meinen Drink bringt. »Es ist eine ganze Menge passiert, seit wir telefoniert haben.« Er hebt sein Glas. »Prost.«

»Prost.« Ich trinke einen Schluck. »Was denn zum Beispiel?«

»Zum Beispiel, dass Alicia Billington und vier andere gefeuert worden sind.«

»*Vier* andere?« Ich kann es kaum glauben. »Haben die alle unter einer Decke gesteckt?«

»Sieht so aus. Es hat sich herausgestellt, dass Alicia schon einige Zeit an diesem Projekt gearbeitet hat. Das war nicht einfach nur ein kleines Verwirrspielchen. Das war ein sehr gut durchdachtes und organisiertes Komplott. Und die nötige finanzielle Unterstützung hatten sie auch. Wussten Sie, dass Alicias Zukünftiger sehr wohlhabend ist?«

»Nein«, sage ich, muss dann aber an die Chanel-Schuhe denken. »Aber es passt ins Bild.«

»Er hat für die Finanzen gesorgt. Und wie Sie ganz richtig vermutet haben, hatten sie vor, die Bank of London abzuwerben.«

Ich trinke einen Schluck Gin Tonic und genieße den scharfen Geschmack.

»Und was genau ist passiert?«

»Luke hat sie überrascht, alle in einen Konferenzraum gescheucht und ihre Schreibtische durchsucht. Und dabei hat er so einiges gefunden.«

»Luke?« Mir ist, als hätte mir jemand in den Magen geboxt. »Das heißt – Luke ist in London?«

»Hmm.«

»Seit wann ist er wieder hier?«

»Seit drei Tagen.« Michael sieht mich kurz an. »Er hat Sie also noch nicht angerufen?«

»Nein.« Ich bemühe mich sehr, meine Enttäuschung zu verbergen. »Nein, hat er nicht.« Ich nehme mein Glas und trinke einen großen Schluck. Solange er in New York war, konnte ich mir ja einreden, dass Luke und ich auf Grund der Entfernung nicht miteinander redeten. Aber jetzt ist er in London. Und hat mich nicht einmal angerufen. Das ist etwas anderes. Das hat so etwas … Endgültiges.

»Und … was treibt er so?«

»Schadensbegrenzung«, sagt Michael trocken. »Und er versucht, die Mitarbeiter zu motivieren. Es hat sich nämlich außerdem herausgestellt, dass Alicia, kaum dass Luke nach New York abgereist war, Gerüchte verbreitet hat, er wolle die Zelte in London komplett abbrechen und die Firma hier schließen. Darum herrschte so eine gedrückte Atmosphäre. Kunden wurden vernachlässigt, sämtliche Angestellte haben Kontakt zu Headhuntern aufgenommen … Es sieht wirklich schlimm aus.« Er schüttelt den Kopf. »Diese Frau bringt nichts als Ärger.«

»Ich weiß.«

»Das wollte ich Sie die ganze Zeit schon fragen: *Woher* wissen Sie das?« Er lehnt sich nach vorne und sieht mich interessiert an. »Sie haben Alicia viel gründlicher durchschaut als Luke und ich. Wie kommt das?«

»Weiß ich auch nicht«, sage ich ehrlich. »Ich finde nur einfach, dass sie eine blöde Kuh ist.«

Michael wirft den Kopf in den Nacken und fängt schallend an zu lachen.

»Weibliche Intuition. Reicht das nicht?«

Er lacht noch etwas leise vor sich hin, dann stellt er sein Glas ab und lächelt mich augenzwinkernd an. »Apropos: Mir ist zu Ohren gekommen, was Sie über Lukes Mutter gesagt haben.«

»Was?« Entsetzt sehe ich ihn an. »Das hat er Ihnen erzählt?«

»Er hat darüber gesprochen und mich gefragt, ob Sie mir gegenüber irgendetwas erwähnt hätten.«

»O Gott.« Ich spüre, wie ich rot anlaufe. »Ich war … sauer. Ich hab's nicht so gemeint. Sie ist keine …« Ich räuspere mich. »Ich habe das einfach so gesagt, ohne nachzudenken.«

»Er hat es sich aber trotzdem zu Herzen genommen.« Michael zieht die Augenbrauen hoch. »Er hat seine Mutter angerufen, ihr gesagt, dass es überhaupt nicht in Frage kommt, dass er wieder nach England zurückfliegt, ohne sie gesehen zu haben, und sich mit ihr verabredet.«

»Wirklich?« Jetzt bin ich aber platt. »Und dann?«

»Sie ist nicht gekommen. Hat ihm ausrichten lassen, dass sie die Stadt verlassen musste. Luke war ganz schön enttäuscht.« Michael schüttelt den Kopf. »Unter uns gesagt – ich glaube, Sie hatten ganz recht.«

»Oh. Aha.«

Ich zucke peinlich berührt mit den Schultern und schnappe mir die Karte, um meine Verlegenheit dahinter zu verstecken. Das glaube ich einfach nicht, dass Luke Michael auf die Nase gebunden hat, was ich über seine Mutter gesagt habe. Was hat er ihm denn noch alles verraten? Meine BH-Größe?

Ich starre eine ganze Weile auf die lange Liste der Gerichte, ohne auch nur ein Wort zu lesen. Dann blicke ich auf und sehe, dass Michael mich ziemlich ernst fixiert.

»Becky, ich habe Luke nicht gesagt, dass Sie es waren, die mir den Tipp mit Alicia gegeben hat. Ich habe ihm erzählt, ich hätte einen anonymen Hinweis bekommen und beschlossen, dem nachzugehen.«

»Gut.« Ich studiere die Tischdecke.

»Sie haben seine Firma gerettet«, sagt Michael sanft, aber mit Nachdruck. »Er muss Ihnen dankbar sein. Meinen Sie nicht, dass er das wissen sollte?«

»Nein.« Ich ziehe die Schultern hoch. »Dann würde er bloß denken ... Er würde denken, dass ich ...« Ich verstumme.

Ich kann einfach nicht glauben, dass Luke schon seit drei Tagen wieder in London ist und sich nicht bei mir gemeldet hat. Ich meine – ich wusste ja, dass es vorbei war. Natürlich wusste ich das. Aber ganz heimlich, still und leise hatte ich noch eine winzige Hoffnung ...

Aber egal. War wohl nichts.

»Was würde er denken?«, bohrt Michael nach.

»Ich weiß nicht«, grolle ich. »Zwischen uns ist es aus.

Darum wäre es mir lieber, wenn ich … nichts damit zu tun hätte.«

»Na, gut, das kann ich schon verstehen.« Michael sieht mich freundlich an. »Wollen wir jetzt bestellen?«

Während des Essens reden wir über andere Sachen. Michael erzählt mir von seiner Werbeagentur in Washington und bringt mich mit Geschichten über Politiker, die er persönlich kennt und die sich immer wieder unmöglich machen, zum Lachen. Ich erzähle ihm von meiner Familie, von Suze und davon, wie ich meinen Job bei *Morning Coffee* bekommen habe.

»Es läuft alles ziemlich gut«, behaupte ich, während ich mich an einer Schale Mousse au chocolat gütlich tue. »Ich habe tolle Aussichten, und die Produzenten mögen mich … Sie denken darüber nach, meine Sendezeit zu verlängern.«

»Becky«, unterbricht Michael so schonend wie möglich meine Ausführungen. »Ich weiß Bescheid. Über Ihren Job.«

Wie betäubt sehe ich ihn an und spüre, wie mir die Schamesröte ins Gesicht steigt.

»Es tut mir wahnsinnig leid für Sie«, spricht er weiter. »Das war nicht fair.«

»Weiß … Weiß Luke es auch?«, frage ich heiser.

»Ja. Ich glaube schon.«

Ich trinke einen großen Schluck Wein. Ich kann den Gedanken nicht ertragen, dass Luke mich bemitleidet.

»Na ja, aber mir stehen viele andere Wege offen«, versuche ich mich zu retten. »Gut, vielleicht nicht unbedingt beim Fernsehen … Aber ich bewerbe mich zurzeit bei verschiedenen Printmedien als Finanzjournalistin …«

»Bei der *FT?*«

»Bei ... also ... beim *Personal Investment Periodical* ... und bei *Annuities Today* ...«

»*Annuities Today*«, wiederholt Michael ungläubig. Als ich sein Gesicht sehe, muss ich unwillkürlich lachen. »Becky – interessieren diese Jobs Sie wirklich? Hätten Sie tatsächlich Spaß daran?«

Ich will gerade mit meiner Standardantwort parieren – »Private Geldangelegenheiten sind interessanter, als Sie glauben!« –, als mir klar wird, dass ich keine Lust mehr habe, ihm etwas vorzuspielen. Private Geldangelegenheiten sind *nicht* interessanter, als man glaubt. Sie sind genauso langweilig und trocken, wie man glaubt. Selbst bei *Morning Coffee* wurde es für mich immer erst dann richtig interessant, wenn die Anrufer anfingen, über ihre Beziehungen und ihr Familienleben zu sprechen.

»Was glauben Sie denn?«, sage ich stattdessen und trinke noch einen Schluck Wein. Michael lehnt sich zurück und tupft sich mit der Serviette den Mund ab.

»Und warum bewerben Sie sich dann dafür?«

»Ich weiß nicht, was ich sonst machen soll.« Ich zucke ohnmächtig mit den Schultern. »Private Geldangelegenheiten sind das Einzige, das ich je gemacht habe. Ich bin total festgelegt.«

»Darf ich fragen, wie alt Sie sind, Becky?«

»Sechsundzwanzig.«

»Festgelegt. Mit sechsundzwanzig.« Michael schüttelt den Kopf. »Das glaube ich kaum.« Er trinkt einen Schluck Kaffee und sieht mich prüfend an.

»Wenn sich Ihnen in Amerika ein Job anbieten würde«, sagt er, »würden Sie den annehmen?«

»Ich würde alles nehmen«, sage ich ehrlich. »Aber wer sollte mir jetzt noch in Amerika einen Job anbieten?«

Schweigen. Dann nimmt sich Michael ganz langsam ein Stück Pfefferminzschokolade, wickelt es aus und legt es auf den Rand seiner Untertasse.

»Becky, ich möchte Ihnen einen Vorschlag machen«, sagt er und sieht auf. »In meiner Werbeagentur brauchen wir jemanden für die Leitung der Unternehmenskommunikation.«

Ich starre ihn an. Meine Kaffeetasse verharrt auf halbem Weg zu meinem Mund. Ich wage nicht einmal zu hoffen, dass er damit das meint, was ich glaube, das er meint.

»Wir brauchen jemanden mit redaktioneller Erfahrung, der den monatlichen Newsletter betreuen und koordinieren kann. Was das angeht, wären Sie hervorragend geeignet. Wir brauchen aber auch jemanden, der gut mit Menschen umgehen kann. Jemanden, der mitkriegt, was los ist, der sicherstellt, dass die Mitarbeiter happy sind, jemanden, der dem Vorstand über eventuelle Probleme berichtet …« Er zuckt mit den Schultern. »Offen gestanden, kann ich mir niemanden vorstellen, der dafür besser geeignet wäre als Sie.«

»Sie … Sie bieten mir einen Job an«, sage ich fassungslos, während ich gleichzeitig versuche, die in mir keimende Hoffnung und die wachsende Aufregung zu unterdrücken. »Aber … aber was ist mit der *Daily World*? Mit meiner … Einkauferei?«

»Ist mir doch egal.« Michael zuckt mit den Schultern. »Dann gehen Sie eben gern einkaufen. Ich gehe gern essen. Nobody's perfect. Solange Sie nicht auf irgendeiner internationalen Fahndungsliste stehen ...«

»Nein. Nein«, beeile ich mich zu sagen. »Und außerdem bin ich gerade dabei, das alles in Ordnung zu bringen.«

»Und was ist mit der Einreisegenehmigung?«

»Ich habe einen Anwalt.« Ich beiße mir auf die Lippe. »Ich weiß nur nicht so genau, ob der mich besonders mag.«

»Ich habe Verbindungen zur Einwanderungsbehörde«, beruhigt Michael mich. »Das kriegen wir schon hin, da bin ich mir ganz sicher.« Er lehnt sich zurück und trinkt einen Schluck Kaffee. »Washington ist nicht New York. Aber da ist es auch schön. Die Politik ist ein faszinierendes Aufgabenfeld. Ich glaube, Sie würden es auch mögen. Und was die Bezahlung angeht ... Na ja. Mit CNN kann ich nicht mithalten. Aber um mal einen ungefähren Rahmen zu nennen ...« Er schreibt eine Zahl auf ein Stück Papier und schiebt es über den Tisch.

Das glaube nicht. Das ist ja ungefähr das Doppelte von dem, was ich bei einem dieser Journalistenjobs bekommen würde.

Washington. Werbeagentur. Ein ganz neues Leben.

Amerika. Ohne Luke. Ich ganz allein.

Das ist alles ein bisschen viel für mich.

»Warum bieten Sie mir das an?«, frage ich schließlich.

»Sie haben mich ganz schön beeindruckt, Becky«, sagt Michael sehr ernst. »Sie sind smart. Sie sind intuitiv. Sie tun was.« Ich sehe ihn an und werde rot vor Verlegenheit. »Und jetzt habe ich das Gefühl, dass Sie eine Pause brauchen«, fügt er hinzu. »Sie müssen sich nicht sofort entscheiden. Ich bin noch ein paar Tage hier, wenn Sie also noch einmal darüber reden wollen, kein Problem. Aber Becky …«

»Ja?«

»Das, was ich jetzt sage, meine ich sehr ernst: Ob Sie mein Angebot annehmen oder nicht – bitte passen Sie auf, dass Sie nicht wieder in irgendetwas hineinrutschen.« Er schüttelt den Kopf. »Legen Sie sich nicht fest. Sie sind zu jung, um sich festzulegen. Horchen Sie in sich hinein – und tun Sie nur das, was Sie wirklich wollen.«

SECHZEHN

Ich entscheide mich nicht sofort. Es vergehen noch etwa zwei Wochen, in denen ich in der Wohnung auf und ab gehe, zahllose Tassen Kaffee trinke, mit meinen Eltern rede, mit Suze, Michael, meinem ehemaligen Chef Philip, dieser neuen Fernsehagentin Cassandra... also, kurzum so ziemlich mit jedem, der mir einfällt. Aber dann ist es so weit. Ich weiß, was ich will.

Luke hat mich nicht angerufen – und ehrlich gesagt, glaube ich auch nicht mehr daran, dass ich irgendwann noch mal mit ihm reden werde. Michael hat gesagt, Luke arbeitet siebzehn Stunden am Tag und versucht gleichzeitig, Brandon Communications zu retten und seine Optionen in den USA offenzuhalten. Er steht unter Hochdruck. Die Erkenntnis, dass Alicia gegen ihn komplottiert, und dass die Bank of London ernsthaft in Betracht gezogen hat, zu Alicia zu wechseln, war ein ziemlicher Schock, von dem sich Luke anscheinend immer noch nicht erholt hat. Es war der Schock der Erkenntnis, dass er »gegen Scheiße nicht immun ist«, wie Michael sich so poetisch ausdrückte. »Das ist das Problem, wenn man will, dass die ganze Welt einen liebt«, hat er neulich zu mir gesagt. »Eines Tages wacht man auf, und sie flirtet mit dem besten Freund. Und man weiß nicht, was man machen soll. Das wirft einen ziemlich aus der Bahn.«

»Das heißt, Luke ist von der Geschichte aus der Bahn geworfen worden?«, fragte ich, und meine Finger verkrampften sich scheußlich.

»Aus der Bahn geworfen?«, rief Michael. »Er ist einmal quer über die Wiese geschleudert worden und unter die Hufe einer Horde Keiler geraten.«

Ich habe mehrfach den Telefonhörer in der Hand gehabt und das Bedürfnis verspürt, mit Luke zu reden. Aber dann habe ich jedes Mal tief durchgeatmet und wieder aufgelegt. Das ist sein Leben. Und ich muss mit meinem weiterkommen. Mit meinem neuen Leben.

Ich höre etwas an der Zimmertür und drehe mich um. Suze steht da und betrachtet traurig mein leeres Zimmer.

»Ach Bex«, jammert sie. »Ich will das nicht. Kannst du nicht alles wieder hineinräumen? Wieder ein Chaos machen?«

»Zumindest hat das Zimmer jetzt massenweise Feng-Shui«, sage ich und versuche zu lächeln. »Bringt dir bestimmt Glück.«

Sie kommt herein, geht über den leeren Teppich zum Fenster und dreht sich um.

»Es sieht viel kleiner aus«, sagt sie. »Eigentlich müsste es ohne den ganzen Kram doch größer aussehen, oder? Aber irgendwie … funktioniert das wohl nicht so. Es sieht aus wie eine fiese, nackte, kleine Schachtel.«

Wir schweigen, und ich beobachte eine kleine Spinne dabei, wie sie die Fensterscheibe hochklettert.

»Weißt du schon, was du damit machen wirst?«, frage ich. »Suchst du dir eine neue Mitbewohnerin?«

»Glaube ich nicht«, sagt Suze. »Ich meine, ich habe

ja keine Eile. Tarkie hat gesagt, ich könnte es doch eine Weile als mein Büro benutzen.«

»Ach ja?« Ich drehe mich mit hochgezogenen Augenbrauen zu ihr um. »Da fällt mir etwas ein. War das Tarquin, den ich letzte Nacht hier gehört habe? Und der sich heute Morgen aus der Wohnung geschlichen hat?«

»Nein«, antwortet Suze und sieht ziemlich nervenschwach aus. »Ich meine – ja.« Sie sieht mir in die Augen und errötet. »Aber das war wirklich das allerletzte Mal. Das allerallerallerletzte Mal.«

»Ihr seid so ein schönes Paar zusammen.« Ich grinse sie an.

»Sei *still*!«, ruft sie entsetzt. »Wir sind kein Paar!«

»Okay«, gebe ich nach. »Was auch immer.« Ich sehe auf die Uhr. »Wir müssen langsam los.«

»Ja. Ich glaube auch. Ach, Bex …«

Ich sehe Suze an – und ihr stehen Tränen in den Augen.

»Ich weiß.« Ich drücke ihre Hand, und wir wissen beide nicht, was wir sagen sollen. Dann nehme ich meinen Mantel. »Komm.«

Wir gehen die Straße hinunter bis zum King George Pub. Wir bahnen uns einen Weg durch die Bar und gehen eine Holztreppe hinauf, die uns in einen großen, abgetrennten Raum mit roten Samtvorhängen, einer Bar und zwei Reihen Tapeziertischen führt. Am einen Ende des Raumes wurde behelfsmäßig ein Podium errichtet, und in der Mitte stehen Plastikstühle.

»Hallo!«, begrüßt Tarquin uns, als wir hereinkommen. »Möchtet ihr etwas trinken?« Er hebt sein Glas. »Der Rote ist gar nicht schlecht.«

»Hast du das mit den Getränken geklärt?«, fragt Suze.

»Ja«, antwortet Tarquin. »Alles schon geregelt.«

»Bex – die bezahlen wir«, sagt Suze, als ich mein Portemonnaie herausholen will. »Das ist unser Abschiedsgeschenk.«

»Suze, ihr braucht aber nicht …«

»Wollte ich aber«, unterbricht sie mich. »Und Tarkie auch.«

»Ich hole euch etwas zu trinken«, sagt Tarquin und fügt dann etwas leiser hinzu: »Ganz schön viele Leute, findet ihr nicht?«

Er verschwindet, und Suze und ich drehen uns um und beobachten, was hier los ist. Dutzende von Menschen schieben sich um die aufgestellten Tapeziertische, um die darauf ausgestellten ordentlich zusammengelegten Klamotten, Schuhe, CDs und allen möglichen Kleinkram zu beäugen. Auf einem der Tische liegt ein Stapel getippter und fotokopierter Kataloge, und die Leute machen sich darin Notizen, während sie sich alles ansehen.

Ein Mädchen in Lederhosen sagt: »Guck doch mal, der Mantel! Ach, und die Hobbs-Stiefel hier! Für die biete ich auf jeden Fall!« Auf der anderen Seite des Raumes halten zwei Mädchen sich verschiedene Hosen hin, während ihre Freunde geduldig ihre Drinks halten.

»Wer sind denn all diese Leute?«, frage ich erstaunt. »Hast du die alle eingeladen?«

»Na ja, ich bin mein Adressbuch durchgegangen«, erzählt Suze. »Und Tarquins. Und Fenys …«

»Na, dann ist ja alles klar«, lache ich.

»Hi, Becky!«, spricht mich eine helle Stimme hinter mir an, und als ich herumwirbele, steht Fenellas Freundin Milla mit zwei anderen Mädchen, die mir bekannt vorkommen, vor mir. »Ich werde für deinen lila Cardigan bieten! Und Tory will es mit dem pelzbesetzten Kleid versuchen. Und Annabel hat auch schon sechstausend Sachen gesehen, die sie haben will. Wir haben uns nur gerade gefragt, ob es auch Accessoires gibt?«

»Da drüben.« Suze zeigt in eine Ecke des Raumes.

»Danke!«, sagt Milla. »Bis später dann!« Die drei Mädchen stürzen sich wieder ins Getümmel, und ich höre, wie eine von ihnen sagt: »Ich bräuchte *wirklich* mal einen guten Gürtel …«

»Becky!« Tarquin steht auf einmal wieder hinter mir. »Hier ist dein Wein. Und dann möchte ich dir gern meinen Kumpel Caspar von Christie's vorstellen.«

»O hallo!« Ich drehe mich um und sehe einen Typen mit länglichen blonden Haaren, einem blauen Hemd und einem riesigen goldenen Siegelring. »Vielen Dank, dass du das hier machst! Ich bin dir so dankbar.«

»Ach, dafür nicht«, winkt Caspar ab. »Also, ich habe mir den Katalog angesehen, und das scheint ja alles ziemlich klar zu sein. Hast du eine Liste mit Mindestpreisen?«

»Nein«, sage ich, ohne zu zögern. »Es gibt keine Mindestpreise. Es muss alles weg.«

»Gut.« Er lächelt mich an. »Na, dann werde ich mich mal in die Startlöcher begeben.«

Er geht weg, und ich trinke einen Schluck Wein. Suze schlendert jetzt auch bei den Tischen herum, sodass ich eine Weile ganz allein dastehe und dabei zusehe, wie die Menschenmenge wächst. Fenella erscheint an der Tür, und ich winke ihr – aber sie wird im selben Moment von einer ganzen Horde quietschender Freundinnen belagert.

»Hi, Becky«, spricht mich eine zögerliche Stimme von hinten an. Geschockt drehe ich mich um und sehe mich Tom Webster gegenüber.

»Tom!«, rufe ich. »Was machst du denn hier? Woher wusstest du hiervon?« Er nippt an seinem Glas und grinst.

»Suze hat deine Mutter angerufen, und die hat es mir erzählt. Und unsere beiden Mütter haben mich sogar beauftragt, das eine oder andere für sie zu ersteigern.« Er holt eine Liste aus der Tasche. »Deine Mutter möchte gern deine Cappuccinomaschine haben. Wenn die zu verkaufen ist.«

»Ja, die ist zu verkaufen. Ich sage dem Auktionator, er soll dafür sorgen, dass du sie bekommst.«

»Und meine Mutter möchte den Hut mit den Federn, den du zu unserer Hochzeit aufhattest.«

»Klar. Kein Problem.« Mir wird heiß, als ich an seine Hochzeit erinnert werde.

»Und – was macht das Eheleben?«, frage ich und untersuche angestrengt einen meiner Fingernägel.

»Ach … ist ganz nett«, antwortet er nach einer Weile.

»Ist es so schön, wie du erwartet hattest?« Ich versuche, zwanglos zu klingen

»Na ja, du weiß schon …« Er starrt wie ein Gejagter in sein Glas. »Es wäre wohl unrealistisch, wenn man erwarten würde, dass alles von Anfang an perfekt läuft. Oder?«

»Kann sein.«

Dann schweigen wir beide betreten. Vom anderen Ende des Raumes höre ich: »Kate Spade! Guck doch mal! Nagelneu!«

»Becky, es tut mir wirklich leid«, sagt Tom dann plötzlich, »wie wir uns auf unserer Hochzeit dir gegenüber verhalten haben.«

»Ach, war doch halb so schlimm!«, wiegle ich ein bisschen zu betont fröhlich ab.

»Doch, das war schlimm.« Er schüttelt den Kopf. »Deine Mutter hat recht. Du bist meine älteste Freundin. Ich habe wirklich ein schlechtes Gewissen gehabt seitdem.«

»Ach, komm schon, Tom. Es war doch auch meine Schuld. Ich hätte ja einfach zugeben können, dass Luke nicht da war.« Ich lächle reumütig. »Das hätte die Sache sehr vereinfacht.«

»Aber Lucy hat es dir wirklich schwer gemacht an dem Tag, und ich kann es echt verstehen, dass du das Gefühl hattest, du müsstest … du müsstest …« Er spricht den Satz nicht fertig und trinkt einen Schluck. »Wie dem auch sei. Luke schien mir ein richtig netter Typ zu sein. Kommt er heute auch?«

»Nein«, sage ich nach kurzem Schweigen und zwinge mich zu einem Lächeln. »Nein, er kommt nicht.«

Ungefähr eine halbe Stunde später fangen die Leute an, sich zu setzen. Hinter der letzten Reihe Plastikstühle stehen fünf oder sechs Freunde von Tarquin mit Handys in der Hand, und Caspar erklärt mir, dass sie die Gebote der Telefonbieter weitergeben.

»Es gibt Leute, die von der Auktion gehört haben, aber aus irgendeinem Grund nicht kommen können. Wir haben die Kataloge ja ziemlich großzügig verteilt, und es hat sehr viele Interessenten gegeben. Allein das Vera-Wang-Kleid ist eine Attraktion für sich.«

»Ja.« Ich spüre, wie ich sentimental werde. »Das kann ich mir vorstellen.« Ich schaue mich um und sehe so viele fröhliche Gesichter. Manche Leute werfen einen letzten Blick auf die Tische. Ein Mädchen geht einen Stapel Jeans durch, jemand anders probiert den Schnappverschluss an meinem schicken weißen Köfferchen aus. Ich kann noch nicht glauben, dass mir in wenigen Stunden von all diesen Dingen nichts mehr gehören wird. Die Sachen werden in den Kleiderschränken anderer Leute ihren Platz finden. In den Zimmern anderer Leute.

»Geht's dir gut?«, fragt Caspar, dem mein wehmütiger Blick nicht entgangen ist.

»Ja!«, antworte ich beschwingt. »Warum sollte es mir nicht gut gehen?«

»Das ist nicht das erste Mal, dass ich einen Haushalt auflöse«, erzählt er mir. »Ich weiß, wie das ist. Man hängt doch sehr an seinen Sachen. Ob es jetzt eine Chiffonniere aus dem achtzehnten Jahrhundert ist oder …« Er wirft einen Blick in den Katalog. »Ein pinkfarbener Mantel im Leopardenlook.«

»Ach, weißt du – den Mantel habe ich eigentlich nie besonders gemocht.« Ich lächle ihn tapfer an. »Und überhaupt, darum geht es gar nicht. Ich will von vorn anfangen, und ich glaube – ich *weiß* –, dass es so am besten ist.« Ich lächle ihn wieder an. »Na komm. Lass uns anfangen, ja?«

»Gerne.« Er klopft auf sein Pult und erhebt die Stimme: »Ladys und Gentlemen! Zunächst möchte ich Sie alle im Namen von Becky Bloomwood recht herzlich begrüßen. Wir haben eine Menge vor uns, darum will ich das Ganze auch nicht länger verzögern. Lassen Sie mich nur noch einmal erwähnen, dass nicht nur fünfundzwanzig Prozent sämtlicher Einnahmen heute Abend wohltätigen Zwecken zugutekommen werden, sondern auch alles, was von den Einnahmen übrig bleibt, nachdem Becky ihre Schulden beglichen hat.«

»*Wenn* etwas übrig bleibt«, kommt ein trockener Kommentar aus den hinteren Reihen, der alle zum Lachen bringt. Ich recke den Hals, um zu sehen, wer das war – und ich glaube es kaum! Das war Derek Smeath! Er steht hinter den letzten Stuhlreihen mit einem Glas Bier in der einen und einem Katalog in der anderen Hand. Er lächelt mir zu, und ich winke schüchtern zurück.

»Woher weiß der denn davon?«, zische ich Suze zu, die sich jetzt zu mir auf das Podium gesellt hat.

»Na, von mir natürlich!«, sagt sie. »Und er hat gesagt, er findet das eine tolle Idee. Er hat gesagt, wenn du dein Hirn richtig benutzt, bist du in Sachen Einfallsreichtum einfach unschlagbar.«

»Echt?« Ich sehe noch einmal zu Derek Smeath und erröte leicht.

»So«, sagt Caspar. »Zum Aufruf kommt die Nummer eins. Ein Paar Sandalen mit Apfelsinendeko, sehr guter Zustand, kaum getragen.« Er stellt sie auf den Tisch vor sich, und Suze drückt mir die Hand. »Höre ich ein Gebot?«

»Ich biete fünfzehntausend Pfund!«, ruft Tarquin und reißt sofort die Hand hoch.

»Fünfzehntausend Pfund«, wiederholt Caspar etwas überrumpelt. »Tarquin bietet fünfzehntausend Pfund …«

»Nein, Halt!«, unterbreche ich Caspar. »Tarquin, du kannst keine fünfzehntausend Pfund bieten!«

»Und warum nicht?«

»Weil du *realistische* Preise bieten musst.« Ich sehe ihn streng an. »Sonst wirst du von der Versteigerung ausgeschlossen.«

»Na gut … dann eben tausend Pfund.«

»Nein! Du kannst … zehn Pfund bieten«, sage ich.

»Also gut. Dann eben zehn Pfund.« Und damit lässt er die Hand wieder sinken.

»Fünfzehn!«, ertönt eine Stimme von hinten.

»Zwanzig!«, ruft ein Mädchen ziemlich weit vorn.

»Fünfundzwanzig«, sagt Tarquin.

»Dreißig!«

»Fünf…« Tarquin sieht mich an, wird rot und verstummt.

»Dreißig Pfund. Wer bietet mehr als dreißig Pfund?« Caspar sieht sich aufmerksam um. »Zum Ersten … zum Zweiten … und … zum Dritten! An die junge Dame im grünen Samtmantel.« Er grinst mich an, notiert etwas auf einem Zettel und reicht die Schuhe Fenella, deren Aufgabe es ist, die versteigerten Sachen ihren neuen Besitzern zu überbringen.

»Deine ersten dreißig Pfund!«, flüstert Suze mir ins Ohr.

»Zum Aufruf kommt die Nummer zwei!«, ruft Caspar. »Drei bestickte Cardigans von Jigsaw, nie getragen, Preisschilder sind noch dran. Wir fangen an bei …«

»Zwanzig Pfund!«, bietet ein Mädchen in Pink.

»Fünfundzwanzig!«, ruft eine andere.

»Ich habe hier jemanden am Telefon, der dreißig bietet«, sagt einer der Jungs ganz hinten und hebt die Hand.

»Dreißig Pfund sind telefonisch geboten … Bietet jemand mehr als dreißig? Denken Sie daran, meine Damen und Herren, dass die Einnahmen wohltätigen Zwecken zugutekommen werden …«

»Fünfunddreißig!«, ruft das Mädchen in Pink und wendet sich dann an seine Sitznachbarin. »Allein einer von denen würde im Laden noch mehr kosten, oder? Und sie hat sie nie angehabt.«

Das Mädchen hat recht. Ich meine, fünfunddreißig Pfund für drei Cardigans! Das ist doch geschenkt!

»Vierzig!«, höre ich mich rufen, ohne dass ich mich zurückhalten könnte. Die gesamte Gesellschaft sieht mich überrascht an, und ich merke, dass ich knallrot anlaufe. »Ich meine … möchte jemand vierzig bieten?«

Die Versteigerung läuft und läuft, und ich bin ganz von den Socken, wie viel Geld hereinkommt. Meine Schuhsammlung bringt mindestens tausend Pfund ein, eine Schmuckgarnitur von Dinny Hall zweihundert Pfund – und Tom Webster bietet sechshundert Pfund für meinen Computer.

»Tom«, sage ich bekümmert, als er zum Podest kommt, um seinen Zettel auszufüllen. »Tom, du hättest nicht so viel bieten sollen.«

»Für einen nagelneuen AppleMac?«, sagt Tom. »Der

ist das Geld wert. Und außerdem liegt Lucy mir ewig in den Ohren, dass sie ihren eigenen Computer haben will.« Er lächelt mich schief an. »Irgendwie freue ich mich darauf, ihr zu sagen, dass sie deinen ausrangierten Rechner bekommt.«

»Nummer 73«, verkündet Caspar neben mir. »Eine der Hauptattraktionen des Abends: Ein Cocktailkleid von Vera Wang.« Er hält das tieflilafarbene Kleid hoch, und es geht ein bewunderndes Raunen durch die Menge.

Ach, wissen Sie was – ich glaube, das will ich gar nicht mit ansehen. Das ist noch zu frisch, das tut noch zu sehr weh. Mein atemberaubendes, schillerndes Filmstarkleid. Ich kann es nicht einmal ansehen, ohne dass sofort alle Erinnerungen wie in Zeitlupe an meinem geistigen Auge vorbeiziehen. Wie ich mit Luke in New York getanzt habe. Wie wir Cocktails getrunken haben. Wie übermütig, glücklich und aufgeregt ich war. Und wie ich dann aufgewacht bin und mein Leben ein einziger Scherbenhaufen war.

»Entschuldigt mich«, murmle ich und stehe auf. Ich verlasse so schnell wie möglich den Raum, gehe die Treppe hinunter und hinaus an die frische Luft. Ich lehne mich gegen die Außenwand des Pubs, lausche dem Gelächter und dem Geplapper von drinnen und versuche, mich auf all die guten Gründe zu konzentrieren, die mich dazu veranlasst haben, das hier zu tun.

Kurze Zeit später kommt Suze heraus.

»Alles in Ordnung?«, fragt sie und reicht mir ein Glas Wein. »Hier. Das wird dir guttun.«

»Danke«, sage ich und trinke einen großen Schluck.

»Mir geht's gut, wirklich. Es ist nur … Also, es wird mir jetzt auf einmal klar, was ich da mache.«

»Bex …« Sie hält inne und reibt sich verlegen das Gesicht. »Bex, du kannst es dir immer noch anders überlegen. Du kannst immer noch hier bleiben. Ich meine – wenn alles gut geht, kannst du morgen früh alle deine Schulden bezahlen. Du könntest dir hier einen Job suchen und bei mir wohnen bleiben …«

Schweigend sehe ich sie einige Augenblicke an. Die Versuchung ist so groß, dass es schon fast wehtut. Es wäre so leicht, jetzt Ja zu sagen. Mit ihr nach Hause zu gehen, eine Tasse Tee zu trinken und mein altes Leben weiterzuleben.

Aber ich schüttle den Kopf.

»Nein. Ich will nicht wieder in irgendetwas hineinrutschen. Ich habe etwas gefunden, was ich wirklich gern machen möchte, Suze, und das werde ich jetzt auch tun.«

»Rebecca.« Wir blicken beide auf und sehen Derek Smeath aus dem Pub kommen. Er hat die Holzschale, einen von Suzes Bilderrahmen und einen großen Atlas in der Hand, den ich mir mal gekauft habe, als ich dachte, ich würde mein westliches Leben aufgeben und auf Reisen gehen.

»Hi!«, sage ich und nicke in Richtung seiner Errungenschaften. »Sie haben ja was gefunden.«

»Allerdings.« Er hält die Schale hoch. »Ein sehr schönes Stück.«

»War mal in der *Elle Decoration*«, verrate ich ihm. »Echt cool.«

»Ach ja? Das muss ich meiner Tochter sagen.« Er

klemmt sich die Schale etwas verlegen unter den Arm. »Und Sie reisen also morgen ab nach Amerika?«

»Ja. Morgen Nachmittag. Nachdem ich Ihrem Freund John Gavin einen kleinen Besuch abgestattet habe.«

Derek Smeath lächelt trocken.

»Ich bin mir sicher, dass er sich freuen wird, Sie zu sehen.« Er streckt mir so gut er kann die Hand entgegen. »Viel Glück, Miss Bloomwood. Und lassen Sie mich wissen, wie es Ihnen ergeht.«

»Mache ich«, sage ich und lächle ihn herzlich an. »Und danke für ... Ach, Sie wissen schon. Für alles.«

Er nickt und verschwindet dann in die Nacht.

Ich bleibe eine ganze Weile mit Suze draußen. Immer mehr Leute verlassen mit ihrer Beute den Pub und erzählen sich gegenseitig, wie viel sie wofür bezahlt haben. Ein Typ kommt mit dem Mini-Papierschredder und mehreren Gläsern Lavendelhonig an uns vorbei; ein Mädchen schleppt einen Müllsack voller Klamotten heraus, jemand anders hat die Einladungen mit den glitzernden Pizzastücken in der Hand ... Mir wird gerade etwas kalt, als uns eine Stimme von der Treppe her ruft:

»Hey!« Es ist Tarquin. »Jetzt kommt das letzte Stück. Willst du dabei sein?«

»Komm schon.« Suze drückt ihre Zigarette aus. »Bei der letzten Nummer musst du dabei sein. Weißt du, was es ist?«

»Nein«, sage ich, als wir hochgehen. »Vielleicht die Fechtmaske?«

Doch als wir den Raum betreten, erstarre ich fast vor Entsetzen. Caspar hat mein Tuch von Denny and George in der Hand. Schimmerndes Blau, seidiger Samt mit blassblauem Aufdruck und mit irisierenden Perlen bestickt.

Ich stehe da und starre ihn an. Mir wird die Kehle eng, als ich mich daran erinnere, wie ich das Tuch gekauft habe. Als wäre es gestern gewesen. Ich war so scharf auf dieses Tuch. Und Luke hat mir die zwanzig Pfund geliehen, die mir dafür fehlten. Und ich habe ihm erzählt, es sei für meine Tante.

Wie er mich immer angesehen hat, wenn ich es trug …

Vor meinen Augen verschwimmt alles, und ich blinzle mehrfach und versuche, mich zusammenzureißen.

»Bex … das darfst du nicht verkaufen«, sagt Suze bekümmert. »Eine Sache musst du behalten.«

»Nummer 126«, ruft Caspar auf. »Ein ausgesprochen schönes Tuch aus Samt und Seide.«

»Bex, sag doch, dass du es dir anders überlegt hast!«

»Ich habe es mir aber nicht anders überlegt.« Ich sehe unverwandt geradeaus. »Es hat keinen Sinn, sich daran festzuklammern.«

»Welches Gebot höre ich für dieses exquisite Designerstück von Denny and George?«

»Denny and George!«, quietscht das Mädchen in Pink und sieht auf. Sie hat bereits einen riesigen Stapel Klamotten neben sich liegen, und ich habe keine Ahnung, wie sie das alles nach Hause bekommen will. »Ich sammle Denny and George! Dreißig Pfund!«

»Es werden dreißig Pfund geboten«, sagt Caspar. Er sieht sich um, doch der Raum leert sich zusehends. Die Leute stellen sich an, um ihre Sachen abzuholen, oder trinken etwas an der Bar, und die wenigen, die noch sitzen, sind größtenteils in Gespräche vertieft.

»Bietet jemand mehr für dieses Tuch von Denny and George?«

»Ja!«, ertönt eine Stimme von hinten, und da hebt auch schon ein Mädchen in Schwarz die Hand. »Hier werden telefonisch fünfunddreißig Pfund geboten.«

»Vierzig«, pariert das Mädchen in Pink ohne Umschweife.

»Fünfzig«, sagt das Mädchen in Schwarz.

»Fünfzig?«, fragt das Mädchen in Pink und dreht sich auf seinem Stuhl herum. »Wen haben Sie da am Apparat? Miggy Sloane?«

»Der Bieter wünscht, anonym zu bleiben«, verkündet das Mädchen in Schwarz nach einer kurzen Pause. Sie sieht mir in die Augen, und mein Herz bleibt kurz stehen.

»Das ist bestimmt Miggy«, sagt die andere und dreht sich wieder nach vorn. »Von der lasse ich mich nicht überbieten. Sechzig Pfund.«

»Sechzig Pfund?«, fragt der Typ neben ihr, der den Klamottenhaufen neben ihr ohnehin schon mit wachsender Sorge betrachtete. »Für ein Halstuch?«

»Für ein Halstuch von *Denny and George*, du Blödmann!«, sagt das Mädchen in Pink und trinkt einen Schluck Wein. »Im Geschäft kostet das mindestens zweihundert. Siebzig! Ach, Quatsch, ich bin ja gar nicht dran, oder?«

Das Mädchen in Schwarz konferiert murmelnd am Telefon. Dann sieht sie zu Caspar hinüber.

»Einhundert.«

»Einhundert?« Das Mädchen in Pink dreht sich wieder auf seinem Stuhl herum. »Im Ernst?«

»Das aktuelle Gebot lautet einhundert Pfund«, wiederholt Caspar ruhig. »Ich habe ein Gebot über einhundert Pfund für dieses Tuch von Denny and George. Wer bietet mehr?«

»Hundertzwanzig«, sagt das Mädchen in Pink. Dann herrscht kurzes Schweigen, und das Mädchen in Schwarz berät sich wieder leise am Telefon. Dann sagt sie:

»Hundertfünfzig.«

Es erhebt sich ein interessiertes Murmeln, und einige der Leute, die an der Bar standen und sich unterhielten, wenden sich wieder der Versteigerung zu.

»Einhundertfünfzig Pfund«, sagt Caspar. »Ich habe ein Gebot über einhundertfünfzig Pfund, meine Damen und Herren.«

Es herrscht eine gespannte Stille – und auf einmal merke ich, dass ich mir die Fingernägel in die Handflächen grabe.

»Zweihundert«, bietet das Mädchen in Pink trotzig und löst damit allgemein erstauntes Geraune aus. »Und sagen Sie Ihrem angeblich anonymen Bieter Miss Miggy Sloane, dass ich sie überbieten werde, ganz egal, was sie bietet.«

Sämtliche Köpfe drehen sich zu dem Mädchen in Schwarz um, das etwas in den Hörer murmelt und dann nickt.

»Mein Bieter steigt aus«, verkündet sie, als sie aufsieht. Ich bin unerklärlicherweise enttäuscht und kaschiere das hinter einem Lächeln.

»Zweihundert Pfund!«, flüstere ich Suze zu. »Nicht schlecht!«

»Zum Ersten… zum Zweiten… und… zum Dritten«, sagt Caspar und knallt den Hammer auf den Tisch. »Das Tuch geht an die Dame in Pink.«

Die Anwesenden applaudieren, und Caspar strahlt. Er nimmt das Tuch und will es gerade Fenella reichen, als ich ihn aufhalte.

»Halt«, sage ich. »Ich würde es ihr gerne selbst geben, wenn das okay ist.«

Ich nehme Caspar das Tuch ab und halte es dann eine Weile einfach nur in der Hand und genieße ein letztes Mal das Gefühl des hauchdünnen Stoffes auf der Haut. Es duftet immer noch nach mir. Ich spüre förmlich, wie Luke es mir um den Hals legt.

Die Frau mit dem Denny-and-George-Tuch.

Dann atme ich tief durch, verlasse das Podium und gehe auf das Mädchen in Pink zu. Ich lächle sie an und reiche ihr das Tuch.

»Viel Spaß damit«, sage ich. »Es ist ein ganz besonderes Tuch.«

»Ja, ich weiß«, entgegnet sie leise. »Ich weiß.« Und in dem Moment, in dem wir uns in die Augen sehen, glaube ich, dass sie mich versteht. Dann dreht sie sich um und hält das Tuch triumphierend wie eine Trophäe hoch. »Ha! Ich habe gewonnen, Miggy!«

Ich drehe mich um und gehe zurück zum Podest, auf dem Caspar sich inzwischen ziemlich erschöpft niedergelassen hat.

»Gut gemacht«, lobe ich ihn und setze mich neben ihn. »Tausend Dank noch mal. Was hätte ich bloß ohne dich gemacht?«

»Ach, schon in Ordnung!«, erwidert Caspar. »Hat mir richtig Spaß gemacht. Ist mal was anderes als immer nur deutsches Porzellan.« Er zeigt auf seine Notizen. »Ich glaube, es ist ganz schön was zusammengekommen.«

»Es ist super gelaufen!«, verrät Suze, als sie sich zu uns setzt und Caspar ein Bier reicht. »Wirklich Bex, jetzt bist du vollkommen aus dem Schneider.« Sie seufzt. »Und das zeigt nur, dass du die ganze Zeit recht gehabt hast. Einkaufen *ist* eine Investition. Ich meine, überleg doch mal – wie viel Gewinn hast du mit dem Denny-and-George-Tuch gemacht?«

»Ähm …« Ich schließe die Augen und rechne. »So ungefähr … sechzig Prozent?«

»Sechzig Prozent Gewinn! In weniger als einem Jahr! Siehst du! Das sollen die dir an der Börse mal nachmachen!« Sie holt eine Zigarette heraus und zündet sie sich an. »Weißt du was? Ich glaube, ich verkaufe auch meinen ganzen Kram.«

»Du hast keinen Kram«, erinnere ich sie. »Du hast alles ausgemistet.«

»Ach ja.« Suze verzieht das Gesicht. »Gott, wieso habe ich das denn gemacht?«

Ich lehne mich zurück auf meine Ellbogen und schließe die Augen. Auf einmal bin ich völlig grundlos fix und fertig.

»Und morgen geht's los, ja?«, fragt Caspar und trinkt einen Schluck Bier.

»Morgen geht's los«, wiederhole ich und sehe zur Decke. Morgen verlasse ich England und fliege nach Amerika, um dort zu leben. Ich lasse alles hinter mir und fange ein neues Leben an. Ich kann es noch gar nicht glauben.

»Du fliegst doch wohl hoffentlich nicht schon im Morgengrauen?«, sagt er mit einem besorgten Blick auf die Uhr.

»Nein, Gott sei Dank nicht. Ich fliege erst so um fünf Uhr nachmittags.«

»Gut«, sagt Caspar. »Dann hast du ja noch genug Zeit.«

»Ja.« Ich richte mich auf und sehe Suze an, die mit einem Grinsen antwortet. »Genug Zeit, um noch ein paar Kleinigkeiten zu erledigen.«

»Becky! Wie schön, dass du es dir doch noch anders überlegt hast!«, ruft Zelda, sobald sie meiner ansichtig wird. Ich erhebe mich von dem Sofa am Empfang und lächle sie kurz an. »Wir freuen uns ja so, dass du doch mitmachst! Wie kam es zu der Entscheidung?«

»Ach, ich weiß auch nicht«, flöte ich. »Das … kam einfach so.«

»Gut, dann bringe ich dich mal direkt in die Maske … Hier geht es wie immer total chaotisch zu, und wir haben deinen Auftritt ein klein wenig vorgezogen …«

»Kein Problem«, sage ich. »Je früher, desto besser.«

»Ich muss schon sagen, du siehst gut aus.« Zelda sieht mich ein klein wenig enttäuscht an. »Hast du abgenommen?«

»Kann schon sein. Ein bisschen.«

»Ach, ja … der Stress«, mutmaßt sie weise. »Stress ist der schleichende Tod. Darüber machen wir nächste Woche ein Feature. So!«, ruft sie, als sie mich in die Maske schiebt. »Das hier ist Becky …«

»Zelda, wir kennen Becky«, sagt Chloe, die mich seit meinem allerersten Auftritt bei *Morning Coffee* jedes Mal geschminkt hat. Sie macht eine fürchterliche Grimasse, die nur ich im Spiegel sehe, und ich muss ein Kichern unterdrücken.

»Ach ja, natürlich! Tut mir leid, Becky, bei mir bist du heute derartig als Gast programmiert … Also, Chloe. Heute darfst du dir nicht allzu viel Mühe geben mit Becky. Wir möchten nicht, dass sie zu glücklich und zufrieden aussieht, stimmt's?« Sie senkt die Stimme. »Und am besten wasserfeste Wimperntusche. Am besten alles wasserfest. Bis später!«

Zelda wirbelt hinaus, und Chloe sieht ihr erbost hinterher.

»Okay«, sagt sie. »Ich werde dafür sorgen, dass du so gut aussiehst wie noch nie zuvor in deinem Leben. Besonders glücklich und besonders zufrieden.«

»Danke Chloe«, erwidere ich, grinse sie an und setze mich.

»Ach, und bitte sag mir nicht, dass du wirklich wasserfeste Mascara brauchst«, mahnt sie, als sie mir einen Umhang umbindet.

»Um Gottes willen«, sage ich. »Dafür müssten sie mir schon die Kniescheiben zerschießen.«

»Das würden die glatt tun«, kommentiert ein Mädchen aus der anderen Zimmerecke und bringt uns damit alle zum Kichern.

»Also, ich kann nur hoffen, dass sie dich gut bezahlen für das hier«, sagt Chloe, als sie anfängt, Grundierung aufzutragen.

»Ja«, sage ich. »Tun sie tatsächlich. Aber das ist nicht der Grund dafür, dass ich es mache.«

Eine halbe Stunde später sitze ich in dem grünen Wartezimmer, und Clare Edwards kommt herein. Sie trägt ein dunkelgrünes Kostüm, das ihr nicht besonders gut steht – und bilde ich mir das bloß ein, oder ist sie wirklich viel zu blass geschminkt worden? Sie wird in dem Scheinwerferlicht total zugekleistert aussehen.

Chloe, denke ich und muss lächeln.

»Ach«, sagt Clare und sieht aus, als würde es ihr nicht behagen, mit mir allein zu sein. »Hallo Becky.«

»Hi Clare«, begrüße ich sie. »Lange nicht gesehen.«

»Ja. Stimmt.« Sie verknotet ihre Hände. »Hat mir sehr leidgetan, was ich da über dich gelesen habe.«

»Danke«, sage ich unbekümmert. »Aber – hat ja auch alles seine guten Seiten, was, Clare?«

Clare läuft sofort knallrot an und sieht weg. Ich schäme mich fast schon ein bisschen. Es ist schließlich nicht ihre Schuld, dass ich gefeuert wurde.

»Es freut mich übrigens ehrlich, dass du den Job bekommen hast«, sage ich deutlich freundlicher. »Ich finde, du machst das richtig gut.«

»Okay!«, ruft Zelda und stürzt herein. »Wir sind dann so weit. Also, Becky.« Sie legt eine Hand auf meinen Arm, als wir hinausgehen. »Ich weiß, dass das für dich ziemlich traumatisch werden wird. Wir sind absolut darauf vorbereitet, dass du Zeit brauchen wirst… und falls du zusammenbrechen und losheulen solltest – du weißt schon … kein Problem.«

»Danke, Zelda«, sage ich und nicke ernst. »Ich werde dran denken.«

Wir gehen zum Set, wo Rory und Emma wie immer auf den Sofas sitzen. Im Vorbeigehen werfe ich einen

Blick auf einen Monitor und sehe, dass gerade dieses schreckliche Bild von mir in New York gezeigt wird. Es ist rot eingefärbt und trägt die Schlagzeile: »Beckys tragisches Geheimnis.«

»Hi, Becky«, sagt Emma, als ich mich setze, und tätschelt mir mitleidig die Hand. »Geht es Ihnen gut? Brauchen Sie ein Taschentuch?«

»Ähm … nein, danke.« Ich senke die Stimme. »Aber wer weiß. Vielleicht später.«

»Ich finde das wahnsinnig mutig von Ihnen, das hier zu machen«, sagt Rory und wirft einen Blick auf seine Notizen. »Stimmt es, dass Ihre Eltern Sie verleugnet haben?«

»Noch fünf Sekunden«, ruft Zelda. »Vier … drei …«

»Da sind wir wieder«, spricht Emma düster in die Kamera. »Und heute haben wir einen ganz besonderen Gast bei uns. Die meisten von Ihnen haben sicherlich in den letzten Wochen das Schicksal von Becky Bloomwood, unserer ehemaligen Finanzexpertin, verfolgt. Becky, so enthüllte die *Daily World,* ist im Umgang mit Geld leider selbst alles andere als sicher.«

Jetzt erscheint wieder das Einkauf-Bild von mir auf dem Monitor, und gleich darauf werden verschiedene Zeitungsschlagzeilen eingeblendet. Das Ganze wird mit dem Lied »Hey, Big Spender« musikalisch untermalt.

»Also Becky«, sagt Emma, als die Musik ausgeblendet wird. »Als Erstes möchte ich Ihnen sagen, wie *wahnsinnig* leid uns das alles für Sie tut und wie sehr wir in dieser schweren Zeit mit Ihnen fühlen. In ein paar Minuten werden wir unsere neue Finanzexpertin, Clare

Edwards, dazu befragen, was Sie hätten tun können, um diese Katastrophe zu vermeiden. Doch zunächst möchten wir Sie bitten, unseren Zuschauern zu verraten, wie hoch genau Ihre Schulden heute sind?«

»Gerne, Emma«, sage ich und atme tief durch. »Also, heute, in diesem Moment belaufen sich meine Schulden auf ...« Ich lege eine künstlerische Pause ein und merke, wie sich das gesamte Studio auf eine horrende Summe einrichtet. »Null Pfund.«

»Null?« Emma sieht Rory an, als wolle sie sich vergewissern, richtig gehört zu haben. »*Null Pfund*?«

»Der Leiter der Kreditabteilung meiner Hausbank, John Gavin, wird Ihnen gern bestätigen, dass ich heute Morgen um neun Uhr dreißig mein Konto ausgeglichen habe. Des Weiteren habe ich alle sonstigen Außenstände ebenfalls beglichen. Ich habe keine Schulden mehr.«

Beim Gedanken an John Gavins Gesicht, als ich ihm ein Bündel Bargeld nach dem anderen überreichte, gestatte ich mir selbst ein kleines Lächeln. Ich wollte so gern, dass er sich drehen und winden und richtig elend aussehen würde. Doch den Gefallen tat er mir nicht: Nach den ersten zweitausend Pfund fing er an zu lächeln und winkte seine Mitarbeiter heran. Am Schluss schüttelte er mir dann richtig herzlich die Hand und sagte, jetzt würde er verstehen, was Derek Smeath über mich gesagt hat.

Was der alte Smeathie wohl gesagt hat?

»Sie sehen also, ich mache gar keine schwere Zeit durch«, füge ich hinzu. »Im Gegenteil: Mir ging es noch nie so gut wie heute.«

»Ach so«, sagt Emma. »Verstehe.« Sie hat plötzlich

einen leicht irren Blick drauf, und ich wette, Barry kreischt ihr irgendetwas ins Ohr.

»Aber selbst wenn Ihre finanzielle Situation sich vorübergehend verbessert hat – muss Ihr Leben doch immer noch ein einziger Scherbenhaufen sein?« Sie lehnt sich mitfühlend nach vorn. »Sie sind arbeitslos ... Ihre Freunde wenden sich von Ihnen ab ...«

»Wie kommen Sie denn darauf, dass ich arbeitslos bin? Noch heute Nachmittag fliege ich in die USA, wo ich in Kürze eine neue Stelle antreten werde. Natürlich birgt dieser Neuanfang ein gewisses Risiko ... aber ich betrachte das als eine Herausforderung, der ich mich gern stelle. Weil ich fest daran glaube, dass ich damit glücklich sein werde. Und was meine Freunde angeht ...« Meine Stimme gerät ins Schwanken, und ich atme tief durch. »Ohne meine Freunde hätte ich dieses Tief nicht überstanden. Meine Freunde haben zu mir gehalten und mir geholfen.«

O Gott, das glaube ich nicht! Jetzt habe ich doch tatsächlich Tränen in den Augen! Ich blinzle sie weg und strahle Emma an.

»Mit anderen Worten, meine Geschichte ist keine Geschichte des Scheiterns. Ja gut, ich habe Schulden gemacht. Und ich bin auch gefeuert worden, ja. Aber ich habe etwas dagegen getan.« Ich wende mich direkt der Kamera zu. »Und ich möchte allen da draußen, die sich in einen ähnlichen Schlamassel befördert haben wie ich, sagen: Sie können es auch schaffen. Sie müssen nur etwas tun. Verkaufen Sie Ihre Kleider. Bewerben Sie sich um einen neuen Job. Auch Sie können von vorn anfangen, genau wie ich.«

Im Studio herrscht Schweigen. Dann erklingt aus Richtung der Kameras ein einsames Klatschen. Entsetzt drehe ich mich um – und sehe Dave, den Kameramann, der mich angrinst und dessen Lippen das Wort »Super« formen. Gareth, der Aufnahmeleiter, fällt ein … und dann noch jemand … und jetzt applaudiert mir das ganze Studio außer Emma und Rory, die ziemlich perplex aussehen, und Zelda, die völlig hektisch in ihr internes Mikro spricht.

»Gut!«, versucht Emma sich Gehör zu verschaffen. »Ähm … Wir machen jetzt eine kurze Pause – aber seien Sie in wenigen Minuten wieder mit dabei, um mehr über unseren heutigen Gast und seine Geschichte zu hören: Beckys … tragisches … ähm …« Sie zögert und lauscht den Anweisungen aus dem Ohrhörer. »… Oder vielleicht besser Beckys … ähm … *triumphales* … ähm …«

Die Erkennungsmelodie plärrt aus einem der Lautsprecher, und Emma sieht wütend zum Glaskasten hinüber, in dem der Produzent sitzt. »Wäre schön, wenn er sich *endlich* mal entscheiden würde!«

»Bis dann«, sage ich und stehe auf. »Ich muss jetzt los.«

»Los?«, fragt Emma. »Sie können jetzt noch nicht gehen!«

»Doch, kann ich wohl.« Ich greife nach meinem Mikrophon, und Eddie, der Tontechniker, ist sofort zur Stelle, um mich davon zu befreien.

»Sehr gut«, brummt er, als er das Mikro abfummelt. »Lass dich von denen nicht verarschen.« Er grinst mich an. »Barry ist total am Durchdrehen.«

»Hey Becky!« Zelda reißt entsetzt den Kopf hoch. »Wo willst du hin?«

»Ich habe gesagt, was ich sagen wollte. Und jetzt muss ich mein Flugzeug kriegen.«

»Du kannst jetzt noch nicht gehen! Wir sind noch nicht fertig!

»Ich bin fertig«, stelle ich klar und nehme meine Tasche.

»Aber die Telefonleitungen laufen heiß!«, sagt Zelda und läuft auf mich zu. »Die Zentrale bricht fast zusammen! Die Anrufer sagen alle ...« Sie glotzt mich an, als wenn sie mich noch nie zuvor gesehen hätte. »Ich meine, wir hatten ja keine Ahnung. Wer hätte das gedacht ...«

»Ich muss jetzt los, Zelda.«

»Halt! Becky!«, ruft Zelda, als ich die Studiotür erreiche. »Wir – Barry und ich – wir haben uns eben ganz kurz unterhalten und ... Wir wollten dich fragen, ob ...«

»Zelda«, unterbreche ich sie ruhig. »Es ist zu spät. Ich gehe.«

Es ist schon fast drei Uhr, als ich Heathrow Airport erreiche. Ich bin immer noch ganz aufgewühlt von dem Abschiedsessen mit Suze, Tarquin und meinen Eltern. Ehrlich gesagt, würde ein Teil von mir ja am liebsten in Tränen ausbrechen und auf der Stelle zu ihnen zurückrennen. Aber gleichzeitig war ich mir noch nie in meinem Leben so sicher. Ich war mir noch nie so sicher, das Richtige zu tun.

Mitten im Terminal ist ein Werbestand, der gratis Zeitungen verteilt. Ich nehme mir im Vorbeigehen eine *Financial Times*. Der guten alten Zeiten wegen. Und außerdem, wenn ich die *FT* unterm Arm habe, bekomme ich vielleicht ein Upgrading in die Business-Class. Ich falte sie gerade zu einer bequemen Größe zusammen, als ich einen Namen lese, der mich erstarren lässt.

Brandon versucht, Firma zu retten. Seite 27.

Mit zitternden Fingern schlage ich die Zeitung auf und lese den Artikel.

Nachdem einige der wichtigsten Mitarbeiter abtrünnig geworden waren, erlitt das Finanz-PR-Unternehmen Brandon Communications einen erheblichen Vertrauensverlust, auf Grund dessen Unternehmensgründer Luke Brandon nun um die Loyalität seiner Investoren kämpfen muss. Die Stimmung in der einst führenden PR-Agentur ist schlecht, und die Gerüchte um eine unsichere Zukunft des Unternehmens veranlassen die Angestellten, das sinkende Schiff zu verlassen. In verschiedenen Krisensitzungen will Brandon heute versuchen, Investoren von seinen radikalen Umstrukturierungsplänen zu überzeugen, die unter anderem vorsehen …

Ich lese den Artikel bis zum Ende und betrachte einige Sekunden das Bild von Luke. Er sieht so selbstsicher aus wie immer – aber ich muss trotzdem an Michaels Bemerkung denken, dass er quer über die Wiese geschleudert worden ist. Seine Welt ist zusammengebrochen, genauso, wie meine Welt zusammengebrochen war. Und so, wie ich die Sache sehe, wird seine Mutter ihn wohl kaum anrufen und trösten.

Einen Moment lang tut Luke mir richtig leid. Ich würde ihn gern anrufen und ihm sagen, dass sich alles wieder einrenken wird. Aber das hat ja keinen Zweck. Er ist jetzt mit seinem Leben beschäftigt – und ich mit meinem. Ich falte die Zeitung also wieder zusammen und marschiere entschlossen auf den Check-in-Schalter zu.

»Haben Sie Gepäck?«, erkundigt sich die Dame hinter dem Schalter lächelnd.

»Nein«, antworte ich. »Ich reise ganz spartanisch. Habe nur eine Tasche dabei.« Dann schiebe ich die *FT* so hoch, dass sie sie sehen kann. »Wie sieht es denn mit einem Upgrading aus?«

»Heute schlecht, tut mir leid.« Sie verzieht mitfühlend das Gesicht. »Aber ich kann Ihnen den Sitz am Notausgang geben. Da haben Sie viel Platz für die Beine. Darf ich eben Ihre Tasche wiegen, bitte?«

»Natürlich.«

Und in dem Moment, in dem ich mich bücke, um die Tasche auf das Band zu stellen, ruft eine bekannte Stimme hinter mir:

»Halt!«

Mein Magen fühlt sich an, als wäre ich eben zehn Meter tief gefallen. Ungläubig drehe ich mich um. Und da ist er.

Luke läuft mit langen Schritten durch die Menschenmenge auf die Eincheck-Schalter zu. Er ist so smart gekleidet wie immer, sieht aber ungewöhnlich blass und mitgenommen aus. Die Ringe unter seinen Augen lassen auf wenig Schlaf und viel Kaffee schließen.

»Wo zum Teufel willst du hin?«, herrscht er mich an, als er näher kommt. »Ziehst du nach Washington?«

»Was machst du denn hier?«, entgegne ich zitternd.

»Hast du nicht eine Krisensitzung mit deinen Investoren?«

»Hatte. Bis Mel mit Tee hereinkam und mir erzählte, dass sie dich heute Morgen im Fernsehen gesehen hat.«

»Du hast die Sitzung *verlassen*?« Ich starre ihn an. »Mittendrin?«

»Sie hat mir gesagt, dass du in die Staaten fliegst.« Seine dunklen Augen sehen mich durchdringend an. »Stimmt das?«

»Ja«, sage ich und stelle endlich die Tasche auf das Band. »Ja, das stimmt.«

»Einfach so? Ohne mir Bescheid zu sagen?«

»Genau wie du nach London zurückgekommen bist, ohne mir Bescheid zu sagen.« Ich klinge etwas spitz, und Luke zuckt zusammen.

»Becky …«

»Fenster oder Gang?«, unterbricht uns die Dame am Schalter.

»Fenster, bitte.«

»Becky …«

Sein Handy fängt an zu klingeln, doch er schaltet es nur genervt ab. »Becky … Ich muss mit dir reden.«

»*Jetzt*?«, frage ich ungläubig. »Super. Klasse Timing. Mitten beim Einchecken.« Ich schlage mit dem Handrücken auf die *FT*. »Und was ist mit deiner Krisensitzung?«

»Die kann warten.«

»Die Zukunft deiner Firma kann *warten*?« Ich ziehe die Augenbrauen hoch. »Ist das nicht ein bisschen … unverantwortlich, Luke?«

»Meine Firma hätte *überhaupt keine* Zukunft, wenn du nicht gewesen wärst, verdammt noch mal!« Luke wirkt richtig wütend, und mich überfällt auf einmal ein Kribbeln im ganzen Körper. »Michael hat es mir erzählt. Wie du Alicia durchschaut hast. Wie du ihn gewarnt hast. Wie du der ganzen Sache auf die Spur gekommen bist.« Er schüttelt den Kopf. »Ich hatte ja keine Ahnung. Herrje, wenn du nicht gewesen wärst, Becky …«

»Er hätte es dir nicht erzählen dürfen«, murmle ich gekränkt. »Ich habe ihm gesagt, dass er es dir nicht sagen sollte. Er hat es mir versprochen.«

»Er hat es mir aber gesagt! Und jetzt …« Luke verstummt. »Und jetzt weiß ich nicht, was ich sagen soll«, fährt er etwas leiser fort. »›Danke‹ kann nicht mal annähernd zum Ausdruck bringen, was ich sagen will.«

Schweigend sehen wir uns an.

»Du brauchst überhaupt nichts zu sagen«, breche ich schließlich das Schweigen und sehe weg. »Ich habe das nur getan, weil ich Alicia nicht ausstehen kann. Aus keinem anderen Grund.«

»Also … ich habe Sie in Reihe 32 gesetzt«, sagt die Dame am Schalter freundlich. »Bitte seien Sie spätestens um 16:30 Uhr am Gate.« Sie sieht noch einmal in meinen Pass, wobei sich ihr Gesichtsausdruck ändert. »Hey! Sie sind doch die von *Morning Coffee*, oder?«

»Ich *war* die von *Morning Coffee*«, sage ich mit einem höflichen Lächeln.

»Ach, ja.« Sie sieht verwirrt aus. Als sie mir meinen Pass und meine Bordkarte reicht, fällt ihr Blick auf meine *FT* und Lukes Foto darin. Sie sieht zu Luke auf und blickt dann wieder auf die Zeitung.

»Moment mal. Sind Sie das?«, fragt sie und zeigt auf das Foto.

»Das *war* ich«, sagt Luke nach einer Pause. »Komm, Becky. Ich möchte dich wenigstens noch zu einem Drink einladen.«

Wir setzen uns mit zwei Gläsern Pernod an einen kleinen Tisch. Das Lämpchen an Lukes Handy, das anzeigt, dass jemand versucht, ihn anzurufen, blinkt alle fünf Minuten. Aber Luke scheint das nicht einmal zu bemerken.

»Ich wollte dich anrufen«, sagt er und starrt in sein Glas. »Jeden Tag wollte ich dich anrufen. Aber ich wusste, was du denken würdest, wenn ich sagen würde, dass ich nur zehn Minuten Zeit habe. Das, was du über mich gesagt hast, dass ich keine Zeit für eine Beziehung habe ... das hat gesessen.«

Er trinkt einen großen Schluck. »Glaub mir, ich habe in den letzten Wochen nie mehr als zehn Minuten Zeit gehabt. Du kannst dir gar nicht vorstellen, was los gewesen ist.«

»Michael hat es mir erzählt.«

»Ich wollte warten, bis sich alles ein bisschen beruhigt hat.«

»Und darum hast du dir heute ausgesucht.« Ich kann mir ein kleines Lächeln nicht verkneifen. »Den Tag, an dem alle deine Investoren zu einer Krisensitzung angereist sind.«

»Nicht der ideale Zeitpunkt. Da muss ich dir recht geben.« Auch seine Miene verrät einen Anflug von Amüsiertheit. »Aber woher sollte ich denn wissen, dass du vorhast auszuwandern? Michael hat ja nichts verraten, der blöde Hund.« Er runzelt die Stirn. »Ich konnte doch nicht einfach sitzen bleiben und dich abreisen lassen.« Zerstreut schiebt er das Glas auf dem Tisch herum, als würde er etwas suchen. Ich sehe ihn gespannt an. »Du hattest recht«, sagt er dann. »Ich war wie besessen davon, es in New York zu schaffen. Ich war irgendwie … durchgeknallt. Ich habe alles andere aus dem Blick verloren. Und alles kaputt gemacht. Dich … uns … die Firma …«

»Ach, komm schon, Luke«, sage ich verlegen. »Jetzt nimm das doch nicht alles auf deine Kappe. Ich habe dir auch so einiges kaputt gemacht.« Luke schüttelt den Kopf, und ich verstumme. Er trinkt sein Glas aus und sieht mich ganz offen an.

»Es gibt da etwas, das du wissen solltest, Becky. Was glaubst du denn, wie die *Daily World* an die Informationen über deine Finanzen gekommen ist?«

Überrascht sehe ich ihn an.

»Durch die … das Mädchen von der Steuerbehörde. Die, die bei uns in der Wohnung war und herumgeschnüffelt hat, als Suze …« Doch Luke schüttelt wieder den Kopf.

»Durch Alicia.«

Einen Moment lang verschlägt es mir glattweg die Sprache.

»Alicia?«, bringe ich schließlich heraus. »Woher weißt du … warum sollte sie …«

»Als wir ihr Büro durchsucht haben, haben wir ein paar deiner Kontoauszüge in ihrem Schreibtisch gefunden. Und ein paar Briefe. Keine Ahnung, wie sie an die gekommen ist.« Er atmet scharf aus. »Heute Morgen habe ich endlich einen Typen bei der *Daily World* dazu gebracht zuzugeben, dass Alicia die Informantin war. Bei der *Daily World* haben sie einfach aus dem, was Alicia geliefert hat, unbesehen eine Story zusammengeschustert.«

Ich starre ihn an. Mir wird kalt. Und ich erinnere mich an den Tag, als ich Mel im Büro besuchte. An die Conran-Tüte mit all meinen Sachen darin. An Alicia, die an Mels Schreibtisch stand und sich aufführte wie eine Katze, die eine Maus gefangen hat.

Ich *wusste*, dass ich irgendetwas vergessen hatte. O Gott, wie konnte ich nur so *blöd* sein?

»Sie hatte es nicht wirklich auf dich abgesehen«, fährt Luke fort. »Sie hat das getan, um mich und die Firma zu diskreditieren – und um mich abzulenken von dem, was sie vorhatte. Das wollte man mir zwar nicht bestätigen, aber ich bin mir sicher, dass Alicia auch die ›zuverlässige Quelle bei Brandon Communications‹ war, die sich so freimütig über unsere Beziehung geäußert hat.« Er hält kurz inne. Dann fährt er fort: »Der Punkt ist, Becky … Ich habe das alles völlig falsch verstanden. Mein Deal ist nicht wegen dir geplatzt.« Er sieht mich sehr nüchtern an. »Sondern deiner wegen mir.«

Ich sitze eine Weile ganz still da und weiß nicht, was ich sagen soll. Mir ist, als würde eine schwere Last von mir genommen. Ich weiß nicht, was ich denken oder fühlen soll.

»Es tut mir so unglaublich leid«, sagt Luke. »Was du alles durchmachen musstest …«

»Nein.« Ich atme tief durch. »Luke, das war nicht deine Schuld. Es war nicht einmal Alicias Schuld. Gut, vielleicht hat sie der Zeitung die entsprechenden Informationen gegeben. Aber wenn ich nicht erst Schulden gemacht hätte und in New York einkaufsmäßig nicht komplett durchgedreht wäre, dann hätten sie auch nichts über mich schreiben können, oder?« Ich reibe mir übers Gesicht. »Es war schrecklich und es war demütigend. Aber irgendwie hatte der Artikel auch sein Gutes. Durch ihn ist mir einiges über mich selbst klar geworden.«

Ich nehme mein Glas, bemerke, dass es leer ist, und stelle es wieder ab.

»Noch einen?«, fragt Luke.

»Nein danke.«

Dann schweigen wir. Im Hintergrund hören wir eine Stimme, die die Passagiere des Fluges BA 2340 nach San Francisco auffordert, sich an Gate 29 einzufinden.

»Ich weiß, dass Michael dir einen Job angeboten hat«, sagt Luke. Er deutet auf meine Tasche. »Ich nehme an, das da bedeutet, dass du sein Angebot angenommen hast.« Er macht eine kleine Pause, in der ich ihn schweigend und leicht zitternd ansehe. »Becky – bitte, geh nicht nach Washington. Bleib hier und arbeite für mich.«

»Ich soll für *dich* arbeiten?«, frage ich überrumpelt.

»Bleib hier und arbeite für Brandon Communications.«

»Bist du verrückt?«

Er streicht sich das Haar aus dem Gesicht – und sieht auf einmal so jung und verletzlich aus. Wie jemand, der dringend mal abschalten muss.

»Ich bin nicht verrückt. Die Zahl meiner Angestellten hat sich reduziert. Ich brauche jemanden wie dich in der Führungsetage. Du kennst dich mit Finanzen aus. Du bist Journalistin gewesen. Du kannst gut mit Menschen umgehen, du kennst die Firma …«

»Luke, du kannst problemlos jemand anderen finden«, sage ich. »Sogar jemanden, der besser ist als ich. Jemanden mit PR-Erfahrung, jemanden, der …«

»Okay, ich habe gelogen«, unterbricht Luke mich. »Ich habe gelogen. Ich brauche nicht einfach nur jemanden wie dich. Ich brauche dich.«

Er sieht mir ganz offen in die Augen, und mir wird schlagartig bewusst, dass er nicht nur über Brandon Communications redet.

»Ich brauche dich, Becky. Ich bin auf dich angewiesen. Das wusste ich aber erst, als du auf einmal nicht mehr da warst. Seit du aus New York abgereist bist, ist mir das, was du gesagt hast, wieder und wieder durch den Kopf gegangen. Das, was du über meinen Ehrgeiz gesagt hast. Über unsere Beziehung. Sogar das, was du über meine Mutter gesagt hast.«

»Deine Mutter?« Ich sehe ihn ängstlich an. »Ich habe gehört, dass du dich noch einmal mit ihr verabredet hattest …«

»Sie konnte nichts dafür.« Er trinkt einen Schluck Pernod. »Ihr ist etwas dazwischengekommen, darum hat sie es nicht geschafft. Aber du hast recht, ich sollte wirklich mehr Zeit mit ihr verbringen. Sie besser kennenlernen und eine engere Beziehung zu ihr aufbauen. So, wie du zu deiner Mutter.« Er sieht auf und runzelt die Stirn, als er mein verblüfftes Gesicht sieht. »Das war es doch, was du gemeint hattest, oder?«

»Ja!«, beeile ich mich zu sagen. »Ja, ganz genau das habe ich gemeint. Exakt.«

»Siehst du, und genau das meine *ich*. Du bist der einzige Mensch, der mir sagt, was ich hören muss, auch wenn ich es nicht hören will. Ich hätte dich von Anfang an einweihen sollen. Ich war … Ich weiß nicht. Arrogant. Blöd.«

Er klingt so desillusioniert und hart gegen sich selbst, dass ich ihn fast bedaure.

»Luke …«

»Becky, ich weiß, dass du einen neuen Job gefunden hast, und das respektiere ich auch. Ich würde dich das gar nicht fragen, wenn ich nicht selbst davon überzeugt wäre, dass es gut für dich wäre. Aber … bitte.« Er legt seine warme Hand über den Tisch hinweg auf meine. »Bleib hier. Lass uns noch mal von vorn anfangen.«

Hilflos starre ich ihn an. Gefühle wallen in mir auf wie kochende Lava.

»Luke, ich kann nicht für dich arbeiten.« Ich schlucke und muss mich anstrengen, um meine Stimme unter Kontrolle zu behalten. »Ich muss in die Staaten. Ich muss diese Chance wahrnehmen.«

»Ich weiß, dass du das für eine einmalige Gelegenheit hältst. Aber ich biete dir auch eine einmalige Gelegenheit.«

»Das ist aber nicht das Gleiche«, sage ich und umklammere mein Glas.

»Es könnte aber das Gleiche sein. Ganz egal, wie viel Michael dir zahlen will, ich zahle das Gleiche.« Er lehnt sich nach vorn. »Ich zahle mehr. Ich …«

»Luke«, unterbreche ich ihn. »Luke, ich habe Michaels Angebot nicht angenommen.«

Lukes Gesichtszüge entgleisen.

»Nicht? Aber was …«

Er sieht auf meinen kleinen Koffer, dann blickt er mir ins Gesicht – und ich erwidere eisern schweigend seinen Blick.

»Ich verstehe«, sagt er schließlich. »Das geht mich nichts an.«

Er sieht so niedergeschlagen aus, dass es mir wehtut. Ich würde es ihm so gern sagen – aber ich kann nicht. Ich kann nicht riskieren, darüber zu reden, und selbst zu hören, wie schwach meine Argumente sind. Ich kann nicht riskieren, noch einmal darüber nachzudenken, ob ich die richtige Entscheidung getroffen habe. Ich kann nicht riskieren, es mir jetzt noch einmal anders zu überlegen.

»Luke, ich muss jetzt los«, sage ich mit belegter Stimme. »Und … und du musst zurück in deine Krisensitzung.«

»Ja«, erwidert Luke nach einer langen Pause. »Ja. Du hast recht. Ich muss gehen. Ich gehe dann jetzt.« Er steht auf und fasst in seine Tasche. »Nur … eins noch. Ich möchte nicht, dass du das hier vergisst.«

Und dann zieht er ganz langsam ein langes, hellblaues, mit irisierenden Perlen besticktes Tuch aus Samt und Seide heraus.

Mein Tuch. Mein Denny-and-George-Tuch.

Ich spüre, wie mir das Blut aus dem Gesicht weicht.

»Wie hast du …« Ich schlucke. »Du warst der Bieter am Telefon? Aber … aber du hast doch gepasst. Das andere Mädchen hat …« Ich verstumme und sehe ihn verwirrt an.

»Ich war beide Bieter.«

Er legt mir das Tuch zärtlich um den Hals, sieht mich ein paar Sekunden an und küsst mich auf die Stirn. Dann dreht er sich um und verschwindet in der Menschenmenge.

SIEBZEHN

Zwei Monate später

»Okay. Also zwei Präsentationen, eine bei Saatchis und eine bei der Global Bank. Ein Mittagessen mit Preisverleihung bei McKinseys und Abendessen bei Merrill Lynch.«

»Genau. Ziemlich viel. Ich weiß.«

»Gar kein Problem«, beruhige ich mein Gegenüber. »Gar kein Problem.«

Ich kritzle etwas in mein Notizbuch, starre dann meine Notizen an und denke angestrengt nach. Das ist der Augenblick, den ich an meinem neuen Job am meisten liebe. Die anfängliche Herausforderung. Hier ist das Rätsel – und jetzt finde die Lösung! Ich sitze einige Sekunden einfach nur da, ohne etwas zu sagen, male zahllose fünfzackige Sterne und lasse meine kleinen grauen Zellen arbeiten, während Lalla mich ängstlich beobachtet.

»Okay«, sage ich schließlich. »Ich hab's. Ihren Hosenanzug von Helmut Lang für die Präsentationen, das Jil-Sander-Kleid für das Mittagessen – und für das Abendessen suchen wir etwas Neues.« Ich sehe sie mit zusammengekniffenen Augen an. »Vielleicht etwas Tiefgrünes.«

»Grün steht mir nicht«, behauptet Lalla.

»Natürlich steht Ihnen Grün«, widerspreche ich. »Grün steht Ihnen hervorragend.«

»Becky«, sagt Erin und steckt den Kopf zur Tür herein. »Tut mir leid, wenn ich störe, aber Mrs Farlow ist am Telefon. Sie ist ganz begeistert von dem Blazer, den du ihr geschickt hast, aber sie möchte wissen, ob es nicht etwas Leichteres gibt, das sie heute Abend anziehen könnte?«

»Gut«, sage ich. »Ich rufe sie zurück.« Ich sehe zu Lalla. »Na, dann wollen wir mal ein Abendkleid für Sie suchen.«

»Und was soll ich zu dem Hosenanzug tragen?«

»Eine Bluse«, antworte ich. »Oder ein Kaschmir-T-Shirt. Das graue.«

»Das graue«, wiederholt Lalla ganz langsam, als würde ich arabisch sprechen.

»Das, das Sie vor drei Wochen gekauft haben? Armani? Schon vergessen?«

»Ach ja! Nein. Jetzt weiß ich. Glaube ich.«

»Oder sonst Ihr blaues Trägertop.«

»Okay.« Lalla nickt ernst. »Okay.«

Lalla ist ein richtig hohes Tier bei einer der größten internationalen Computer-Beratungsfirmen. Sie hat zwei Doktortitel und einen IQ von zirka drei Millionen – leidet aber laut eigener Aussage an gravierender Kleidungslegasthenie. Am Anfang dachte ich ja, das wäre ein Witz.

»Können Sie mir das nicht aufschreiben?«, fragt sie und drückt mir ihren ledergebundenen Organizer in die Hand. »Einfach alle Kombinationen aufschreiben, ja?«

»Na ja … okay. Aber Lalla – ich dachte, wir wollten jetzt langsam damit anfangen, dass Sie sich Ihre Outfits selbst zusammenstellen?«

»Ich weiß. Machen wir auch. Ganz bestimmt. Versprochen. Nur nicht diese Woche. Ich habe so schon genug um die Ohren, den Stress muss ich nicht auch noch haben.«

»Gut«, sage ich und verkneife mir ein Lächeln. Ich gehe also in mich und überlege, was sie alles in ihrem Kleiderschrank hängen hat, dann fange ich an aufzuschreiben. Viel Zeit habe ich nicht, wenn ich jetzt auch noch ein Abendkleid für sie finden, Mrs Farlow zurückrufen und die Strickwaren suchen soll, die ich Janey van Hassalt versprochen habe.

Die Tage hier sind immer total hektisch. Keiner hat Zeit, alle sind in Eile. Aber je mehr ich zu tun habe, und vor je mehr Herausforderungen ich gestellt werde, desto besser gefällt es mir hier.

»Ach übrigens«, sagt Lalla. »Meine Schwester – die, der Sie empfohlen haben, Rostrot zu tragen …«

»Ach ja! Die war nett.«

»Die hat gesagt, sie hat Sie im Fernsehen gesehen. In England! Da haben Sie über Mode gesprochen.«

»Ja«, sage ich und erröte leicht. »Ich habe einen kleinen Beitrag für ein Lifestyle-Magazin im Vormittagsprogramm gemacht. Becky von Barneys. Einblick in die Modeszene von New York, so in der Art …«

»Toll!«, sagt Lalla. »Ein Fernsehbeitrag! Das muss doch wahnsinnig aufregend sein für Sie!«

Mit einem perlenbestickten Blazer in der Hand halte ich inne und denke daran, dass ich noch vor wenigen

Monaten kurz davor war, meine eigene Show im amerikanischen Fernsehen zu bekommen. Und jetzt habe ich einen kleinen Beitrag in einem Magazin, das vormittags läuft und nur halb so viele Zuschauer hat wie *Morning Coffee*. Aber egal. Jetzt mache ich das, was ich wirklich machen will.

»Ja«, antworte ich und lächle sie an. »Das ist wahnsinnig aufregend.«

Es dauert gar nicht so lange, bis wir ein Kleid für Lallas Abendessen gefunden haben, und ich stelle auch noch schnell eine Liste dazu passender Schuhe zusammen. Mit diesem Zettel in der Hand geht Lalla nach Hause, und in diesem Moment kommt Christina, die Abteilungsleiterin, herein und lächelt mich an.

»Wie geht's?«

»Prima«, sage ich. »Wirklich gut.«

Und das stimmt auch. Doch selbst wenn es mir nicht gut ginge – selbst wenn es mir so schlecht ginge, wie noch nie –, würde ich Christina gegenüber nie etwas Negatives äußern. Ich bin ihr so unendlich dankbar, dass sie sich noch daran erinnern konnte, wer ich war. Und dafür, dass sie mir eine Chance gegeben hat.

Ich kann es immer noch nicht ganz glauben, wie nett sie zu mir war, als ich sie nach langem Zögern völlig überraschend anrief. Ich erinnerte sie daran, dass wir uns kurz begegnet waren, und fragte, ob wohl eine Möglichkeit bestünde, dass ich für Barneys arbeite – und sie hat gesagt, dass sie noch ganz genau wüsste, wer ich sei, und hat sich nach dem Vera-Wang-Kleid erkundigt. Und dann habe ich ihr natürlich die ganze

Geschichte erzählt, dass ich das Kleid hatte verkaufen müssen, dass meine Karriere beim Fernsehen ein jähes Ende gefunden hätte, dass ich so gern nach New York kommen und für sie arbeiten würde ... Sie schwieg einen Moment – und dann hat sie gesagt, sie glaube, dass Barneys durchaus von mir profitieren könnte. Profitieren! Und sie hatte auch die Idee mit dem Beitrag im Fernsehen.

»Heute irgendwelche Klamotten versteckt?«, fragt sie mit einem Augenzwinkern, und schon werde ich wieder rot. Die Geschichte wird mich wohl den Rest meines Leben verfolgen.

Während jenes ersten Telefonates mit Christina fragte sie mich nämlich auch, ob ich irgendwelche Einzelhandelserfahrung hätte. Und ich habe ihr, blöd wie ich bin, von meinem ersten und letzten Arbeitstag bei Ally Smith erzählt, an dem ich gefeuert wurde, nachdem ich eine Jeans im Zebralook vor einer Kundin versteckt hatte, weil ich sie so gern selbst haben wollte. Als ich mit der Geschichte fertig war, herrschte am anderen Ende der Leitung Schweigen, und ich dachte, jetzt hätte ich es total vermasselt. Aber dann prustete sie vor Lachen, und mir ist vor Schreck fast der Hörer aus der Hand gefallen. Letzte Woche hat sie mir erzählt, dass das der Moment war, in dem sie beschlossen hat, mich einzustellen.

Die Geschichte hat sie übrigens auch allen unseren Stammkundinnen erzählt, was mir etwas peinlich ist.

»Also.« Christina sieht mich lange und prüfend an. »Sind Sie bereit für den Zehn-Uhr-Termin?«

»Ja.« Ich erröte ein wenig unter ihrem strengen Blick. »Ja, ich glaube schon.«

»Möchten Sie sich eben die Haare bürsten?«

»Oh.« Schwupps, habe ich die Hand an den Haaren. »Sehe ich so schlimm aus?«

»Eigentlich nicht.« Sie hat so ein Funkeln in den Augen, das ich nicht deuten kann. »Aber Sie wollen doch sicher tipptopp aussehen für Ihren nächsten Termin, oder?«

Sie verlässt das Zimmer, und ich hole schnell einen Kamm hervor. Oje, ich vergesse immer wieder, wie gepflegt man in Manhattan aussehen muss. Ich lasse mir zum Beispiel auch zweimal die Woche in einem Nagelstudio um die Ecke die Fingernägel machen – obwohl ich manchmal denke, ich sollte das auf alle zwei Tage erhöhen. Kostet ja nur neun Dollar.

In echtem Geld wären das dann …

Okay. Es sind neun Dollar.

Ich gewöhne mich langsam daran, in Dollars zu denken. Ich gewöhne mich so langsam an einiges. Meine Studiowohnung ist winzig und ziemlich heruntergekommen, und die ersten Nächte konnte ich wegen des Straßenlärms gar nicht schlafen. Aber egal. Ich bin hier. Ich bin hier in New York, stehe auf eigenen Beinen und tue etwas, von dem ich guten Gewissens sagen kann, dass ich es gern tue.

Der Job, den Michael mir in Washington angeboten hatte, klang toll. Und es wäre wohl in vielerlei Hinsicht vernünftiger gewesen, ihn anzunehmen. Ich weiß, dass meine Eltern sich das gewünscht hatten. Aber was Michael bei jenem Mittagessen zu mir gesagt hat – dass ich nicht wieder in etwas hineinrutschen soll, dass ich das machen soll, was ich wirklich will –, das hat mir zu denken gegeben. Ich habe über meinen Beruf nachgedacht, über mein Leben und darüber, was ich wirklich gern tun würde, um mir meine Brötchen zu verdienen.

Und eins muss ich meiner Mutter lassen: Kaum hatte ich erklärt, worum es bei diesem Job bei Barneys gehen würde, starrte sie mich nur an und sagte: »Aber Becky, Liebes, wieso bist du nicht schon früher draufgekommen?«

»Becky?« Ich zucke zusammen und sehe Erin an der Tür stehen. Mit Erin habe ich mich ziemlich gut angefreundet, seit sie mich mal zu sich nach Hause eingeladen und mir ihre Lippenstiftsammlung gezeigt hat. Danach haben wir die ganze Nacht James-Bond-Videos geguckt. »Dein Zehn-Uhr-Termin ist hier.«

»Wer *ist* denn eigentlich mein Zehn-Uhr-Termin?«, frage ich, als ich ein Futteralkleid von Richard Tyler in die Hand nehme. »Ich habe gar nichts in meinem Terminkalender stehen.«

»Ähm … na ja …« Ihr Gesicht glänzt rot vor Aufregung. Komisch. »Ähm … also, hier ist er.«

»Vielen Dank«, ertönt eine dunkle Männerstimme.

Eine dunkle Männerstimme mit britischem Akzent.

Oh mein Gott.

Ich erstarre wie ein Hase und halte immer noch das Richard-Tyler-Kleid in der Hand, als Luke den Raum betritt.

»Guten Tag«, sagt er und lächelt zurückhaltend. »Miss Bloomwood. Ich habe gehört, dass Sie die beste Einkaufsberaterin der Stadt sind.«

Ich mache den Mund auf – und schließe ihn wieder. In meinem Kopf entzündet sich ein Feuerwerk von Gedanken. Ich versuche, überrascht zu sein, ich versuche, fassungslos zu sein. Zwei Monate habe ich nichts von ihm gehört – und jetzt steht er einfach vor mir. Ich müsste total perplex sein.

Bin ich aber nicht. Weil ich tief in mir drin die ganze Zeit wusste, dass er kommen würde.

Weil ich tief in mir drin auf ihn gewartet habe.

»Was machst du denn hier?«, sage ich und versuche, so gelassen wie möglich zu klingen.

»Wie gesagt, ich habe gehört, dass Sie die beste Einkaufsberaterin der Stadt sind.« Er sieht mich fragend an. »Ich dachte, Sie könnten mir vielleicht dabei helfen, einen Anzug zu kaufen. Der hier ist schon so abgetragen.«

Er zeigt auf seinen absolut makellosen Jermyn-Street-Anzug, den er, wie ich zufällig weiß, erst vor drei Monaten gekauft hat. Ich verberge ein Lächeln.

»Sie möchten einen Anzug.«

»Ich möchte einen Anzug.«

»Gut.«

Um Zeit zu gewinnen, ziehe ich das Kleid über den Bügel, drehe mich um und hänge es an einen Kleiderständer. Luke ist hier.

Er ist hier. Ich würde am liebsten laut lachen oder tanzen oder weinen oder sonst etwas Verrücktes tun. Stattdessen nehme ich mir mein Notizbuch und drehe mich ganz langsam wieder zu ihm um.

»Also, normalerweise bitte ich meine neuen Kunden als Erstes, mir etwas über sich zu erzählen.« Meine Stimme ist ein bisschen wackelig, darum lege ich eine kurze Pause ein. »Vielleicht könnten Sie … das auch tun?«

»Okay. Gute Idee.« Luke denkt einen Augenblick nach. »Ich bin Geschäftsmann aus England. Meine Firma hat ihren Hauptsitz in London.« Er sieht mir in die Augen. »Aber vor Kurzem habe ich ein Büro in New York eröffnet. Das heißt, dass ich in Zukunft ziemlich viel Zeit hier verbringen werde.«

»Wirklich?« Ich bin einigermaßen verblüfft, versuche aber, meine Überraschung zu verbergen. »Sie haben ein Büro in New York eröffnet? Das ist ja … sehr interessant. Ich hatte nämlich den Eindruck, dass ein gewisser Geschäftsmann aus England Schwierigkeiten hatte, mit New Yorker Investoren ins Geschäft zu kommen. Das … habe ich bloß irgendwo gehört.«

»Stimmt auch.« Luke nickt. »Er hatte sogar große Schwierigkeiten. Aber dann hat er seine Erwartungen etwas heruntergeschraubt. Und beschlossen, es noch mal in etwas kleinerem Rahmen zu versuchen.«

»In kleinerem Rahmen?« Ich starre ihn an. »Und das hat ihm gar nichts ausgemacht?«

»Vielleicht«, sagt Luke nach einer Pause, »hat er eingesehen, dass er beim ersten Versuch zu ehrgeizig war. Vielleicht hat er eingesehen, dass er von seinem Plan so besessen war, dass alles andere darunter leiden musste. Vielleicht hat er eingesehen, dass er über seinen eigenen Schatten springen und die hehren Pläne auf Eis legen sollte. Dass er einen Gang zurückschalten sollte.«

»Das … das hört sich sehr vernünftig an«, sage ich.

»Darum hat er einen neuen Plan entwickelt, einen Investor dafür gefunden – und auf einmal lief die Sache. Keine Stolpersteine. Alles unter Dach und Fach und schon im vollen Gange.«

Er versucht, seine Freude zu verbergen, aber sein Gesicht verrät ihn doch. Und ich strahle ihn an.

»Das ist doch super!«, freue ich mich. »Ich meine ...« Ich räuspere mich. »Gut. Verstehe.« Ich kritzle irgendwelchen Blödsinn in mein Notizbuch. »Und – wie viel Zeit genau werden Sie in New York verbringen?«, füge ich ganz geschäftsmäßig hinzu. »Ich brauche das für meine Notizen, wenn Sie verstehen ...?«

»Aber natürlich«, antwortet Luke im gleichen Ton. »Nun, ich möchte natürlich weiterhin in London präsent bleiben. Ich habe daher zurzeit geplant, etwa zwei Wochen im Monat hier zu sein. Es könnte mehr werden, es könnte weniger werden.« Er legt eine lange Pause ein und sieht mir tief in die Augen. »Das kommt darauf an.«

»Auf ... auf was?«, frage ich atemlos.

»Auf ... verschiedene Sachen.«

Dann schweigen wir beide.

»Du wirkst sehr ausgeglichen, Becky«, sagt Luke leise. »Sehr ... zufrieden.«

»Mir geht es auch gut, danke.«

»Du siehst aus, als würdest du hier aufblühen.« Er sieht sich lächelnd um. »Die Umgebung scheint dir zu bekommen. Was einen nicht besonders überraschen sollte ...«

»Glaubst du, ich habe diesen Job nur angenommen, weil ich gern einkaufe?«, frage ich und ziehe die Augenbrauen hoch. »Glaubst du, hier dreht es sich nur um ... Schuhe und schöne Klamotten? Also, wenn du das glaubst, dann muss ich dir leider sagen, dass du dich gründlich irrst.«

»Das habe ich gar nicht …«

»Es ist nämlich viel mehr als das. *Viel* mehr.« Ich breite theatralisch die Arme aus. »Es geht darum, Leuten zu helfen. Es geht darum, kreativ zu sein. Es geht darum …«

Ein Klopfen an der Tür unterbricht mich, und Erin steckt den Kopf herein.

»Tut mir leid, wenn ich störe, Becky. Ich wollte nur eben Bescheid sagen, dass ich die Pantoffeln von Donna Karan zur Seite gelegt habe, die du haben wolltest. In lila *und* in schwarz, richtig?«

»Äh … ja«, versuche ich sie abzufertigen. »Danke.«

»Ach, und dann hat die Buchhaltung angerufen und gesagt, dass du damit dein Kreditlimit für diesen Monat ausgeschöpft hast.«

»Gut«, sage ich und weiche Lukes amüsiertem Blick aus. »Gut. Danke. Ich … ich kümmre mich später darum.« Ich hoffe, dass Erin jetzt geht, aber sie beäugt mit unverhohlener Neugier Luke.

»Und, wie läuft es?«, erkundigt sie sich munter. »Haben Sie sich schon ein bisschen umgesehen?«

»Ich muss mich nicht umsehen«, sagt Luke trocken. »Ich weiß, was ich will.«

Mein Magen zieht sich nervös zusammen, und ich vertiefe mich schnell wieder in mein Notizbuch und tue so, als würde ich noch etwas aufschreiben.

»Ach, so!«, sagt Erin. »Und das wäre?«

Es folgt ein langes Schweigen. Als ich es nicht mehr ertragen kann, sehe ich auf. Und als ich in Lukes Gesicht blicke, fängt mein Herz an zu hämmern.

»Ich habe etwas über Sie gelesen«, erzählt er, fasst in

die Tasche und zieht ein Barneys-Faltblatt mit dem Titel »Unsere persönliche Einkaufsberatung« hervor. »›Für Menschen mit wenig Zeit, die Hilfe brauchen und es sich nicht leisten können, Fehler zu machen.‹«

Er hält inne, und ich umklammere meinen Stift.

»Ich habe Fehler gemacht«, sagt er und legt die Stirn in Falten. »Ich möchte diese Fehler wiedergutmachen und sie nie wieder machen. Ich möchte auf jemanden hören, der mich kennt.«

»Und warum kommen Sie ausgerechnet zu Barneys?«, frage ich mit zitternder Stimme.

»Es gibt nur einen Menschen auf der Welt, auf dessen Rat ich vertrauen kann.« Er sieht mir in die Augen, und ich erbebe am ganzen Körper. »Wenn der mir keinen Rat gibt, weiß ich nicht, was ich tun soll.«

»In der Herrenabteilung hätten wir Frank Walsh«, wirft Erin hilfsbereit ein. »Ich bin sicher, er würde …«

»Halt die Klappe, Erin«, sage ich, ohne den Kopf zu bewegen.

»Was meinst du, Becky?«, fragt er und kommt auf mich zu. »Wäre das was für dich?«

Es dauert eine Weile, bis ich antworte. Ich versuche, alle Gedanken der letzten zwei Monate noch einmal zu denken. Und einen Satz zu formulieren, der ganz genau das ausdrückt, was ich sagen will.

»Ich glaube …«, sage ich schließlich, »ich glaube, dass die Beziehung zwischen einer Einkaufsberaterin und ihrem Kunden eine sehr enge ist.«

»Das hatte ich gehofft«, erwidert Luke.

»Eine Beziehung, die Respekt verlangt.« Ich schlucke. »In der Verabredungen nicht einfach abgesagt werden.

In der unerwartete geschäftliche Termine nicht wichtiger sind als alles andere.«

»Ich verstehe«, sagt Luke. »Wenn Sie sich meiner annähmen, verspreche ich Ihnen, dass Sie immer an erster Stelle stehen würden.«

»Der Kunde muss sich darüber im Klaren sein, dass die Einkaufsberaterin manchmal besser Bescheid weiß. Und ... und darf ihre Meinung nie abtun. Selbst wenn er glaubt, dass es sich nur um Tratsch handelt. Oder um ... hirnloses Zeug.«

Aus dem Augenwinkel sehe ich Erins verwirrtes Gesicht und würde am liebsten kichern.

»Der Kunde ist sich darüber bereits im Klaren«, sagt Luke. »Der Kunde ist ergebenst dazu bereit, zuzuhören und berichtigt zu werden. In fast allen Angelegenheiten.«

»In *allen* Angelegenheiten«, pariere ich sofort.

»Treib es nicht zu weit«, sagt Luke, doch in seinen Augen blitzt Amüsiertheit auf. Ich merke, wie sich ein Grinsen auf meinem Gesicht ausbreitet.

»Na ja ...« Ich studiere angestrengt die Sterne und Kreise in meinem Notizblock. »Ich glaube, ›fast alle‹ kann ich akzeptieren. Unter den gegebenen Umständen.«

»Aha.« Er sieht mir liebevoll in die Augen. »Ist das ein Ja, Becky? Willst du meine ... persönliche Einkaufsberaterin werden?«

Er kommt einen Schritt auf mich zu und steht so dicht vor mir, dass ich ihn fast berühre. Ich sauge seinen Duft ein. O Gott, wie ich ihn vermisst habe.

»Ja«, sage ich glücklich. »Ja.«

Mon, 29. Januar 2001, 08:30 Uhr

Von: Gildenstein, Lalla <L.Gildenstein@anagram.com>
An: Bloomwood, Becky <B.Bloomwood@barneys.com>
Gesendet: Montag, 29. Januar 2001, 8:22 Uhr
Betreff: HILFE! DRINGEND!

Becky.

Hilfe! Hilfe! Ich habe die Liste verloren. Muss heute Abend zu einem großen, formellen Abendessen mit neuen japanischen Kunden. Das Armani-Kleid ist in der Reinigung. Was soll ich anziehen? Bitte mailen Sie mir so schnell es geht zurück.

Danke! Sie sind ein Engel!

Lalla.

P.S.: Habe die Neuigkeiten schon gehört – Herzlichen Glückwunsch!

ENDE

DANKSAGUNG

Mein größter Dank gilt Linda Evans, Patrick Plonkington-Smythe und dem ganzen wundervollen Team bei Transworld; und natürlich, wie immer, Araminta Witley, Celia Hayley, Mark Lucas, Nicki Kennedy, Kim Witherspoon und David Forrer.

Mein besonderer Dank gilt Susan Kamil, Nita Taublib und allen anderen bei The Dial Press, die mir in New York einen so warmen Empfang bereitet haben – mit einem extra großen Dank an Zoe Rice, für einen unvergesslichen, der Recherche (einkaufen und Schokolade essen) gewidmeten Nachmittag. Bedanken möchte ich mich auch bei David Stefanou für die Gimlets und bei Sharyn Soleimani von Barneys, die so freundlich zu mir war, und bei allen, die mir während der Arbeit an diesem Roman mit Ideen, Rat und Inspiration zur Seite standen – vor allem Athena Malpas, Lola Bubbosh, Mark Maley, Ana-Maria Mosley, Harrie Evans und meiner ganze Familie. Und natürlich Henry, der immer die besten Ideen hat.

Autorin

Sophie Kinsella ist Schriftstellerin und ehemalige Wirtschaftsjournalistin. Ihre Schnäppchenjägerin-Romane um die liebenswerte Chaotin Rebecca Bloomwood werden von einem Millionenpublikum verschlungen. Die Verfilmung ihres Bestsellers »Shopaholic – Die Schnäppchenjägerin« wurde zum internationalen Kinohit. Sophie Kinsella eroberte die Bestsellerlisten aber auch mit Romanen wie »Sag's nicht weiter, Liebling«, »Frag nicht nach Sonnenschein«, »Dich schickt der Himmel«, oder mit ihren unter dem Namen Madeleine Wickham verfassten Romanen im Sturm. Die Autorin lebt mit ihrer Familie in London.

Mehr Informationen zu Sophie Kinsella und ihren Romanen finden Sie unter: www.sophie-kinsella.de

Die Romane mit Shopaholic Rebecca Bloomwood in chronologischer Reihenfolge:

Shopaholic. Die Schnäppchenjägerin. Roman
Shopaholic in New York. Roman · Wedding Shopaholic. Roman
Vom Umtausch ausgeschlossen. Roman
Prada, Pumps und Babypuder. Roman
Mini Shopaholic. Roman · Shopaholic in Hollywood. Roman
Shopaholic & Family. Roman · Christmas Shopaholic. Roman

Außerdem lieferbar:

Sag's nicht weiter Liebling. Roman
Göttin in Gummistiefeln. Roman
Kennen wir uns nicht? Roman · Charleston Girl. Roman
Die Heiratsschwindlerin. Roman · Reizende Gäste. Roman
Kein Kuss unter dieser Nummer. Roman
Das Hochzeitsversprechen. Roman
Schau mir in die Augen, Audrey. Roman
Frag nicht nach Sonnenschein. Roman
Muss es denn gleich für immer sein? Roman
Dich schickt der Himmel. Roman · Erobere mich im Sturm. Roman

(alle auch als E-Book erhältlich)